Sven Petter Næss

GLUT

aufbau taschenbuch

Sven Petter Næss, 1973 geboren, wuchs in Oslo auf. Er arbeitet mit Informations- und Kommunikationstechnologien im universitären Sektor. Seit 2019 schreibt er zudem erfolgreich Kriminalromane. Der zweite Band seiner Reihe rund um Kripo-Oslo-Ermittler Harinder Singh erhielt 2020 die Auszeichnung für den besten Krimi Norwegens. »Glut« ist sein erster Roman im Aufbau Taschenbuch.

Andreas Brunstermann übersetzt Romane und Sachbücher aus dem Norwegischen und Englischen. Er hat unter anderem Trude Teige, Roy Jacobsen, Jan-Erik Fjell und Jørn Lier Horst ins Deutsche übertragen. Er lebt in Berlin.

Als der 20-jährige Sohn der Millionärsfamilie Davidsen in der norwegischen Kleinstadt Elvestad erstochen wird, kehrt Kriminalkommissar Harinder Singh nur widerwillig in seine alte Heimat zurück. Am liebsten würde er sich nicht einmal ein Hotelzimmer im Ort nehmen, doch um den Fall Axel Davidsen zu lösen, fehlt ausgerechnet die Schlüsselzeugin. Thea Krog ist wie vom Erdboden verschluckt. Als dann auch noch die Kirche samt Pfarrer Kalle Ramsberg niederbrennt und alles auf vorsätzlichen Mord hindeutet, sucht Harinder gemeinsam mit Kollegin Rachel Hauge nach einer möglichen Verbindung zwischen den beiden Fällen. Rachel glaubt diese zu finden, als sie eine junge schwedische Polizistin kennenlernt. Lisa Toivonen untersucht das Verschwinden ihrer Cousine Carina – und die letzten zwei Personen, die das Mädchen gesehen haben, waren Axel Davidsen und Kalle Ramsberg.

SVEN PETTER NÆSS

GLUT

KRIMINALROMAN

*Aus dem Norwegischen
von Andreas Brunstermann*

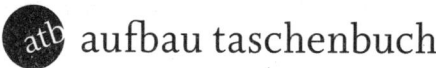 aufbau taschenbuch

Die Originalausgabe unter dem Titel
Den stille uke
erschien 2019 bei H. Aschehoug & Co. (W. Nygaard) AS, Oslo.

This translation has been published
with the financial support of NORLA.

ISBN 978-3-7466-4035-8

Aufbau Taschenbuch ist eine Marke
der Aufbau Verlage GmbH & Co. KG

1. Auflage 2024
© Aufbau Verlage GmbH & Co. KG, Berlin 2024
www.aufbau-verlage.de
10969 Berlin, Prinzenstraße 85
© Sven Petter Næss, 2019
Der Verlag behält sich das Text- und Data-Mining
nach § 44b UrhG vor, was hiermit Dritten
ohne Zustimmung des Verlages untersagt ist.
Umschlaggestaltung und Motiv www.buerosued.de, München
Satz Greiner & Reichel, Köln
Druck und Binden CPI books GmbH, Leck, Germany

Printed in Germany

PROLOG

Carina konnte durch einen kleinen Riss in der Kunststoff-plane, die sie eng umschloss, in die Dunkelheit hinaus-sehen, doch die Orientierung fiel ihr schwer. Sie sah ein paar Bäume, roch Gras und Erde und spürte die frische Abendluft. Sie begriff, dass sie nicht mehr in dem schreck-lichen Keller eingesperrt war. Die neue Umgebung war al-lerdings nicht viel besser. Die Unterlage fühlte sich kalt und hart an. Ihr nackter Körper zitterte vor Kälte. Sie kam sich völlig zerschunden vor. Knochen und Gelenke schmerzten. Getrocknetes und teilweise geronnenes Blut klebte an der Folie.

Ihr Blick fiel auf eine Plastiktüte, die jemand anschei-nend achtlos weggeworfen hatte, ohne sie vorher zuzukno-ten. Der Inhalt ragte halbwegs daraus hervor. Sie sah ihre weiße Sommerbluse mit Rosenmuster, die zusammen-geknüllt zwischen blutigen Fetzen lag.

In der Nähe ertönten gedämpfte Stimmen in ruhiger Un-terhaltung, als sei es ein ganz gewöhnlicher Abend. Carina erkannte eine der Stimmen wieder. Nach allem, was dieser Mann ihr angetan hatte, klang sie in ihren Ohren wie der Schrei einer Krähe.

Ich habe dir vertraut, dachte sie. *Du solltest mein sicherer*

Hafen sein. Doch anstatt mich zu bergen, hast du meinen Kopf unter Wasser gedrückt.

Ein Geräusch von Metall, das in Erde stieß, durchbohrte die Nacht. Zwei Spaten, die ein Loch gruben. Carina begann zu ahnen, was vor sich ging. Sie hatten sie aufgehängt, an Ketten und Haken, wie ein Stück Fleisch. Hatten unaussprechliche, grausame Dinge getan. Jetzt, nachdem sie sich bedient hatten, würden sie ihren Körper entsorgen wie Restabfall. Genauso unbedeutend wie die Tüte mit der Kleidung und den blutigen Fetzen.

Wie ungerecht.

Wie konnte das hier schon das Ende sein? Sie war erst 18. Noch nicht mal fertig mit der Schule. Und sie hatte viele Pläne. Sie träumte von einer Gesangsausbildung an einem anerkannten Konservatorium. Träumte davon, ihren Lebensunterhalt mit Singen zu verdienen. Vielleicht würde sie sogar Vegar heiraten, sofern ihre Beziehung das letzte Schuljahr und die darauffolgenden Veränderungen überlebte. Er war ein guter Kerl, sie liebten sich, aber sie war auch nicht naiv, was diese Dinge betraf. Menschen verändern sich und entgleiten einander. Es war nicht sicher, dass sie ein Paar bleiben würden. Allerdings hoffte sie es.

Seltsam.

Eigentlich hatte sie nie viel darüber nachgedacht, was das Ende wohl bedeuten mochte. Jede Anwandlung von Reflektion wurde rasch von ihrem Glauben beiseitegeschoben. Die Heilige Schrift versichert uns, dass das Ende des irdischen Lebens nur der Anfang von etwas Neuem und Wunderbarem ist. Der Glaube war ein wichtiger Teil ihres Lebens, genauso wie die Musik, wie Freunde und Familie.

Er erfüllte ihr Herz mit Liebe und gab ihr Kraft und Trost in schweren Stunden.

Doch wieso konnte sie ihn jetzt nicht finden? Wo war der Glaube nun, da sie ihn mehr als je zuvor brauchte? Verzweifelt wurde ihr bewusst, dass sie ihn verloren hatte. Nein, nicht *verloren*. Sie hatten ihn ihr *genommen*. Genauso genommen wie alles andere, an dem sie sich gierig bedient hatten. Niemals würde sie ihnen vergeben können. Schmerzen und Erniedrigungen waren nichts im Vergleich zu dem kalten Hohlraum in ihrer Seele, wo früher Glaube und Hoffnung gewohnt hatten.

Das Ende kam näher, doch nicht einmal die Hoffnung, dass etwas Besseres auf der anderen Seite auf sie wartete, konnte sie auf die Begegnung vorbereiten. Sie sah nur die allumfassende und undurchdringliche Dunkelheit.

Die Stimme des anderen Mannes erklang: »Wir sollten uns beeilen. Wir haben nicht den ganzen Abend Zeit.«

»Ich arbeite so schnell ich kann.«

»Was ist, falls sie wach wird?«

»Die Dosis, die ich ihr verpasst habe, sollte ausreichend sein.«

»Sollte? Das klingt nicht gerade vertrauenerweckend.«

»Ich habe alles benutzt, was noch da war. Beruhige dich, das war mehr als genug.«

»Und wenn sie *danach* wach wird?«

Der andere zögerte kurz.

»Sollte sie eigentlich nicht, aber das wäre dann nicht mehr unser Problem, oder?«

KAPITEL 1

20 Monate später
Palmsonntag, 25. März

Es war Viertel nach drei am Sonntagmorgen, als in der Polizeistation Elvestad die Meldung über ein Fahrzeug einging, das dem Anschein nach einsam und verlassen an der Brugate außerhalb des Zentrums stand. Ein Taxifahrer war im Laufe einer Stunde zweimal an dem Wagen vorbeigefahren und hatte sich Modell und Kennzeichen notiert, für den Fall, dass er als gestohlen gemeldet war. Der diensthabende Beamte in der Polizeiwache schrieb die Informationen auf einen gelben Zettel. Es sollte noch eine halbe Stunde vergehen, ehe er sich weiter darum kümmern konnte.

Per Lyngstad kam nach einem Einsatz zurück in die Polizeistation. Er und seine Kollegin Dina Martinsen schleppten einen sinnlos betrunkenen jungen Mann mit sich herein, der die Nacht in der Ausnüchterungszelle verbringen sollte.

An den Wochenenden konnte es in der ansonsten recht verschlafenen Stadt mitunter hoch hergehen. Am schlimmsten war es für gewöhnlich in der Strandgate, dieser gekrümmten Straße im Zentrumskern nahe der Glomma. Hier reihten sich die Lokale aneinander, einschließlich zweier schäbiger Spelunken an der Südseite.

Meistens ging es um Lärm und Besäufnisse. Schlägereien, Sachbeschädigung, Urinieren in der Öffentlichkeit und – glücklicherweise nicht so häufig – die eine oder andere Messerstecherei.

Wahrscheinlich war es immer schon so gewesen, Per allerdings war der Ansicht, dass es mit den Jahren schlimmer geworden war. Immer öfter gingen bei der Polizei Meldungen über Personenschäden ein, die durch Gewalt und Rauschzustände verursacht waren, und die Betroffenen schienen immer jünger zu werden. Ganz abgesehen von selbst gebranntem Schnaps war es für junge Leute heute viel einfacher, auch an stärkeren Stoff und Designerdrogen heranzukommen.

Der Diensthabende reichte Per den gelben Zettel und fragte, ob er so nett sein und zur Brugate hinausfahren könnte. Falls der Wagen dort noch stünde, könnte er versuchen, den Besitzer ausfindig zu machen, oder das Fahrzeug abschleppen lassen. Auf diesem Abschnitt der Strecke herrschte nämlich Parkverbot.

»Einen Kaffee dürfen wir uns vorher aber noch gönnen, oder?«, fragte Per.

Große Dosen Koffein waren Voraussetzung dafür, eine lange Nachtschicht zu überstehen.

Nachdem er den Kaffee in sich hineingekippt hatte, ging er mit Martinsen wieder hinaus zum Streifenwagen. Als die Kollegin aus Røros vor sieben Monaten zu ihnen gekommen war, sozusagen direkt von der Polizeihochschule, war es seine Aufgabe gewesen, ihr zu zeigen, wie die Dinge an ihrer Polizeiwache abliefen. Sogar ein Lokalpatriot wie Per wusste, dass Elvestad nicht der schillerndste Ort war, um eine Karriere zu beginnen, doch in Zeiten wie diesen war es tatsächlich eine Herausforderung, nach Beendigung der Ausbildung überhaupt eine Arbeitsstelle zu finden. Bis jetzt hatte Dina sich nicht beschwert, jedenfalls nicht so, dass er etwas davon mitbekommen hätte.

Die Luft war feucht und kühl. Und obwohl sich der März dem Ende zuneigte, war vom Frühling nicht das Geringste zu spüren. Ostern stand vor der Tür, aber die bewaldeten Hügel, welche die Stadt umkränzten, waren noch immer schneebedeckt. Der Winter in dieser Gegend zog sich nie einfach widerstandslos zurück.

Immerhin war die dunkle Jahreszeit vorbei, dachte Per voller Optimismus. Jetzt setzte die Dämmerung schon ein, bevor die Tagesschicht begann.

Die Polizeistation lag am nördlichen Ende der Storgate, der Hauptader in Elvestad. Im Volksmund hieß der Ort einfach nur Staden. Langsam rollte der Streifenwagen durch die Hauptstraße, keine Menschenseele war unterwegs. Laub und Papierfetzen trieben ziellos durch die Gegend. Pers Blick fiel auf Essensreste und zerbrochene Flaschen. Er schüttelte den Kopf. Manchmal fragte er sich, was in den Menschen bloß vorging.

Sie kamen an der Busstation und dem alten Bahnhof der schon vor langer Zeit eingestellten Eisenbahnlinie vorbei. Das Gebäude war später zu einem Hotel und Restaurant umgebaut worden. Einer der wenigen Orte in der Stadt, wo man wirklich gut essen konnte.

Sechshundert Meter von der Stelle entfernt, wo die Storgate in die Brugate überging, führte die grüne Stahlbrücke über die Glomma, die die Stadtgrenze markierte. Links zeigte eine Straße nach Eldoråsen hinauf, einer kleinen Anhöhe am Rande der Stadt, wo kaum ein Mensch wohnte.

Die Baustelle am Fuße der Anhöhe zeugte von den Plänen, diesen Zustand zu verändern.

50 Meter vor der Brücke stand der gemeldete Wagen. Er nahm fast die Hälfte der nach Süden führenden Fahrbahn ein. Der Besitzer hatte sich auf jeden Fall eines Parkvergehens schuldig gemacht. Per fuhr an den Straßenrand und hielt dicht hinter dem Wagen an. Die Scheinwerfer badeten das Fahrzeug in gleißendes Licht.

Es handelte sich um einen himmelblauen Audi S5. Ein prächtiger Sportwagen der Sorte, die man in einem Ort wie Staden nur selten zu Gesicht bekam. Noch ehe er das Kennzeichen im Register überprüfte, ahnte Per schon, wem der Wagen gehörte. Seine Vermutung wurde bestätigt, als der Name Glenn Davidsen und die Adresse Parkallé 1 auf dem kleinen Display erschienen. Der Fabrikdirektor hatte schon immer eine Schwäche für schnelle Autos gehabt.

Allerdings hatte er nicht die Angewohnheit, sie mitten in der Nacht am Straßenrand abzustellen.

Der Himmel war immer noch dunkel, nicht die geringste Andeutung von Licht am Horizont. Martinsen nahm die Taschenlampe aus dem Handschuhfach und richtete den Lichtstrahl auf die Fahrerseite, während Per durch die Scheibe spähte. Der Audi war leer. Er probierte die Fahrertür und stellte fest, dass sie unverschlossen war. Er beugte sich ins Wageninnere vor und nahm den Geruch der frisch gewienerten Ledersitze wahr sowie den unverkennbaren Duft von Marihuana. Der Schlüssel steckte im Zündschloss. Per trat an die Motorhaube und legte die Hand darauf.

Kalt.

»Kennst du den Besitzer?«, fragte Dina Martinsen.

Per nickte. »Wir sind nicht gerade die besten Kumpel,

aber alle in Staden kennen Glenn Davidsen. Seine Familie besitzt die Papierfabrik Davidsen International.«

Martinsen nickte.

»Es heißt, dass ihm die halbe Stadt gehört«, sagte sie.

»So gut wie.«

Glenn Davidsen hatte die Leitung des Familienunternehmens übernommen, nachdem sein Vater sich zurückgezogen hatte. In der Zeit davor hatte Glenn sich einen soliden Ruf als Schürzenjäger und Partylöwe erworben. Die allgemeine Auffassung war indes, dass dies der fernen Vergangenheit angehörte.

Der Marihuanadunst, der den Polizisten beim Öffnen der Tür entgegengeschlagen war, erzählte allerdings eine andere Geschichte.

Per ging einmal um den Wagen herum und stellte fest, dass die Beifahrertür nur angelehnt war. Der Strahl der Taschenlampe erfasste ein paar dunkle Flecken auf dem Asphalt, dicht am Rande der Fahrbahn.

»Blut«, sagte er.

»Sollten wir das nicht der Zentrale melden?«, fragte Martinsen.

»Ja …«, erwiderte Per, während er mit fernem Blick auf die Brücke starrte. »Aber ich will erst was überprüfen.«

Er trat in den Straßengraben neben der Fahrbahn und folgte dem kurzen Abhang zum Flussufer hinunter. Dichtes feuchtes Gebüsch erschwerte das Vorwärtskommen. Der Untergrund war glatt.

Der Bereich unter der Elvestadbrücke war einst ein beliebter Tummelplatz für Jugendliche gewesen. Er lag außerhalb des Zentrums und war vor neugierigen Blicken der Erwachsenen geschützt. Ein passender Ort für ein paar flüchtige Küsse oder auch mehr. Für einen Schluck aus der Flasche, die jemand aus Papas Barschrank geklaut hatte. Auch Per war dort gewesen. In späteren Jahren hatten Vermüllung und Verfall die meisten Jugendlichen vertrieben, während Obdachlose, Herumtreiber und Junkies die Anonymität des Ortes weiterhin schätzten.

»Was glaubst du denn zu finden?«, fragte Martinsen. »Das ist doch hier die reinste Müllkippe.«

Sie hatte natürlich recht, und Per konnte ihre Abscheu gut nachvollziehen. Die Leute hatten unter der Brücke allen möglichen Müll abgeladen, darunter Möbel und defekte Haushaltsgeräte. Alte, von Motten zerfressene Matratzen lagen herum. Einmal hatten sie jemanden, der an einer Überdosis gestorben war, auf einer der Matratzen gefunden. Vögel und andere Tiere hatten ein ausgiebiges Festmahl gehalten. Die Augen des Mannes waren verschwunden, und Teile des Gesichts waren abgenagt worden. Ein forensischer Odontologe war nötig gewesen, um die Identität des armen Kerls zu klären. Der Tote hatte über eine Woche dort gelegen, ehe man ihn entdeckt hatte.

»Halt die Taschenlampe nach unten gerichtet«, bat Per.

Er glaubte, ein paar Schleifspuren oder etwas Ähnliches im Schlamm unter der Brücke zu sehen. Trotz des Lichtkegels war es schwierig, etwas Genaueres zu erkennen. Plötzlich rutschte Per auf dem weichen Untergrund aus. Er machte einen Ausfallschritt und war kurz davor, das Gleichgewicht wiederzufinden, als er über etwas Hartes stolperte. Martinsen streckte helfend die Hand aus, konnte aber nicht verhindern, dass er rücklings im Matsch landete.

»Alles in Ordnung?«, fragte sie.

»Ja, alles okay…«

Der Sturz war nicht tragisch gewesen. Im schlimmsten Fall würde er eine oder zwei Schürfwunden davontragen. Eher fühlte er sich peinlich berührt und konnte seiner Kollegin kaum in die Augen blicken, als sie ihm wieder auf die Beine half.

»Ich bin vielleicht ein Tollpatsch …«, sagte er und seufzte gereizt, als er die Schmutzspuren an der Uniform entdeckte.

Während er versuchte, den schlimmsten Dreck wegzuwischen, sah er im Licht der Taschenlampe, dass rote Flecken auf seiner Hand zurückgeblieben waren. Die zähe Konsistenz ließ keinen Raum für Zweifel. Als er Martinsen bat, den Lichtstrahl auf den Boden zu richten, sah er, worüber er gestolpert war:

Die Füße einer männlichen Leiche.

KAPITEL 2

21 Jahre, nachdem er aus der Stadt fortgezogen war, überquerte Kommissar Harinder Singh zum ersten Mal wieder
die Elvestadbrücke. Er sah die Glomma vorbeirauschen. Er
sah den Qualm der Fabrik in der Ferne. Den hohen Turm
der alten Kirche am Ende der Kirkegate. Und er sah die
Konturen einer Kleinstadt, die sich auf den ersten Blick
nicht im Geringsten verändert hatte.

Genauso, wie sie es mögen, dachte er.

Zusammen mit seiner Kollegin Rachel Hauge hatte er an
einem Sonntagmorgen 160 Kilometer mit dem Wagen zu-
rückgelegt, nachdem in Oslo die Meldung über den Mord
eingegangen war. Die Polizeidienststelle in Elvestad war
klein. Es gab dort weder die Notwendigkeit noch die Ressourcen für qualifizierte Mordermittler und Kriminaltechniker. Als sich das Mordopfer als Mitglied der vornehmen
Familien Davidsen entpuppte, hatte die Polizeichefin nicht
gezögert, sowohl technische als auch taktische Unterstützung durch die Kripo anzufordern.

Einer Sache konnten sich die Einwohner von Elvestad
durchaus rühmen: Sie brachten einander nicht am laufenden Band um. Die Mordrate war seit Ende des Krieges kon-
stant niedrig geblieben. Vor zehn Jahren war zuletzt jemand

in der Stadt ermordet worden. Eine heftige Schlägerei vor einer Kneipe hatte seinerzeit tragisch geendet, als einer der Streithähne sich den Kopf an der Bordsteinkante einschlug. Der Fall hatte keiner großen Ermittlung bedurft; der weinende, reumütige Täter nahm noch an Ort und Stelle die Verantwortung auf sich.

»Ich muss ja doch sagen, dass ich das ziemlich spannend finde«, sagte Rachel Hauge.

»Was denn?«

»Mal deine Heimatstadt zu sehen.«

Harinder Singh schüttelte den Kopf.

»Spannend? Das wirst du nach einem Tag Aufenthalt bestimmt nicht mehr sagen, das kann ich dir versichern.«

»Sieht jedenfalls nicht nach dem schlimmsten Ort zum Aufwachsen aus.«

»Verglichen womit?«, sagte Harinder. »Rakkestad?«

Sie schmunzelte angesichts des kleinen Angriffs auf ihre eigene Heimatstadt. »Ja, zum Beispiel.«

Rachel Hauge war 32 und ein aufsteigender Stern. Abteilungsleiter Musæus, im Allgemeinen die Maus genannt, hatte sie vom Polizeidistrikt Oslo zur Kripo geholt. Er betonte gern, dass er ein gutes Auge für Talente habe. Und in diesem Fall hatte er unzweifelhaft recht gehabt. Harinder hatte ziemlich schnell begriffen, dass Rachel diese Kombination aus Intelligenz und Phantasie besaß, die so wichtig für die Ermittlungsarbeit war. Und noch etwas anderes, was er derzeit bei den meisten Menschen vermisste.

Esprit.

Die rothaarige Kollegin durfte gern glauben, dass es spannend war, nach Staden zu kommen, Harinder selbst hätte die Reise allerdings am liebsten vermieden. Als die

Maus angerufen und seinen lang ersehnten Sonntagsfrieden gestört hatte, hatte Harinder sogar gefragt, ob sein Chef nicht jemand anderes für den Auftrag suchen könne. Das könne er bestimmt, hatte der Chef geantwortet, allerdings habe er keine Lust dazu. Er meinte nämlich, dass Harinders Ortskenntnisse von Nutzen sein könnten.

Und wenn die Maus sich erst einmal entschieden hatte, war es sinnlos, die Diskussion fortzuführen.

Harinders Widerwille beruhte auf mehr als der Tatsache, dass er eigentlich geplant hatte, in der Osterwoche ein paar Überstunden abzufeiern und Zeit mit seiner Tochter Savi zu verbringen. Auch wenn das allein schon ein wunder Punkt war. Denn Savi lebte mit ihrer Mutter und dem Stiefvater in Holmlia, und Harinder sah sie nur selten. Woran in erster Linie seine Arbeit schuld war. Als taktischer Ermittler bei der Kripo musste er ständig damit rechnen, ohne große Vorwarnung irgendwohin geschickt zu werden. Und hätte die Maus ihn auf die Hochebene von Finnmark geschickt, hätte er auch nicht protestiert.

Staden hingegen war etwas völlig anderes.

Harinder konnte sich noch gut an den Tag erinnern, an dem er als Achtjähriger erfahren hatte, dass seine Familie in die Heimatstadt der Mutter im hintersten Winkel von Østerdalen umziehen würde, einen Ort, in dem er nur ein paarmal gewesen war, um seine Großeltern zu besuchen. Im Laufe eines kurzen Gesprächs war die ihm bekannte Welt zusammengestürzt, und weder feuchte Tränen noch wütende Proteste hatten an dem Entschluss etwas ändern können. Er musste sich von der sicheren und vertrauten Gegend im Osloer Osten verabschieden, von einer Schule, an der er sich wohlfühlte, und von allen seinen Freunden.

Und das alles zum Vorteil einer Kleinstadt, die näher an der schwedischen Grenze als an Oslo lag. Er wusste noch, wie er sich in seinem Zimmer eingeschlossen und heulend im Bett gelegen hatte. Wie er seine Eltern angebrüllt hatte, dass er sie hasste.

Damals war er noch zu jung gewesen, um zu verstehen, dass die Eltern keine große Wahl hatten. Seine Mutter arbeitete als Buchhalterin und hatte während der Bankenkrise in den achtziger Jahren ihre Stellung verloren. Sein Vater stammte aus einem Dorf in der Nähe von Jalandhar im Punjab, war Sohn eines Polizisten und Neffe zweier notorischer Ganoven, vor denen sich das ganze Dorf fürchtete. In den siebziger Jahren, als Bedarf an Arbeitskräften herrschte, war er als junger Mann nach Norwegen ausgewandert. Seine Ausbildung als Ingenieur indes erwies sich auf dem norwegischen Arbeitsmarkt als so gut wie wertlos, so dass er sich mit Putzjobs und anderen Gelegenheitsarbeiten über Wasser hielt.

Ein Cousin der Mutter hatte ihr von einer Stellung bei der Sparkasse Hedmark, Filiale Elvestad erzählt. Kurze Zeit später wurde seinem Vater eine Arbeit in der Papierfabrik außerhalb der Stadt angeboten.

Steht man mit leeren Händen da, hat man keine große Wahl.

Der Übergang war heftig gewesen. Von zwei vollen Parallelklassen mit je 30 Schülern zu einer Gemeinschaftsklasse mit 15. 15 fremde Gesichter mit seltsamem Akzent, die ihn misstrauisch beäugten, weil er ganz offensichtlich nicht einer von ihnen war. Und es gab genügend Klassenkameraden, die nicht zögerten, auf diese Dinge deutlich hinzuweisen. Zugezogene aus der Hauptstadt waren eine Sache, eher

Dunkelhäutige eine andere. Man hätte meinen sollen, dass eine norwegische Mutter mit Wurzeln in der Stadt eine Hilfe gewesen wäre, aber das machte es in vielerlei Hinsicht nur schlimmer. Sie hatte einen Dunkelhäutigen *geheiratet*.

An einem Ort wie Staden lernte man zu kämpfen.

Niemals war es ihm gelungen, die dort herrschende, rückwärtsgewandte Mentalität auch nur annährend zu verstehen. Nie hatte er vergessen dürfen, dass er anders war. Dass er streng genommen nicht dorthin gehörte.

Rachel hatte natürlich recht. Es gab noch schlimmere Orte zum Aufwachsen. Verglichen mit dem Dorf, aus dem sein Vater stammte, lebten sie wie die Könige. Materiell betrachtet hatten sie alles, was sie brauchten. Es gab auch gute Leute hier, Menschen, die ihm viel bedeutet hatten. Aber es gab nicht eine schöne Erinnerung an diesen Ort, die nicht von einer hässlichen besudelt worden war.

Nach Abschluss der Schule war er direkt zum Militär gegangen und dann für das Studium weiter nach Oslo gezogen. Als sein Vater die Arbeit in der Papierfabrik verlor und die Familie gezwungen war, wieder näher in Richtung Hauptstadt zu ziehen, schien es, als ob alle Verbindungen nach Elvestad ein für alle Mal durchtrennt waren.

Was Harinder betraf, musste sich daran nichts ändern.

Ungeachtet dessen war er darauf eingestellt, diesen Fall genauso professionell und neutral zu behandeln wie jeden anderen. Gleichwohl konnte er nichts gegen den sich bildenden Kloß in seinem Hals ausrichten, als er zum ersten Mal nach zwei Jahrzehnten die grüne Stahlbrücke wiedersah.

Er wusste, dass auf der anderen Seite noch alte Gespenster warteten.

Und diese machten sich in dem Augenblick in seinen Gedanken breit, als sein Blick auf Eldoråsen fiel, wo seine ehemalige Freundin Martine und ihre Familie gelebt hatten; ein eigener Zweig der allgegenwärtigen Davidsen-Sippe. Er merkte, dass nicht alles so unverändert war, wie es zunächst gewirkt hatte. Es sah aus, als ob ein Teil des Waldes am unteren Ende des Hangs entfernt worden wäre und dort jetzt neue Wohnhäuser entstünden. Spuren von getrocknetem Matsch, der vermutlich von Kettenfahrzeugen stammte, führten von der Hauptstraße zu einem künstlichen Hügel auf der Südseite des Hangs. Ein großes Schild versprach neue Häuser mit »Panoramablick« auf den Fluss. Das große, altmodische D im Logo der Immobiliengesellschaft war identisch mit dem im Logo der Papierfabrik.

Die Kriminaltechniker der Kripo waren bereits im Morgengrauen ausgerückt. Als Harinder Singh und Rachel Hauge eintrafen, hatten die Männer schon mit der Spurensicherung im Umkreis der Brücke begonnen. Sie hatten einen begehbaren Weg durch das Gebüsch und hinunter zu der Stelle freigelegt, wo die Leiche gefunden worden war. Blaue Blitzlichter zuckten, während die Leiche, der Tatort und der verlassene Audi aus allen erdenklichen Blickwinkeln fotografiert wurden. Kriminaltechniker in Overalls und mit Plastiküberzügen an den Schuhen stocherten auf der Jagd nach Spuren mit Pinzetten im Boden herum. Ein Streifenpolizist hielt an der Straße Wache, um Unwillkommene auf Abstand zu halten.

Die beiden Ermittler parkten und stapften den Weg hinunter. Der herbe Geruch des Flusswassers, vermischt mit kürzlich erfolgtem Niederschlag, hing in der Luft. Sie stießen auf eine kleine Gruppe aus drei Polizisten. Der Locken-kopf mit der verdreckten Uniform und seine jüngere Kollegin waren Per Lyngstad und Dina Martinsen. Die dritte Person war eine blonde Frau mit Rangabzeichen auf den Schultern. Polizeiinspektorin Sara Bolstad, die Leiterin der Polizeistation Elvestad. Als Harinder in Oslo losgefahren war, hatte er kurz mit ihr telefoniert, um einen groben Situationsbericht zu bekommen und um sie wissen zu lassen, dass er und Rachel unterwegs waren.

Nach den üblichen Höflichkeitsphrasen bat Harinder um eine Beschreibung der Umstände des Leichenfunds. Per Lyngstad war es sichtlich unangenehm zu beschreiben, wie er das Gleichgewicht verloren hatte und über den Toten gestolpert war. Er war noch nicht dazu gekommen, sich umzuziehen, doch dass er womöglich den Tatort verunreinigt hatte, bekümmerte ihn weitaus mehr als sein Äußeres.

»Machen Sie sich deswegen keine Gedanken«, sagte Harinder. »Aber der Ordnung halber sollten Sie Ihre Uniform und die Stiefel den Technikern zur Untersuchung vorlegen.«

Per nickte.

Er und Martinsen hatten die Leiche oberflächlich untersucht, nachdem sie den Fund gemeldet hatten. Sie wussten, dass es eine Weile dauern würde, bis die Kriminaltechniker aus Oslo einträfen. Zwecks Dokumentation hatten sie Fotos mit den Handys geschossen. Es gab Risse in der Kleidung des Toten, die anzeigten, wo ein scharfes Objekt, möglicherweise ein Messer, ihn getroffen hatte. Er war mehrmals in Brust und Bauch gestochen worden, außerdem einmal in den Hals. Das Blut am Mund des Opfers deutete auf schwere innere Verletzungen hin.

Ein gewaltsamer Tod.

»Der Audi gehört Glenn Davidsen, aber ich konnte schnell feststellen, dass es nicht er war, den wir gefunden hatten«, sagte Per. »Der Tote ist sein Sohn.«

Axel Davidsen war 20 Jahre alt, Student im ersten Semester an der Norwegian Business School in Oslo, ein lokales Fußballtalent und Präsident des Abiturkomitees aus dem letzten Schuljahr.

Doch zuallererst ein Davidsen.

Harinder kannte die Familie besser, als irgendjemand von den anderen auch nur vermutete. Der Fabrikbesitzer, dem der Audi gehörte, war zehn Jahre älter als er. Sie waren nie Freunde gewesen oder hatten sich in denselben Kreisen bewegt, doch Harinder konnte sich gut an ihn erinnern. Wenn Glenn Davidsen es die Mühe wert fand, konnte er charmant und freundlich sein, aber ebenso konnte er ein arrogantes Arschloch sein. Und außerdem schwer zu zügeln. Als er einmal ohne Führerschein und betrunken am Steuer seines Wagens geschnappt worden war, hatte Vater Georg direkt den Polizeichef angerufen und die Sache geregelt. Weil sie so viel in der Stadt und der Umgegend besaßen, gingen sie davon aus, auch alle zu besitzen, die dort lebten.

Nur selten nahm es jemand auf sich, sie zu korrigieren.

Unter der grünen Stahlbrücke war nun also der Erbprinz gefunden worden. Jemand hatte ihn erstochen und inmitten von Müll und mottenzerfressenen Matratzen zurückgelassen.

Harinder kannte die Einwohner gut genug, um zu wissen, dass die Reaktionen auf den Todesfall kräftig ausfallen würden. Sie würden eine umgehende Aufklärung des Verbrechens verlangen. Abgesehen davon würde der Davidsen-Clan ihnen während der Ermittlungen ständig im Nacken sitzen. Es ließ sich kaum ahnen, was diesen Menschen alles einfallen könnte.

Arbeitsruhe konnten sie schlichtweg vergessen.

Harinder überkam der plötzliche Drang nach einer Zigarette. Es war sechs Monate her, dass er seinen letzten Zug genommen hatte. Savis langjährige Kampagne, ihm das Rauchen abzugewöhnen, hatte schlussendlich gefruchtet. Doch er vermisste es.

»Gibt es hier irgendwo Überwachungskameras in der Nähe?«, fragte er.

Die Polizeichefin schüttelte den Kopf.

»Die nächste Kamera befindet sich an der Kreuzung Storgate und Parkvei«, sagte sie. Ihr hart ausgesprochenes R und die weichen Konsonanten verrieten, dass sie nicht aus der Gegend stammte. »Die zeichnet den ganzen Verkehr stadtein- und stadtauswärts auf. Da dürften wir wohl eine Aufnahme des Audi finden.«

Ivan Moreno koordinierte die kriminaltechnischen Arbeiten und war einer der Ersten am Tatort, nachdem die Kripo hinzugezogen worden war. Er war nicht zu übersehen. Ein groß gewachsener Bär, der unter Alopezie litt. Seit er ein Teenager war, hatte er nicht ein einziges Haar auf dem Kopf getragen. Weder Bartwuchs noch Augenbrauen.

Sobald Harinder und Rachel sich mit Overall, Papierhaube und Plastikpuschen ausgerüstet hatten, führte Moreno sie am Tatort herum. Ein kleines Zelt war am Fundort errichtet worden, um die Leiche in dieser frühen, kritischen Phase der Ermittlung zu schützen.

Moreno zeigte ihnen einen durchsichtigen Beweisbeutel, der eine Geldbörse enthielt.

»Die haben wir in seiner Innentasche gefunden. Darin

ist ein Führerschein, ausgestellt auf Axel Christian Georg Davidsen, 20 Jahre alt. Das Foto stimmt mit dem Äußeren des Toten überein.«

»Er ist es. Die örtliche Polizei hat ihn sofort erkannt«, sagte Harinder.

Die Geldbörse enthielt außerdem fünfhundert Kronen in bar sowie eine Kreditkarte. Er trug eine teure Uhr am Handgelenk, ein iPhone steckte in seiner Jackentasche.

»Da können wir einen Überfall als Motiv ja sofort ausschließen«, sagte Rachel.

Moreno zeigte auf eine Stelle, die mit Absperrband umgeben war. Am Boden waren viel Blut und Schleifspuren zu sehen.

»Ich glaube, dass das Opfer dort ermordet und dann unter die Brücke geschleift wurde«, sagte er.

»Ein Versuch, die Leiche zu verstecken?«, fragte Rachel.

»Vielleicht«, erwiderte Harinder.

Morenos Team würde so lange wie nötig am Tatort arbeiten. Sonntage wurden als Überstunden bezahlt, die Motivation der Techniker stand außer Frage.

»Der Wagen wurde erstmals gegen zwei in der Nacht entdeckt«, sagte Harinder. »Wir müssen also herausfinden, wann genau und aus welchem Grund Axel Davidsen hierhergekommen ist. Und ob jemand mit ihm zusammen war.«

»Es gibt eigentlich nur wenige realistische Szenarien«, sagte Rachel. »Erstens: Das Opfer kam allein hierher und hat den Täter getroffen – entweder zufällig oder nach Absprache. Zweitens: Das Opfer war in Begleitung einer weiteren Person und ist dann dem Täter begegnet. Oder drittens: Er ist mit dem Täter gemeinsam hergekommen.«

»Genau. So oder so haben wir es also mit jemandem zu

tun, den er kannte«, sagte Harinder. »An einem Ort wie diesem ist alles andere völlig undenkbar.«

»Was sagt der Rechtsmediziner?«, fragte Rachel.

»Ach, ihr wisst ja, wie die sind«, erwiderte Moreno. »Immer sehr vorsichtig mit Äußerungen, ehe die Obduktion stattgefunden hat, und gern auch dann noch zurückhaltend. Aber die Todesursache ist einigermaßen offensichtlich. Dem Opfer wurden mehrere Stiche mit einem scharfen Gegenstand zugefügt, wahrscheinlich einem Messer. Und infolge der Verletzungen ist er dann gestorben.«

Es schien sich um ein einfaches, gerades Messerblatt von etwa zehn Zentimetern Länge gehandelt zu haben. Ein Springmesser oder ein Taschenmesser. Es gab deutliche Anzeichen eines Kampfes. Das Opfer hatte Verletzungen am rechten Handrücken und im Gesicht. Moreno deutete die Zeichen so, dass der junge Davidsen sowohl ausgeteilt als auch eingesteckt hatte.

»Zeitpunkt?«, fragte Harinder.

»Nach der Körpertemperatur zu urteilen, kann er nicht mehr als zwei oder drei Stunden tot gewesen sein, als er entdeckt wurde. Sobald der Obduktionsbericht fertig ist, wissen wir mehr«, sagte Moreno.

»Wie oft wurde auf ihn eingestochen?«

»Neunmal«, sagte Moreno. »Achtmal mehr als nötig. Jeder einzelne der Stiche hätte ihn töten können.«

Neun Einstiche.

Was konnte jemanden nur dazu bringen, neunmal mit einem Messer auf einen anderen Menschen einzustechen? Hinter solch einer Handlung musste eine ungeheure Wut stecken. Selbst für einen aus der Kontrolle geratenen Zweikampf wirkte das alles viel zu heftig.

Ein kalter Windhauch ließ Harinder erschaudern. Sein Blick schweifte umher. Nur wenige Meter neben ihnen floss die Glomma mächtig und rauschend unter der Brücke dahin. Die Brücke war im Laufe der Jahre rostig geworden, außerdem verschandelt von der Umgebung, die eher einer Müllhalde als einer Passage glich. Harinder konnte deutlich den Verfall sehen, der seit damals eingetreten war, und das machte ihn überraschend traurig. Auf dem Weg hierher hatte er nur an die schlechten Erinnerungen und Assoziationen gedacht, die der Ort mit sich brachte. Jetzt dachte er daran, dass er einmal jemanden unter der Brücke geküsst hatte.

Alte Gespenster suchten diesen Ort heim. Eine Ablenkung, die er nun wirklich nicht brauchte.

»Nein, da bleibt uns wohl nichts anderes übrig, als in diesem Dreckstall aufzuräumen«, sagte er. »Wir verschaffen uns erst mal eine Übersicht über Familie und Bekannte. Dort sind die Täter meist zu finden, und auch dieses Mal wird es nicht anders sein.«

KAPITEL 3

Das Tor an der Parkallé verdeutlichte, dass alles dahinter Privatbesitz war. Die Häuser, der tadellose Asphalt der Straße und die üppigen grünen Linden, die sie flankierten. Alles gehörte der Familie Davidsen.

Am Ende der Zufahrt lag ein massives Haus aus grauem Stein, das Harinder eher an eine germanische Festung als an das Heim einer Familie erinnerte. Das prächtige Gebäude stand dort, wo während des Krieges ein schönes altes Herrenhaus in Flammen aufgegangen war, ehe der Großvater von Axel Davidsen das Grundstück an sich gerissen und das geschmacklose Monument als Zeichen seines Wohlstandes darauf errichtet hatte.

Sie saßen zu dritt im Wagen, Polizeichefin Bolstad hatte auf der Rückbank Platz genommen. Als oberste Vertreterin der Polizei in Staden wollte sie dabei sein, wenn die Familie über den Todesfall unterrichtet werden würde. Eine schwere Aufgabe, die auch nicht leichter wurde, wenn man viel Berufserfahrung besaß. Nichts, was man tat oder sagte, konnte den Aufprall dämpfen.

Vielleicht hatte sie deshalb Verstärkung mitgenommen, dachte Harinder und warf einen Blick in den Rückspiegel. Ein kleines weißes Elektroauto folgte ihnen lautlos. Der

Gemeindepfarrer von Elvestad war zusammen mit anderen Schaulustigen an der Brücke aufgetaucht. Wobei es sich in seinem Falle um mehr als nur morbide Neugier gehandelt hatte. Jemand hatte ihn informiert, woraufhin er die Vorbereitungen für den sonntäglichen Gottesdienst abgebrochen hatte. Sofort hatte er sich angeboten, die Polizei zu den Angehörigen zu begleiten, und Bolstad hatte das für eine gute Idee gehalten.

Harinder kannte ihn aus alten Zeiten. Als er das Gymnasium besucht hatte, war Karl Erik »Kalle« Ramsberg ein junger Vertretungslehrer gewesen. Er war der Sohn des alten Gemeindepfarrers und hatte Religion unterrichtet. Abgesehen davon, dass sein rotblondes Haar merklich dünner geworden war, hatte er sich nicht viel verändert.

Glenn Davidsen war als Eigentümer des Besitzes aufgeführt. Er war der ältere der beiden Söhne von Georg Davidsen und hatte sein Elternhaus zur selben Zeit übernommen, wie er geschäftsführender Direktor der Davidsen International geworden war. Innerhalb der Familie galt die Übernahme als wichtiger symbolischer Schritt des Generationenwechsels. Er lebte zusammen mit seiner Frau Caroline und den Kindern Andrea und Axel.

Sara Bolstad wusste auch zu berichten, dass der alte Direktor Georg noch immer mit Argusaugen über das Haus wachte. Er war 75 und hatte drei Jahre zuvor einen mittelschweren Schlaganfall erlitten. Wenn es um große und wichtige Entscheidungen ging, hatte der Patriarch vermutlich noch immer das letzte Wort.

»Wie gut kennen Sie die Familie?«, fragte Rachel.

»Ich habe sie ein paarmal zu verschiedenen Gelegenheiten getroffen«, erwiderte Bolstad. »Aber ich kann nicht sagen, dass ich sie gut kenne. Die Familie ist sehr verschlossen.«

»Inwiefern?«

»Man kann an ihrem Tisch sitzen, ihre Speisen zu sich nehmen und ihren Wein trinken, aber ebenbürtig wird man nie. Deren Loyalität endet an der Toreinfahrt, die wir gerade passiert haben.«

»Die Michael-Corleone-Doktrin«, sagte Harinder.

»Wie bitte?«, fragte Rachel.

»*Ergreife nie wieder gegen Deine Familie für irgendjemand Partei.*«

Harinder wartete vergeblich darauf, dass Rachel das Zitat erkannte.

»Das ist aus *Der Pate*. Sie haben merkbare Lücken in Ihrer Allgemeinbildung, mein Fräulein.«

Sie hielten vor der Parkallé 1 an. Es war noch keine zehn Uhr. Die nicht mehr ganz junge Hausangestellte, die die Tür öffnete, wusste natürlich sofort, dass etwas Schreckliches passiert war, als sie die vierköpfige Abordnung entdeckte. Sie bat sie, einen Augenblick in der geräumigen Eingangshalle zu warten. Die war mit zwei massiven Kleiderschränken, Schuhregalen und einem hohen Spiegel ausgerüstet, der eine ganze Wand bedeckte. Auf einem kleinen Tisch stand eine Vase mit Osterglocken.

Glenn Davidsen begrüßte sie. Obwohl noch früher Sonntagmorgen herrschte, war er elegant und formell gekleidet. Diskrete Sonnenbräune, kaum eine Falte im Gesicht und ohne Andeutung eines grauen Haars in der blonden, wohlfrisierten Mähne. Nicht schlecht für einen 51-jährigen Mann, der in einem Ort lebte, wo der Winter ein halbes Jahr andauerte.

Sein Blick wanderte abwartend zwischen den vier Besuchern hin und her. Harinder stellte sich ganz neutral als »Kommissar Singh« vor, ohne zu erwähnen, dass sie einander schon vor vielen Jahren begegnet waren. Glenn Davidsen schien ihn nicht wiederzuerkennen.

»Worum geht es denn?«, fragte er.

»Ist Caroline zu Hause?«, fragte Polizeichefin Bolstad.

Glenn nickte und rief seine Frau. Nach dem morgendlichen Sport noch im Trainingsanzug, trat Caroline zu den anderen. Sie war ein paar Jahre jünger als ihr Mann und anscheinend weniger eitel, da sie es unterlassen hatte, die grau gewordenen Haarsträhnen zu färben. Harinder wusste, dass sie eine ehemalige Teilnehmerin des Miss-Norwegen-Wettbewerbs war und aus einer guten Familie in Hamar kam. Als sie und Glenn geheiratet hatten, wurde die Verbindung von allen Seiten als perfekter Zusammenschluss betrachtet.

Die Polizeichefin überbrachte die Nachricht, und Harinder sah, wie der Gesichtsausdruck von Glenn Davidsen binnen Sekunden von Unglauben in Entsetzen umschlug. Er sagte keinen Ton, streckte nur den Arm aus, um sich am Türrahmen abzustützen. Sein Atem ging schwer, als hätte er Schwierigkeiten Luft zu bekommen. Carolines Reaktion war sowohl heftiger als auch unmittelbarer. Ein lauter, schmerzerfüllter Schrei hallte durch den Raum. Fast wäre sie auf dem Fußboden zusammengebrochen, wenn der Pfarrer nicht zu ihr getreten wäre und sie festgehalten hätte.

Die Familie war im Salon versammelt. Glenn und Caroline Davidsen hatten mit Tochter Andrea in der Sofagruppe Platz genommen. Die junge Frau hatte ihr Aussehen weitgehend von der Mutter geerbt, bis auf eine Ausnahme: Die blaugrünen Augen waren unverwechselbar Davidsen-Augen.

Martine hatte solche Augen gehabt.

Glenns leerer Blick wirkte wie der eines Mannes, der sich schon mit ein paar Schnäpsen beruhigt hatte. Sein Vater, Georg, hatte sich in einem Sessel in der Ecke niedergelassen. Da saß er und umklammerte seinen Gehstock. Sein Schädel glänzte. Nur ein paar dünne weiße Strähnen an den Seiten waren von seinen Haaren noch übrig. Seine Augen waren tief in die Höhlen eingesunken, wirkten allerdings noch so klar, wie sie immer gewesen waren.

Harinder wusste, dass die Familie Zeit und Ruhe brauchte, um den Verlust zu bewältigen, anderseits konnte die Übersicht von Axels Aktivitäten im Vorfeld des Mordes nicht warten. Vorläufig gab es keine Zeugen, weshalb mit allen Personen gesprochen werden musste, die ihn möglicherweise im Laufe des Samstags gesehen hatten. Harinder wollte so schnell wie möglich eine umfassende Liste mit Kandidaten haben und noch vor Ende des Tages mit den Zeugenvernehmungen beginnen.

»Ich weiß, dass das nicht einfach ist, aber wären Sie bereit, ein paar Fragen zu beantworten?«, fragte er.

Mit einer gewissen Kraftanstrengung richtete Glenn sich auf und nickte. Caroline schien außerstande, eine Antwort zu geben. Sie hatte eine Hand auf den Arm ihres Mannes und die andere auf den der Tochter gelegt, als ob sie sich an den beiden festklammern wollte.

Es war fast unmöglich, kein Mitgefühl aufzubringen. Sie hatten einen Sohn, einen Bruder, einen Enkel verloren. Das Leben würde nie wieder so sein wie vorher. Harinders eigene größte Angst bestand darin, dass seiner minderjährigen Tochter etwas zustoßen könnte. Diese Angst hatte er seit ihrer Geburt, und sie war auch nicht verschwunden, nur weil Savi inzwischen älter geworden war. Harinder bezweifelte, dass sich daran je etwas ändern würde.

»Habe ich das richtig verstanden, dass Axel in Oslo gewohnt und dort studiert hat?«, fragte er.

Glenn Davidsen nickte.

»Er studiert ... *studierte* Business Management an der BI in Oslo«, sagte er.

»Aber er war über die Osterferien zu Hause?«

»Donnerstagabend ist er gekommen«, sagte Glenn. Er schluchzte und rieb sich die Augen. »Er hatte zwei Wochen Osterferien. Wir hatten vor, einen Tag vor Gründonnerstag alle zusammen zu unserer Hütte in Kvitfjell hochzufahren und dort das Osterwochenende zu verbringen.«

»Wann haben Sie ihn das letzte Mal gesehen oder mit ihm gesprochen?«

»Am Samstag habe ich ihn überhaupt nicht gesehen«, erklärte Glenn. »Ich bin ins Büro gefahren, noch ehe Axel aufgestanden war, und bin erst spät wieder nach Hause gekommen. Es gab viel zu erledigen, ehe ich mich in die Osterferien verabschieden konnte. Axel war noch nicht zurück, als Caroline und ich zu Bett gegangen sind. Aber es war Samstagabend, also war das nichts Ungewöhnliches. Er wollte natürlich Zeit mit seinen Freunden verbringen, wenn er schon mal zu Hause war ...«

Harinder hörte, dass Glenns Stimme zu versagen drohte, und wandte sich daher an Caroline.

»Was ist mit Ihnen?«

»Wir haben uns am Frühstückstisch unterhalten, nachdem er aufgestanden war. Danach ist er dann zum Training gefahren«, sagte Caroline. Sie sprach leise, und Harinder fragte sich, ob sie ein Beruhigungsmittel zu sich genommen hatte. »Ich habe den Nachmittag mit ein paar Freundinnen verbracht und Axel danach nicht mehr gesehen. Aber er muss nach dem Training zu Hause gewesen sein. Seine benutzten Sachen lagen im Waschraum.«

»Welche Pläne hatte er für den Abend?«

Keiner von den Erwachsenen konnte es mit Sicherheit sagen, aber sie vermuteten, dass er etwas mit seinen Freunden unternehmen wollte, die in den Ferien ebenfalls nach Hause gekommen waren. Als Harinder nach Details fragte, wurden ihm die Namen von drei Jungen genannt, die anscheinend zu Axels engstem Freundeskreis gehörten. Das reichte zunächst. Die drei könnten ihm und Rachel mit Sicherheit noch weitere Namen nennen.

»Ja, und dann Susanne«, sagte Caroline. »Ich glaube, sie war auch zu Hause, wobei wir sie nicht gesehen haben ...«

»Susanne?«

»Susanne Rustad«, sagte Glenn. »Seine Freundin. Die wohnen zusammen in Oslo.«

Andrea räusperte sich. »Ich glaube, die sind gar nicht mehr zusammen ...«, sagte sie.

»Ach«, entgegnete Glenn, als ob ihm dies völlig neu wäre.

Freundin oder Exfreundin, jedenfalls hatte Susanne sich schnell einen Ehrenplatz auf der Liste mit Zeugen erworben, die befragt werden mussten.

»Was ist mit Leuten, mit denen Axel sich nicht so gut verstanden hat? War er vielleicht in einen Konflikt verwickelt?«, fragte Harinder.

Glenn und Caroline schüttelten unisono den Kopf.

»Ich weiß von keinem Konflikt«, sagte Glenn. »Axel war beliebt. Die Leute mochten ihn.«

Harinder richtete den Blick auf Andrea.

»War das auch Ihr Eindruck?«

»Ja. Axel war außergewöhnlich beliebt«, sagte sie mit Tränen in den Augen.

»Gab es irgendetwas an seinem Verhalten, das auf Angst oder Unruhe hindeuten konnte?«

»Nein. Ganz im Gegenteil«, sagte Glenn.

»Er hatte überaus gute Laune, als ich ihn das letzte Mal gesehen habe«, sagte Caroline.

»Haben Sie eine Vorstellung davon, was geschehen sein könnte? Oder wer...?«, fragte Glenn.

»Nein, es ist noch zu früh, etwas darüber zu sagen, leider«, erwiderte Harinder. »Er wurde erstochen, es gibt Anzeichen dafür, dass ein Kampf stattgefunden hat, und wir müssen davon ausgehen, dass er den Täter kannte. Mehr lässt sich im Augenblick nicht sagen.«

»Gibt es etwas, das wir tun können?«

»Ja, geben Sie uns Bescheid, sobald Ihnen noch mehr einfällt. Es kann wichtig sein, egal, wie trivial es Ihnen vorkommen mag.«

»Mit anderen Worten also auf dem Hintern sitzen und Däumchen drehen, während da draußen ein Mörder herumläuft?«, fragte Glenn. Seine Trauer war von Wut abgelöst worden. Sein Blick war wieder klar. »Ich weiß, dass Sie nicht von hier sind. Aber lassen Sie sich gesagt sein, dass wir über Ressourcen verfügen: Leute, Ausrüstung, Genehmigungen – das alles ist nur ein Telefongespräch entfernt. Sie als Polizeibeamte müssen an Budgets und so etwas denken, aber uns mangelt es nicht an Mitteln. Wir werden dieses Schwein finden!«

Harinder wollte auf den polemischen Tonfall seines Gegenübers nicht eingehen, insbesondere nicht, weil Glenn sich anscheinend schon am Barschrank versorgt hatte.

»Sollten wir etwas benötigen, melden wir uns bei Ihnen«, entgegnete er so diplomatisch wie nur möglich.

Glenn sagte nichts, sondern sank mit gebeugtem Kopf nur tiefer in das Sofa.

»Ich hoffe, dass Sie es tun«, sagte Georg Davidsen. Der Patriarch sprach leise, aber deutlich. »Wir erwarten, über jede Entwicklung auf dem Laufenden gehalten zu werden.«

Das tust du ganz bestimmt, dachte Harinder.

»Dürfen wir uns Axels Zimmer ansehen?«, fragte Rachel.

Axels Zimmer lag im ersten Stock, im selben Flügel wie die Schlafzimmer seiner Eltern und seiner Schwester. Im Zimmer des jungen Mannes herrschte Ordnung. Keine Kleidung oder sonstige Gegenstände auf dem Fußboden. Das Bett war gemacht, mit beinahe militärischer Präzision. Schranktüren und Schubladen waren geschlossen. Der Schreibtisch war aufgeräumt. Keine losen Poster an den Wänden, alle waren eingerahmt. An der Wand gegenüber dem Bett hing ein Flachbildschirm von mindestens 40 Zoll.

»Viel kann er in letzter Zeit nicht hier gewesen sein«, sagte Harinder. »Meine Wohnung sieht chaotischer aus.«

»Aber du hast vermutlich auch keine Haushaltshilfe«, mutmaßte Rachel.

»Nicht mehr, seitdem meine Frau ausgezogen ist.«

»Womit wir immerhin dieses Mysterium gelöst hätten.«

»Dann lass uns doch mal sehen, ob wir ebenso geschickt

dunkle Geheimnisse ausgraben können wie dummes Zeug von uns zu geben«, sagte Harinder. »Sieh dir doch bitte den Schrank und die Regale an.«

Er selbst trat an den Schreibtisch. Das einzig Interessante war das eingerahmte Foto einer sehr jungen, lächelnden Frau, bei der es sich vermutlich um Susanne Rustad, Axels Freundin, handelte. Oder Exfreundin. Eine fotogene Brünette mit Rehaugen, langem Pferdeschwanz und sonnengebräunter Haut. Harinder ging davon aus, dass sie hoch oben in der Liste der lokalen Schönheiten rangierte. Etwas anderes wäre für einen Davidsen auch nicht infrage gekommen.

Auf dem Boden neben dem Schreibtisch stand eine Computertasche. Darin befanden sich Fachbücher und ein Macbook. Eines der neuen Modelle, die so gut wie gar nichts wogen. Er legte das Laptop in einen Beweisbeutel. Mit dem Computer und dem Handy verfügten sie nun über die wichtigsten Gegenstände, die dem Opfer gehört hatten.

»Gilt das hier wohl als dunkles Geheimnis?«, fragte Rachel und hielt ein Pillenglas hoch, das sie im Regalfach hinter einigen DVDs entdeckt hatte. Das Gläschen war unbeschriftet. Die länglichen weißen Kapseln waren ganz sicher nicht in einer gewöhnlichen Apotheke gekauft worden.

»Amphetamin, falls ich mich nicht irre«, sagte sie.

»Wir nehmen sie mit, wobei ich nicht glaube, dass die Pillen etwas mit dem Mord zu tun haben«, sagte Harinder. »Axel Davidsen hat bestimmt nicht den falschen Leuten Geld geschuldet. Das tun derart stinkreiche Menschen für gewöhnlich nicht.«

Harinder ging noch einmal durch den Raum. Wenn es auch nicht wie ein typisches Jungenzimmer aussah, so war es doch ein Zimmer, in dem eine Kindheit stattgefunden hatte, in dem bleibende Erinnerungen geformt und in dem eine Zukunft geplant worden war. Eine so helle Zukunft, dass der Junge eine Sonnenbrille tragen musste, wie es in einem Lied hieß.

Eine Zukunft, die abrupt mit neun Messerstichen geendet hatte.

KAPITEL 4

Lars Müller war auf dem Weg nach Hamar, als er am frühen Sonntagmorgen die Brugate passierte und die Absperrungen am Straßenrand entdeckte. Er erkannte den blauen Audi, den Glenn Davidsen seinem verwöhnten Sohn zum Geburtstag geschenkt hatte, und begriff sofort, dass irgendetwas Schlimmes passiert sein musste. Viele Jahre war er selbst Polizist gewesen, bis diese Deppen, die dem Polizeidistrikt Innlandet vorstanden, beschlossen hatten, eine Emanze aus Südwestnorwegen einzustellen, um die Leitung der Polizeistation Elvestad zu übernehmen. Früh hatte Müller verstanden, dass eine weitaus heller leuchtende Zukunft im privaten Bereich der Sicherheitsbranche auf ihn wartete. Wer hatte schon Lust, für eine humorlose und neurotische Frau zu arbeiten, die selbst hinter den unschuldigsten und bestgemeinten Äußerungen einen potenziellen Fall für die Personalabteilung zu wittern glaubte?

In Hamar wartete ein wohlhabendes Ehepaar, das nach einer Woche Urlaub auf den Malediven in ein Haus zurückgekehrt war, das man völlig auf den Kopf gestellt hatte. Jemand war in ihre Villa eingebrochen, hatte die Alarmanlage ausgeschaltet und kurzerhand Möbel und Wertgegenstände mitgehen lassen. Die Polizei verdächtigte eine litauische

Bande, die in Ostnorwegen ihr Unwesen trieb. Ein schwacher Trost für das arme Paar, dem so gut wie alles an beweglichen Gütern gestohlen worden war, abgesehen vom Inhalt der beiden Koffer, die sie bei sich hatten.

Nachdem sie den Einbruch gemeldet hatten, riefen sie den ehemaligen Polizisten an, der kurz vor Weihnachten die Nachbarschaft vor Banden professioneller Einbrecher aus Osteuropa gewarnt hatte. Er hatte die Schwächen des standardisierten Sicherheitssystems aufgezeigt, das im Haus des Paars installiert war, und sich sogar die Mühe gemacht, ihnen zu demonstrieren, wie ein echter Profi mit entsprechender Ausrüstung das System ganz einfach umgehen könnte.

Ohne dass dies einen bleibenden Eindruck bei dem feinen Herrn und seiner mindestens 15 Jahre jüngeren Frau hinterlassen hatte.

Bis zum Eintreten des Schadens.

Müllers Großmut verbot ihm, einen Groll gegen das Paar zu hegen, und er versprach, am Sonntagmorgen vorbeizukommen und ein neues System zu installieren, das seine Firma rund um die Uhr auf dem Kontrollschirm haben würde. Er war sogar bereit, ihnen das System zum selben günstigen Einführungspreis zu verkaufen, den er ihnen vor einem halben Jahr versprochen hatte, und das, obwohl die entsprechende Kampagne bereits beendet war. Das Wichtigste war, dass der Finanzmann und seine Gattin sich in ihrem Heim sicher fühlten.

Sobald er mit der Arbeit fertig war, müsste er Rune anrufen und eine Verabredung mit ihrem festen Hehler in Oslo vereinbaren. Müller hatte die Villa im Dezember ausspioniert und festgestellt, dass das Paar viele schöne Sachen besaß, die wohl einen ordentlichen Batzen Geld wert waren.

All das musste allerdings warten, bis er herausgefunden hätte, was genau an der Elvestadbrücke vorgefallen war.

Er brauchte nicht viel Zeit. Der Streifenpolizist, der am Straßenrand Wache hielt, war ein alter Bekannter von Müller. Jon Fredly war ein Bulle der alten Schule. Ein verlässlicher Typ, der die Ärmel hochkrempelte und seine Arbeit machte, ohne zu seufzen und zu klagen, und der sich für seine Kollegen einsetzte.

Er sah nichts Verwerfliches in einem vertraulichen Schwatz mit einem alten Kollegen. Schnell verstand Müller, dass es um Mord ging, und dass es sich bei dem Opfer um den Sohn von Glenn Davidsen handelte. Ein verwöhnter und unangenehmer Rotzjunge, doch ungeachtet dessen der Erbe des gesamten Davidsen-Imperiums. Demnach also ein *wichtiger* verwöhnter und unangenehmer Rotzjunge.

Alles, was den Davidsen-Clan anging, ging auch Müller etwas an. Schon lange war sein Verhältnis zu der Familie in der Parkallé eine sichere Quelle für Zusatzeinnahmen und Privilegien gewesen.

Die Polizeichefin war überraschend früh vor Ort gewesen, um die Familie über das Auffinden des Toten zu informieren. Eigentlich war Müller froh, nicht derjenige sein zu müssen, der mit den schlechten Nachrichten aufkreuzte. Aber er zögerte nicht allzu lang, ehe er Glenn und Georg anrief, seine Anteilnahme ausdrückte und seine Dienste anbot. Er musste sein Angebot nicht wiederholen.

Der alte Georg war verzweifelt darüber, dass die Polizei die Kripo hinzugezogen hatte. Ihm gefiel der Gedanke nicht, dass Fremde in familiären Angelegenheiten herumwühlen würden. Viel besser fand er die Idee, dass ein alter treuer Freund wie Lars sich der Sache annahm.

An Mitteln sollte es nicht mangeln.

Müller konnte immer noch wie ein Polizist denken. Außerdem kannte er die lokalen Verhältnisse wesentlich besser, als es eine Clownstruppe aus der Hauptstadt jemals könnte. Der Schlüssel zur Lösung eines jeden Falls hieß Informationen, und eben diese einzuholen hatte er schon begonnen. Er hatte eine Liste mit Axels engsten Freunden erstellt und hatte Wind von einer großen Party bekommen, die am Samstagabend bei einem dieser Freunde stattgefunden hatte. Vielleicht war Axel ja direkt von der Party zur Brücke gefahren. In diesem Fall bezweifelte Müller allerdings, dass der Junge allein dorthin gekommen war.

Aber das würde er schon bald herausgefunden haben.

Müller wusste auch, wo er beginnen müsste; bei dem Mädchen, mit dem Axel die letzten zwei Jahre zusammen gewesen war. Die Tochter von Dan Rustad, diesem hirntoten Trottel, den die Einwohner zum Bürgermeister von Elvestad gemacht hatten. Das Mädchen würde sicher das eine oder andere zu erzählen haben.

Während seine alten Kollegen von der Polizeistation Elvestad und die Gäste von der Kripo vor ihren Computerbildschirmen hockten und Tortendiagramme analysierten, würde er von Angesicht zu Angesicht demjenigen gegenüberstehen, der Axel Davidsen erstochen hatte.

Noch ehe Müller mit ihm fertig wäre, würde der Betreffende auf Knien darum flehen, ein Geständnis ablegen zu dürfen.

KAPITEL 5

Rachel Hauge machte es sich im einzigen Vernehmungsraum der Polizeistation bequem. Ein schlichter Raum mit
grauen Wänden, lediglich mit einer Uhr ausgestattet. Vi-
deokameras und Aufnahmegeräte mussten bei Bedarf aus
der Requisitenkammer geholt werden.

Unmodern und unpraktisch, dachte Rachel, die allerdings nichts Besseres erwartet hatte. Im Laufe ihrer acht
Monate bei der Kripo hatte sie oftmals gesehen, wie
schlecht es um die kleinen Polizeiwachen in den ländlichen
Distrikten bestellt war. Warum sollte es daher in einem Ort,
den ihr Kollege als »gottverlassenes Loch mitten Wald« bezeichnete, anders aussehen?

Nur selten hatte sie ihn mit so wenig Enthusiasmus an
einen Fall herangehen sehen. Natürlich war er wie immer
professionell bis in die Fingerspitzen, gleichwohl hatte sie
bisher nichts von der Begeisterung gespürt, die er für gewöhnlich an den Tag legte. Tatsächlich hatte er sogar die
Maus gebeten, sich nach einem anderen Ermittler um-
zuschauen. Dabei musste der Chef sonst darauf achten,
dass Harinder sich nicht zu viel auf einmal vornahm. Wenn
sie demnächst eine Pause einlegten, würde er ihr hoffentlich verraten, weshalb er diesen Ort so sehr verabscheute.

Elvestad war beileibe keine Großstadt, wobei Rachel aus einem noch kleineren Ort stammte, der offiziell gar nicht als Stadt geführt wurde. Auch sie hätte so einiges über Rakkestad sagen können. Und dennoch war sie mehrmals im Jahr zu Hause, um ihre Eltern zu besuchen, ohne den Ort als Ursprung aller Plagen zu sehen. Tatsächlich gab es dort inzwischen sogar Menschen, deren Gesicht sich nicht krampfhaft verzog, wenn sie Hand in Hand mit einer Frau über die Straße ging.

Bei diesem Gedanken warf sie unwillkürlich einen Blick auf ihre rechte Hand. Noch immer gab es diese blasse Spur an ihrem Finger, der bis vor Kurzem noch mit einem goldenen Ring geschmückt war. Sie schätzte sich selbst gern als besonnen ein, tatsächlich aber hatte sie den Ring in einem Wutanfall vom Finger gezogen und gleich einem Projektil von sich geschleudert. Und damit war die ein Jahr währende Verlobungszeit abrupt beendet gewesen.

Wachtmeister Per Lyngstad rollte ein Wägelchen mit Aufnahmegeräten und einer Kanne frischem Kaffee in den Vernehmungsraum. Er montierte die Kameras und überprüfte, ob das Tonbandgerät funktionierte. Dann bereiteten sie sich auf die Ankunft der Frau und der drei jungen Männer vor, die als Zeugen vorgeladen waren. Tore André Bjølset, Vegar Caspersen und Frode Hagen hatten bereits draußen im Gang Platz genommen. Drei anscheinend ganz durchschnittliche junge Männer, die vom Ernst der Stunde geprägt waren. Noch vor einem knappen Jahr hatten sie gemeinsam die Schule besucht.

Harinder hatte die Vernehmungen an Rachel delegiert und vorgeschlagen, dass sie einen der lokalen Polizeibeamten hinzuziehen könne. Es mochte von Vorteil sein, wenn die Zeugen zumindest ein bekanntes Gesicht vor sich hätten. Per hatte sich sofort freiwillig für die Aufgabe gemeldet, obwohl er in den letzten 24 Stunden kaum geschlafen hatte.

»Kennst du einen von denen?«, fragte Rachel.

Per nickte.

»Die sind hier im Ort alle gut bekannt.«

»Und was hast du für einen Eindruck von ihnen?«

»Ich würde sagen, das sind ganz normale nette junge Männer«, erwiderte Per. »Vegar ist immer schon ein sympathischer und ordentlicher Junge gewesen. Gut in der Schule und ein aktiver Kirchgänger. Jetzt studiert er Ingenieurwesen in Gjøvik. Außerdem fährt er Motocross. Nimmt an Wettkämpfen teil, auf ziemlich hohem Niveau sogar.«

»Und die anderen?«

»Leisten ihren Militärdienst in Rena ab. Allerdings kann ich mir für die beiden keine glänzende akademische Zukunft vorstellen. Du darfst mich nicht missverstehen, das sind beide nette Jungs, aber sie beschäftigen sich in erster Linie mit Autos und Partys. Du kennst sicher diesen Typus.«

Rachel nickte. Sie kam aus Indre Østfold und kannte diesen Typus zur Genüge.

Axel Davidsen hatte zu einer der meist privilegierten Familien der Stadt gehört. An einem Ort wie Elvestad bedeutete das sozusagen eine Jugend ohne Gleichgestellte. Seine Freunde stammten aus relativ normalen Familien. Ihre Eltern waren Feuerwehrleute, Lehrerinnen, Zahnärzte und Buchhalter.

Nach dem Abitur waren die Freunde in verschiedene Richtungen versprengt worden, hatten allerdings den Kontakt gepflegt und trafen einander, wenn sie in den Ferien oder an den Feiertagen nach Hause kamen.

»Sollte ich sonst noch was wissen?«, fragte Rachel.

Per dachte nach, ehe er eine Antwort gab.

»Sie alle waren vor fast zwei Jahren Zeugen in einem Vermisstenfall«, sagte er schließlich. »Ein Mädchen aus ihrer Klasse ist in dem Sommer verschwunden. Der Fall hat damals hohe Wellen geschlagen. Sie hieß Carina Johnson und war die Freundin von Vegar Caspersen. Wir haben mit ihm und dem Rest der Klasse gesprochen.«

»Ist was dabei herausgekommen?«

Per schüttelte den Kopf.

»Vegar war mit seinen Eltern im Urlaub, als Carina verschwunden ist. Ich habe mehrmals mit ihm telefoniert, ehe die Familie nach Hause gekommen ist, um bei der Suchaktion zu helfen. Der Junge hat sich ihr Verschwinden sehr zu Herzen genommen.«

Nun, zwei Jahre später, war also einer seiner besten Freunde ermordet worden.

»Er tut mir wirklich leid«, sagte Per.

Rachel nickte.

»Wie ist der Fall ausgegangen?«

»Ist immer noch ungeklärt.«

Pers Tonfall nach zu urteilen, war das ein Fall gewesen, der ihn sehr beschäftigt hatte.

Vegar Caspersen war derjenige, der Axel am längsten gekannt hatte. Da Susanne Rustad noch nicht aufgetaucht war, beschlossen Rachel und Per die Befragung mit ihm zu beginnen.

Der 20-jährige Ingenieurstudent war groß und breitschultrig. Sein dichtes Haar war kurz geschnitten, stand aber in alle Richtungen ab. Es schien, als ob er durch das ständige Auf- und Absetzen seines Motorradhelms es nicht der Mühe wert fand, mit einem Kamm durch sein Haar zu gehen. Er setzte sich an die andere Seite des Tisches und nickte stumm. Die Röte unter seinen Augen verriet, dass er erst vor kurzer Zeit ein paar Tränen weggewischt hatte.

»Bitte erzählen Sie uns doch, wann Sie Axel zuletzt gesehen haben«, sagte Rachel.

Vegar war am Freitagnachmittag nach Staden gekommen, um die Feiertage mit seinen Eltern zu verbringen. Wie die Familie Davidsen hatten sie geplant, kurz vor Ostern ins Gebirge zu fahren. Er hatte Axel und die anderen erst am Samstag getroffen. Tore André Bjølset hatte einige Tage zuvor alle zu einer Party bei sich zu Hause eingeladen, seine Eltern waren verreist.

Am Vormittag war Vegar auf der Piste im Wald vor der Stadt gewesen, um mit seinem Motorrad zu üben. Er hatte für die nächste Landesmeisterschaft eine Medaille ins Auge gefasst und musste daher so oft es ging trainieren. Er und Axel hatten schon angefangen Motocross zu fahren, als sie beide noch in der Mittelstufe gewesen waren. Allerdings war Axel nach einer Weile abgesprungen.

Am Nachmittag hatte Frode Hagen ihn abgeholt, um die erforderlichen Einkäufe für die Party zu erledigen. Axel war Vegar erst begegnet, als sich die ganze Gang gegen fünf Uhr in der Pizzeria Palazzo in der Storgate traf. Die vier Kumpel plus die Freundinnen von Frode und Tore. Auch Susanne Rustad gehörte zu der alten Gang, aber sie war nicht mit zum Essen gegangen, weil sie zusammen mit ihrer Mutter irgendetwas erledigen wollte. Vegar wusste nicht was, jedenfalls war sie später am Abend zu der Party gekommen.

Zwischen Susanne und Axel war es vor einiger Zeit zur Trennung gekommen, aber soweit Vegar wusste, waren sie nicht im Streit auseinandergegangen. Axel hatte sogar genau darauf geachtet, dass sie wie sonst auch zur Party eingeladen wurde.

Die Party entwickelte sich zu einem klassischen Tore-Fest, wie sie es nannten. Obwohl sie primär für den engsten Freundeskreis gegeben wurde, waren im Laufe des Abends auch jede Menge anderer Gäste gekommen. Es handelte sich um alte Bekannte aus der Schule sowie einen Trupp aus Tores und Frodes Militärbasis. Vegar kannte nicht mal die Hälfte von ihnen. Sie hatten viel Bier und Selbstgebrannten getrunken, aber alles war ganz entspannt abgelaufen. Etwas zu laute Musik und die Beschwerde eines Nachbarn, aber kein Radau und keine Schlägereien.

Gegen ein Uhr nachts endete das Fest. Vegar wusste nicht genau, wann jede einzelne Person das Haus verlassen hatte. Er erinnerte sich, dass Frode gegen zwölf vollgefressen und betrunken auf dem Sofa gelegen hatte. Alles wie gewohnt. Er selbst hatte nicht viel getrunken, war aber dennoch angeheitert. Dazu war allerdings auch gar nicht viel nötig, denn er ging nicht so oft auf Partys. Er hatte auf dem Heimweg sogar einen Umweg um den Park gemacht, damit sein Kopf in der frischen Abendluft wieder klar werden könnte. Es hatte leichter Nieselregen geherrscht, der sich aber bald wieder verzogen hatte.

»Kann jemand bestätigen, wann Sie nach Hause gekommen sind?«, fragte Rachel.

»Meine Eltern haben schon geschlafen«, erwiderte Vegar. »Im Haus war alles ruhig, und ich habe mich sofort ins Bett gelegt.«

Und war zu der Nachricht über Axels Tod wieder wach geworden.

»Haben Sie auf der Party viel von Axel mitbekommen?«

»Eigentlich nicht«, sagte Vegar, nachdem er einen Augenblick nachgedacht hatte. »Also, ich habe natürlich gesehen, dass er da war, und wir haben uns auch ein wenig unterhalten. Aber Axel war sehr sozial. Musste irgendwie immer mit allen reden.«

»Haben Sie gesehen, wann er gefahren ist?«

Vegar schniefte und schüttelte den Kopf.

Er wirkte wie ein sympathischer junger Mann, der vom Tod seines Freundes schwer erschüttert war. Rachel berücksichtigte dies, als sie seine Zeugenaussage beurteilte. Es gab ein paar Lücken in seiner Darstellung, insbesondere was die Party und die Einzelheiten bezüglich Susanne Rustad betraf, aber allzu heftig wollte sie Vegar zu diesem Zeitpunkt nicht in die Mangel nehmen. Er würde ohnehin noch weitere Gelegenheiten bekommen, sich zu erklären.

Die Vernehmung von Frode Hagen führte zu keinen brauchbaren Erkenntnissen, abgesehen von den Namen einiger Leute, die auf der Party gewesen waren.

Frode behauptete, sich an kaum etwas von der Nacht erinnern zu können. Rachel war sehr geneigt, ihm zu glauben. Neben der Trauer über seinen toten Freund schien es, als ob er vom vergangenen Abend mächtig verkatert war.

Der Gastgeber selbst, Tore André Bjølset, konnte immerhin berichten, wann Axel die Party verlassen hatte.

»Er ist gefahren, als die Party vorbei war«, sagte er. »So gegen eins.«

»Haben Sie ihn wegfahren sehen?«

Tore nickte zur Bestätigung.

»Wir haben uns verabschiedet, als er loswollte. Danach habe ich gesehen, wie er mit seinem Wagen weggefahren ist.«

»Hatte er getrunken?«, fragte Rachel.

»Ja ...« Tore wurde etwas rot. »Vermutlich hätte er in dem Zustand nicht fahren dürfen. Allerdings war er auch nicht der Einzige, dem es so ging. Manchmal passiert so was eben ...«

»War jemand zusammen mit ihm im Wagen?«

»Nicht, dass ich wüsste.«

»Keiner der drei Freunde kann uns also sagen, wohin Axel nach der Party gefahren ist«, sagte Rachel, als sie später für Harinder Singh die Befragungen zusammenfasste.

»Oder ob er allein oder mit jemandem zusammen weggefahren ist«, fügte Per Lyngstad hinzu.

Ebenso wenig hatten die Freunde etwas zu dem Pillenglas sagen können, das bei Axel entdeckt worden war. Alle hatten deutlich gemacht, dass sie mit illegalen Drogen nichts zu tun hätten. Rachel fand, dass die Glaubwürdigkeit der Freunde in diesem Fall, vielleicht abgesehen von Vegar Caspersen, durchaus in Zweifel gezogen werden konnte.

»Ich habe da so eine Ahnung, woher diese Pillen kommen«, sagte Per. »Geir Holst. Ein alter Bekannter der Polizei. Arbeitet in dem Multimedialaden in der Bakkegate, wenn er nicht gerade Haschisch oder Pillen verticktk. Dass er noch nicht im Knast gelandet ist, liegt wohl an seinem Glück, dass wir ihm bisher nichts wirklich Ernstes nachweisen konnten.«

Der Name wurde auf die Liste der Personen gesetzt, mit denen sie unbedingt reden mussten. Im Laufe der letzten drei Vernehmungen waren so einige hinzugekommen.

Ganz oben auf der Liste stand aber immer noch Susanne Rustad, diese hatte sich in der Polizeistation jedoch bislang nicht blicken lassen.

Sie und Axel waren seit der Oberstufe zusammen gewesen. Nach dem Abitur waren beide zwecks Studium nach Oslo gezogen und teilten sich eine Wohnung in Majorstuen. Die Beziehung war nun zu einem Ende gekommen, ohne dass einer der Kumpel die Ursache dafür erklären konnte. Angeblich seien die beiden immer noch gute Freunde, jedoch meinte Tore, dass Susanne erst spät auf der Party erschienen und auch früher als die anderen wieder gefahren sei.

»Kann das etwas Interessantes für uns sein?«

»Du meinst, dass sie vielleicht gar nicht mehr so gute Freunde waren? Dass verletzte Gefühle mit der Trennung zusammenhingen?«, fragte Rachel.

»So was in der Art, ja.« Harinder Singh fuhr sich mit der Hand durch die dunkle Mähne und lehnte sich nachdenklich zurück. Schließlich richtete er den Blick auf Rachel. »Fährst du bitte los und holst sie hierher?«

Rachel nickte und sah Per an.

»Ich glaube, er meint uns beide«, sagte sie.

Während Rachel am Steuer saß, gab ihr Per auf dem Beifahrersitz die Richtung vor. Susanne Rustad studierte in Oslo, wohnte aber offiziell noch immer bei ihren Eltern im Jupitervei 10.

»Wegen des alten Observatoriums sind alle Straßen hier in der Gegend nach Himmelskörpern benannt«, erläuterte Per und lächelte dabei verlegen. »Aber das wusstest du wahrscheinlich schon. Du hast doch früher hier im Ort gewohnt, oder?«

»Nein, da verwechselst du mich jetzt mit meinem Chef.«

»Ach so, ich hab nur gehört, dass jemand von euch von hierher kommt.«

»Und da hast du an die weiße Frau gedacht?«

Rachel sah, dass er rot wurde.

»Nein, so war das doch gar nicht gemeint…«

Rachel hätte fragen können, wie es denn gemeint war, glaubte aber nicht, dass etwas Konstruktives dabei herauskäme.

Per Lyngstad schien ein netter Kerl zu sein. Er kam nur aus einem kleinen Ort mit einer ziemlich homogenen Bevölkerung.

Per lotste sie in ein Villenviertel nordöstlich des Zentrums. In diesem Winkel der Stadt waren die Straßen hügelig, und der Wald lag in unmittelbarer Nähe. In der Ferne konnte Rachel die Kuppel des Observatoriums sehen, das auf einer Anhöhe im Wald zwischen den Baumkronen hervorragte.

Familie Rustad wohnte in einem großen gelben Haus am Ende einer Sackgasse. Ein geräumiges Anwesen mit einem schönen Garten und einer Garage für zwei Autos. Wo die Straße endete, begann ein Wanderweg, der hundert Meter weiter im Wald verschwand. Susannes Vater hatte sich laut Per als Bauunternehmer einen Namen gemacht, ehe er die Lokalpolitik für sich entdeckt hatte. Susanne hatte einen jüngeren Bruder, der noch zur Schule ging.

Isabella Rustad öffnete die Haustür. Sie begrüßte sie mit einem erzwungenen Lächeln, als wollte sie ausdrücken, dass die beiden Polizeibeamten zwar erwartet wurden, aber nicht unbedingt erwünscht waren.

»Frau Rustad?« Rachel zeigte ihr den Dienstausweis. »Wir erwarten Susanne schon seit einigen Stunden auf der Polizeistation.«

»Das ist mir bewusst, und es tut mir leid, aber sie war so schrecklich aufgebracht, als wir die Nachricht bekommen haben«, sagte Isabella Rustad. Sie hatte einen schwachen Akzent, womöglich südeuropäisch oder aus Lateinamerika. Das passte jedenfalls zur dunkel getönten Hautfarbe, den nussbraunen Augen und den schwarzen Haaren, die sie zu einem Pferdeschwanz gebunden hatte. »Trotz allem geht es um ihren Freund. Sie hat einen furchtbaren Schock bekommen. Wir mussten ihr sogar eine Tablette geben, damit sie wieder etwas zur Ruhe kommen konnte.«

Der Bürgermeister erschien hinter ihr an der Türöffnung. Er trug Jeans und einen Sportpullover und nickte den Polizeibeamten kurz zu.

»Ich weiß, dass Sie einen Job zu erledigen haben, aber kann das denn nicht bis morgen warten?«, sagte er.

Rachel missfiel der herrische Ton, als ob er den Ablauf einer Mordermittlung nach eigenem Gutdünken diktieren könnte.

Doch tatsächlich konnte es gut sein, dass sie bis zum nächsten Tag warten müssten, abhängig davon, welche

Beruhigungstablette die Tochter eingenommen hatte. Sie konnten schlechterdings eine junge Frau vernehmen, die unter Einwirkung starker Medikamente stand.

»Können wir sie wenigstens sehen und feststellen, in welchem Zustand sie sich befindet?«, fragte Rachel.

Die Eltern sahen einander kurz an, ehe sie beide zustimmend nickten.

»Sie ist in ihrem Zimmer«, sagte Isabella, bat die Gäste in die Halle und rief in den ersten Stock hinauf.

»Susanne? Kannst du mal runterkommen, Schatz? Die Polizei ist hier.«

Sie warteten eine knappe Minute darauf, dass Susanne aus ihrem Zimmer kommen würde. Isabella musste sie abermals rufen, aber ihre Tochter gab sich nicht zu erkennen.

»Susanne! Hörst du nicht, dass ich dich rufe?«

Rachel spürte ihre Geduld dahinschwinden. Abwartend starrte sie die Eltern an. Der Bürgermeister schien den Wink zu verstehen und eilte die Treppe hinauf, um Susanne zu holen. Rachel sah ihn oben um eine Ecke verschwinden, und hörte, wie er eine Tür aufriss, ohne anzuklopfen.

Als er wieder oben am Treppenabsatz auftauchte, stand ihm die Verwunderung ins Gesicht geschrieben.

»Sie ist nicht hier«, sagte er.

KAPITEL 6

Die Zirkusnummer der Schlüsselzeugin kam überaus ungelegen, und Harinder Singh war ziemlich gereizt. Ganz offenbar versuchte Susanne Rustad, sich der Befragung zu entziehen, ob nun mit oder ohne Wissen der Eltern. Die Frage war, wieso Susanne beschlossen hatte zu verduften. War das eine Trauerreaktion oder hatte sie etwas zu verbergen?

Genauso gut, wie man die erste Möglichkeit nachvollziehen konnte, stand die zweite zu befürchten.

Sie saßen im Büro der Polizeichefin, die sich erkennbar ärgerte. Bolstad kannte die Familie gut. Sie und Dan Rustad waren Polizeichefin beziehungsweise Bürgermeister einer kleinen Stadt und hatten folglich viel miteinander zu tun. Mit Isabella ging Bolstad sogar einmal in der Woche gemeinsam zum Yoga.

Sie wählte die Nummer des Bürgermeisters und stellte den Lautsprecher ein, als er an den Apparat ging.

»Ich weiß nicht, was ich sagen soll, Sara«, meinte Rustad. »Niemand von uns hat sie wegfahren sehen, und ihr Handy hat sie im Bett liegen lassen. Wir können sie im Augenblick nicht erreichen.«

»Eine erwachsene Frau verschwindet also von zu Hause,

ohne dass jemand von euch das mitbekommt? Und jetzt erwartest du, dass wir das glauben?«

»Ich erwarte, dass man mir glaubt, was ich sage. Ganz recht«, erwiderte der Bürgermeister hörbar beleidigt.

»Ich glaube Ihnen, Herr Rustad«, sagte Harinder. »Ihre Tochter ist volljährig, insofern gibt es eigentlich keinen Grund, dass wir Sie jetzt damit quälen. Wenn eine Zeugin verschwindet, schicke ich für gewöhnlich eine Fahndungsmeldung an alle Polizeieinheiten hinaus. Dann wird sie festgenommen, sobald sie von jemandem gesehen wird.«

Rustads Stimme klang gleich etwas zahmer:

»Ja, aber ist das denn unbedingt nötig? Sara ...?«

»Das ist nicht meine Entscheidung, Dan«, sagte Bolstad.

»Wir werden uns mal etwas umhören. Sobald sie einen Laut von sich gibt, melde ich mich wieder.«

»Sie haben zwei Stunden!«, sagte Harinder und beendete das Gespräch, ehe der andere protestieren konnte.

Er und Rachel zogen sich in den Konferenzraum zurück, den sie beschlagnahmt und zu einer Art Situation-Room für die Ermittlungen umfunktioniert hatten. Entlang der Wände standen Flipcharts, auf die sie Zeitleisten und Verbindungslinien zwischen Menschen zeichnen konnten, die mit dem Fall verknüpft waren. Nützliche Werkzeuge, um Übersicht über die verschiedenen Fäden zu behalten, die sich während einer Ermittlung häufig kreuzten.

Harinder störte es, dass sie so wenig über Axels Bewegungen *nach* der Party wussten. Noch waren sie allerdings in einer Frühphase, und somit gab es keinen Grund für Ungeduld. Der Täter musste sich im engsten Bekanntenkreis des Opfers befinden. Davon war Harinder bereits ziemlich überzeugt.

Die Stimmung hellte sich auf, als Ivan Moreno am Abend vorbeischaute, um zu erläutern, welche Arbeiten die Techniker am Tatort durchgeführt hatten.

Sie hatten in einem weiten Umkreis um den Fundort der Leiche gesucht und auch einiges gefunden, darunter ein paar Fußabdrücke sowie Reifenspuren, die womöglich interessant sein konnten. Außerdem hatten sie Blut entdeckt, dass von jemand anderem als dem Opfer stammen könnte.

»Sowohl die Menge als auch die Lokalisierung der Blutspuren lässt diese Vermutung zu«, sagte Moreno. »Die stimmen mit den schweren Verletzungen des Opfers nicht überein, sondern deuten eher auf eine leichtere Verwundung hin. Wie etwa Nasenbluten nach einem Schlag ins Gesicht oder Ähnliches.«

»Kann das Blut vom Täter stammen?«, fragte Harinder.

»Absolut möglich«, erwiderte der Kriminaltechniker.

Auch im Wagen des Opfers waren ein paar interessante Funde gemacht worden. Per Lyngstad und Dina Martinsen war der Marihuanageruch aufgefallen, als sie den Wagen untersucht hatten, und die Techniker hatten einen Joint im Aschenbecher gefunden.

»Wir haben sowohl Speichelreste als auch Fingerabdrücke darauf entdeckt. Und, vielleicht noch interessanter, Lippenstift«, sagte Moreno. »Ich weiß ja nicht, welche Angewohnheiten das Opfer hatte, jedenfalls hatte er keinen Lippenstift bei sich, als wir ihn gefunden haben. Die wahrscheinlichste Erklärung ist demnach, dass kurz vor dem Mord eine Frau im Wagen gesessen hat.«

Die unbekannte Zeugin erhielt im Rahmen der Ermittlung sogleich den Status einer Person von Interesse.

»Ich muss gestehen, dass ich dabei an Susanne Rustad

denke«, sagte Harinder zu Rachel, nachdem Moreno wieder gegangen war. »Weshalb ist sie früher von der Party aufgebrochen? Ist irgendetwas passiert? Ein Streit zum Beispiel?«

»Aber wie ist sie dann später in seinen Wagen gekommen?«

»Vielleicht haben sie sich später in der Nacht erneut getroffen. Er nimmt sie mit, sie fahren ein bisschen durch die Gegend, während er versucht, alles wieder einzurenken. Aber stattdessen kommt es zu einem neuen Streit. Und diesmal ist der Streit viel ernster. Sie fangen an, aufeinander einzuschlagen, ein Messer wird gezückt, und dann geschieht eben, was geschieht.«

»Und woher kommt das Messer?«, fragte Rachel. »Oder sagen wir, sie hatte das Messer dabei. Dann hätte sie aber immer noch einen durchtrainierten jungen Mann von 80 Kilogramm überwältigen müssen. Glaubst du, sie hat die körperlichen Voraussetzungen, die dafür nötig sind?«

»Ausgehend von dem einen Foto, das ich von ihr gesehen habe, bin ich eher geneigt, nein zu sagen. Es sei denn, sie hat danach Krafttraining betrieben«, sagte Harinder. »Aber auf der anderen Seite kann das Messer ja vielleicht die physischen Unterschiede zwischen ihnen ausgeglichen haben?«

»Messer sind gefährliche Waffen, aber dennoch musst du dicht an deinen Gegner herankommen. Und damit wären wir wieder bei der Physis.«

»Du glaubst also nicht daran?«

»Ich glaube, es geht hier um was anderes als einen Streit zwischen Expartnern, der dann zu weit gegangen ist«, sagte Rachel.

»Du meinst, es war vorsätzlicher Mord?«

»Tust du das nicht? *Neunmal* wurde auf ihn eingestochen. Der Täter oder die Täterin hat erst dann aufgehört, als es ganz sicher war, dass Axel nicht mehr lebte.«

Sie war sich etwas kindisch vorgekommen, als sie im Zimmer ihres Bruders aus dem Fenster geklettert war. Wie ein verrücktes Teenagermädchen. Das Fenster ging zur Vorderseite des Hauses hinaus, und es war kein Problem, von dort aus auf das Dach über dem Eingangsbereich zu gelangen. Damit er sie nicht bei den Eltern verpfiff, hatte sie Bård 200 Kronen geben müssen.

Sie wünschte, sie hätte eine Jacke mitgenommen. Abends war es noch immer kühl, ein unangenehmer Wind blies ihr ins Gesicht, als sie die Straße überquerte. Aber ihre Jacke hing unten im Eingangsbereich, und der springende Punkt war ja, möglichst niemandem zu begegnen, der sich dort unten aufhielt. Sie hatte schnell eine SMS verschickt und dann das Telefon unter dem Kopfkissen versteckt, für den Fall, dass ihre Eltern danach suchen sollten. Besonders ihrer Mutter war so etwas zuzutrauen.

Der Park lang in einem flachen Areal an der Spitze der hügeligen Straßen, die sich vom Fluss und durch die Stadt hier hinaufzogen. Eine der städtischen Hauptverkehrsadern führte im Bogen an einer Seite des Parks entlang. Der Verkehr auf dieser Straße war ein ständiges Thema bei denjenigen, die mit ihrem Hund Gassi gingen, sowie bei den Eltern der Kleinkinder, die auf dem großen Spielplatz herumtollten. Die Forderung nach einer zusätzlichen Ampel am Parkvei hatte aber noch keine Früchte getragen.

Susanne suchte Schutz in dem weiß gestrichenen Holzpavillon inmitten des Parks. Von dort aus hatte sie einen guten Blick auf den Verkehr in der Nähe, ohne das Risiko einzugehen, dabei von einem Streifenwagen gesehen zu werden. Dort verharrte sie, bis sie das vertraute Knattern eines Motorrads hörte, das sich dem Park näherte.

Komm zum Park, lautete der Text der SMS, die sie in aller Schnelle abgeschickt hatte, nachdem es unten an der Haustür klingelte. Sie hatte eine Antwort erst gar nicht abgewartet. Jetzt blieb zu hoffen, dass er die Nachricht gelesen hatte und so schnell wie möglich zum Park hinaufkommen würde.

Er hielt auf den Straßenrand zu und bremste das Motorrad ab. Drückte sie an sich, als sie die Arme um ihn schloss. Die Tränen, die sie bis jetzt hatte zurückhalten können, bahnten sich ihren Weg. Er hielt sie fest. Tätschelte ihr den Rücken und streichelte ihre Wangen.

»Gott, du bist ja eiskalt«, sagte er, zog seine braune Lederjacke aus und legte sie ihr um. Sie spürte, wie die Jacke und seine Körperwärme die Kälte aus ihren Knochen vertrieben.

»Du hättest nicht abhauen sollen«, sagte er. Sanft, ohne sie zu schelten. »Der Polizei wird das nicht gefallen.«

»Ich weiß, aber ich muss zuerst mit dir reden«, sagte Susanne.

Er nickte.

»Ist schon gut«, sagte er. »Wir finden gemeinsam eine Lösung.«

Das war alles, was sie hören wollte.

Er sagte, er kenne einen Ort, wo sie in Ruhe reden könnten. Um diese Tageszeit sei es dort leer, er hätte die Schlüssel, und niemand werde sie stören. Wenige Minuten später saß sie hinten auf dem Motorrad und umklammerte Vegar Caspersens Taille, während sie über die grüne Brücke sausten.

Die Zwei-Stunden-Frist verstrich, ohne dass Susanne sich gemeldet hatte, und Harinder wurde von einem aufgelösten Dan Rustad angerufen, der um mehr Zeit für seine Tochter bat.

»Ich verstehe ja, dass es wichtig ist, aber bitte vergessen Sie nicht, dass hier ganz besondere Umstände herrschen«, sagte er. »Susanne ist einer der zuverlässigsten Menschen, die ich kenne. Es geht also um eine Zeugenvernehmung, ja? Wird sie denn wegen irgendetwas verdächtigt?«

»Nein, vorläufig nicht«, sagte Harinder, der beschlossen hatte, verständnisvoll zu sein, zumal es ohnehin auf den Abend zuging. »Aber ich will sie morgen spätestens um zehn Uhr hier in der Station sehen. Und ich meine zehn Uhr, nicht eine Minute später.«

Herrgott, ich klinge wie ein alter Oberlehrer, dachte er, als das Gespräch beendet war.

Rachel und er aßen in einem Lokal in der Strandgate zu Abend, das laut Per Lyngstad völlig akzeptables Kneipenessen zu erschwinglichen Preisen anbot. Der erst kürzlich eröffnete Pub befand sich in den renovierten Räumlichkeiten einer zu Harinders Zeiten stark verräucherten Kneipe.

Rachel wirkte zerstreut während des Essens. Viele Nachrichten an und von ihrer Ex, wie Harinder vermutete. Er erkannte in ihrem Gesicht den Ausdruck zunehmender Resignation. Die Trennung lag erst wenige Wochen zurück, und bis auf Weiteres lebten sie zusammen in derselben Wohnung. Rachel sprach nicht gern darüber, doch im Kripogebäude in Bryn ein Geheimnis zu bewahren, war nicht leicht. Dass die andere Partei im Haus durchaus bekannt war, machte die Dinge nicht einfacher.

Christina Sandberg war eine profilierte Anwältin, hatte

aber zuvor als Polizeijuristin in Oslo gearbeitet. Eine fachlich kompetente und kompromisslose Vertreterin der Justiz, die sich nicht scheute, Ermittler zurechtzuweisen, wenn sie fand, dass zu viele Abkürzungen genommen wurden. Sie hatte einen kleinen Skandal hervorgerufen, als sie ihren Ehemann für eine sieben Jahre jüngere Polizeibeamtin verlassen hatte.

Zerbrochene Beziehungen waren oft der Preis für Ambitionen in diesem Beruf. Harinder selbst hatte ihn mit seiner Ehe bezahlt. Oder versuchte er etwa, sich selbst an der Nase herumzuführen, indem er vorgab, ein edles Opfer geleistet, anstatt die Arbeit als Ausrede für eine schwierige Ehe vor sich hergeschoben zu haben? Im Gegensatz zu seinem Vater hatte er eine Inderin geheiratet. Das unvermeidbare Ergebnis einer Phase, die er zu Beginn seiner Zwanziger durchschritten hatte, als sich alles darum drehte, seine Wurzeln zu erforschen.

So viel zum Thema Kulturkollision.

Er wäre nicht so weit gegangen und hätte gesagt, dass er seine Arbeit liebte, aber sie passte zu seiner Persönlichkeit. Er konnte nur schlecht wieder loslassen, wenn er sich erst einmal in einen Fall vertieft hatte. Sobald er in seinem Privatleben Gegenwind verspürte, konnte sich immer in die Arbeit vergraben. Dann existierten keine anderen Probleme mehr. Deshalb war es ihm auch stets leichter gefallen, das Verhältnis zu seiner Arbeit zu pflegen, als sich um die anderen Beziehungen in seinem Leben zu kümmern. Aber genau das machte diesen Fall so aufreibend. Er hatte tatsächlich geglaubt, fertig mit Elvestad zu sein. Was könnte er also tun, wenn die Arbeit zum Problem würde? Wo sollte er dann Zuflucht suchen?

KAPITEL 7

Geir Holst rannte um sein Leben.

Als der graue Mercedes ein paar Meter vor ihm abrupt an der Bordsteinkante abbremste, hatte er augenblicklich die Beine in die Hand genommen. Es war purer Instinkt. Er hatte nicht gewartet, bis jemand aus dem Wagen ausstieg. Denn niemand, der auf diese Weise mit einem Wagen auf einen anderen Menschen zukam, hegte friedliche Absichten. Und wenn es nicht die Bullen waren, gab es noch viele andere, die aufgrund der Art, wie er seinen Lebensunterhalt verdiente, ein Hühnchen mit ihm zu rupfen hatten. Das Rezept indes war immer das Gleiche: Er rannte weg, so schnell er nur konnte.

Wer zum Kämpfen nicht geeignet ist, sollte schnell das Weite suchen.

Hinter sich hörte er eine Autotür zuschlagen. Er spähte rasch über die Schulter und entdeckte eine große und kräftige Gestalt, die die Verfolgung aufgenommen hatte. Der Mann war zu weit weg, und außerdem war es zu dunkel, als dass Geir ihn hätte erkennen können.

Er sprang über den niedrigen Zaun an der Grundschule. Während er über den Schulhof rannte, überlegte er, was er wohl angestellt haben mochte, denn er war sich ziemlich sicher, dass es nicht die Bullen waren, nicht um diese Tageszeit. Aber wer dann? Hatte er jemanden vergessen, dem er Geld schuldete? Eine ganze Reihe unwahrscheinlicher Szenarien fuhr ihm durch den Kopf, ehe ihm plötzlich einfiel, worüber sich die ganze verdammte Stadt das Maul zerriss.

Und der Anruf, den er vor ein paar Stunden von Thea erhalten hatte.

Er riskierte einen weiteren Blick über die Schulter. Der große Typ war dabei, die Distanz zwischen ihnen erheblich zu verringern. Geir wusste, dass er nicht so schnell war, wie er es hätte sein sollen – eine Folge der Tatsache, dass er nie Sport machte. Der andere war jetzt nahe genug herangekommen, dass Geir sehen konnte, wer es war. Er sah die breiten Schultern, die kurz geschnittenen blonden Haare und das unrasierte, backsteinförmige Gesicht. Alle Zweifel an der Richtigkeit seiner spontanen Flucht schwanden dahin.

Lars Müller war ein brutales Schwein. Schon als Bulle war er ein übler Kerl gewesen, und es hieß, er sei noch schlimmer geworden, seitdem er die Uniform ausgezogen hatte. Die Leute sagten, für den richtigen Preis sei er zu kaufen, und es gebe nichts, was er nicht im Angebot hätte. Durchaus möglich, dass die Leute übertrieben, so etwas taten sie gern, aber bei einem Irren wie Müller konnte man nie genau wissen.

Über die Møllergate lief Geir zum Park hinauf. Der Anstieg war steil, und er spürte, wie er immer mehr außer Atem geriet. Sein Mund war völlig ausgetrocknet, und er konnte gleichsam hören, wie sein Herz im Brustkasten hämmerte. Trotz seines Unwohlseins rannte er weiter, denn aufzugeben war keine Alternative. Wenn Müller ihn erwischte, konnte er womöglich in der Notaufnahme landen. Oder Schlimmeres.

Als er zum dritten Mal über die Schulter sah, begriff er, dass er in ernsten Schwierigkeiten steckte. In der Mitte des Parks angekommen, wurde er derart angerempelt, dass er zu Boden stürzte. Lars Müllers kräftiger Körper warf sich auf ihn. Geir keuchte atemlos. Auch Müller atmete schwer, seine Stirn war schweißnass.

»Du hast also gedacht, du könntest mir entkommen, du kleiner Hurensohn?!«

Müller schlug ihm hart ins Gesicht. Für einen Moment fürchtete Geir, das Bewusstsein zu verlieren, und nahm den Geschmack von Blut im Mund wahr.

»Was willst du? Ich habe nichts getan...«, protestierte er.

»Das glaubst du doch wohl selbst nicht. Wer so schnell wegrennt wie du, hat in der Regel was zu verbergen. Aber vor mir musst du gar nichts verbergen, Geir. Ich bin kein Bulle mehr, und deine kleinen *Geschäfte* interessieren mich nicht. Aber hast du das von Axel Davidsen mitbekommen?«

Geir nickte. Der Mord war alles, worüber die Menschen sprachen.

»Hast du ihn am Wochenende getroffen?«

»Nein.«

»Bist du sicher?«

Geir nickte entschieden.

»Wir waren nicht gerade beste Kumpel«, fügte er hinzu.

»Natürlich nicht. Aber er war ein Kunde, wenn ich mich nicht irre?«

Geir konnte es nicht abstreiten, denn Müller hatte ihn vor anderthalb Jahren, als er noch Bulle war, dabei ertappt, wie er Axel Davidsen Drogen verkaufte. Ein ziemlich unheimliches Erlebnis, und Geir war davon überzeugt, dass nur die Anwesenheit von Axel Davidsen verhindert hatte, dass Müller ihm an Ort und Stelle alle Knochen brach. Nicht einmal dieses Ungeheuer wagte es, sich mit der Familie Davidsen anzulegen.

»Ich habe gehört, dass sie Drogen in seinem Wagen gefunden haben«, sagte Müller. »Anscheinend Haschisch. Und da ich alle kenne, die in dieser Stadt Haschisch verkaufen, frage ich dich noch einmal: Hast du dich am Wochenende mit Axel getroffen?«

Geir schüttelte den Kopf.

Lars Müller seufzte.

»Sag mir die Wahrheit, Geir. Sonst breche ich dir auch noch die übrigen Finger.«

»Übrigen ...?« Gebrochene Finger gehörten bis jetzt nicht zu Geirs Leiden.

»Ja, denn ein paar von ihnen werde ich dir auf jeden Fall brechen.«

Geir hatte schon zuvor das eine oder andere Mal den bleibenden Eindruck gewonnen, dass Müller es ganz offensichtlich genoss, anderen Schmerzen zuzufügen. Dies bestätigte sich abermals, als Müller Geirs geballte Faust gewaltsam öffnete und begann, die Finger nach hinten zu biegen. Der Zeigefinger brach als erster. Der scharfe, knackende Laut durchbrach die Nacht. Ein gellender Schrei hallte durch den ansonsten menschenleeren Park.

Die Prozedur wiederholte sich, wenngleich Geir Holst schon längst bereit war, was auch immer zu gestehen.

KAPITEL 8

Harinder hatte Zimmer im Hotel Stasjonshuset organisiert. Ansonsten waren die Übernachtungsmöglichkeiten vor Ort auf ein schäbiges Scandic-Hotel in der Strandgate und das Elvestad Motor Hotel begrenzt, das außerhalb der Stadtgrenze an der Nationalstraße 3 lag. In der Annahme, nicht allzu lang bleiben zu müssen, hatte er sich für die beste Alternative entschieden.

Das Zimmer war sauber und geräumig, mit weichem Teppichboden und Doppelbett. Vom Fenster aus konnte er im Norden den Busbahnhof und im Osten Eldoråsen sehen. Abgesehen von vereinzelten Lichtern zwischen den Bäumen, lag der waldbedeckte Hügel fast völlig im Dunkeln. Harinder konnte die Konturen des großen weißen Hauses an der Spitze erkennen.

In dem schönen alten Holzhaus, das Ausblick auf die ganze Stadt bot, hatten Martine und ihre Familie gelebt. Lennart, ihr Vater, hatte es eigenhändig gebaut. Er war der jüngere Bruder von Georg, dem ehemaligen Direktor in der Parkallé, allerdings konnte Harinder sich kaum zwei Personen vorstellen, die unterschiedlicher waren. Lennart hatte sich nie für Macht und Einfluss interessiert, und affektiert war er auch nicht gewesen. Er fuhr in seinem alten

Pick-up durch die Gegend und trug verschlissene Jeans und karierte Flanellhemden.

Harinder fragte sich, ob noch jemand aus der Familie dort oben lebte. Er hatte seit vielen Jahren keinen Kontakt mehr. Das war schade, denn Harinder hatte Lennart immer gern gemocht. Er war einer der wenigen Menschen im Ort, den er sich vorstellen konnte zu treffen.

Aber vielleicht war es besser, ihn nicht wiederzusehen. Denn was hatten sie einander außer schmerzlichen Dingen aus der Vergangenheit zu sagen?

Er wurde mitten in der Nacht von einem chaotischen Traum geweckt, einem Strom zufälliger Bilder, die aus seiner Erinnerung verschwanden, sobald er die Augen öffnete. Ihm war kalt. Es war, als hätte jemand die Temperatur im Zimmer um zehn Grad heruntergedreht. Die Bettwäsche war feucht von Schweiß, und dennoch lag er unter der Decke und fror. Wurde er etwa krank?

Das schwelende Gefühl von Übelkeit ließ keinen Raum für Zweifel. Er musste ins Bad und zusehen, dass er die Toilettenschüssel rechtzeitig erreichte. Zusammengekrümmt hockte er über dem Porzellan, bis er sicher war, dass alles herausgekommen war, was hinausmusste.

Danach ging es ihm etwas besser. Vielleicht lag es auch an etwas, das er gegessen hatte? Oder waren es bloß seine Nerven? Für gewöhnlich wirkte sich nichts so schnell auf seine Nerven aus, aber es hatte durchaus Phasen in seinem Leben gegeben, in denen der Stress seinem Magen zusetzte. Und er musste kein Psychologe sein, um zu begreifen, was ihn in den letzten 24 Stunden gestresst hatte.

Er war zurück in Staden.

Nur wenige Stunden nach seiner Ankunft war er in der Parkallé 1 gewesen und hatte Menschen gegenübergestanden, die er die letzten 21 Jahre versucht hatte zu vergessen. Weder Glenn noch sein Vater hatten auch nur im Mindesten erkennen lassen, dass sie wussten, wer er war. Sie hatten keine 21 Jahre gebraucht, um zu vergessen. Vermutlich nicht einmal 21 Tage.

Die Maus hatte sich geirrt. Er war nicht der Richtige für diesen Fall. Seine Verbindung mit dieser Stadt war ein Minus, kein Plus. Doch wie hätte er das dem Abteilungsleiter erklären können, ohne dabei das Gesicht zu verlieren?

Es handelte sich um einen simplen Mord mit einem Messer, nicht mehr. Auch wenn vielleicht außerordentlich aggressiv, hatte sich alles in einem begrenzten und überschaubaren Milieu abgespielt. So ein Fall sollte sich doch mit links lösen lassen. Hätte er wirklich zugeben sollen, dass er nicht einmal eine solche Aufgabe erledigen konnte, ohne seine Objektivität dabei zu verlieren?

Das Wort »Karriereselbstmord« tauchte in seinem Kopf auf.

Er befahl dem Mann, der ihn aus dem Spiegel heraus anstarrte, sich zusammenzunehmen.

Ehe er sich wieder hinlegte, trat er ans Fenster und zog den Vorhang ein wenig zur Seite. Er spähte zum Hügel hinauf und sah das Mondlicht auf die höchsten Baumwipfel herunterstrahlen. Das Haus ganz oben war nur einer der vielen dunklen Schatten.

Seine Gedanken strömten unbarmherzig auf den Winkel seines Bewusstseins zu, den er sich bemüht hatte zu ignorieren, seit er wieder über die Elvestadbrücke gefahren war. Auf Martine.

Ihre gemeinsame Geschichte hatte sich nur in einer kleinen norwegischen Stadt wie dieser abspielen können, wo der Sohn eines indischen Fabrikarbeiters mit der Tochter eines der mächtigsten Gutsbesitzer des Distrikts in dieselbe Schulklasse ging. Oberflächlich betrachtet hatten sie keine Gemeinsamkeiten, weder was den Hintergrund noch was die Freunde betraf. Aber in der Übergangsphase zwischen Mittel- und Oberstufe landeten sie ständig auf denselben Partys. Und sie teilten eine Vorliebe für dieselbe Musik.

Staden hatte auch eine hässliche Seite. Harinder hatte sie kennengelernt, kurz nachdem er in den Ort gekommen war, doch im Laufe der Zeit hatten Harinder und Elvestad gelernt, miteinander klarzukommen. Es war mehr eine Waffenruhe als eine herzliche Versöhnung. Eine empfindliche Waffenruhe, die an vielen Fronten brach, als er mit einem der beliebtesten Mädchen der Schule zusammenkam.

Böse Blicke, die sie eigentlich nicht hatten sehen sollen. Bemerkungen, die nicht zum Mithören bestimmt waren. Anonyme Zettel im Briefkasten und Kritzeleien an den Toilettenwänden.

Er erinnerte sich an alles. Für ihn war es in gewisser Weise ja nichts Neues. Aber Martine war völlig unvorbereitet. Sie verstand nicht, wieso Menschen, die sie als Freunde betrachtete, ihr plötzlich die kalte Schulter zeigten, oder was jemanden dazu bringen konnte, an die Tür des Mädchenklos zu schreiben, dass sie eine Pakistanerhure sei. Sie war zu sehr an die beschützende Sphäre gewöhnt, die Staden für seine feinsten Kinder bereithielt, als dass sie solche Niedertracht und Bosheit unter ihresgleichen überhaupt für möglich gehalten hätte.

Lennart hatte gesagt, sie sollten sich nicht um die Meinung anderer Leute kümmern, aber das war leichter gesagt als getan. Es war richtiggehend naiv, wenn man bedenkt, was in jenem Herbst passierte, als er und Martine in die Abschlussklasse der Oberstufe gingen.

September 1996

Erst schien es, als ob die Geräusche von weit entfernt kämen. Es war Samstagmorgen. Erschöpft nach einem langen Abend lag er im Bett und genoss die behagliche Gewissheit, bis zum späten Vormittag keinen Finger rühren zu müssen.

Die Stimmen seiner Eltern drangen durch den Schleier des Halbschlafs. Sein Vater gab ein paar derbe Ausdrücke auf Hindi von sich, was er für gewöhnlich nur tat, wenn er wütend oder aufgeregt war. Harinder fragte sich, was an diesem frühen Morgen der Grund für den Ausbruch war.

Einen kurzen Augenblick später wurde die Schlafzimmertür so ruckartig aufgerissen, dass sie an die Wand knallte. Jemand betätigte den Lichtschalter, und Harinder versuchte, den dösigen Blick auf die beiden schwarz gekleideten Gestalten zu fokussieren, die in sein Zimmer marschierten.

»Mach, dass du aus dem Bett kommst!«, rief einer der Polizisten, ehe er Harinders Knöchel packte und ihn so brutal aus dem Bett zog, dass er auf dem Fußboden landete.

Der Polizeibeamte war ein großer, breitschultriger Mann mit kurzem hellem Haar unter der Mütze. Zwei kalte Augen starrten Harinder an, als wäre er Hundescheiße unter den Schuhsohlen des Mannes. Er war wesentlich jünger als sein leicht molliger Kollege, der sich an der Türöffnung aufgestellt hatte, um die Eltern auf Distanz zu halten.

Harinder wusste, wer dieser Typ war. Wachtmeister Müller hatte ihn vor ein paar Wochen auf der Straße angehalten.

»Was issen hier los, verdammt?!«, fragte Harinder mit einer Stimme, die in seinen eigenen Ohren ungewöhnlich schwach klang.

»Du kommst mit uns«, sagte Müller. »Du hast zehn Sekunden, um dir was überzuwerfen, sonst zerren wir dich in Unterhose auf die Straße.«

»Aber ich weiß überhaupt nicht, was ...«

»Jetzt hast du nur noch *fünf* Sekunden.«

Harinder schaffte es gerade, sich ein T-Shirt und die Trainingshose anzuziehen, ehe der Polizist ihn fest am Arm packte und aus dem Zimmer schleppte.

Harinder war noch immer im Schockzustand, als er sich auf dem Rücksitz eines Streifenwagens wiederfand, der gleich darauf losfuhr. Die Blaulichter hatten die Aufmerksamkeit weiter Teile der Nachbarschaft auf sich gezogen, die die Inszenierung von den Fenstern aus verfolgten. Einige waren sogar im Morgenmantel über die Türschwelle getreten, um sich nichts entgehen zu lassen.

Die ganze Situation war derart surreal, dass ein Teil von ihm überzeugt war, weiterhin im Bett zu liegen und zu träumen. Nie zuvor war er mit dem Gesetz in Konflikt geraten. Jetzt aber wurde er plötzlich durch den Haupteingang in die Polizeistation geleitet. Die beiden Polizisten hielten ihn zwischen sich an beiden Armen fest und führten ihn durch einen langen Gang mit Türen auf beiden Seiten.

Schließlich standen sie vor einem Raum, der ein Schild mit der Aufschrift »VERNEHMUNG« trug. Ein kleiner enger Raum mit grauen Wänden und einem quadratischen

Tisch, an dem sich zwei einander gegenüberstehende Stühle befanden.

»Hinsetzen«, sagte Müller, als ob er einem Hund einen Befehl erteilte.

Harinders Schockzustand hatte inzwischen etwas nachgelassen.

»Ich verlange zu wissen, worum es geht!«, sagte er.

»Verlange?«

Der Polizist verzog die Lippen zu einem Lächeln. Dann packte er Harinder an den Haaren und zog ihn zum Tisch hin. Er knallte sein Gesicht auf die Tischplatte und drückte seinen Kopf herunter. Harinder biss sich auf die Zunge und nahm den Geschmack von Blut in seinem Mund wahr.

»Jetzt beruhige dich etwas, Lars ...«, sagte der Kollege vorsichtig.

Müller ignorierte ihn.

»Du bist nicht in der Position, irgendetwas zu verlangen, du krankes Arschloch«, sagte er an Harinder gewandt. »Du wirst hier schön in Ruhe sitzen bleiben, bis andere kommen und mit dir reden. Und dann wirst du alle Fragen beantworten, die sie dir stellen. Sollte ich hören, dass du Schwierigkeiten machst, bekommst du es mit mir zu tun.«

Harinder ließ sich auf dem Stuhl zurücksinken. Sein Hinterkopf und sein Kiefer schmerzten. Die Demütigung hatte ein unangenehm warmes Gefühl hinterlassen. Harinder war sich schmerzlich des kleinen, feuchten Fleckens bewusst, der auf seiner Hose sichtbar geworden war. Er glaubte, gedämpftes Hohngelächter zu hören, als die Polizisten den Raum verließen und die Tür hinter sich schlossen.

Eine gefühlte Ewigkeit wartete er allein in dem Raum.

Was hatte er bloß getan, um diese Behandlung zu verdienen? Irgendwann fing er an zu schluchzen. Es widerstrebte ihm, dort zu sitzen und zu flennen, aber er konnte nicht viel dagegen tun.

Endlich wurde die Tür geöffnet. Mindestens eine Stunde musste vergangen sein, seit man ihn in die Polizeistation geschleppt hatte. Zwei Männer betraten den Raum, beide mittleren Alters, mit grauem und dünn gewordenem Haar. Die Ähnlichkeiten zwischen ihnen waren indes begrenzt. Der eine war groß und schlank und trug Uniform. Sein Kollege war ein untersetzter, gedrungener Kerl in grauem Anzug. Er betrachtete Harinder mit starrem Blick durch eine große runde Brille. Es schien, als ob er missbilligend die Nase rümpfte. Aber das lag vielleicht am Uringestank im Vernehmungsraum.

Der Mann in Uniform hatte ein Aufnahmegerät dabei, das er auf den Tisch stellte. Der andere nahm eine Dokumentenmappe hervor und blätterte demonstrativ darin, ehe er den Blick erneut auf Harinder richtete.

»Sind Sie Harinder Singh?«, fragte er.

Harinder nickte.

»Mein Name ist Gabrielsen, ich bin Ermittler, und das ist Kommissar Moen«, sagte er. »Sie sind heute, am 21. September 1996, zur Vernehmung einbestellt. Vorläufig werden Sie keines Verbrechens beschuldigt und haben das Recht auf Anwesenheit eines Rechtsbeistands während der Befragung. Möchten Sie von diesem Recht Gebrauch machen?«

Harinders Verwirrung nahm zu. Beschuldigt? Verbrechen? Rechtsbeistand?

»Ich verstehe nicht ganz ...«, sagte er.

»Das ist eine einfache Frage«, erwiderte Gabrielsen sichtbar genervt.

Harinder schüttelte den Kopf. Idiotischerweise, wie er erst später begriff.

Er beantwortete eine Reihe von Fragen, die ihm völlig banal vorkamen. Vollständiger Name, Geburtsdatum, Adresse, Familienstand und Beruf. Er erklärte, dass er noch zur Schule ging, aber an einigen Nachmittagen und Wochenenden anfallende Arbeiten für Lennart Davidsen übernahm.

Die beiden Polizeibeamten wechselten einen Blick, als wäre diese Bemerkung von äußerster Wichtigkeit.

»Und wie ist Ihre Beziehung zu Martine Davidsen?«, fragte Gabrielsen.

»Sie ist meine Freundin ...«, sagte Harinder und blickte die beiden unsicher an. »Aber wieso fragen Sie nach Martine?«

Gabrielsen ignorierte die Frage.

»Wo waren Sie gestern Abend?«, fragte er.

Harinder berichtete, dass er nach der Schule für Lennart gearbeitet hatte. Er und zwei Kumpel hatten ein paar Dachplatten ausgetauscht und die Wände einer der Hütten in Eldoråsen neu gebeizt. Danach hatten sie Schrott und Unrat weggeräumt. Und da es ein warmer Septemberabend gewesen war, hatten sie im Anschluss etwas Bier getrunken und draußen vor einer der Hütten ein paar Würstchen gegrillt, die Lennart ihnen gebracht hatte. Gegen 23 Uhr waren alle gegangen.

»Und der Name der beiden, mit denen Sie zusammen waren?«

Er nannte die Namen seiner Kumpel, die Gabrielsen auf einem Block notierte.

»Was ist denn überhaupt los?«, fragte Harinder. »Warum stellen Sie mir all diese Fragen? Ist etwas geschehen?«

Die beiden Polizisten sahen einander an.

»Ich glaube, Sie wissen sehr genau, worum es hier geht«, sagte Gabrielsen.

»Nein!«, protestierte Harinder.

Gabrielsen seufzte resigniert. Dann öffnete er die Dokumentenmappe und nahm ein Foto heraus, das er auf den Tisch legte.

Harinder wünschte, er hätte dieses Foto nie gesehen. Ein lautes Stöhnen entfuhr ihm, und er wusste, dass sich der Anblick für lange Zeit tief in sein Gedächtnis einbrennen würde. Ganz unten in seinem Bauch spürte er eine Übelkeit, die höher stieg und sich rasch in seinem Brustkorb ausbreitete.

Es war ein Foto von Martine. Sie schien nicht bei Bewusstsein gewesen zu sein, als das Bild aufgenommen worden war, doch Harinder wusste nicht, ob sie tot oder lebendig war. Sie sah schrecklich aus. Das Gesicht entstellt, geschwollen und bedeckt von kleinen roten Wunden. Ein Auge war mit Blut verklebt. Der Mund war nicht geschlossen, an mehreren Stellen, wo einst Zähne gewesen waren, klafften Lücken. Das ehemals lange, gelockte Haar war ihr bis auf kleine Stoppeln fast völlig abgeschoren worden.

Doch als ob das nicht schon genug gewesen wäre, hatte jemand mit rotem Lippenstift ein Wort auf ihre Stirn geschrieben:

BESUDELT

»Du meine Güte …« Harinder versuchte, sich zusammenzureißen. »Ist sie …? Ich meine …«

»Sie wird überleben, wenn es das ist, was Sie wissen

möchten«, sagte Gabrielsen. »Martine Davidsen wurde gegen eins in der Nacht aufgegriffen, als sie die Brugate entlanglief. Unglaublich, wenn man bedenkt, was ihr widerfahren sein muss. Sie wurde ins Krankenhaus gebracht, ist aber direkt nach der Ankunft zusammengebrochen. Wenn sie das Bewusstsein wiedererlangt, wird sie uns natürlich eine detaillierte Erklärung geben können.«

»Falls Sie auf mildernde Umstände hoffen, sollten Sie die Karten umgehend auf den Tisch legen«, sagte Moen. »Was hat Sie bloß dazu gebracht, so etwas zu tun?«

Verschreckt starrte Harinder die beiden Polizisten an.

»Was? Glauben Sie etwa, dass *ich* …? Das kann doch wohl nicht Ihr Ernst sein? Sie ist meine Freundin! Wofür halten Sie mich denn?«

»Es geht nicht darum, was wir glauben, Singh«, sagte Gabrielsen. »Wir haben mit Leuten gesprochen, die sagen, Sie wären ein eifersüchtiger Kontrollfreak. Dass Sie ein aggressives Temperament hätten und dass Sie und Martine sich oft gestritten hätten. Zuletzt gestern sogar.«

Harinder schüttelte energisch den Kopf. Abgesehen von den Streitereien war alles blanker Unsinn.

»Mehrere Spuren deuten darauf hin, dass Martine Davidsen unten bei der Werkstatt in der Strandgate überfallen wurde, als sie sich auf dem Weg nach Hause befand. Sie hat gegen Mitternacht das Haus einer Freundin verlassen. Sie sagen, Sie hätten gegen 23 Uhr die Hütte am Eldoråsen verlassen. Das gab Ihnen Zeit und Gelegenheit, mein Freund. Und soweit wir wissen, haben Sie kein Alibi.«

»Was bedeutet, dass Sie in ernsthaften Schwierigkeiten stecken«, fügte Kommissar Moen hinzu.

KAPITEL 9

Montag, 26. März

Rachel Hauge begann den Tag gern mit einem frühen Lauf. Sie stand um sechs Uhr auf, wusch sich und nahm das Trainingszeug aus dem kleinen Koffer, den sie dabeihatte. Sie lief an der Busstation vorbei und überquerte die leere Storgate. Obwohl sich die Temperatur um den Nullpunkt bewegte, war ihr schnell warm. Anstatt eine Runde durch die Innenstadt zu drehen, hielt sie auf den Wald südlich der Stadt zu. Sie zog es vor, in der Natur zu joggen.

Im Wald orientierte sie sich an einem schmalen Pfad, auf dem sie Ästen und Zweigen ausweichen musste. Er führte sie den Hügel hinauf, der Eldoråsen genannt wurde. Sie kämpfte sich eine schwierige Strecke mit Steigung hinauf, ohne das Tempo zu drosseln, und spürte, wie es in der Brust brannte und wie die Muskulatur in den Beinen schmerzte. Genauso, wie es sein musste.

Als sie sich der Hügelspitze näherte, konnte sie außer Bäumen nichts erkennen. Sie hatte nur eine ungefähre Ahnung, wo sie sich befand, wusste weder, wohin der Pfad führte, noch wie lang er war. Alles, was sie über die Gegend wusste, hatte mithilfe einer Landkarte Einzug in ihr Gedächtnis gehalten. Sie fragte sich, wie wohl die Elvestadbrücke vom Hügel aus betrachtet aussah, wollte aber weiterlaufen, bis sie das Ende des Pfades erreicht hätte oder ans Ende ihrer Kräfte gekommen wäre.

Nach einem weiteren halben Kilometer kam sie zu einer Lichtung im Wald, wo der Pfad aufhörte. Rachel gönnte sich einen Schluck aus der Wasserflasche, die sie mit einem Gurt an der Hüfte befestigt hatte. Blickte umher und begriff, dass sie sich recht weit oben auf Eldoråsen befinden musste. Obwohl der meiste Schnee geschmolzen war, gab es hier noch ein paar Reste. Der vor ihr liegende, unebene Karrenweg führte zu einer breiteren Passage durch den Wald. Zwischen ein paar Bäumen erspähte sie ein großes weißes Haus, etwa 200 Meter entfernt.

In der Annahme, dass auf der anderen Seite ein Weg wieder den Hügel hinunterführte, bewegte sie sich auf das Haus zu. Als sie näher herankam, sah sie ihn. Das Haus befand sich an einer offenen Stelle im Wald, wo der Weg endete und eine asphaltierte Straße begann.

Das weiße Haus hatte aus der Ferne besser ausgesehen. Als Rachel jetzt direkt davorstand, wurde klar, dass es schon schönere Tage gesehen haben musste. Die weiße Farbe war infolge mangelnder Instandhaltung und kräftiger Stürme teilweise großflächig abgeblättert. Ein zerbrochenes Fenster war zugenagelt worden. Eine kräftige Delle auf der östlichen Seite des Daches zeugte von schwerem Schnee, der zu lange liegen geblieben war. Dennoch hatte sie den Eindruck, dass es einmal ein richtig schönes Haus gewesen war.

Hinter dem Haus lag ein überwucherter Garten mit Blick auf die Stadt. Ein separater Anbau diente als Garage. An der Wand lehnte ein Motorrad unter einer Abdeckung. Daneben stand ein rotbrauner Saab mit schwedischem Nummernschild.

Rachel erahnte eine Bewegung hinter einem der Fenster und blickte hinauf zum Obergeschoss. Dort stand eine junge Frau und beobachtete sie. Ihr schwarzes Haar war extrem kurz geschnitten. Sie trug ein schlichtes weißes Unterhemd, aus dem zwei muskulöse Arme herausragten. Beide waren tätowiert. Schöne Augen, dachte sie und nickte kurz zum Gruß, ehe sie auf die asphaltierte Straße zulief. Sie kam so dicht an der Vorderseite des Hauses vorbei, dass sie den Namen auf dem Briefkasten erkennen konnte:

DAVIDSEN

Zwei Häuser am jeweils entgegengesetzten Ende der Stadt, eines an einer gepflegten Privatallee und eines hoch oben auf einem Hügel im Wald. Eine Festung aus grauen Ziegeln und ein halb verfallenes Holzhaus. Mit demselben Nachnamen auf dem Briefkasten.

Nach einer ausgiebigen Dusche ging Harinder ins Restaurant hinunter, wo er ein Frühstück zu sich nahm und schwarzen Kaffee trank. Schon nach der ersten Tasse fühlte er sich viel besser. Keine Anzeichen von Magenproblemen. Als Rachel erschien, frisch geduscht und umgezogen, brachte Harinder sogar ein Lächeln zustande. Selbst wenn sie bemerkt haben sollte, dass etwas mit ihm nicht stimmte, ließ sie sich nichts anmerken.

Auf dem Tisch im Büro lag eine Liste mit allen Kontakten von Axel Davidsens Mobiltelefon. Dazu eine Übersicht der empfangenen und getätigten Anrufe samt Ausdruck aller eingegangenen oder versendeten SMS im letzten Monat.

Die Kontaktliste war umfangreich. Es dauerte eine ganze Weile, alle Namen mit der Übersicht abzugleichen, die sie über die Familie sowie Freunde und Kommilitonen in Oslo erstellt hatten. Darüber hinaus gab es Nummern in der Anruf- und SMS-Übersicht, die nicht unter den Kontakten abgespeichert waren. Eine davon gehörte Geir Holst.

Axel hatte Holst am Donnerstag eine SMS geschickt, demselben Abend, an dem er für die Ferien nach Staden zurückgekommen war. Die Übersicht zeigte, dass der letzte Kontakt zwischen ihnen zu Weihnachten stattgefunden hatte. Die Nachrichten enthielten lediglich ein Fragezeichen. Die Antwort, die er jeweils bekommen hatte, bezeichnete einen Ort und einen Zeitpunkt. Alles war äußerst diskret abgelaufen. Der Kontext war nur denen verständlich, die ohnehin wussten, worum es ging.

Harinder wandte sich an Per Lyngstad und fragte, ob er wisse, wo Holst zu finden sei.

»Ich weiß sogar ganz genau, wo wir ihn finden können«, erwiderte Per. »Im Krankenhaus in Elverum.«

Harinder sah ihn verständnislos an.

»Jemand hat ihm eine ordentliche Abreibung verpasst«, sagte Per. »Er wurde gestern Nacht im Park gefunden, blutend und zusammengeschlagen. Ein paar gebrochene Knochen, aber nichts Lebensbedrohliches. Ich wollte nachher vorbeifahren und ihn befragen.«

Harinder blickte Rachel an. Auch sie schien den Zeitpunkt für eigenartig zu halten, wie ihr Blick verriet.

»Warte noch etwas, bevor du losfährst. Gut möglich, dass einer von uns mitkommt.«

Per nickte, ohne weitere Fragen zu stellen.

Sie widmeten sich wieder der Telefonübersicht. Doch eine Antwort darauf, was Axel Davidsen nach der Party getrieben haben mochte, lieferte sie nicht. Um 00:37 Uhr hatte er Susanne Rustad eine SMS geschickt. Das war das letzte Mal, dass er sein Telefon benutzt hatte.

Das letzte Wort ist nicht gesprochen!

Susanne hatte nicht auf die Nachricht geantwortet, wie aus der Übersicht hervorging.

»Letztes Wort worüber?«, wunderte Harinder sich und spielte mit der großen silbernen Krawattennadel, die Savi ihm zum 40. Geburtstag geschenkt hatte. Sie war wie ein Anker geformt, mit spitzen Flunken. Eigentlich ziemlich hässlich, aber von großem sentimentalen Wert.

»Ganz offenbar hat es da eine Meinungsverschiedenheit gegeben«, fuhr er fort. »Ist der Streit dann nach dieser letzten, wütenden SMS weitergegangen? Womöglich von Angesicht zu Angesicht?«

»Du meinst unten an der Brücke?«, sagte Rachel.

»Irgendjemand war mit ihm zusammen im Auto. Eine Frau.«

Dass sie in jener Nacht gestritten hatten, gab Susanne etwas, das bis jetzt niemand sonst hatte.

Ein Motiv.

»Sie braucht wirklich eine verdammt gute Erklärung, wenn sie hier auftaucht«, sagte Harinder.

Was Hinweise aus der Bevölkerung anging, stand es nicht sehr gut. Per Lyngstad und Dina Martinsen gingen alle Tipps durch, wovon die meisten jedoch unbrauchbar waren. Zum Beispiel meinte jemand, er hätte am späten Samstagabend Axel Davidsen in einem Bus nach Hamar sitzen sehen. Überhaupt war er an verschiedenen Orten beobachtet worden, an denen er jedoch unmöglich gewesen sein konnte.

Ein am Montagmorgen eingegangener Hinweis hingegen war etwas interessanter. Ein Zeuge meinte, Axels Wagen gegen halb zwei in der Nacht auf dem Parkplatz vor dem Busbahnhof gesehen zu haben. Der Zeitpunkt konnte tatsächlich stimmen.

Per rief den Zeugen an. Der war Taxifahrer in Elverum und hatte nach einem Fest einen betrunkenen Fahrgast nach Staden gefahren. Der Fahrer hatte zwar weder Axel Davidsen noch sonst jemanden gesehen, aber am Busbahnhof einen blauen Audi S5 bemerkt. Er war sich absolut sicher. Mit Autos kannte er sich aus.

Die Aufnahmen aller Überwachungskameras in und um Staden wurden überprüft. Eine recht überschaubare Aufgabe, da die Stadt nicht unbedingt mit Kameras vollgepflastert war. Sie waren auf strategisch wichtige Punkte verteilt. Die Vorschriften erforderten zum Beispiel eine Kameraüberwachung aller öffentlichen Gebäude und potenzieller Terrorziele.

»Die Liste potenzieller Terrorziele muss schnell abgehakt worden sein«, hatte ein Kollege von Per mit trockenem Humor bemerkt.

Jedenfalls gehörte der Busbahnhof zu den Orten, wo es Überwachungskameras gab.

KAPITEL 10

Um Punkt zehn Uhr erschien Susanne Rustad zur Befragung in der Polizeistation. Sie kam in Begleitung eines An-
walts, beide setzten sich an den Tisch im Vernehmungsraum. Susanne lächelte nervös und lehnte Kaffee und
Mineralwasser dankend ab. Ihr langes Haar war straff nach
hinten gekämmt und zu einem Pferdeschwanz gebunden,
genauso, wie Harinder es auf einem Foto gesehen hatte.

Der blaue Fleck oberhalb des rechten Wangenknochens
war ihm sofort aufgefallen.

Zur Vorbereitung auf die Vernehmung hatte er sich mit
den Notizen beschäftigt, die Per Lynstad über die junge
Frau verfasst hatte. Sie beinhalteten allgemeine Angaben
über Susanne sowie Informationen, die in Gesprächen mit
anderen Zeugen gesammelt worden waren.

Susanne war seit dem ersten Jahr in der Oberstufe mit
Axel zusammen gewesen. Freunde beschrieben sie als per-
fektes Paar, zwei gut aussehende Jugendliche aus erstklas-
sigen Familien. Sie gehörten ganz klar zu den beliebtesten
Schülern. Eine Freundin beschrieb, wie aufgeregt Susanne
gewesen sei, als Axel sie zum ersten Mal um ein Date bat.
Sobald sie begriffen hatte, dass er an ihr interessiert war,
hörten alle anderen Jungen auf zu existieren. Es war Axel

oder niemand. Er besaß alle Eigenschaften, die sie sich für denjenigen, mit dem sie ihr Leben teilen würde, gewünscht hatte.

Harinder dachte an die letzte SMS, die Axel verschickt hatte, und warf abermals einen Blick auf den blauen Fleck an ihrem Wangenknochen. *Das perfekte Paar.* Das Gleiche hatte er andere Menschen über Paare sagen hören, bei dem die eine Person in Untersuchungshaft saß und sich die andere im Leichenschauhaus befand.

»Wo sind Sie gestern hingegangen, Susanne?«, fragte er.

Sie zuckte mit den Schultern.

»Bloß an die Luft.«

»An die Luft? Und wo?«

»Es tut mir leid, dass ich abgehauen bin. Ich wollte niemanden beunruhigen. Mir wurde nur mit einem Mal bewusst, was überhaupt geschehen war, und da brauchte ich Abstand von allem.«

»Das kann ich verstehen.« Harinder lächelte. »Aber ich habe gefragt, wohin sie gegangen sind.«

»Ich habe mich mit einem Freund getroffen.«

»Mit wem?«

»Vegar.«

»Caspersen?«

Susanne nickte.

Harinder machte sich fleißig Notizen, ahnte aber schon, dass er ihr jedes Wort einzeln aus der Nase ziehen müsste.

»Und wieso mit ihm?«, fragte er.

»Er ist ein Freund. Er war ein guter Freund von uns beiden, und ich wollte mit jemandem reden, der mich kennt und versteht.«

Mit dem Taschentuch, das sie in der Hand hielt, wischte

sie sich die Andeutung einer Träne aus dem Augenwinkel. Der Anwalt tätschelte ihr aufmunternd den Arm.

»Erzählen Sie bitte, was Sie am Samstag gemacht haben.«

Es folgten vielerlei Schilderungen dessen, was sie bereits wussten. Worüber sie mehr wissen wollten, betraf die Party und was sich danach abgespielt hatte. Susanne war vor dem Wochenende gemeinsam mit Axel in Elvestad angekommen. Obwohl sie kein Paar mehr waren, hatte er angeboten, sie zu fahren. Susanne hatte das Treffen in der Pizzeria sausen lassen, weil ihr »nicht danach war« und weil sie ohnehin alle auf der Party sehen würde. Gemeinsam mit den Eltern hatte sie zu Abend gegessen.

Harinder beugte sich über den Tisch und sah ihr direkt in die Augen.

»Sie haben die Party noch vor Axel und ihren anderen Freunden verlassen. Wieso?«

Erneut zuckte sie mit den Schultern. »Ich war müde und wollte nach Hause.«

»Ist Ihnen etwas passiert?«, fragte Harinder und richtete den Blick auf den blauen Fleck an ihre Wange.

»Es war ein Unfall«, sagte sie und sah die Tischplatte an.

»Was war los?«

Sie schüttelte den Kopf, als handele es sich um etwas, dass sie am liebsten nicht erzählen wollte, aber sowohl Harinder als auch Rachel schwiegen und sahen sie abwartend an. Schließlich seufzte sie resigniert.

»Hören Sie, ich habe Axel geliebt. Wir waren lange zusammen und haben viele schöne Dinge erlebt«, sagte sie. »Aber er wollte, dass wir wieder ein Paar waren, und ich hatte kein Interesse. Ich fand, dass er sich verändert hatte. Ich mochte auch seine neuen Freunde nicht. Die waren alle stinkreich und total verwöhnt. Es ging ständig nur um Modemarken, angesagte Clubs und teuren Champagner. Manchmal auch um Drogen. Und die haben nicht das Beste in ihm zum Vorschein gebracht, um es so auszudrücken ... «

Sie hielt inne, um sich abermals die Augen mit dem Taschentuch zu trocknen. Obwohl sie es zu Beginn abgelehnt hatte, schenkte ihr Rachel ein Glas Wasser ein. Sie trank.

»Auf der Party war er total high und wurde dann aufdringlich«, fuhr Susanne fort. »Er wollte eine neue Chance. Meinte, dass wir zusammen gehören. Ich habe ihm gesagt, dass das nicht infrage käme. Unter gar keinen Umständen.«

»Und wie hat er darauf reagiert?«, fragte Harinder, obwohl er schon ahnte, wie die Antwort ausfallen würde.

»Das sehen Sie ja.«

»Wo ist das passiert?«

»Draußen. Er ist mir gefolgt, als ich gegangen bin.«

Er hatte ihr etwas hinterhergerufen, woran sie sich nicht genau erinnern konnte. Und als sie sich gerade umdrehen wollte, um ihm eine Antwort zu geben, war sie mit seiner Hand zusammengestoßen.

»Ich *glaube*, dass es ein Unfall war«, sagte sie. »Ich weiß nicht, es ging alles so schnell. Er sagte, er hätte es nicht beabsichtigt, und ich möchte gern glauben, dass das stimmt. Dass er nicht in der Lage war, so etwas mit Absicht zu tun.«

»Hat jemand gesehen, was passiert ist?«

Susanne schüttelte den Kopf.

Harinder ließ es dabei bewenden. Aber zum ersten Mal ging ihm durch den Kopf, dass er ihr nicht glaubte.

Die Tausend-Dollar-Frage: Hatten sie gerade die Täterin vernommen?

»Sind wir uns darüber einig, dass sie ein Motiv hatte?«, fragte Harinder.

»Unzweifelhaft«, erwiderte Rachel. »Sie und Axel haben sich am Abend des Mordes gestritten, und es gab Anzeichen eines Handgemenges. Sie hat ihn abgewiesen, aber bekanntermaßen hat er geäußert, das letzte Wort sei noch nicht gesprochen.«

»Wir können auch nicht ausschließen, dass der blaue Fleck erst später am Abend entstanden ist, während der Auseinandersetzung unter der Brücke. Susanne hat den Abend zusammen mit dem Opfer verbracht und ist eine derjenigen, die Axel zuletzt lebend gesehen haben. Und niemand von den anderen Zeugen wusste, wohin sie nach der Party gegangen ist«, sagte Harinder.

»Die Eltern behaupten, sie hätte kurz nach Mitternacht im Bett gelegen, aber können wir darauf vertrauen? Ist ja nicht auszuschließen, dass sie ihre Tochter schützen wollen.«

Eine gute Frage, meinte Harinder.

Susanne allerdings hatte bestritten, nach der Party in Axels Auto gewesen zu sein. Sie hatte sich widerstandslos eine Blut- und eine DNA-Probe entnehmen lassen, damit diese mit den am Tatort und im Wagen gemachten Funden verglichen werden könnten.

»Das wäre dann aber ein ziemlich dreister Bluff, falls sich zeigen sollte, dass sie schuldig ist«, sagte Harinder. »Ein Pokerspieler hätte bei einem derart überzeugenden Gegenspieler die Karten auf den Tisch geworfen, es sei denn, er hätte selbst mit einem Flush in den Händen dagesessen.«

Ungeachtet dessen waren sich Harinder und Rachel einig, dass es vorläufig keine ausreichenden Beweise gab, um Susanne Rustad des Mordes zu beschuldigen.

Als Per Lyngstad die beiden Kripo-Ermittler kurz darauf unterbrach, tat er es mit einem zufriedenen Grinsen in seinem Gesicht, als habe er sich durch eine meterdicke Schlammschicht gearbeitet und schließlich den goldenen Griff der darin begrabenen Schatzkiste entdeckt.

Der Hinweis des Taxifahrers über den Wagen am Busbahnhof hatte Per Lyngstad und Dina Martinsen zu weiteren interessanten Erkenntnissen geführt.

In chronologischer Reihenfolge hatten sie sich durch die Aufnahmen der Überwachungskameras gearbeitet. Exakt um 01:04 Uhr in der Nacht zum Sonntag war Axel Davidsens Audi von einer Kamera erfasst worden, die gleich hinter der Elvestad Schule hing. Er stellte den Wagen an einer Straßenecke ab, stieg allein aus dem Wagen und verschwand hinter einem grauen Wohnblock.

»Ramms gate«, sagte Per. »Geir Holst ist der einzige von Axels Bekannten, der in der Straße wohnt.«

Zwölf Minuten später fing die Kamera ihn wieder ein, als er zurück zu seinem Wagen schlenderte. Dieses Mal war er in Begleitung einer jungen, zarten Frau in einem langen gelben Kleid. Sie nahm auf dem Beifahrersitz Platz.

Per musste zugeben, dass er keine Ahnung hatte, wer die Frau war. Aber es war offensichtlich, wer sie *nicht* war: Susanne Rustad. Sie hatte also die Wahrheit gesagt, als sie behauptete, nicht diejenige gewesen zu sein, die nach der Party mit Axel im Wagen gesessen und Marihuana geraucht hatte.

Als der Wagen weiterfuhr und schließlich aus dem Bild verschwand, lautete die Zeitangabe auf dem Überwachungsvideo 01:17 Uhr.

Die nächsten Aufnahmen stammten von einer Kamera, die am Busbahnhof platziert war. Um 01:27 Uhr bog der Audi auf den leeren Parkplatz vor der Station ab und blieb mit laufendem Motor stehen. Niemand stieg aus oder ein. Dunkelheit und Kamerawinkel machten es unmöglich, in das Wageninnere zu blicken. Sie konnten nicht erkennen, wer sich in dem Wagen befand. Gut möglich, dass Axel angehalten und seinen Gast unterwegs abgesetzt hatte, allerdings hielt Per das für wenig wahrscheinlich. Zwischen den beiden Aufnahmen lagen nur zehn Minuten, wohingegen der Wagen 14 Minuten auf dem Parkplatz gestanden hatte. Genügend Zeit, um einen Joint zu drehen und sich zusammen mit dem Mädchen, das er eben aufgegabelt hatte, etwas Gras in die Lunge zu pumpen.

Um 01:41 Uhr hatte Axel den Parkplatz am Busbahnhof wieder verlassen und war nach rechts abgebogen.

Der Elvestadbrücke und seinem endgültigen Schicksal entgegen.

KAPITEL 11

»Die Identifikation der Frau im gelben Kleid hat höchste Priorität«, sagte Harinder, als er später am Tag die Ermittlergruppe um sich versammelte. »Wir können mit Sicherheit festhalten, dass sie eine der Letzten war, die Axel Davidsen lebend gesehen haben. Sie kann zum Zeitpunkt des Mordes in der Nähe des Tatorts gewesen sein. Realistisch gibt es nur zwei Möglichkeiten: Entweder war sie Zeugin der Geschehnisse oder sie war selbst daran beteiligt.«

»Wir könnten die Medien einschalten«, schlug Bjørn Holum vor, der die juristische Verantwortung für die Ermittlungen trug. »Jemand aus der Stadt müsste sie doch wiedererkennen.«

»Ich finde, wir sollten einen kühlen Kopf bewahren, bevor wir solche Maßnahmen ergreifen«, sagte Rachel Hauge. Sie nahm eine Orange von dem fast leeren Obstteller und fing an sie zu schälen. »Bis jetzt ist sie nur eine Zeugin, keine Verdächtige. Es muss ihr aber klar sein, dass sie über wichtige Informationen verfügt, die Frage ist also, warum sie sich bis jetzt noch nicht bei uns gemeldet hat. Hat sie etwas zu verbergen oder fürchtet sie sich vor etwas? Zu viel mediale Aufmerksamkeit könnte sie nur umso mehr veranlassen, in Deckung zu bleiben.«

»Ganz deiner Meinung«, sagte Harinder. »Es gibt auch andere Möglichkeiten, ihre Identität zu klären.«

»Geir Holst weiß vielleicht, wer sie ist«, sagte Per Lyngstad.

Das Problem war allerdings, dass die Ärzte im Krankenhaus eine Befragung von Holst frühestens am folgenden Tag gestatteten. Es hieß, er habe große Schmerzen und sei mit Morphium vollgepumpt. In diesem Zustand würden sie ohnehin nichts Brauchbares aus ihm herausbekommen.

»Was ist mit Axels Freunden?«, sagte Rachel. »Glaubst du, dass einer von denen sie vielleicht kennt?«

»Wir könnten sie jedenfalls fragen«, meinte Per.

»Ja, und was die Party betrifft, können wir sie auch etwas stärker unter Druck setzen«, entgegnete Harinder. »Axel und Susanne haben einen handfesten Streit, und niemand will etwas davon mitbekommen haben? Das glaube ich kaum.«

Harinder hatte außerdem geplant, der Familie in der Parkallé einen weiteren Besuch abzustatten. Sofern es sich machen ließ, wollte er separat mit jedem der engsten Angehörigen reden. Er und Rachel verließen die Polizeistation, nachdem ein heftiger Wolkenbruch über die Stadt hinweggezogen war. Das Wasser spritzte auf, als sie das geöffnete Tor an der Parkallé passierten. Aus der Entfernung sah es aus, als ob der entstehende Regenbogen sich wie eine Brücke über das große graue Haus am Ende der Straße legte.

Glenn Davidsen öffnete die Tür. In der Hand hielt er ein Glas, in dem eine goldbraune Flüssigkeit und ein Eiswürfel umherschwappten. Er begrüßte sie mit einem knappen Kopfnicken und bat sie ins Wohnzimmer. Er wirkte mitgenommen, allerdings weit gefasster als noch am Tag zuvor.

Das Zimmer war mit Blumensträußen angefüllt, die dazugehörigen Kondolenzkarten lagen in einem Stapel auf dem Couchtisch. Harinder und Rachel nahmen auf dem bequemen Designersofa Platz.

»Möchten Sie einen Kaffee?«, fragte Glenn.

Beide lehnten dankend ab.

»Gibt es etwas Neues?«, fragte Glenn und setzte sich in denselben Ohrensessel, den sein Vater am Tag zuvor benutzt hatte.

»Wir machen Fortschritte«, sagte Harinder. »Wir folgen ein paar viel versprechenden Spuren.«

»Schön zu hören.«

»Sind die anderen Mitglieder Ihrer Familie zu Hause?«

Glenn schüttelte den Kopf. »Vater ist zu einer Kontrolluntersuchung im Krankenhaus, und Andrea begleitet ihn. Nichts Ernstes, aber er erträgt solche Belastungen nicht mehr so gut wie früher. Und Caroline ruht sich aus. Ich möchte sie nur ungern wecken.«

»Okay, aber wir möchten auch mit ihr noch einmal sprechen.«

»Natürlich. Worum geht es denn?«

»Wir wollen so viele Details wie möglich zusammenzutragen«, erwiderte Harinder. »Immerhin kannten Sie Axel am besten.«

Glenn nickte zustimmend.

»Hat Axel irgendwann einmal über neue Freunde gesprochen, die er sich in Oslo zugelegt hat?«

»Ich weiß, dass er kurz nach Neujahr mit ein paar Leuten

in die Berge gefahren ist«, sagte Glenn. »Ich glaube, das waren welche, mit denen er studiert hat, Namen kenne ich aber keine. Axel ist es immer leicht gefallen, neue Freunde zu finden.«

»Wie sieht es mit Drogen aus?«

Glenns Blick wurde deutlich schärfer.

»Was ist damit?«

»Wissen Sie, ob er welche konsumiert hat?«

Glenn antwortete nicht sofort. Er kippte den Inhalt des Glases in sich hinein und stellte es dann auf den Tisch. Sein Blick richtete sich auf eine Stelle irgendwo zwischen den beiden Polizeibeamten auf dem Sofa.

»Er war jung«, sagte er. »Junge Menschen tun nicht immer das, was schlau wäre, aber dennoch war er ein zuverlässiger Junge. Ein *anständiger* Junge. Ich sehe keinen Sinn darin, jetzt in kleinen möglichen Fehltritten herumzugraben, die wer auch immer begangen haben mag. Axel hatte jedenfalls kein *Problem*, wenn es das ist, was Sie wissen möchten. Das kann ich Ihnen versichern.«

Am späten Nachmittag saßen sie in derselben Pizzeria, in der Axel und seine Freunde am Samstag gewesen waren, und ließen den Tag Revue passieren.

»Die Frage hat ihm nicht gefallen«, sagte Rachel.

»Nein, ganz gewiss nicht.«

»Aber er hat es auch nicht bestritten, dass sein Sohn Drogen genommen hat. Und sonderlich überrascht schien er von der Frage auch nicht gewesen zu sein.

»Natürlich nicht. Axel mochte Drogen, Partys, Mädchen und schnelle Autos. Er ähnelte seinem Vater in dieser Hinsicht also wie ein Ei dem anderen«, sagte Harinder. »Glenn ist in jungen Jahren auch kein Engel gewesen, sondern ein richtiger Schürzenjäger. Seine Partys waren berüchtigt.«

Harinder hätte seiner Kollegin ein paar saftige Geschichten erzählen können, ließ es aber bleiben. Denn obwohl er Glenn Davidsen nicht mochte, war es vielleicht doch besser, alte Gerüchte nicht zu neuem Leben zu erwecken. Und die einfachste Jugend hatte Glenn vermutlich auch nicht gehabt, trotz all der materiellen Güter. Sein Vater war in der ganzen Stadt gefürchtet und respektiert. Sein eigenes Heim war dabei sicher keine Ausnahme gewesen.

Als Harinder und Martine zusammen gewesen waren, hatte er ein paar Geschichten zu hören bekommen, die der Allgemeinheit weniger bekannt waren. Die beiden Söhne von Georg bezogen nämlich Prügel, wenn sie sich nicht wie erwartet benahmen. Der einzige Puffer im Haus war allzu früh von ihnen gegangen. Glenn war 13 gewesen, als seine Mutter eines Morgens in der Garage gefunden wurde. Voll mit Pillen und Alkohol.

Und Kohlenmonoxid.

Sie fuhren zurück zum Hotel. Harinder war nicht lange in seinem Zimmer, ehe er von einer ihm unbekannten Nummer angerufen wurde. Als er abnahm, entpuppte sich die Anruferin als Andrea Davidsen.

»Ich habe gehört, dass Sie heute früh bei uns zu Hause waren«, sagte sie. »Wenn Sie mit mir reden wollen, können wir uns gern jetzt gleich treffen.«

Harinder sah auf die Uhr. Es war bereits nach zehn.

»Vielen Dank, aber das kann auch bis morgen warten«, sagte er.

»Es macht mir gar nichts aus«, erwiderte sie. »Ich bin unten in der Hotelbar.«

Eigentlich war Harinder müde und wollte sich ausruhen. Dann aber bat er sie, fünf Minuten zu warten, während er sich frisch machte.

Andrea Davidsen hatte sich einen Ecktisch in der Bar ausgesucht, wo sie an einem Cappuccino nippte. Ihr knallroter Wollmantel entsprach der Farbe ihres Lippenstifts. Sie lächelte nervös, als Harinder sich hinsetzte. Es war unheimlich, wie sehr ihre Augen denen von Martine ähnelten.

»Woher wussten Sie, dass wir hier im Hotel wohnen?«

»In der Stadt gibt es nicht so viel Auswahl«, sagte sie. »Außerdem ist mein Vater Teilhaber des Hotels.«

Harinder war nicht überrascht.

»Sie sind Inder«, fuhr sie fort.

»Zur Hälfte.«

»Ich hatte immer Lust, einmal nach Indien zu fahren. Wie ist es dort?«

»Heiß und vollgepackt mit Menschen«, sagte er. »Und fahren Sie ja kein Auto, falls Sie vorher nicht Ihr Testament gemacht haben.«

Sie kicherte. Ein hübsches Lächeln, dachte Harinder, mit einem Anflug von Traurigkeit. Er hatte den Eindruck, dass diese nicht nur dem Tod des Bruders geschuldet war, sondern sie ohnehin stets begleitete.

»War vermutlich nicht einfach, hier in der Stadt aufzuwachsen und … na, Sie wissen schon, anders zu sein«, sagte sie.

»Vermutlich gibt es keinen Ort, an dem es leicht ist, wenn man heraussticht. Woher wissen Sie, dass ich hier aufgewachsen bin?«

»Mein Vater hat es mir erzählt. Sind Sie gern bei der Polizei?«

»Im Großen und Ganzen ja. Aber wollen wir nicht lieber über das reden, was Sie eigentlich auf dem Herzen haben?«

Ihr verwunderter Blick wirkte aufgesetzt.

»Sie wissen etwas«, fuhr Harinder fort. »Etwas, das Axel betrifft und das Ihre Eltern entweder nicht wissen oder verschweigen möchten. Sie hegen Zweifel, ob Sie darüber reden sollen, wissen aber auch, dass es wichtig sein könnte. Deshalb sind Sie hierhergekommen, auf neutrales Gebiet. Weil sich hier einfacher reden lässt, nicht wahr?«

Andrea vermied seinen Blick, aber er begriff, dass er die Situation richtig eingeschätzt hatte.

»Axel hatte Probleme«, sagte sie nach einer Weile.

»Welche Art von Problemen?«

»Zu viele Partys und zu wenig Studium, unter anderem. Seine Noten im ersten Semester waren grauenhaft. Wir haben nahe beieinander gewohnt, also habe ich versucht, ein Auge auf ihn zu halten. Wir hatten immer ein gutes Verhältnis. Er wusste, dass er sich mir anvertrauen konnte.«

»Was hat er gesagt?«

»Sie dürfen nicht vergessen, dass er ein wirklich guter Junge war. Immer nett, großzügig und hilfsbereit«, sagte sie, während ihre Augen sich mit Tränen füllten. »Aber in letzter Zeit ist es ihm nicht gut ergangen. Die Trennung von Susanne, und dann hat er sich mit Freunden gestritten. Er hat verletzende Dinge gesagt, die er eigentlich gar nicht so meinte. Er hat geglaubt, dass es ihm besser gehen würde, sobald er aus diesem verfluchten Staden heraus wäre, aber tatsächlich wurden die Probleme nur größer. Er war unglücklich und frustriert. Und ängstlich.«

»Wovor hatte er denn Angst, Andrea?«

Harinder sah sich nach etwas um, was er ihr geben könnte, um sich damit die Tränen abzuwischen, fand aber nichts anderes als das Putztuch seiner Lesebrille. Schließlich zog Andrea selbst ein Kleenex aus ihrer Louis-Vuitton-Tasche.

»Ich weiß nicht«, sagte sie. »Er meinte, er hätte etwas getan, was er bereute. Etwas Schreckliches. Er wollte nicht sagen, worum es ging, aber ich glaube, es war etwas Ernstes. Und er hatte Angst davor, dass das eines Tages Folgen haben würde.«

Etwas Schreckliches. Das konnte alles Mögliche bedeuten, dachte Harinder.

»Was hat er noch gesagt?«

Andrea schüttelte den Kopf. Entweder kannte sie keine weiteren Details oder sie fand, dass sie genug gesagt hatte.

»Bitte erzählen Sie meinen Eltern nichts von alledem«, sagte sie.

Harinder gab ihr sein Wort.

»Und finden Sie bitte den Mörder meines Bruders. Er hat es nicht verdient. Ich weiß nicht, was er getan hat, aber er hat es nicht verdient, auf diese Weise zu sterben.«

KAPITEL 12

Dienstag, 27. März

Doktor Jostein Botten war Rechtsmediziner am Osloer Universitätskrankenhaus und führte die Obduktion der Leiche von Axel Davidsen aus. Er war ein älterer, kettenrauchender Mann mit grau meliertem Haar, der sich vor jedem zweiten Satz räusperte. Während sie sich unterhielten, wurde Harinder daran erinnert, warum er mit dem Rauchen aufgehört hatte.

Am Dienstagmorgen fand eine Videokonferenz statt, um die vorläufigen Ergebnisse der Untersuchung zu erörtern. Analysen und toxikologische Proben zeigten, dass Axel zum Zeitpunkt seiner Ermordung 0,7 Promille Alkohol im Blut gehabt hatte. Der Test auf Marihuana war ebenfalls positiv ausgefallen. Anders ausgedrückt, war er ziemlich berauscht gewesen. Allerdings gab es keine Anzeichen von Amphetamin in seinem System. Was den Mageninhalt betraf, gab es keinerlei Auffälligkeiten; er bestand aus Junkfood und Kartoffelchips.

»Wir können deutlich erkennen, dass ein Kampf stattgefunden hat, ehe der Tod eintraf. Die Verletzungen an den Fingerknöcheln zeigen, dass das Opfer jemanden geschlagen hat, ebenso wie die Spuren in seinem Gesicht beweisen, dass er selbst geschlagen wurde.« Der Rechtsmediziner hielt ein Foto vor die Webkamera und deutete auf ein paar Kratzer am Unterarm. »Das sind Abwehrverletzungen. Er hat versucht, sich gegen die Messerstiche zu wehren.«

»Wir können also von einem heftigen Handgemenge zwischen zwei Personen reden, das eskaliert ist, als eine der beiden ein Messer zog?«

»So kann es durchaus gewesen sein«, bestätigte Botten.

Axel war mehrmals in den Bauchbereich und in die Brustregion gestochen worden, sowie einmal in den Hals. Es waren mehrere tiefe Stiche erfolgt, die Fleisch und Knochen durchdrungen hatten. Der Täter musste über nicht unerhebliche körperliche Kraft verfügt haben und war ganz offenbar mit äußerster Entschlossenheit vorgegangen. Dabei waren wichtige Organe und eine Arterie getroffen worden.

»Selbst wenn er sofort Hilfe bekommen hätte, wäre sein Leben vermutlich nicht zu retten gewesen«, sagte Botten. »Die Todesursache ist offensichtlich. Er ist nach äußerst kurzer Zeit verblutet.«

»Und der Zeitpunkt des Todes?«

»Etwa um zwei Uhr nachts, plus minus eine halbe Stunde.«

Er war also etwa 20 Minuten, nachdem er zur Brücke gefahren war, ermordet worden. Mit oder ohne der Frau im gelben Kleid.

Wahrscheinlich mit, dachte Harinder.

Sie beendeten die Videokonferenz. Harinder trat ans Fenster und ließ etwas frische Luft herein. Die Sonne war inzwischen so hoch gestiegen, dass es in der Stadt langsam hell wurde. Harinder sah Teile des Parkplatzes unter sich, hinter zwei Gebäuden in der Strandgate konnte er den Fluss erkennen. Er entdeckte einen uniformierten Polizisten, der an der Ecke neben dem Haupteingang stand und rauchte, derweil er sich mit einem Zivilisten unterhielt. Ein großer Mann mit breiten Schultern und blondem, kurz geschnittenem Haar. Harinder merkte, dass sich etwas in seinem Bauch verkrampfte.

Lars Müller.

Vielleicht war es unumgänglich, dass sie irgendwann aufeinanderstießen, bis jetzt hatte Harinder ihn aber nicht zu Gesicht bekommen. Etwas seltsam, angesichts der Größe der Polizeistation. War Müller immer noch Bulle? So oder so hätte Harinder ihn nie in die Nähe der Ermittlung kommen lassen.

Er ging zur Polizeichefin, die ihr Büro gleich gegenüber des Situation-Rooms hatte. Sara Bolstad folgte ihm zum Fenster. In dem Moment, als sie zur Straßenecke hinuntersah, registrierte Harinder erfreut, dass ihr Gesicht sich augenblicklich verhärtete. Missbilligend rümpfte sie die Nase.

»Arbeitet der hier noch?«, fragte Harinder.

Sie schüttelte entschieden den Kopf. »Gott sei Dank nein. Letztes Jahr sind wir ihn endlich losgeworden. Er ist jetzt in der Sicherheitsbranche. Verkauft Alarmanlagen und so was. Woher kennen Sie ihn?«

»Wir hatten ein paar Begegnungen. Ist viele Jahre her. Er war damals schon ein mieser Bulle, und bei Leuten wie ihm wird es auch mit den Jahren nicht besser.«

Sara Bolstad nickte.

»Mit wem redet er da?«

»Jon Fredly«, sagte Bolstad. »Ein ganz brauchbarer Beamter, wenn er erst mal beschließt, etwas zu tun. Hält sich gern etwas bedeckt. Vermutlich zählt er die Tage bis zu seiner Pensionierung in zwei Jahren.«

Harinder kannte den Typus. Solche gab es überall, auch in den neuen und modernen Büros der Kripo in Bryn.

Rachel fuhr mit Per Lyngstad zum Krankenhaus Innlandet in Elverum, um mit Geir Holst zu reden. Die Ärzte hatten ihre Zustimmung zu einem Besuch gegeben, verwiesen aber darauf, dass er noch ziemlich geschwächt sei.

Laut Per war Holst ein 23-jähriger Taugenichts mit ein paar Einträgen im Polizeiregister. Dünn und schlaksig, mit langen Haaren und einer Vorliebe für schwarze Kleidung. Er dealte mit Pillen und Haschisch, hielt sich anscheinend jedoch von starken Drogen fern. In Staden gab es ohnehin keinen großen Absatzmarkt für Heroin oder Kokain.

Obwohl Rachel noch immer mit dem Zeitpunkt des Überfalls beschäftigt war, vermutete Per kein größeres Rätsel dahinter.

»Solche wie Holst haben ständig bei irgendwem Schulden«, sagte er. »Oft eben bei den falschen Leuten. Und so was endet dann meist in der Notaufnahme.«

Auf dem Weg zum Eingang des Krankenhauses fiel Rachel ein Wagen auf dem Gästeparkplatz auf, den sie zuvor schon einmal gesehen hatte. Ein rotbrauner Saab mit schwedischem Nummernschild. Es war das zweite Mal innerhalb von 24 Stunden. Sie dachte an das alte weiße Haus auf der Hügelspitze und an die junge Frau am Fenster. Ihre Neugier wurde größer.

Rachel griff nach dem Handy und rief einen Kollegen in Oslo an.

»Tom? Kannst du mir einen Gefallen tun?«, fragte sie. »Ich müsste wissen, wer hinter einem schwedischen Autokennzeichen steckt.«

Sie las die Nummer vor. Der Kollege am anderen Ende der Leitung versprach sich zu melden, sobald er etwas herausgefunden hätte.

Geir Holst war bei Bewusstsein, als Rachel und Per ins Zimmer traten. Sein Gesicht war geschwollen und von blauen Flecken und Heftpflastern übersät. Eine seiner Hände lag in Gips. Die Ärztin, die die beiden Beamten eingelassen hatte, bat darum, den Patienten nicht aufzuregen. Aufgrund der Gehirnerschütterung könne er nämlich keine starke Belastung ertragen. Rachel hatte verständnisvoll genickt, ohne allerdings ein Versprechen abzugeben.

»Hallo, Geir, wie geht's denn so?«, fragte Per. »Das hier ist Rachel Hauge von der Kripo. Irgendwer hat dir anscheinend eine ordentliche Abreibung verpasst. Magst du uns vielleicht erzählen, was passiert ist?«

Geir Holst murmelte ein paar Worte vor sich hin. Die Botschaft war dennoch sehr klar.

»Scheiße. Verpisst euch.«

Per warf Rachel einen Blick zu. Er hatte ihr schon vorher geraten, sich keine großen Hoffnungen zu machen. Die Angst davor, was passieren könnte, wenn er den Mund aufmachte, kreiste offenbar durch Holsts ohnehin schon in Mitleidenschaft gezogenen Kopf.

»Du hast vielleicht keine Lust, mit uns zu reden, Geir«, sagte Rachel, »aber du hast ein größeres Problem. Axel Davidsen. Wir wissen, dass er einer deiner Kunden war. Wir haben sogar Beweise dafür, dass er in der Nacht auf Sonntag bei dir zu Hause war, nur etwa eine Stunde, bevor er ermordet wurde. Du bist daher einer der Letzten, die ihn lebend gesehen haben. Ich gratuliere also, von minderschwerer

Drogenkriminalität bist du aufgestiegen in das Zentrum einer umfassenden Mordermittlung.«

Geir Holst sagte immer noch nichts, aber es war deutlich, dass die Gedanken hinter seinen braunen Augen zu kreisen begannen.

»Was für Beweise?«, fragte er schließlich.

Rachel war auf die Frage vorbereitet. Sie zog den Ausdruck eines Videobilds von der Überwachungskamera hervor. Das Foto zeigte Axel, der die Ramms gate betrat, nachdem er den Audi abgestellt hatte.

»Erkennst du das Gebäude? Sieh mal auf die Zeitangabe. Wir haben eine ganze Reihe von Aufnahmen, die zeigen, wohin er geht.«

Eine Behauptung. Die Aufnahmen bewiesen lediglich, dass er in die Straße hineinging, aber nicht, wohin er wollte oder wen er besuchte. Aber das konnte Holst nicht wissen.

»Also hört mal, das ist nicht so, wie ihr denkt …«

»Ach, nein? Also wir denken, dass Axel dich besucht hat, ehe er dann später in der Nacht ermordet wurde.«

»Verflucht! Ihr könnt doch nicht ernsthaft glauben, dass ich …« Geir suchte nach den richtigen Worten. »Ich habe niemanden umgebracht! Verdammte Scheiße, warum sollte ich das tun?!«

»Also, was ist passiert?«

»Nichts! Der Typ ist einfach bloß aufgetaucht, okay? Völlig unangemeldet.«

»Um ein Uhr nachts?«

»Es war Wochenende.« Holst betrachtete sie, als ob sie schwer von Begriff seien. »Er wollte ein bisschen Gras haben. Er meinte, er wär auf 'ner Party gewesen und dass das Zeug dort scheiße war. Er hat bezahlt, wir haben ein paar

Minuten gequatscht, und dann ist er wieder gegangen. Ich schwöre! Er war fünf Minuten bei mir, vielleicht zehn, aber das ist alles. Ich hab nicht die geringste Ahnung, was später passiert ist.«

»Kann das jemand bestätigen?«

Geir zögerte einen Augenblick.

»Vielleicht können wir dir ja etwas helfen«, sagte Rachel. Sie nahm ein weiteres Foto hervor. Es zeigte Axel auf dem Rückweg zum Wagen, zusammen mit der Frau im gelben Kleid.

»Er ist mit ihr zusammen weggegangen, stimmt's? Also Geir, wer ist das?«

»Thea.«

Es klang, als hätte er einen Seufzer ausgestoßen.

»Thea wer?«

»Thea Krog. Sie ist eine Freundin«, sagte Geir. »Sie wollte nach Hause, und Axel hat ihr angeboten, sie zu fahren.«

Thea Krog. Die unbekannte junge Frau hatte einen Namen bekommen.

Rachel war froh über den Fortschritt, ließ sich aber nichts anmerken.

»Also kannten die sich?«

Geir zuckte mit den Schultern.

»Sieht so aus.«

»Und hat er sie nach Hause gefahren?«

»Davon gehe ich aus. Hört mal, ich habe doch schon erklärt, dass ich am Sonntag mit ihr telefoniert habe, aber nicht weiß, was später passiert ist. Ich schwöre, dass das stimmt! Und ich weiß nicht, wo Thea ist. Ich will auch überhaupt nichts mehr wissen, kapiert?«

Er seufzte, schloss die Augen und wandte den Kopf ab,

wie um zu signalisieren, dass er müde war und nicht mehr konnte.

Rachel blickte Per an, um zu sehen, ob er dasselbe verstanden hatte wie sie.

»Was meinst du mit *schon erklärt*?«, fragte sie. »Mit wem hast du gesprochen?«

Geir schüttelte den Kopf.

»Könnt ihr mich nicht einfach in Frieden lassen? Herrgott, ich hab solche Kopfschmerzen…«

Rachel hatte nicht die Absicht, es einfach zu ignorieren. Jemand hatte nur 24 Stunden nach Axels Ermordung einen möglichen Schlüsselzeugen krankenhausreif geschlagen.

»Wer hat dir das angetan?«, fragte sie. »Gibt es da andere, die versuchen, an Informationen zu kommen? Woher wussten die von dir?«

Aber Geir Holst hatte keine Lust mehr zu antworten. Schließlich musste Per eine Hand auf Rachels Schulter legen, damit sie von ihm abließ.

»Wir können immer noch später mit ihm reden«, sagte er.

Widerstrebend musste Rachel ihm recht geben.

Als sie unten am Kiosk stand und Kaffee für Per und sich selbst kaufte, rief der Kollege aus Oslo an.

»Der Wagen ist registriert auf eine 25-jährige Frau aus Schweden. Lisa Toivonen«, sagte der Kollege. »Und weil ich gründlich bin, habe ich mit jemandem in Schweden telefoniert und Informationen über sie eingeholt.«

»So, wie du klingst, hast du was Interessantes gefunden.«

»Überaus interessant«, sagte der Kollege. »Sie ist Polizistin. Gehört zum Polizeidistrikt Solna, gleich nördlich von Stockholm.«

KAPITEL 13

Lisa Toivonen stand in der Türöffnung und betrachtete die blasse und abgemagerte Frau, die sie von ihrem Krankenhausbett aus anblickte. Ihre Haut war bleich, ihre Haare waren in kurzer Zeit farblos, dünn und strähnig geworden. Die Augen wirkten müde, uninteressiert und ohne Lebenswillen. Ein herzzerreißender Anblick.

Noch vor zwei Jahren war Jenni Johnson eine aktive und vitale Frau gewesen. Zusammen mit ihrem Mann hatte sie ein beliebtes Sport- und Eisenwarengeschäft betrieben und lange Tage hindurch mit einer Energie gearbeitet, an die nur ein Duracell-Hase herankam. Sie hatte sich freiwillig für den örtlichen Sportverein engagiert und war sonntags regelmäßig in die Kirche gegangen. Stets hatte sie ein freundliches oder verschmitztes Lächeln auf den Lippen getragen und war in der ganzen Stadt für ihre fast grenzenlose Hilfsbereitschaft bekannt. Aber im Laufe von zwei Jahren kann eine Menge passieren.

Es begann mit dem Verlust in jenem Sommer. Dann waren sie und ihr Mann mit Schulden konfrontiert worden, die ihr Geschäft beinahe in den Konkurs getrieben hatten. Sie mussten von dem geräumigen Ladenlokal in der Storgate in ein kleines Einkaufszentrum an der Nationalstraße nach Hamar umziehen. Die Ehe geriet ins Wanken. Schließlich wurde die 49-jährige Frau vor drei Wochen von einem kräftigen Herzinfarkt überrascht. Über eine Minute lang hatte sie als klinisch tot gegolten. Die Ärzte entdeckten einen angeborenen Herzfehler. Es hieß, der Infarkt hätte sie jederzeit treffen können. Die langfristigen Prognosen waren daher unklar.

Lisa Toivonen tat es in der Seele weh, daran zu denken, dass Jenni Johnson das Krankenhausbett womöglich nie wieder verlassen könnte.

»Hallo«, sagte Jenni mit dösiger Stimme. »Hast du nichts Besseres zu tun, als dazustehen und eine schlummernde alte Frau zu betrachten?«

Seit langen Jahren lebte sie in Norwegen, doch ihr Akzent verriet, dass sie ursprünglich Finnlandschwedin war.

»Irgendjemand muss ja herkommen, um zu überprüfen, ob du immer noch simulierst.«

Jenni grinste. Erstaunlicherweise hatte sie ihr Lächeln nicht verlernt, ein natürlicher Reflex, den selbst das schlimmste Unglück nicht unterdrücken konnte.

»Jetzt hast du mich ertappt. Sobald du mir den Rücken zukehrst und hinausgehst, springe ich nämlich aus dem Bett und tanze Rumba mit einem der Krankenpfleger.«

»Ja, ich weiß. Ich bekomme ständig Klagen über deine Belästigungen.«

Jenni schnitt eine Grimasse, als ob es ihr wehtäte zu lachen. Dann nahm sie Lisas Hand und drückte sie. Auch wenn sich die Kraftanstrengung in ihrem Gesicht abzeichnete, konnte Lisa ihren Händedruck kaum spüren.

»Ich freue mich darauf, hier wieder herauszukommen,

auf die eine oder andere Art«, sagte sie. »Diese verdammten Medikamente, die sie mir verpasst haben, wirken wie ein Schleier. Ich kann nichts anderes tun, als den ganzen Tag hier rumzuliegen und zu dösen. Manchmal weiß ich kaum noch, ob ich wach bin oder schlafe. Ist wohl besser, wenn es bald vorbei ist.«

»Sag doch so was nicht.«

»Ach, seien wir doch realistisch. Wärst du etwa den ganzen Weg hierhergekommen, wenn es nicht auf das Ende zuginge?«

»Aber natürlich. Ich habe dir schließlich Antworten versprochen«, sagte Lisa. »Denke nicht, dass ich das vergessen habe. Es hat vielleicht länger gedauert als gehofft, aber mir war nicht bewusst…«

Jenni hob abwehrend die Hand.

»Du hast keinen Grund, dich zu entschuldigen«, sagte sie. »Ich freue mich einfach, dich zu sehen. Bitte glaube nicht, dass du meinetwegen gezwungen bist, irgendetwas zu tun. Eine Antwort zu bekommen ist wichtig. Gerechtigkeit ist wichtig. Aber sich um seine Familie zu kümmern, ist noch wichtiger. Ich habe das zwischendurch völlig vergessen. Und letztendlich interessiert das alles niemanden. Die Menschen glauben eher an eine passende Lüge als an eine unbequeme Wahrheit. Jemand sehr Kluges hat mir das mal verraten.«

»Nein, ich glaube, ich war es, die das gesagt hat.«

»Eben.«

Lisa Toivonen lächelte matt.

»Sie werden es glauben, wenn sie erst einmal die Beweise sehen«, sagte sie. »Ich habe etwas gefunden, und ich werde noch mehr finden. Das hier dreht sich nicht länger nur um dich oder den Rest der Familie. Menschen sind gestorben. Sie verdienen Gerechtigkeit.«

Jenni Johnson drückte erneut Lisas Hand. Zog sie näher zu sich heran und küsste sie mit ihren trockenen Lippen. Eine einsame Träne lief an ihrer Wange herab. Kurze Zeit später fielen ihr die Augen zu.

Mit einem Kloß im Hals verließ Lisa das Zimmer. Doch sie schaffte es, ihre Gefühle beiseitezuschieben, als sie dem Blick des Mannes begegnete, der im Gang wartete.

»Danke, dass du gekommen bist. Das bedeutet uns beiden sehr viel«, sagte Frank Johnson.

Jennis Ehemann fischte ein Zigarettenpäckchen aus der Tasche seiner abgetragenen braunen Lederjacke. Als er noch zu Europas besten Motocrossfahrern gehörte, hatte er zwar auch nicht das Musterbild des gesunden Sportlers abgegeben, aber Lisa konnte sich nicht erinnern, dass er jemals so viel geraucht hatte wie jetzt. Sobald sie vor die Tür traten, betätigte er das Feuerzeug.

Ein kräftiger Bart mit grauen Stellen bedeckte weite Teile seines Gesichts. Seine Nase war krumm, nachdem er sie sich zweimal bei einem Sturz vom Motorrad gebrochen hatte.

Frank begleitete sie zu ihrem Saab.

»Willst du wirklich in diesem alten, zugigen Haus bleiben?«, fragte er.

»Es liegt abseits und zurückgezogen, und genau das brauche ich, wenn ich keine unnötige Aufmerksamkeit auf mich ziehen will«, sagte sie. »Ich kann ja nicht gerade in aller Öffentlichkeit arbeiten, und nach dem Mord am letzten Wochenende wird das ohnehin nur schwieriger.«

»Kann ich dir irgendwie helfen?«

»Ja, sag mir, wenn eine Veränderung eintritt«, erwiderte sie und deutete mit dem Kopf auf die Tür des Krankenhauses.

»Natürlich.«

»Und du musst ein bisschen besser auf dich achtgeben«, fuhr sie fort. »Du siehst aus, als hättest du ein paar Tage nicht geschlafen. Und du stinkst wie eine ganze Tabakfabrik.«

Frank wirkte getroffen, nickte aber nachsichtig.

»Es war ... na, du weißt ja, wie es in letzter Zeit gewesen ist.«

»Alle wissen, wie sehr du dich für die Familie eingesetzt hast, aber wenn du auch im Krankenhaus landest, kannst du kaum mehr etwas ausrichten. Ein Mann in deinem Alter sollte vorsichtiger sein.«

»Versuchst du mir zu sagen, dass ich langsam alt werde?«

Lisa setzte ein schiefes Grinsen auf und umarmte Frank zum Abschied.

»Uralt.«

Im Rückspiegel sah sie, wie Frank ihr nachsah, als sie den Parkplatz verließ. Er warf die Zigarette auf den Boden und trat sie aus, ehe er zu seinem eigenen Wagen ging.

KAPITEL 14

6. Juli 2016

Es war der erste Mittwoch im Juli, als Carina Johnson nach einer Chorprobe in der Elvestad Kirche verschwunden war.

Die Sommerferien hatten gerade begonnen. Alles war genauso ruhig wie immer um diese Jahreszeit. Frank Johnson hatte den Laden um fünf Uhr zugemacht. Jetzt saß er draußen vor der Garage und bastelte an einer 30 Jahre alten Honda, die er in die Finger bekommen hatte. Ein leichtes Rennmotorrad, das er instand setzen würde, damit er bald eine lange Tour damit machen könnte. Am liebsten an einem warmen Sommertag wie diesem.

Er hatte nicht auf die Uhr geschaut, aber es wurde langsam zu dunkel, um gut sehen zu können. Vermutlich war es an der Zeit, Motorrad und Werkzeug beiseitezustellen, dachte er. Er nahm einen Schluck aus der halb vollen Bierdose, spuckte ihn aber wieder aus. Das Bier war lauwarm geworden.

»Frank?«

Jenni stand in der Tür. Sie wohnten in einem Einfamilienhaus mit weißer Ziegelsteinfassade, das auf einem Eckgrundstück lag und über einen großen Garten verfügte. Das Haus war Ende der sechziger Jahre erbaut worden, aber im Laufe der zehn Jahre, die sie hier wohnten, war vieles renoviert und modernisiert worden. Ein schönes Zuhause für sie und ihre beiden Töchter, Elisabeth und Carina.

»Hat Carina dir erzählt, ob sie heute Abend nach dem Chor noch etwas vorhat?«

Frank schüttelte den Kopf. Da seine Tochter in der Ferienzeit im Laden aushalf, hatte er sie zwar mehrmals im Laufe des Tages gesehen, konnte sich aber nicht erinnern, dass sie etwas über ihre Pläne gesagt hatte.

»Wie spät ist es?«, fragte er.

»Schon nach zehn.«

Nicht allzu spät, und dennoch spät genug, wenn man bedachte, dass Carina in der Regel gegen neun Uhr in der Kirche fertig war. Der Fußweg von der Kirkegate nach Hause in den Månevei nahm maximal eine Viertelstunde in Anspruch.

»Sie ist bestimmt bei 'ner Freundin und hat bloß vergessen Bescheid zu sagen«, sagte Frank. »Immerhin sind Sommerferien.«

Seine Worte hatten vernünftig geklungen, abgesehen von der Tatsache, dass Carina immer Bescheid sagte, wenn sie Pläne hatte. Sofern es spät würde, jedenfalls.

Carina war die jüngere seiner beiden Töchter. Sie war 18 und würde bald das letzte Schuljahr beginnen. Ein fleißiges Mädchen, das noch dazu aktiv in der Gemeinde war. Außerdem war sie eine äußerst talentierte Sängerin. Sie hatte zum Ausdruck gebracht, dass sie ein klassisches Gesangsstudium an einem Konservatorium absolvieren wolle, und ihre Eltern finanzierten die teuren Privatstunden bei einer Gesangslehrerin in Elverum, damit Carina ihren Traum ausleben könnte.

Genau wie ihre Mutter verbreitete sie stets gute Laune,

gleichzeitig besaß sie einen ausgeprägten Wettbewerbs-instinkt, den sie anscheinend von ihrem Vater geerbt hatte. Carina tat nie etwas halbherzig. Und deshalb glaubte Frank, dass sie es weit bringen würde.

Als Carina eine halbe Stunde später noch immer nicht nach Hause gekommen war, begannen Jenni und Frank he-rumzutelefonieren. Carinas Freund war mit seiner Familie in den Urlaub gefahren, aber ein paar ihrer engsten Freun-dinnen waren an dem Abend mit ihr in der Kirche gewesen. Der Gemeindepfarrer war nicht zu erreichen, aber Emma, seine Tochter, sang auch im Chor. Und alle sagten das Glei-che: Carina sei gegen halb zehn gegangen. Sie habe nicht erwähnt, dass sie danach noch etwas vorhatte.

Es wurde 23 Uhr, und Jenni begann, sich ernsthafte Sor-gen zu machen.

»Ich habe so ein komisches Gefühl im Bauch ...«, sagte sie.

»Ich weiß, aber was soll schon passiert sein?«, entgeg-nete Frank. »Wir sind hier in *Staden*. Falls irgendwas pas-siert wäre, was Gott verhüten möge, wüssten wir doch schon längst Bescheid.«

»Und warum geht sie dann nicht an ihr Handy?«

Darauf hatte Frank keine Antwort. Der Gedanke streifte ihn, dass womöglich ein neuer Junge auf der Bildfläche er-schienen war, den sie vor ihnen geheim halten wollte. Aber so etwas sah Carina überhaupt nicht ähnlich.

Sie riefen mehrmals Carinas Handy an, landeten aber immer wieder bei der automatischen Ansage, dass das Tele-fon ausgeschaltet sei oder sich in einem Bereich ohne Mo-bilfunkdeckung befinde.

»Vorhin hat es bei ihr geklingelt«, sagte Jenni, die immer

ängstlicher wurde. »Sie ist nicht drangegangen, aber immerhin hat es geklingelt.«

Frank wurde nun selbst ängstlich. Er griff nach dem Telefon und rief einen Polizisten an, mit dem er manchmal zum Bowling ging und den er gut kannte.

»Per, hier ist Frank«, sagte er, als Wachtmeister Per Lyngstad sich meldete. »Wir könnten etwas Hilfe gebrauchen. Es geht um Carina…«

Die Polizei organisierte eine Suchaktion. Trotz der späten Stunde war es nicht schwer, ein paar Leute zusammenzutrommeln. Das war der Vorteil von einem Ort wie Staden, dachte Frank; die Menschen kannten einander und kümmerten sich. Sogar die Familie aus der Parkallé machte mit. Axel Davidsen ging mit Carina in dieselbe Klasse und half bis zum frühen Morgen bei der Suche.

Noch immer hatte Carina keinen Ton von sich gegeben, ihr Handy blieb weiterhin ausgeschaltet. All das steigerte die Befürchtung, dass etwas Ernsthaftes passiert war. Staden war nicht groß, aber der Wald, der den Ort umgab, war es durchaus. Obwohl sich niemand vorstellen konnte, wie oder warum Carina sich womöglich im Wald verirrt hatte, konnte diese Möglichkeit nicht ausgeschlossen werden. Wodurch die Suche nur schwieriger wurde.

Die Suchaktion wurde fortgesetzt, doch nach zwölf Stunden gab es noch immer kein Ergebnis.

Nach einer langen, schlaflosen Nacht befanden sich Jenni und Frank auf der Polizeistation. Sie saßen vor einem Schreibtisch, der sich zwischen zwei Trennwänden in einer offenen Bürolandschaft befand. Wachtmeister Per Lyngstad versicherte ihnen, dass die Polizei dem Vermisstenfall höchste Priorität einräume und dass er in ständigem Kontakt mit zwei Ermittlern aus Hamar stehe, die auf Vermisstenfälle spezialisiert waren. Er hielt ein Blatt Papier in der Hand und studierte es eingehend, ehe er die beiden Elternteile anblickte.

»Mein Kollege aus Hamar hat mit der Telefongesellschaft gesprochen«, sagte Per. »Carinas Handy wurde von einem Sendemast in einer Ortschaft nahe des Ljussjö geortet, 50 Kilometer hinter der schwedischen Grenze. Gestern um 22:31 Uhr hat der Mast das letzte Signal von diesem Handy registriert. Danach sind keine weiteren Signale aufgefangen worden. Was bedeuten kann, dass der Akku leer ist oder dass die SIM-Karte entfernt wurde.«

Jenni und Frank blickten einander an. Beide schienen genau das Gleiche zu denken.

»Wie um alles in der Welt ist das Handy dort draußen gelandet?«, fragte Frank.

»Das kann ich nicht beantworten«, sagte Per und richtete den Blick auf Jenni. »Habt ihr Familie oder Bekannte in der Gegend, die Carina vielleicht aufgesucht haben könnte?«

Jenni schüttelte entschieden den Kopf.

»Nicht in Westschweden«, sagte sie. »Wir haben Verwandte in Stockholm und in Eskilstuna, der Rest lebt in Finnland. Aber wieso sollte sie plötzlich dorthin fahren? All ihre Sachen sind doch zu Hause. Das ergibt keinen Sinn.«

»Dennoch deuten die Mobilfunksignale darauf, dass Carina gestern Abend dort gewesen ist«, sagte Per.

Frank verspürte eine zunehmende Gereiztheit. Obwohl Per es nicht direkt aussprach, deutete er dennoch an, dass Carina aus freien Stücken weggefahren war.

»Nur weil ihr Handy dort ist, bedeutet das nicht, dass sie

sich selbst dort befindet«, sagte Jenni Johnson. »Ich kenne meine Tochter, Per. Sie hätte sich niemals auf so eine Fahrt begeben, ohne vorher Bescheid zu sagen. Nicht so spät abends und mitten in der Woche, nach einem langen Arbeitstag und einer Chorprobe. Nein, das mit dem Handy bestätigt nur, was wir schon wissen: Dass etwas Furchtbares passiert ist.«

KAPITEL 15

Dienstag, 27. März

Harinder Singh bat die Ermittlergruppe zu einer Besprechung in den Konferenzraum und verkündete, dass sie sich ab sofort auf Thea Krog konzentrieren würden.

Axel Davidsens Freundes- und Bekanntenkreis aufzuzeichnen, hatte viel Arbeit verursacht, dennoch waren sie erst jetzt auf Thea Krog gestoßen. Viel wussten sie nicht über die Frau. Sie war 23 Jahre alt und nie mit dem Gesetz in Konflikt geraten. Sie arbeitete in der Stadtbibliothek und wohnte zu Hause bei ihrer Mutter in der Kastanjegate 19. Die Mutter hieß Nora und war Norwegischlehrerin an der weiterführenden Schule in Elvestad.

»Hier haben wir auch den einzigen Schnittpunkt zwischen Axel und Thea. Nora Krog war einmal Axels Lehrerin, als er noch zur Schule ging«, sagte Harinder. »Und es war Thea, die in der Nacht auf Sonntag in seinem Wagen saß, als er von Geir Holst weggefahren ist.«

»Wir haben DNA und Fingerabdrücke auf dem Joint gesichert, den wir im Wagen des Opfers gefunden haben«, sagte Ivan Moreno. »Das Ergebnis der DNA-Proben steht noch aus, aber die Fingerabdrücke wurden bereits analysiert. Es gibt zwei Paar Abdrücke: eines gehört dem Opfer, das andere einer Person, die nicht im Register zu finden ist.«

»Das wird sich ändern, sobald wir ein paar Abdrücke von Thea Krogs Fingern genommen haben«, ergänzte Harinder.

»Wir haben in der Nähe des Tatorts auch Reifenspuren gefunden, die vermutlich zum Zeitpunkt des Mordes entstanden sind«, sagte Moreno. »Die Spuren im Matsch waren noch frisch, als wir mit unserer Arbeit begonnen haben. Wir reden hier von Spuren, die vermutlich von einem leichteren Motorrad stammen. Unsere Jungs im Labor arbeiten an der Analyse, so dass wir bald hoffentlich mehr dazu sagen können.«

Rachel Hauge berichtete, dass sie mit der leitenden Bibliothekarin an Theas Arbeitsplatz gesprochen habe.

»Sie meinte, dass Thea nicht bei der Arbeit ist und diese Woche auch nicht zurückerwartet wird, weil sie am Montag angerufen und um eine freie Woche gebeten hätte.«

»Ach, ja?«, sagte Harinder. »Warum Thea frei haben wollte, hat sie wohl nicht erzählt?«

»Doch. Thea hat gesagt, sie müsste nach Oslo, um sich auf ein paar Examen vorzubereiten, die sie im Frühjahr ablegen will. Für ihren Bachelorgrad in Literaturwissenschaft.«

»Mitten in der Osterwoche?«

»Für mich klingt das so, als hätte Thea es plötzlich eilig gehabt, aus der Stadt zu kommen«, sagte Rachel.

»Lass mich raten: Du vermutest, dass das rein gar nichts mit der Universität zu tun hat?«

Im Haus war alles still, als Glenn Davidsen zurückkam. Caroline saß dösend im Fernsehzimmer und starrte abwesend auf den Bildschirm. Die Beruhigungspillen ließen sie gerade noch wahrnehmen, dass er ins Zimmer kam und ihre Wangen küsste. Sie roch nach Schweiß. Hatte Tränensäcke unter den Augen. Falten im Gesicht. Die Haare waren dünn und stumpf. Glenn fand, dass sie in den letzten vier Tagen vier Jahre älter geworden war.

In dem Versuch, ein Gefühl von Normalität zurückzugewinnen, hatte er ein paar Sachen erledigt. Hatte den Vorstand der Fabrik getroffen und mit dem Bürgermeister zu Mittag gegessen. Danach hatte er ein diskretes Treffen mit Lars Müller in einem geparkten Wagen abgehalten. Alle wollten etwas von ihm. Versprechen. Versicherungen. Aufmunterungen. Geld. Und dabei immer dieses klebrige, aufgesetzte Mitleid, das sie sich sonst wohin stecken konnten. Wenn sie sich wirklich dafür interessierten, wie es ihm ging, dann hätten sie ihn nicht mit diesem endlosen Gezeter um Kleinigkeiten gequält.

»Wo ist Andrea?«, fragte er.

Zunächst schien es, als hätte Caroline die Frage nicht gehört.

»Weiß nicht«, sagte sie nach einer Weile. »Ich hab sie nicht gesehen seit…«

Glenn schüttelte resigniert den Kopf, als ihm klar wurde, dass sie weiter nichts zu sagen hatte. Er war schon unterwegs aus dem Zimmer, als sie wieder den Mund öffnete.

»Georg will mit dir reden.« Glenn wartete auf der Türschwelle, während sie sich langsam zu ihm umdrehte. »Er bittet dich, in sein Arbeitszimmer zu kommen.«

Sein Arbeitszimmer. Nachdem Glenns Name im Grundbuch eingetragen worden war, hätte man tatsächlich glauben können, dass es sich um *sein* Arbeitszimmer handelte. Er erinnerte sich an die Zeit, als er und sein Bruder Kinder waren. Wenn sie damals ins Arbeitszimmer zitiert wurden, bedeute dies, dass sie etwas getan hatten, was dem Vater missfiel. Mitunter wartete dann eine Gardinenpredigt oder eine Ohrfeige auf sie. Er hasste es, dass er sich bei dem Gedanken an das Arbeitszimmer noch immer wie ein kleiner Junge vorkam. Dass er in einem Haus, das rechtmäßig ihm gehörte, noch immer brav an die Tür klopfen musste.

Der Vater wartete hinter dem massiven alten Mahagonischreibtisch, der fast das ganze Zimmer einnahm. Das zum großen Garten hinausgehende Fenster war angelehnt, als ob schon der üppige und grüne Sommer grüßte. In der Ferne konnte Glenn das weiße Haus seines Onkels Lennart oben auf Eldoråsen sehen.

»Hast du mit Lars gesprochen?«, fragte Georg.

Glenn nickte.

»Und? Was hat er gesagt?«

»Die Polizei sucht nach einer jungen Frau, die mit Axel zusammen war, bevor er ermordet wurde«, sagte Glenn. »Ihr Name ist Thea Krog, und laut Lars versteckt sie sich in Oslo bei einem Drogenhändler, der sich Donald nennt. Lars versucht sie aufzuspüren. Das ist ganz klar die beste Spur, die wir derzeit haben.«

»Glaubt die Polizei, dass sie darin verwickelt ist?«

»Entweder das, oder sie verfügt über wichtige Informationen über die Ereignisse in jener Nacht. Vermutlich ist das der Hauptgrund, weshalb die Polizei nach ihr fahndet«, sagte Glenn.

»Das bedeutet, dass wir sie finden müssen.«

»Natürlich. Und am besten, bevor die Polizei es tut. Ich will es aus ihrem eigenen Mund hören, was sie zu sagen hat.«

Dann mischten sie sich eben in eine laufende Ermittlung ein. Dieser Emporkömmling von Kommissar konnte in seinen Jugendjahren nicht viel gelernt haben, wenn er glaubte, dass sie hier auf dem Hintern herumsitzen und keinen Finger rühren würden. Wie mochte es wohl aussehen, wenn sie *nichts* unternähmen? Schließlich gab es eine ungeschriebene Regel, mit der die Einwohner von Elvestad einverstanden waren: Niemand legte sich ungestraft mit der Familie Davidsen an.

»Lars hat auch von einem Polizeibericht erfahren, in dem was von Reifenspuren unter der Brücke steht, vermutlich von einem Motorrad«, fuhr Glenn fort. »Vielleicht steht das Motorrad im Zusammenhang mit dem Mord. Wir werden das näher untersuchen, aber Thea Krog hat Vorrang.«

Die Reifenspur ließ Glenn daran denken, dass auch Axel ein Motorrad besessen hatte, das seit einem Jahr in der Garage stand und Staub ansetzte.

»Lars benötigt auch einige Mittel für seine Ausgaben«, sagte Glenn.

»Wieviel?«

»15 000, meinte er«.

»Der Mann weiß sich bezahlt zu machen«, klagte Georg, nickte aber dennoch. »Sorg dafür, dass das Geld bis heute Abend auf Lars' Firmenkonto überwiesen wird.«

Harinder, Rachel und Per Lyngstad rückten zur Kastanjegate 19 aus, um bei Thea Krog eine Hausdurchsuchung vorzunehmen. Es war ein kleines rotes Einfamilienhaus, von dessen Dachrinnen große Eiszapfen herabhingen. Ein alter Volkswagen mit Blumenaufklebern stand wie ein Denkmal aus einer anderen Zeit vor der Garage. Nora Krog war eine zart gebaute Person, die auffallend stark ihrer Tochter ähnelte. Mit großen Augen starrte sie auf das Polizeiaufgebot, als könnte sie sich nicht einmal in ihren wildesten Phantasien vorstellen, was sie vor ihrer Haustür suchten.

»Ist Thea zu Hause, Frau Krog?«, fragte Harinder.

»Nein…«

»Können Sie uns sagen, wo sie ist?«

»Ja, sie besucht Freunde in Oslo. Können Sie mir bitte erklären, worum es hier geht? Ich verstehe überhaupt nichts.«

»Wir haben einen Durchsuchungsbefehl für Ihr Haus, Frau Krog«, sagte er und zeigte ihr das Dokument.

Ihr Augen glitten über die Vollmacht. Als die Beamten in das Haus vorrückten, machte sie keinerlei Anstalten, sich ihnen in den Weg zu stellen. Harinder entging allerdings nicht, dass die Situation ihr enormen Stress bereitete. Ihr Blick wanderte nervös zwischen den Polizisten umher, die sich anschickten, ihr Haus auf den Kopf zu stellen.

»Wenn mir doch jemand erklären könnte…«, sagte sie mit Tränen in den Augen.

Harinder gab Rachel ein Zeichen, die Leitung der Durchsuchung zu übernehmen, während er mit der Lehrerin redete.

»Können wir uns hier irgendwo unterhalten?«, fragte er.

Nora führte ihn in die Küche.

Sie trocknete sich die Tränen ab, und Harinder kümmerte sich um ein Glas Wasser für sie. Teller und Tassen füllten das Abwaschbecken bis zum Rand. Ein Geruch von starkem Hagebuttentee drang in seine Nase.

»Hat Thea etwas falsch gemacht?«

»Ja, das hat sie«, sagte Harinder. »Sie hat uns wichtige Informationen verschwiegen, und wir hoffen, dass nicht noch ernstere Dinge passiert sind. Wenn ich das richtig verstanden habe, waren Sie früher einmal Axels Lehrerin? Woher kannten sich Thea und Axel?«

»Na, was heißt schon kennen … Thea hat ihm Nachhilfeunterricht erteilt, aber das ist viele Jahre her – als er noch die Mittelstufe besucht hat. Ich glaube nicht, dass sie danach noch Kontakt hatten.«

»Können Sie mir sagen, was Thea am Samstag gemacht hat?«

Nora musste überlegen.

»Sie ist losgezogen, um ein paar Freunde zu treffen. Eine ihrer besten Schulfreundinnen ist über die Ferien nach Hause gekommen. Thea hat sich darauf gefreut, sie zu treffen.«

»Und wie heißt die Freundin?«

»Ingunn Løvland. Die Eltern wohnen hier weiter unten in der Straße.«

»Ist es dann spät geworden?«

»Sie ist jedenfalls erst nach Hause gekommen, nachdem ich mich schon hingelegt hatte. Das war so gegen 23 Uhr.«

»Und welchen Eindruck hatten Sie am Sonntag von ihr?«

»Welchen Eindruck?« Nora seufzte, als hätte man ihr eine Frage gestellt, die sie unmöglich beantworten konnte. »Sie ist nicht zum Frühstück runtergekommen, das weiß ich noch. Etwas später hat sie dann verkündet, dass sie ein paar Tage nach Oslo fahre, um Studienfreunde zu besuchen. Sie wollte sich für das Examen anmelden und sich auf die Wiederaufnahme des Studiums vorbereiten. Sie hatte vorher eine kleine Pause eingelegt.«

»Und das hat sie ganz plötzlich geäußert?«

»Es kam vielleicht ein wenig unverhofft, aber ich war hauptsächlich froh. Ich möchte gern, dass sie ihren Abschluss macht.« Nora lächelte kurz, ehe ihr Gesicht wieder ernst wurde.

»Aber da Sie es jetzt erwähnen … Ja, es kam mir etwas seltsam vor. Sie war ungewöhnlich ruhig. Du meine Güte, glauben Sie, dass etwas passiert ist?«

Harinder gab keine Antwort. Sein Blick fiel auf Rachel, die im Gang stand und unauffällig versuchte, seine Aufmerksamkeit zu erregen. Offenbar wollte sie die Küche nicht betreten, solange Nora sich darin befand. Harinder begriff schnell, wieso.

Sie hielt ein gelbes Kleid in den Händen.

Er stand vom Tisch auf, trat in den Gang und sah sich das Kleid genauer an. Es war mit verschiedenen Flecken übersät. Die roten sahen aus wie getrocknetes Blut.

KAPITEL 16

Mittwoch, 28. März

Gleich nach dem Frühstück begab sich Rachel zu dem weißen Haus auf der Spitze von Eldoråsen. Die Luft war kühl. Der lehmige Boden war hart, und immer noch lag etwas Schnee auf dem Weg, der zum Haus hinaufführte. Der Saab stand an derselben Stelle wie beim letzten Mal. Hinter den Fenstern war Licht zu erkennen.

Die Neugier war kaum auszuhalten. Eine schwedische Polizistin befand sich also in Elvestad, und das inmitten einer Mordermittlung. Rachel hatte Per Lyngstad gefragt, ob er dieser Lisa Toivonen schon einmal begegnet sei. Per war allerdings mehr davon überrascht, dass jemand in Lennart Davidsens Haus wohnte, als dass sich die schwedische Polizei in Staden aufhielt. Er erzählte, dass Lennart der größte Waldbesitzer in der Gegend sei, aber die meiste Zeit des Jahres in Thailand lebe. Wenn er einmal zurückkam, dann nur, um Rechtsstreitigkeiten mit seinem älteren Bruder auszufechten, was in regelmäßigen Abständen vorkam.

Was für eine Familie, dachte Rachel.

Es gab keine Türklingel, also klopfte Rachel an. Es dauerte eine Weile, bis die Tür geöffnet wurde. Lisa Toivonen trug das gleiche weiße Unterhemd wie beim letzten Mal, dazu eine schwarze Hose, die sie offenbar schnell übergestreift hatte. Rachel zählte mindestens fünf Tätowierungen auf ihren Armen sowie eine weitere, die sich vom Nacken zum Rücken hinunterzuziehen schien.

»Ich hatte mir schon gedacht, dass du wieder auftauchst«, sagte Lisa Toivonen und deutete ein Lächeln an. »Und heute etwas formeller gekleidet, Frau Polizeibeamtin?«

Rachel hatte also nicht als Einzige ihre Hausaufgaben gemacht.

»Rachel Hauge, Kriminalpolizei«, sagte sie und streckte die Hand aus. »Und du bist Polizeibeamtin Toivonen aus Solna?«

Die andere nickte.

»Ich will ja nicht misstrauisch wirken, aber kann ich deinen Ausweis sehen?«

»Selbstverständlich.«

Lisa Toivonen griff hinter die Tür und zog ihre Legitimation aus einer Jackentasche. Es war ein Dienstausweis der Polizeibehörde in Stockholm. Auf dem Foto trug sie hellblondes Haar, das ihr bis zu den Schultern reichte.

»Möchtest du Kaffee?«

»Gern«, sagte Rachel.

Sie folgte Lisa in das Haus hinein. Es roch nach alten Möbeln und Pfeifentabak. Flauschige Teppiche dämpften das Knarren der Dielenbretter. An der Wand gab es Spuren von Feuchtigkeitsschäden. Die Küche schien seit den sechziger Jahren nicht mehr renoviert worden zu sein. Das Linoleum mit Schachbrettmuster, der alte Kühlschrank und die Kochplatten hätten auch aus dem Haus von Rachels Großeltern in Rakkestad stammen können.

Doch es duftete herrlich nach frisch gebrühtem Kaffee.

»Du bist weit weg von zu Hause«, kommentierte Rachel.

»Ja und nein«, erwiderte Lisa Toivonen und nahm zwei Tassen aus dem Schrank. »Geboren bin ich in Hamar. Mein Vater spielte Eishockey, wir sind also oft umgezogen, als er noch aktiver Sportler war. Er war zwei Spielzeiten bei Storhamar.«

»Moment mal. Redest du von Toni Toivonen?«

Rachels schwedische Kollegin lächelte breit, wodurch ihr Gesicht etwas weicher wirkte.

»Dann hast du also von ihm gehört?«

»Eine Zeit lang hat er für Sparta gespielt«, sagte Rachel. »Das ist meine Mannschaft.«

Ein ziemlicher abgehärteter Typ, erinnerte Rachel sich. Diese Art von Spieler, die unschätzbar für jede Mannschaft ist, die auf dem Eis gewinnen will. Einer, der in die Bresche springt und keinen Zollbreit nachgibt. Sie fragte sich, ob der Apfel womöglich nicht weit vom Stamm gefallen war. Lisa Toivonens Arme und Schultern zeugten von unbändiger Kraft.

»Du hast also eine Verbindung zu dieser Gegend. Aber irgendetwas sagt mir, dass du hier nicht deine Osterferien verbringst«, sagte Rachel.

Die andere schüttelte den Kopf.

»Ich beschäftige mich mit einem alten Fall. Eine Vermisstensache vor zwei Jahren. Die lokale Polizei hat da schon vor langer Zeit aufgegeben.«

»Um wen geht es?«

»Ihr Name war Carina Johnson.«

Nicht zum ersten Mal hörte Rachel diesen Namen. Auch Per hatte schon von diesem Vermisstenfall gesprochen.

»War?«

»War oder ist. Hängt davon ab, wie man es betrachtet«, sagte Lisa Toivonen.

Sie erzählte, dass Carina Johnson an einem Mittwochabend Anfang Juli nach einer Probe mit dem Kirchenchor verschwunden war und dass die Spur nahe einem See 50 Kilometer hinter der schwedischen Grenze geendet hatte.

»Du glaubst, dass ihr etwas zugestoßen ist«, sagte Rachel.

»Allerdings«, erwiderte Lisa. »Auch ihre Familie und mehrere der Polizisten, die in dem Fall ermittelt haben, glauben das. Aber es gab niemals Beweise dafür, dass ihr etwas Kriminelles widerfahren ist. Die Ermittlungen stagnierten dann, und der Fall gilt immer noch als ungeklärt.«

»Du weißt sicher, dass die meisten Fälle mit vermissten Personen, insbesondere mit Jugendlichen eines gewissen Alters, auf Freiwilligkeit beruhen«, sagte Rachel. »Kinder und Jugendliche hauen ständig von zu Hause ab. Die meisten kommen aus gewalttätigen Familien oder suchen das Abenteuer oder haben Drogenprobleme. Manchmal steckt auch eine persönliche Tragödie dahinter. Oft sind die Motive allein für die Betroffenen nachvollziehbar.«

»Natürlich weiß ich das alles«, sagte Lisa. »Aber ich möchte dir gern etwas zeigen.«

Sie verließ die Küche und kam kurz danach mit einer Fallmappe in der Hand zurück, die sie vor Rachel auf den Tisch legte.

Die Mappe enthielt Unterlagen über den Mord an Anna Lewtschenkowa, einer Neunzehnjährigen aus Moldawien, die vor drei Jahren einige Kilometer nördlich der schwedischen Ortschaft Torsby tot aufgefunden worden war.

Oder vielmehr ihre Überreste. Ein fünf Jahre zuvor einge-
stellter Vermisstenfall bildete den Hintergrund. Anna Lewtschenkowa war mit einem Touristenvisum nach Norwegen
gekommen und hatte einige Wochen illegal als Kellnerin in
einem Straßenlokal gearbeitet, ehe man nie wieder etwas
von ihr hörte. Bis sie dann tot auf der schwedischen Seite
der Grenze wieder auftauchte.

Rachel erinnerte sich an den Fall. Er hatte viel Aufmerksamkeit in den Medien erfahren, nachdem er offiziell als
Mordsache behandelt wurde. Der Einsatz der Polizei im Zusammenhang mit dem ursprünglichen Vermisstenfall war
daraufhin stark kritisiert worden.

»Man hat sie in einem Wald begraben gefunden, nur
zweieinhalb Kilometer vom Ljussjö entfernt«, sagte Lisa.

»Okay, sagen wir mal, du hast recht und es existiert eine
Verbindung zwischen den Fällen«, sagte Rachel. »Aber das
erklärt noch nicht, wieso du hier bist. Ich meine, warum
ausgerechnet *du*? Zum einen bist du Schwedin, aber zudem
auch noch sehr jung. Wie lange bist du bei der Polizei? Zwei
Jahre? Drei? Du trägst mit Sicherheit noch eine Uniform.
Du bist keine Ermittlerin.«

Lisa nickte geduldig.

»Aber ich habe die erforderlichen Kenntnisse«, sagte sie.
»Sollte nicht irgendjemand etwas tun? Carinas Eltern sind
nicht stark genug, und die Polizei hat deutlich gemacht,
dass sie erst wieder aktiv wird, wenn neue Beweise vorlie-
gen. Aber diese Beweise tauchen nicht von selbst irgendwo
auf.«

»Ja, aber warum du?«, fragte Rachel erneut.

Die Antwort lag in der Dokumentenmappe. Auf der
Rückseite des Deckblatts steckte das Farbfoto einer jungen

Frau mit blonden langen Haaren und einem strahlenden Lächeln. Und schönen grünen Augen. Auffallend schön, dachte Rachel. Noch auffallender war indes die Ähnlichkeit zwischen der Frau auf dem Foto und der, die Rachel gegenübersaß. Trotz der deutlichen Unterschiede von Kleidungsstil und Körperbau sowie der Nase, die in Carinas Fall etwas länger und vorspringender wirkte, war die Ähnlichkeit unverkennbar.

»Carinas Mutter, Jenni, hieß ursprünglich Toivonen«, erklärte Lisa. »Sie und Toni sind Zwillinge.«

»Carina ist also deine Cousine.«

Lisa nickte.

»Es geht also um die Familie?«

»Nicht nur«, erwiderte Lisa. »Ich bin zutiefst davon überzeugt, dass es eine Verbindung zwischen dem Schicksal von Carina und dem von Anna Lewtschenkowa gibt. Anna wurde von einem rücksichtslosen Täter ermordet und zerstückelt. Wenn jemand so lange frei herumläuft, ist es doch nicht verwunderlich sich zu fragen, welch weitere Taten er begangen haben mag.«

Rachel konnte darauf nichts erwidern.

Sie erhob sich. Die Zeit war so weit fortgeschritten, dass sie zur Polizeistation zurückkehren müsste, ehe sich jemand fragte, wo sie abgeblieben war.

»Ich verstehe, was du zu erreichen versuchst, aber es ist dennoch ein Problem«, sagte sie, als Lisa sie zur Tür begleitete. »Wir stecken mitten in einer Mordermittlung. Das Letzte, was wir jetzt gebrauchen können, ist jemand, der querschießt.«

»Leider hat Jenni Johnson nicht mehr viel Zeit«, sagte Lisa. »Sie ist ernsthaft krank, und ich möchte ihr gern eine

Antwort liefern. Aber ich habe versucht, mich unauffällig zu verhalten.«

»Das mach auch weiter so. *Sehr* unauffällig, würde ich empfehlen.«

Am Nachmittag kamen die vorläufigen Untersuchungsergebnisse zu dem gelben Kleid. Ivan Morena verkündete gleich, dass Blut und Sperma gefunden worden waren. Das Blut gehörte zum selben Typ wie die sekundäre Blutspur, die sie am Tatort gefunden hatten. Um herauszufinden, ob die Spuren tatsächlich identisch waren, musste eine DNA-Analyse durchgeführt werden, aber Moreno war ziemlich optimistisch.

Die Fingerabdrücke auf dem Joint stimmten ebenfalls mit Proben überein, die aus dem Zimmer von Thea Krog stammten.

Harinder war guter Dinge. Thea konnte nun eindeutig mit dem Tatort verknüpft werden.

»Die Funde müssen dahingehend gedeutet werden, dass Thea in das Handgemenge verwickelt war, bevor Axel umgebracht wurde. Sie muss sich währenddessen leichtere Verletzungen zugezogen haben«, sagte er.

»Die ihr von wem zugefügt wurden?«, fragte Rachel. »Von Axel oder von einer vorläufig noch nicht identifizierten dritten Person? Thea Krog ist eine zarte junge Frau, die keinerlei Verbindung zu Kampfsport oder ähnlichem hat. Außerdem muss sie unter Einwirkung des Haschischs gestanden haben, als das alles passiert ist.«

»Und dennoch sprechen die Beweise gegen sie«, sagte Moreno.

»Ich glaube auch nicht, dass Thea das allein getan haben

kann«, sagte Harinder. »Vermutlich haben wir es mit zwei Personen zu tun. Aber um diese zweite Person zu finden, müssen wir zuerst Thea finden.«

Harinder bat Polizeijurist Holum eine Pressemitteilung zu verfassen, wonach die Polizei im Zusammenhang mit dem Mord an Axel Davidsen nach einer 23-jährigen Frau aus Elvestad fahndete. Die Betreffende gelte vorläufig nur als Zeugin. Aus Rücksicht auf die weiteren Ermittlungen würde der Name der Frau zunächst nicht genannt werden.

Thea hatte ihrer Mutter erzählt, dass sie nach Oslo wollte, um ein paar Freunde von der Uni zu besuchen und die Fortsetzung ihres Studiums vorzubereiten. Dennoch war unklar, um wen es sich bei diesen Freunden handelte, und auch die Universität hatte von Thea nichts gehört.

»Sie ist aus Staden geflüchtet, weil sie genau weiß, dass sie sich Schwierigkeiten befindet«, sagte Harinder. »Dass sie nach Oslo wollte, kann allerdings stimmen. Wo sollte sie sich sonst am besten verstecken können?«

»Wir sollten noch mal mit Geir Holst reden«, meinte Rachel. »Er behauptet, er habe keine Ahnung, wo Thea sich aufhält, aber ich glaube ihm nicht.«

Die Polizei hatte ebenfalls um Hinweise von Personen gebeten, die am Samstagabend oder in der Nacht auf Sonntag nahe der Elvestadbrücke oder im Stadtzentrum ein Motorrad bemerkt hatten. Auf den Aufnahmen der Überwachungskamera war kein Motorrad entdeckt worden, aber Moreno meinte, dass die Reifenspuren an der Stelle unter der Brücke ungefähr zum Zeitpunkt des Mordes entstanden sein mussten.

»Die Spuren könnten auch die Theorie untermauern,

dass sich eine dritte Person am Tatort aufgehalten hat«, konstatierte er.

»Aus irgendeinem Grund kommt mir dabei Vegar Caspersen in den Sinn«, sagte Harinder.

Caspersen war aktiver Motocrossfahrer. Und irgendetwas an seiner Aussage stimmte nicht. Harinder konnte nicht genau sagen, was es war. Es war, als ob man plötzlich ein fremdes Motorengeräusch bei einem Wagen vernahm. Man konnte hören, dass etwas falsch lief, musste aber tiefer in den Motorraum hineinkriechen, um den Fehler zu finden.

Die Suche nach Thea konnte genauso gut vom Hauptquartier der Kripo in der Brynsallé koordiniert werden. Harinder sah keinen Grund, aus dem sie länger als nötig in Staden bleiben sollten. Immerhin würden dem Steuerzahler dann eine oder zwei weitere Hotelübernachtungen erspart, und die Ermittler könnten die Batterien aufladen, wenn sie nach Feierabend ganz normalen Freizeitbeschäftigungen nachgingen. Schließlich war Ostern. Das lange Wochenende stand vor der Tür. Die Ermittler konnten zwar nicht freinehmen, aber die Arbeit doch zumindest etwas herunterfahren.

Harinder rief Savi an und berichtete, dass er auf dem Rückweg nach Oslo sei. Nachdem die Osterpläne zunächst durchkreuzt worden waren, sah es jetzt dennoch so aus, als ob sie ein bisschen Zeit zusammen verbringen könnten.

»Falls du nichts anderes vorhast, kann ich dich ja unterwegs abholen«, sagte er.

»Gern«, sagte Savi. Zu Harinders Erleichterung schien sie sich tatsächlich zu freuen. »Ich bin sowieso allein zu Hause. Mama und Aron besuchen seinen Bruder. Ich habe darum gebeten, dass ich hierbleiben darf.«

»Fein. Ich bin in etwa zwei Stunden da.«

»Erzählst du mir was über den Fall, an dem du arbeitest?«

»Du weißt doch, dass deine Mutter es nicht gern sieht, wenn ich über meine Fälle rede ...«

»Und das ernst zu nehmen, hast du ausgerechnet *jetzt* beschlossen?«

Harinder kicherte. Sie hatte recht.

Er warf einen letzten Blick auf Eldoråsen, als Rachel und er die Elvestadbrücke in südlicher Richtung überquerten. Er merkte, dass er genauso große Eile hatte, aus Staden wegzukommen, wie Thea Krog sie gehabt haben musste.

KAPITEL 17

September 1996

Die Regionalzeitung *Østlendingen* schrieb, dass ein 18-jäh-
riger Mann aus Elvestad wegen des Verdachts auf grobe
Gewaltanwendung gegenüber seiner Freundin festgenommen worden sei. Nicht ausgelassen wurde dabei die Information, dass der Betreffende ausländischer Abstammung
sei. Nur für den Fall, dass jemand in Staden nicht bereits
wusste, wer Harinder war.

Er wusste nicht, ob er lachen oder weinen sollte. Der
Artikel basierte so weit auf nüchternen, jedoch nicht ganz
tagesaktuellen Fakten. Denn als Harinder die Montags-
ausgabe der Zeitung las, saß er zu Hause am Küchentisch
und nicht im Arrest. Die Polizei hatte ihn vorläufig nicht
des Überfalls beschuldigt. Und würden es vermutlich auch
nicht mehr tun.

Harinder hatte allerdings fast den ganzen Samstag in
Vernehmungen gesessen. Die Polizei hatte ihn heftig unter
Druck gesetzt, um ihm ein Geständnis über den absurden
Angriff auf Martine zu entlocken. Sie hatten sogar versucht,
ihn hinters Licht zu führen, indem sie behaupteten, im Be-
sitz von Beweisen zu sein, die sie, wie er wusste, unmöglich
haben konnten. Sie hatten bestimmte Aussagen aus dem
Zusammenhang gerissen und probiert, es so aussehen zu

lassen, als widerspräche er sich selbst. Am Ende war sein Kopf so schwer geworden, dass er kaum mehr wusste, was er gesagt und was er nicht gesagt hatte.

Auch wenn sie ihm nicht glaubten, hatte er nichts anderes tun können, als an seiner Unschuld festzuhalten. Jetzt fragte er sich, wie weit sie wohl noch gegangen wären, um ihm ein Geständnis abzupressen, wenn ihm nicht ein Anwalt zu Hilfe gekommen wäre und eingegriffen hätte.

Der Überfall auf Martine hatte in der ganzen Stadt die Gemüter erregt. In Elvestad herrschte Lynchstimmung. Auch in ihm kochte die Wut. Jemand hatte seine Freundin angegriffen und verletzt. Das hübscheste und netteste Mädchen, das ihm je begegnet war, und eine der wenigen Personen, die es ihm überhaupt möglich machten, es in dieser verfluchten Stadt auszuhalten. Wie hatte überhaupt jemand auf die Idee kommen können, dass er ihr etwas Böses antun wollte? Allerdings wusste niemand, was passiert war, wodurch die Gerüchte überhandnahmen. Einer der Gründe, aus denen er jetzt zu Hause saß, anstatt in der Schule zu sein. Seine Eltern und auch Lennart Davidsen hielten das bis auf Weiteres für die beste Idee.

Der Artikel in *Østlendingen* würde kaum helfen.

Harinder wusste, dass er sich nicht selbst leidtun durfte, schließlich war er hier nicht das Opfer. Die Gewalt, der Martine ausgesetzt worden war, wirkte so unfassbar, dass es ihm körperlich wehtat, überhaupt nur daran zu denken. Die Fotos hatten Alpträume in ihm hervorgerufen.

Er wünschte, dass er mit ihr reden könnte, aber vorläufig war es nur den engsten Angehörigen erlaubt, sie zu besuchen.

Harinder erhob sich vom Küchentisch und wollte sich

aus dem Kühlschrank etwas zu trinken nehmen, als er das scharfe Geräusch von explodierendem Glas hörte.

Aus dem Augenwinkel nahm er den Schatten eines größeren Gegenstands wahr, der durch das Fenster auf ihn zugeflogen kam, und warf sich instinktiv auf den Fußboden. Mit einem lauten Knall landete das Objekt auf dem Küchentisch. Harinder hob den Blick und sah einen großen grauen Stein, an dem mit Gummiband ein Stück Papier befestigt war. Er ignorierte den Zettel, stürzte stattdessen ans Fenster und blickt durch die große Öffnung im Glas hinaus.

Er konnte gerade noch sehen, wie sich eine Gestalt auf einem Fahrrad davonmachte. Sekunden später war der Betreffende hinter der nächsten Straßenecke verschwunden.

An einem Samstagvormittag drei Wochen später stieg er den steilen Weg zur Spitze des Hügels hinauf. Nach drei Tagen mit dunklen, schweren Wolken und heftigem Regen, war es ein kühler, doch schöner Herbsttag. Der Boden war mit feuchten Blättern übersät.

Martine war nach dem langen Krankenhausaufenthalt endlich wieder zu Hause. Er hatte nicht mit ihr gesprochen, sondern nur Grüße über die Familie ausgerichtet bekommen. Die letzten drei Wochen waren die schlimmsten in seinem ganzen Leben gewesen, dennoch hatte er Trost in der Gewissheit gefunden, dass es ihr besser ging. Das war das Allerwichtigste, auch wenn er ebenfalls überaus froh war, dass die Polizei ihn nicht länger verdächtigte.

Als sie sich auf dem Heimweg aus der Stadt befunden hatte, war sie von zwei Männern angegriffen worden. Sie hatten zugeschlagen, als Martine an der Werkstatt vorbeigekommen war, die an diesem Abend geschlossen hatte.

Zwei erwachsene Männer, die ihre Gesichter hinter Ski-masken versteckten, hatte sie erklärt. Sie war nicht in der Lage, auch nur einen der Täter zu identifizieren, aber beide hatten helle Haut und sprachen mit dem lokalen Akzent – wenngleich mit verstellten Stimmen.

Die Polizei wollte nicht darüber spekulieren, ob der An-griff vielleicht rassistisch motiviert gewesen sei, schloss aber nicht aus, dass die Täter Martine Davidsen ganz be-wusst als Opfer ausgewählt hatten.

Die Stimmung in der Schule war weiterhin angespannt. Obwohl sich der Verdacht gegen Harinder als haltlos erwie-sen hatte, sahen die anderen ihn an, als trüge er trotzdem einen Teil der Verantwortung. Als wäre Martine niemals angegriffen worden, wenn es ihn nicht gäbe. Wenngleich man ihn ohnehin nie wirklich willkommen geheißen hatte, war er nun erst recht ein Ausgestoßener. Er kam nicht wirk-lich gut damit klar. Zwei Tage zuvor war es aufgrund einer hingeworfenen Bemerkung zu einer Schlägerei gekommen.

Er wünschte, er hätte sein Temperament besser unter Kontrolle.

Sobald er das offene Tor durchschritten hatte, kam Len-narts Labrador mit wedelndem Schwanz auf ihn zugelau-fen. Harinder blieb stehen und streichelte den Hund, bis er hörte, dass die Haustür geöffnet wurde. Lennart Davidsen trat auf die Treppe hinaus. Ein großer und kräftiger Mann mit dichten Haaren und üppigem Bart. Er trug ein rotes Flanellhemd und eine Jeans, die schon etwas abgetragen wirkte. Er zog ein Päckchen Tabak aus der Hemdtasche und fing an, sich eine Zigarette zu drehen.

»Hallo, Harinder«, sagte er. »Ich weiß, dass du sie gern sehen möchtest, aber das kannst du leider nicht. Jedenfalls noch nicht. Ich habe ja gesagt, dass du geduldig sein musst.«

»Und das bin ich gewesen«, entgegnete Harinder.

Lennart lächelte matt.

»Ja, für jemanden deines Alters sind drei Wochen vermutlich eine sehr lange Zeit«, sagte er. »Allerdings fürchte ich, dass es noch etwas länger dauern wird. Es geht nicht nur um dich, sie bringt es nicht über sich, überhaupt jemanden zu sehen. Sie will am liebsten gar nicht das Haus verlassen.«

»Du hast doch gesagt, es ginge ihr besser...«

»Einerseits ja, und andererseits nein.« Lennart seufzte. »Der Körper kann geheilt werden, aber jede Verletzung hinterlässt Spuren. Narben. In vielerlei Hinsicht gilt das auch für die Seele. Wenn dir jemand dein Gefühl von Sicherheit und Kontrolle raubt, geht ein wichtiger Teil deiner Identität verloren. Du kannst ihn zurückerlangen, aber es dauert seine Zeit, und die Narben werden trotzdem bleiben. Verstehst du, was ich zu sagen versuche?«

Harinder nickte.

»Wenn Martine bereit ist, wird sie sich bei dir melden«, sagte Lennart. »Das kann morgen passieren oder erst zu Weihnachten. Wir wissen es einfach nicht, und deshalb müssen wir geduldig sein.«

Abermals nickte Harinder. Er konnte nichts dagegen einwenden, dennoch schmerzten Lennarts Worte. Martines Vater legte ihm eine Hand auf die Schulter. Er schien, als wüsste er genau, was Harinder dachte.

»Du bist ein guter Junge, und ich weiß, wie die Menschen in dieser Stadt sein können. Sie reden viel und haben wenig Verstand. Aber sie reden nicht für alle. Du weißt, dass du

Freunde hast, Harinder. Dein letztes Schuljahr. Das musst du noch aushalten, danach kannst du tun, was du willst, und gehen, wohin auch immer es dich verschlägt.«

»Oh, ich werde ganz bestimmt fortgehen«, sagte Harinder. »Und wenn ich das tue, dann komme ich nie wieder zurück.«

»Das ist deine Entscheidung«, sagte Lennart. In seinem Blick lag eine gewisse Wehmut. »Aber dies ist dein Zuhause. Wenn du dich von diesen Idioten vertreiben lässt, haben sie gewonnen.«

Lennart sah ihn freundlich an, ehe er sich umdrehte und wieder hineinging. Harinder trat auf das Tor zu. Er streichelte den Hund, wandte sich dann aber instinktiv um und blickte zurück zum Haus.

Hinter den durchsichtigen Gardinen stand eine Gestalt hinter einem Fenster im Obergeschoss. Von unten mochte sie an eine Martine mit kurzen Haaren erinnern. Sie stand etwas entfernt vom Fenster, als wolle sie Abstand halten.

Er versuchte zu lächeln. Hob die Hand zum Gruß. Ohne darauf zu reagieren, löste sie sich vom Fenster.

Es sollten über zwei Jahre vergehen, ehe er sie wiedersah.

KAPITEL 18

Nach einem langen Tag mit Gottesdiensten und verschiedenen Veranstaltungen war die Kirche wieder zur Ruhe gekommen. Gemeindepfarrer Karl Erik Ramsberg genoss diese ruhige Stunde. Endlich konnte er allein im Büro sitzen und friedlich weiterarbeiten, ohne sich mit Gemeindeversammlungen, Chorproben, Konzerten oder Vereinstreffen beschäftigen zu müssen. Was die Nutzung des Kirchenraums anging, fuhr Ramsberg eine liberale Linie, denn er hatte die Vorstellung, dass die Kirche ein Treffpunkt für alle sein sollte.

Ungeachtet dessen kam es manchmal vor, dass ihm alles etwas zu viel wurde.

An diesem Abend brauchte er Ruhe, um sich auf die am Osterwochenende bevorstehende schwere Aufgabe konzentrieren zu können. Wenngleich sie noch keine polizeiliche Erlaubnis hatten, ihren Sohn zu begraben, wollten Glenn und Caroline Davidsen einen Gedenkgottesdienst für Axel abhalten. Kommissar Harinder Singh hatte deutlich signalisiert, dass es noch dauern würde, bis die Polizei die Leiche freigeben könnte. Die ungewisse Wartezeit war für die Angehörigen natürlich nicht auszuhalten.

Der letzte Abschied. Immer eine schwierige Aufgabe.

Dieses Mal galt sie einem jungen Mann, den Ramsberg seit seiner Geburt gekannt hatte. Er hatte während der Taufe neben den Eltern gestanden und 15 Jahre danach die Konfirmation durchgeführt. Er war Ratgeber und Freund gewesen. Jetzt würde er versuchen, eine Botschaft über den tieferen Sinn hinter dieser Tragödie zu vermitteln, die in jeder anderen Hinsicht doch so völlig sinnlos erschien.

Ein grundsätzlicher Bestandteil seines Glaubens basierte darauf, dass nichts passierte, ohne mit einem Sinn verbunden zu sein. Während er in der ledergebundenen Bibel geblättert hatte, die seit drei Generationen in Familienbesitz war, hatte er darüber meditiert. Er konnte Axel als Opfer eines völlig willkürlichen Verbrechens betrachten oder die Möglichkeit ins Auge fassen, dass die kleine Gemeinde von dunklen Kräften mit zerstörerischen Absichten heimgesucht wurde.

War der junge Mann womöglich das Opferlamm für die Sünden anderer geworden?

Es war durchaus angemessen, auf den Ort zu verweisen, an dem Axel gefunden worden war, um zu begreifen, dass es hier nicht um lose Hirngespinste ging. Die Brücke hatte eine lange und düstere Geschichte. Ein sündiger Winkel, wo Blut und Sperma vergossen wurden, ein Ort, der verantwortungslose Jungen und gefallene Mädchen angezogen hatte, solange er zurückdenken konnte. Sogar Ramsberg war nicht ganz ohne Schuld, was diesen Ort betraf. Auch ein Diener des Herrn war zuallererst ein Mensch. Und wie alle anderen frönte auch er seinen Lastern.

Er hatte Dinge getan, auf die er nicht stolz war, und er wusste, dass er sie wieder tun würde.

Machte ihn das zu einem Heuchler? Nein, das glaubte

er nicht. Die Anflüge von Zweifel und das Wissen um die menschlichen Schwächen gehörten wohl zu den Dingen, die einen besseren Pastor aus ihm machten.

Ramsberg glaubte Geräusche aus dem Kirchenschiff zu vernehmen. Das alte Gebäude, in dem er saß, war furchtbar hellhörig, egal, wie oft sie renovierten, die Dämmung austauschten oder morsche Balken ersetzten. Er konnte Schritte im Mittelgang hören. Ein erbärmliches Knarren der Dielenbretter.

Die Uhr ging auf acht zu und die Eingangstür war verschlossen. Vermutlich war es nur Finn Jensen, der Kirchendiener. Stets kümmerte er sich darum, dass selbst die kleinsten, aber nicht minder wichtigen Details vor Beginn eines neuen Tages erledigt wurden. Solange Jensen ihn nicht bei der Arbeit störte, sollte er machen, was er wollte.

Ramsbergs Konzentration wurde abermals gestört, als ein paar Klaviertöne erklangen. Die vertrauten Anfangsakkorde von Beethovens Fünfter Sinfonie, wenn er sich nicht irrte. Nicht, dass das eine Rolle spielte. Jensen hatte zwar viele gute Eigenschaften, doch Musikalität gehörte nicht dazu.

Ramsberg erhob sich und durchquerte die Sakristei. Er entdeckte eine einsame Gestalt auf dem Klavierhocker. Dunkle Kleidung. Die Kapuze eines anthrazitgrauen Trainingspullis ragte über den Jackenkragen hinaus und war über den Kopf der Person gezogen.

»Darf ich fragen, was Sie hier machen?«, fragte er.

»Ich überprüfe, ob dein Klavier endlich vernünftig gestimmt ist«, sagte die Gestalt und klappte den Klavierdeckel zu. »Aber nein. Besonders das letzte A ist ein paar Hertz zu tief. Du solltest es jemanden erledigen lassen, Kalle.«

Ramsberg fiel es nicht schwer, die Stimme einzuordnen und vernahm die Kälte in ihrem Tonfall.

Die Gestalt drehte sich weg vom Klavier und zog die Kapuze vom Kopf. Der starre Blick ließ Ramsberg sich plötzlich wie ein Kaninchen in den Augen des schlauen Fuchses vorkommen. Zahlreiche Gedanke schossen durch seinen Kopf. Einige davon kreisten um die dunklen, destruktiven Kräfte, vor denen er sich so sehr fürchtete.

Jetzt fragte er sich, ob sie womöglich schon auf der Türschwelle standen.

Die folgende kurze Diskussion beruhigte ihn nicht. Sie begann damit, dass er zu verstehen versuchte, was sein Gegenüber erreichen wollte, in der Hoffnung eine Lösung zu finden, mit der sie beide leben konnten, und endete damit, dass die Gestalt eine Pistole aus der Innentasche der dunklen Lederjacke zog.

Der Gemeindepfarrer faltete die Hände wie zum Gebet.

»Bitte, ich flehe dich an«, sagte er. »Ich habe dich gekränkt, und dafür bitte ich um Vergebung. Ich bereue es. Könnte ich es zurücknehmen, würde ich es tun – das schwöre ich bei allem, was mir heilig ist. Gib mir die Chance, alles wieder in Ordnung zu bringen, das ist alles, worum ich dich bitte. Sag mir, was du brauchst, und ich gebe es dir.«

»Egal was?«

»Ja, egal was!«

Ramsberg hoffte, dass seine Worte durchgedrungen waren.

»Danke für das Angebot, aber ich bin nicht hergekommen, um alten Groll aufzuwärmen, zu heulen oder um etwas in Ordnung zu bringen. Die Zeiten sind vorbei, Kalle. Das hier ist der Tag des Gerichts.«

Der Schuss füllte die Kirche mit einem scharfen, ohrenbetäubenden Knall. Das Nächste, was Ramsberg spürte, war ein schneidender Schmerz oberhalb des linken Knies. Er wankte ein paar Schritte vorwärts, ehe das Bein unter ihm nachgab und er zu Boden stürzte. Mit weit aufgerissenen Augen starrte er auf den verletzten Oberschenkel. Blut strömte aus der Wunde.

»Du hast mich angeschossen ...«

Die Stimme war so schwach, dass er sie kaum als seine eigene erkennen konnte. Sie gehörte einem verschreckten kleinen Jungen, der sich in einer Ecke auf dem Dachboden versteckt hatte, um dem Zorn des Vaters zu entkommen.

In seiner Verwirrung hatte Ramsberg nicht verfolgt, wohin die Gestalt verschwunden war. Er trotzte seinen Schmerzen, stützte sich auf die Ellbogen auf und blickte sich um. Erst sah er nichts. Dann hörte er Schritte im Mittelgang. Solide Stiefel, die unbeirrt über die alten Dielen marschierten. Er versuchte, sich aufzusetzen, als einer der Stiefel mit seinem Gesicht kollidierte und ihn zurück auf den Boden zwang. Ein harter Tritt. Er spürte, wie seine Nase bei dem Zusammenstoß brach.

Die Schmerzen lähmten ihn.

Eine dunkle Gestalt stand über ihm. Sie hielt einen roten Kanister in der Hand.

»Du redest so gern von Versöhnung und Vergebung, aber das sind alles nur leere Worte. Es gibt keine Vergebung. Keine Hoffnung. Keine Gnade. Nicht von mir.«

Der Inhalt des roten Kanisters wurde über ihn ausgegossen. Es brannte in den Augen. Der Geschmack der Flüssigkeit war so beißend wie unmissverständlich. Panik löste die gewaltigen Schmerzen ab.

Benzin.

»Nein!«, bettelte er. »Das kannst du nicht tun! Bitte! Dies ist das Haus des Herrn...«

»Dann denk an die Hebräer. *Unser Gott ist ein verzehrendes Feuer.* Du hast diese Analogien doch immer geliebt.«

Die Gestalt zog einen langen Streifen Benzin durch den Mittelgang und bis zur Tür. Kalle Ramsberg hörte das Klicken eines Feuerzeugs und sah die kleine Flamme, die auf den Fußboden herunterfiel. Er versuchte wegzukriechen, doch als er über die Schulter blickte, sah er, dass die kleine Flamme zu einer rasenden Feuerwand geworden war, die sich gnadenlos auf ihn zubewegte.

KAPITEL 19

Der Aufenthalt in der Hauptstadt wurde kürzer als Harinder Singh sich erhofft hatte.

Er hatte den Tag mit Savi verbracht. Sie waren in die Innenstadt hinuntergeschlendert, entlang Aker Brygge und Tjuvholmen spaziert und hatten Eis gegessen, während Savi über Schule und Freunde und die gemischten Gefühle redete, die sie mit dem im Herbst bevorstehenden Beginn in der Oberstufe verband. Ihre Wahl war auf eine der beliebtesten Schulen der Stadt gefallen, wo »alle« hinwollten, die sie kannte. Ihre Schulnoten waren allesamt im oberen Bereich, dennoch war es keine Selbstverständlichkeit, an dieser Schule angenommen zu werden.

In Elvestad war die freie Wahl einer Schule vergleichbar mit einem mystischen Tier, von dem man häufig hörte, das man aber nie zu Gesicht bekam. In der ganzen Stadt gab es nur eine weiterführende Schule, die nächste lag mehrere Kilometer außerhalb.

Harinder dachte plötzlich daran, dass Savi seine Heimatstadt nie kennengelernt hatte. Sie wusste, dass er dort aufgewachsen war, aber das war nichts, worüber sie sprachen. War es der Ort, dessen er sich schämte, oder lag es daran, wie Staden sich auf ihn ausgewirkt hatte? Jedenfalls war er dankbar, dass Savi in einer Stadt aufwachsen konnte, wo niemand sie schief ansah, weil sie dunklere Haut hatte oder einen ungewöhnlichen Namen trug.

Es war ein guter Tag, der ein wenig zur Besänftigung des schlechten Gewissens beitrug, das Harinder wegen seiner häufigen Abwesenheit verspürte. Das Einzige, worüber sie nicht sprachen, waren ihre Mutter und ihr Stiefvater. Harinders Verhältnis zu seiner Exfrau war angespannt, und den arroganten Arzt, den sie geheiratet hatte, konnte er nicht ausstehen.

Harinder und Savi hatten Pizza gegessen und saßen auf dem Sofa und sahen einen Superheldenfilm an, mit dem Harinder nichts anfangen konnte, als das Telefon plötzlich klingelte. Abteilungsleiter Musæus. Harinder warf einen Blick auf Savi, die unmittelbar zu verstehen schien, dass es um seine Arbeit ging.

»Fall Sie sich auf eine ruhige Nacht im eigenen Bett gefreut haben, muss ich Sie leider enttäuschen«, sagte sein Chef.

»Wieso? Was ist passiert?«

»Die Kirche in Elvestad steht in Flammen«, erwiderte die Maus. »Und niemand kann den Gemeindepfarrer erreichen.«

Die Kirche war 1920 errichtet worden. Fast einhundert Jahre hatte sie am Ende der Kirkegate gethront, an der Ecke zur Samuel Davidsen gate.

Sie war aus solidem Holz erbaut, das in einer Zeit, in der alle anderen Ressourcen knapp gewesen waren, in der Umgebung gefällt und bearbeitet worden war. Ein kleines Vermögen sowie unfassbar harte Arbeit waren für ihren Bau erforderlich gewesen. Diejenigen, die dafür verantwortlich waren, hatten etwas hinterlassen wollen, das Eindruck machte. Etwas, das dem Zahn der Zeit trotzen und der jungen Stadt etwas geben würde, was sie dringend benötigte – eine Landmarke. Es war kaum möglich, die Kirche zu übersehen. Der hohe weiße Turm überragte alle anderen Gebäude der Stadt. So war es vor 98 Jahren gewesen, und so war es heute noch.

Die Kirche war das, was man denen zeigen konnte, die nicht glaubten, dass Staden überhaupt etwas Sehenswertes zu bieten hatte. Die Kirche war ein Jahrhundert voller Geschichte.

Eine Geschichte, die sich nun dem Ende zuneigte.

Die Flammen hüllten das Gebäude ein. Bis hinauf zur Spitze des hohen Turms reichten die wabernden Feuerzungen. Ein gewaltiges Inferno.

Die Feuerwehr war schnell zur Stelle gewesen. Die Kirche war mit einem modernen Alarmsystem ausgerüstet, und nur fünf Autominuten trennten sie von der Feuerwache. Als der Alarm ausgelöst wurde, hatten die Mannschaften nur den Blick heben müssen, um die Quelle der Rauchentwicklung ausfindig zu machen. Innerhalb kürzester Zeit waren sie einsatzbereit. Sie hatten gehofft, dass die Sprinkleranlage das Schlimmste verhindert hatte, doch als sie vor der Kirche hielten, war nicht klar, ob die Anlage überhaupt zum Einsatz gekommen war. Mit allen zur Verfügung stehenden Mitteln kämpfte die Feuerwehr gegen die Flammen. Die Wasserpumpen waren voll aufgedreht. Aber selbst den Schaulustigen war schnell bewusst, dass die Männer es mit einer Übermacht zu tun hatten.

Nachdem das Feuer sich ausgetobt hatte, war die Frage

nicht, wie viel wohl von der Kirche übrig geblieben war, sondern ob überhaupt noch etwas stand.

Die komplette Kirkegate war abgesperrt, dazu auch Teile der Storgate und der Samuel Davidsen gate. Eine große Menschenmenge hatte sich am Stadtpark eingefunden, wo der Todeskampf des alten Gebäudes ungehindert beobachtet werden konnte. Einige Menschen weinten, andere betrachteten das Unglück mit stummem Entsetzen. Per Lyngstad und viele seiner Kollegen mühten sich ab, die Menschen hinter den Absperrungen zu halten.

Per starrte auf die brennende Kirche und konnte kaum erkennen, was sich hinter Rauch und Flammen eigentlich abspielte. Wenn sich der Rauch endlich verzogen hätte, dann würde über mehr geredet werden als nur den Verlust eines Kulturerbes. Der brutale Mord an einem jungen Mann konnte noch immer so verklärt und rationalisiert werden, dass die Bewohner der Stadt daran glauben konnten, dass die Unschuld noch nicht unwiderruflich verloren war. Aber was, wenn das Symbol des Guten an sich zu Asche geworden war?

Per sah Tränen in den Augen der Menschen, die das Geschehen beobachteten. Er sah Hände, die sich aneinanderklammerten. Große und kleine Menschen, die einander zu trösten versuchten. Er sah die frustrierte Reaktion des Bürgermeisters, als Polizeichefin Bolstad ihn hinter die Absperrung scheuchte. Und er sah Johannes Ramsberg, den ältesten Sohn des Gemeindepfarrers mit einem Ausdruck auf die Flammen starren, der tiefe Verzweiflung und Ohnmacht spiegelte. Niemand wusste, wo sein Vater war. Der Wagen des Pastors stand noch immer auf dem Parkplatz hinter der Kirche. Es lag nahe, sich das Schlimmste vorzustellen.

Per sah all das und wusste im selben Moment, dass die kleine Stadtgemeinschaft, die ihm so am Herzen lag, nie wieder dieselbe sein würde.

Ein lautes Krachen veranlasste die Feuerwehrleute, sich von der Kirche zurückzuziehen. Die Schäden am Bauwerk waren so umfassend geworden, dass der Kirchturm kollabierte. Mit einem donnernden Geräusch stürzte er auf das Kirchendach und zermalmte alles, was darunter lag. Die durch den Einsturz entstandene Druckwelle schickte eine kräftige Staubwolke durch die Straßen.

Die Kirche von Elvestad gab es nicht mehr.

Erst gegen Mitternacht gewann die Feuerwehr Kontrolle über den Brandherd. Die Männer hatten das Feuer löschen und gleichzeitig die Verbreitung der Flammen aufhalten müssen. In den umliegenden Straßenzügen gab es viele Holzhäuser, eine Ausbreitung des Feuers hätte somit zu einer Katastrophe ungeahnten Ausmaßes führen können. Doch zum Glück war der Abstand zwischen der Kirche und den nächsten Gebäuden groß genug, außerdem war der Wind auf Seiten der Feuerwehrmänner.

Ein Haufen verbranntes Holz war alles, was übrig geblieben war. Die sich langsam verflüchtigende Rauchwolke füllte den enormen Leerraum, wo noch vor wenigen Stunden eine große weiße Kirche gestanden hatte.

Die Menschen harrten noch immer aus. Nur ein paar wenige hatten sich zurückgezogen, während gleichzeitige neue Schaulustige hinzugekommen waren. Ü-Wagen von Fernsehstationen und Zeitungen waren am Rande des Stadtparks aufgetaucht, während die Flammen weiterhin wüteten. Aufnahmen der brennenden Kirche tauchten in den Fernsehnachrichten auf. Kurze Kommentare von Bürgermeister Rustad, Feuerwehrchef John Hagen und Polizeichefin Bolstad untermalten die Bilder.

Währenddessen arbeiteten zwei Ermittler der Kripo daran, sich einen Überblick über die Situation zu verschaffen. Harinder Singh und Rachel Hauge waren wegen des vermissten Gemeindepfarrers herbeigerufen worden. Wenn in einer ansonsten eher ruhigen Gemeinde zwei derart ernsthafte Vorfälle eintrafen, mussten sie nach möglichen Zusammenhängen suchen.

Noch war nicht sicher, ob Gemeindepfarrer Ramsberg etwas zugestoßen war, doch je weiter der Abend fortschritt, desto schwieriger wurde es, etwas anderes zu vermuten.

Das Gebäude hatte schon völlig in Flammen gestanden, als die Feuerwehr eingetroffen war. Männer mit Sauerstoffmasken und Schutzkleidung hatten vergeblich versucht, in die Kirche einzudringen. Ihrem Urteil nach befand sich niemand mehr im Inneren. Sie hatten keine Stimmen oder Hilferufe gehört, eine verbindliche Aussage hatte dennoch niemand treffen wollen.

Eine Kommission würde eingesetzt werden, um die Umstände zu erforschen. Feuerwehrchef Hagen hatte seine Einschätzung bereits getroffen, teilte sie vorläufig aber nur mit den Ermittlern von der Kripo.

»Das Feuer ist gelegt worden«, sagte er. »Das Erste, was wir wahrgenommen haben, war der Geruch von Benzin. Das erklärt auch, wieso sich die Flammen so schnell verbreiten konnten. Außerdem glaube ich, dass die Sprinkleranlage manipuliert worden ist.«

Früh am folgenden Morgen begannen die Sucharbeiten in der Brandruine. Die Medien hatten mittlerweile das bekommen, weswegen sie gekommen waren. Die Straßen waren wieder so gut wie leer.

Harinder sah, wie Per Lyngstad sich auf die Bürgersteigkante setzte, um sich einen Augenblick auszuruhen. Er war völlig übersät mit Staub und Dreck. Harinder reichte ihm eine Flasche kaltes Mineralwasser. Per nickte ihm dankbar zu, drehte den Verschluss ab und nahm einen großen Schluck.

Nach etwa einer Stunde Arbeit meldeten die Suchmannschaften einen Fund in der Ruine. Unterhalb des ehemaligen Kirchenraums hatten sie eine zur Unkenntlichkeit verbrannte Leiche entdeckt. Sie lag zwischen Resten des alten Kirchenfußbodens.

Eine visuelle Identifikation war nicht möglich. Allerdings war nur schwer vorstellbar, dass es sich bei dem Toten um jemand anderen als den Gemeindepfarrer Karl Erik Ramsberg handeln konnte.

Nachdem die Leiche fotografiert worden war, verfrachtete man sie auf eine Bahre und deckte sie zu. Harinder warf einen Blick unter die Decke, ehe die Bahre in den Rettungswagen geschoben wurde. Er betrachtete die verkohlten Reste, die einst ein lebendiger Mensch gewesen waren. Allein die Zähne in dem halb aufgerissenen Schlund waren nicht verbrannt. Der Gestank von versengtem Fleisch drang in seine Nase.

Brandstiftung mit Mordabsicht. Harinder mochte den Beigeschmack dieses Verbrechens noch weniger als den Gestank der verbrannten Leiche.

KAPITEL 20

Karfreitag, 30. März

Um zehn Uhr kamen sie im Situation-Room zusammen. Alle hatten geduscht und frische Sachen angezogen. Einige hatten sogar ein paar Stunden schlafen können. Jetzt standen Kaffee, Mineralwasser und belegte Brötchen auf dem Tisch.

Die Stimmung war gedrückt. Das lag nicht nur daran, dass die Kollegen erschöpft waren. Oder dass Karfreitag war und die meisten eigentlich freihaben sollten. Besonders den Bewohnern von Østerdal war schmerzlich klar geworden, was im Laufe der Nacht in Rauch und Flammen aufgegangen war.

»Es war eine lange und anstrengende Nacht. Wir sind alle erschöpft. Von den Geschehnissen gezeichnet. Vielleicht fühlen wir uns sogar völlig ratlos«, sagte Harinder. »Allerdings ist jetzt nicht die Zeit für Ruhe und Nachdenklichkeit. Die wird schon noch kommen. Und was unsere persönlichen Gefühle betrifft, dürfen wir ihnen vorläufig nicht zu viel Beachtung schenken. Denn momentan kommt es nur auf eines an: die Ärmel hochzukrempeln.«

Harinder suchte nach einer Reaktion auf seine Worte. Zwei Kollegen am Tisch schienen sich ein wenig aufzurichten.

»Um 20:17 Uhr am Donnerstagabend wurde der Feueralarm an der Kirche ausgelöst«, begann er. »Die Feuerwehr ist unmittelbar ausgerückt und war gegen 20:22 Uhr vor Ort. Da stand die Kirche bereits in Flammen. Handelt es sich um Brandstiftung? Eine Antwort werden wir erst dann bekommen, wenn der Untersuchungsbericht vorliegt. Bis auf Weiteres müssen wir aber von dieser Vermutung ausgehen. John Hagen, der Leiter der Feuerwehr, hat sehr klar zum Ausdruck gebracht, dass es sich seiner Meinung nach um Brandstiftung mit Mordabsicht handelt. Wir sollten seine langjährige Erfahrung unbedingt berücksichtigen.«

In der Rechtsmedizinischen Abteilung in Oslo wurde an der Identifizierung der stark verkohlten Leiche sowie an der Klärung der Todesursache gearbeitet. Vorläufig war ungeklärt, ob der Tote infolge eines Feuers umgekommen war oder ob der Brand in dem Versuch gelegt worden war, ein noch ernsteres Verbrechen zu verbergen.

»Jedenfalls müssen wir von einem verdächtigen Todesfall ausgehen«, sagte Harinder. »Die Medien spekulieren schon, ob es sich bei dem Toten um Gemeindepfarrer Karl Erik Ramsberg handelt. Er wird seit letzter Nacht vermisst, und laut Aussage der Familie war er früher an dem Abend in der Kirche. Demnach ist er momentan, bitte entschuldigt den Ausdruck, der heißeste Kandidat.«

Jemand aus der Runde kicherte über den Galgenhumor des Kommissars.

»Also, was wissen wir über ihn?«

Rachel blickte auf ihre Notizen.

»Karl Erik Ramsberg«, sagte sie. »51 Jahre alt, geboren und aufgewachsen im Ort. Arbeitete als Kaplan in Kongsvinger, ehe er 2012 Gemeindepfarrer in Elvestad wurde. Sohn von Kristoffer Ramsberg, der ebenfalls hier Pastor war. Verheiratet mit Alice Ramsberg. Drei Kinder: Johannes, Mathias und Emma. Johannes ist der Älteste und studiert an der Theologischen Hochschule in Oslo. Mathias studiert an der Universität, und Emma ist im letzten Schuljahr der Oberstufe.«

»Religiöse Familie«, sagte Harinder.

»Ziemlich.«

»Gab es Kontroversen?«

»Nichts Gravierendes, aber er war sehr konservativ«, sagte Per Lyngstad. »Er legte Wert auf traditionelle Familienwerte und öffentliche Moral. Kritisch gegenüber Abtreibung und Schwulenehe. Dennoch schwer vorstellbar, dass jemand ihn deswegen umgebracht hat.«

»Was ist mit Axel Davidsen? Gibt es eine Verbindung zwischen ihnen?«

»Jedenfalls kannten sie einander«, sagte Per. »Axel war zwar nicht oft in der Kirche, wurde aber dort konfirmiert. Und Ramsberg war genauso alt wie Axels Vater, die beiden müssen sich demnach schon seit der Grundschule gekannt haben. Wie ich es verstanden habe, waren sie auch Cousins zweiten Grades oder so etwas.«

Harinder nickte. Die Verhältnisse in Staden waren eng.

Er dachte zurück an den jungen Vertretungslehrer für Religion, der sie in der zweiten Klasse der Oberstufe unterrichtet hatte. Ein etwas vorsichtiger Mann, der seine Sätze oft mit einem Stottern begann, aber dennoch Interesse wecken konnte, wenn er sich erst einmal warm geredet hatte. Er forderte zu Diskussionen auf, über den Glauben oder über ethische Fragen, und er nahm seine Schüler ernst.

Und er hatte ein weitaus gemäßigteres Auftreten als sein Vater, der alte Gemeindepfarrer.

»Ich möchte, dass wir nach weiteren Berührungspunkten suchen«, sagte Harinder. »Axel Davidsen kannte die Person, die ihn umgebracht hat. Und das Gleiche gilt für Kalle Ramsberg.«

Elvestad BRENNT!

Lars Müller breitete die Zeitung auf dem Bartresen aus.

Die Überschrift ließ an der reißerischen Berichterstattung durch *Østlendingen* keinen Zweifel. Unterhalb der fetten Schlagzeile war ein großes Foto der brennenden Kirche zu sehen. Daneben ein Porträtfoto von Gemeindepfarrer Ramsberg, der vorläufig noch als vermisst galt. Die Zeitung hatten den Neuigkeiten sechs Seiten gewidmet. Es gab Interviews mit dem Bürgermeister, der Polizeichefin und dem einfachen Mann auf der Straße.

Müller hatte mit Georg Davidsen telefoniert, der Alte war völlig aufgebracht. Er fragte sich, was zum Teufel in der Stadt bloß vorging. War denn nichts mehr heilig? Hatten alle vollkommen den Verstand verloren?

Müller fand die Berichterstattung der Zeitung übertrieben. Dieser ganze Aufriss wegen ein paar alter Holzplanken, die in Rauch aufgegangen waren? 98 Jahre waren doch ein anständiges Alter für eine gesegnete Baracke. Wer hätte geglaubt, dass sie so lange stehen bleiben würde? Jetzt sollten sie einfach etwas Neues bauen. Wie er Georg kannte, würde der ohnehin ein paar Scheine für den Wiederaufbau hinblättern.

Mit Kalle allerdings war es schlimmer.

Der arme Teufel.

Für Müller war ganz klar, was sich zugetragen hatte. Jemand hatte Kalle abgemurkst und dann die Kirche abgefackelt, um alle Beweise des Verbrechens zu vernichten. Sogar die Schlaumeier von der Kripo waren wohl auf den Gedanken gekommen.

Aber *wer*?

Müller gab Roy hinter dem Tresen mit einem Nicken zu verstehen, dass er Nachschub wollte. Noch war es früh am Tag, aber er musste nachdenken. Und er dachte besser nach, wenn er etwas zu trinken hatte.

Kalle war in der Stadt geboren und aufgewachsen, aber wer außer seiner Familie und seinem engsten Freundeskreis konnte schon sagen, dass sie den Mann wirklich gekannt hatten? Die Menschen *glaubten*, dass sie Kalle kannten. Den engagierten Pastor mit dem stets entgegenkommenden Lächeln und den langweiligen Anekdoten.

Müller kannte einen anderen Kalle. Einen Kalle ohne Priesterkragen, den Knaben, mit dem er zu Schule gegangen war, als sie noch Kinder gewesen waren. Ein stotternder Junge mit vielen Komplexen. Ein richtiger Punchingball. Einer, der fast jeden Tag vertrimmt wurde, bis Müller eingegriffen und dafür gesorgt hatte, dass sich die anderen Rüpel zurückhielten. In seinen Augen war es schäbig, ein so leichtes Opfer zu terrorisieren. Das widersprach seinem Stolz als oberster Schulrowdy. Außerdem hatte Kalle eine ältere Schwester, die ihn freundlich darum gebeten hatte, etwas auf ihren kleinen Bruder aufzupassen.

Es war ein seltsamer Gedanke, aber über 30 Jahre waren sie Kumpel gewesen. Nicht, dass er den Typen *gemocht* hatte oder so. Der ganze religiöse Kram wurde ihm irgendwann zu viel, aber Kumpel sind nun mal Kumpel. Du setzt dich für sie ein, und sie setzten sich für dich ein.

Er wusste, dass Kalle Geheimnisse gehabt hatte, die an die Oberfläche zu kommen er unter allen Umständen verhindern wollte. Auch der Mörder musste das gewusst haben. Vielleicht gab es da jemanden, der hinter die Fassade des Pastors hatte blicken können. Müller fand, er schuldete es Kalle, diesen Saukerl zu finden.

Aber zunächst musste er sich noch um etwas anderes kümmern. Er musste in die Hauptstadt fahren und diesen Donald aufspüren, der wusste, wo Thea Krog sich versteckte.

KAPITEL 21

Der alte Pfarrhof war ein zweigeschossiges braunes Holzhaus, das früher einmal als Wohnhaus eines Bauernhofs ge-
dient hatte.

Das Haus lag an der Ecke zum Parkvei, war jedoch durch
zwei große Birken von der verkehrsreichen Durchfahrtsstraße abgeschirmt.

Das Feuer im Kamin war ausgegangen, dennoch war es
warm im Wohnzimmer. An den Wänden hingen Familien-
fotos und Stickereien. Eine altmodische Uhr tickte vor sich
hin. Alice Ramsberg saß in einem Ohrensessel und versuchte, sich nach einem erneuten Weinkrampf zu beruhigen. Ihr ältester Sohn Johannes hatte auf der Armlehne
Platz genommen und bemühte sich, sie zu trösten. Er hatte
das gleiche höfliche Lächeln und das gleiche rötliche Haar
wie sein Vater, war aber kleiner und molliger. Die 18 Jahre
alte Emma Ramsberg saß auf dem schmalen Sofa und
starrte stumm auf den Wohnzimmertisch. Ein hübsches
Mädchen mit langem, hellblondem Haar, aber fast krank-
haft bleich und mager, wie Harinder sofort auffiel.

Obwohl offiziell noch nicht feststand, dass es Karl Erik
Ramsberg war, den sie in der Kirchenruine gefunden hatten, benötigte Harinder eine Aussage der Familie. Er hatte

Per mitgenommen, den die Familie kannte und zu dem sie Vertrauen hatte.

Ein Familienmitglied fehlte. Das mittlere Kind, Matthias, war im Urlaub in Berlin, wie Johannes erklärte.

»Aber er wurde benachrichtigt, wir erwarten ihn im Laufe des Wochenendes.«

»Wohnt er für gewöhnlich hier?«, fragte Harinder.

»Nein, er studiert in Oslo – genau wie ich. Allerdings an der Universität und nicht an der Theologischen Hochschule.«

»Auch Theologie?«

Johannes schüttelte den Kopf. »Chemie.«

Zwei Brüder mit unterschiedlichen Interessen und Prioritäten, dachte Harinder. Der eine folgte den Fußspuren seines Vaters, während der andere etwas ganz anderes gewählt hatte. Und während der ältere Bruder über Ostern zur Familie fuhr, zog Mathias einen Aufenthalt im Ausland vor.

»Hat Kalle jemals Drohungen erhalten?«, fragte Harinder. »Anonyme Briefe oder Anrufe?«

Alice schüttelte den Kopf.

»Mein Mann hatte keine Feinde. Natürlich hatte er Widersacher im Glauben, und es hat diverse Meinungsverschiedenheiten gegeben, aber niemals steckte etwas Persönliches dahinter.« Ihr Blick hinter den dicken Brillengläsern wirkte plötzlich intensiver. »Alle mochten Kalle. Sogar diejenigen, die nicht immer einer Meinung mit ihm waren, haben ihn respektiert. Weil sie wussten, dass er aus dem richtigen Holz geschnitzt war. Ein Mann, der sich wirklich um seine Mitmenschen kümmerte.«

Johannes nickte.

»Ich kann es einfach nicht begreifen«, sagte er.

»Sie standen einander nahe?«

»Sehr nahe«, sagte Johannes. »Obwohl ich nicht mehr zu Hause wohne, hatten wir fast täglich Kontakt miteinander. Viele lange und gute Gespräche. Und jetzt werden wir diese Gespräche nie wieder aufnehmen können...«

Obwohl er es zu unterdrücken versuchte, kamen ihm die Tränen. Auch seine Mutter begann erneut zu weinen. Harinder warf einen Blick auf Emma. Keine Tränen und kein Anzeichen dafür, dass sie es der Mutter und dem Bruder gleichtun würde. Sie spielte mit ihren Fingernägeln herum, die kurz und ungepflegt waren.

»Erzählen Sie mir bitte von gestern«, sagte Harinder. »Wann haben Sie zuletzt etwas von ihm gehört oder gesehen?«

»Es war Gründonnerstag, also waren wir in der Kirche«, begann Alice.

»Die ganze Familie?«

Sie nickte, ehe sie fortfuhr. »Es gab einen Gottesdienst mit anschließendem Kaffeetrinken. Zu Ostern ist immer viel los. Kalle war nur zu Hause, um etwas zu essen, ehe er zurück zur Arbeit fuhr. Er hat hier zwar auch ein Arbeitszimmer, ist aber doch am liebsten in der Kirche.«

Sie berichtete weiter, dass sie den ganzen Abend zu Hause gewesen war. Sie hatte Wäsche gewaschen und ferngesehen. Um halb zehn hatte das Telefon geklingelt, Johannes hatte abgenommen. Er war gerade von einem Abendspaziergang zurückgekehrt. Der Kirchendiener war am Apparat, um zu berichten, dass die Kirche in Flammen stand.

Harinder drehte sich zu Emma hin, die bis jetzt noch kein einziges Wort gesagt hatte.

»Was hast du gestern nach der Kirche gemacht?«, fragte er.

»Ich war aus.«

»Allein?«

Sie schüttelte den Kopf.

»Und wo?«

»Zu Hause bei ein paar Freunden.«

Harinder überlegte, ob es besser wäre, allein mit ihr zu sprechen, ohne die Mutter und den Bruder. Ihm fiel auf, dass die beiden sie ansahen, als ob sie genauso neugierig darauf wären zu erfahren, was sie am vergangenen Abend unternommen hatte.

»Emma, könntest du mir bitte mal ein Glas Wasser bringen?«, fragte Per, was Emma mit einem Nicken bejahte. Er folgte ihr in die Küche. Harinder war sehr zufrieden, wie der Kollege die Situation gehandhabt hatte.

»Wie war denn seine Stimmung in der letzten Zeit?«, fragte er die beiden anderen.

»Stimmung?« Alice zögerte. »Ich würde sagen, die war so wie üblich.«

»Und das bedeutet?«

»Er war im Großen und Ganzen zufrieden und ruhig. Natürlich konnte er manchmal auch ängstlich sein, besonders wenn es hektisch wurde, so wie jetzt. Er hat immer so große Ansprüche an sich selbst gestellt. Er wollte immer ein gutes Beispiel abgeben und hatte wohl mitunter den Eindruck, dass ihm das nicht ganz gelang...«

»Konnte er wütend werden? Aufbrausend?«

»Natürlich. Schließlich war er ein Mensch«, sagte Johannes.

»Und Mathias?«, fragte Harinder.

»Was ist mit ihm?«

»Kam er genauso gut mit Ihrem Vater klar, wie Sie es taten?«

Johannes antwortete nicht sofort, runzelte aber die Stirn angesichts der Frage. Schnell warf er einen Blick zu seiner Mutter, bekam von ihr aber keine Hilfe.

»Vater hat alle seine Kinder gleich gerngehabt und hat auch alle gleich behandelt, wenn es das ist, was Sie wissen möchten«, sagte er schließlich. »Er versuchte, immer gerecht zu sein, auch wenn das mitunter mit Strenge verbunden war. Mathias ist … tja nun, anders. Er ist vom Glauben abgefallen und lebt in Sünde mit einem *Freund*. Das schmerzt uns alle, aber es ist seine Wahl. Aber Vater hat deutlich gemacht, dass er immer zu Hause willkommen ist.«

Wie großzügig von ihm, dachte Harinder.

Die Vernehmungen brachten keine Antwort auf die Frage, wer das Leben des Gemeindepfarrers ausgelöscht haben könnte, allerdings war Harinder der Ansicht, viel über Ramsberg und seine Familie erfahren zu haben. Der etwas vorsichtige, aber sympathische Vertretungslehrer, an den er sich aus der Schulzeit erinnerte, war zu einem strengen und konservativen Familienvater geworden, der traditionelle Werte verteidigte. In seinem Sohn Johannes hatte er einen treuen Jünger gefunden, wohingegen Mathias anscheinend das schwarze Schaf der Familie verkörperte.

Und Emma?

»Ein einziges Nervenbündel«, sagte Per auf dem Rückweg zur Polizeistation. Er hatte ein paar Worte unter vier Augen mit ihr wechseln können, als sie in der Küche waren. »Sie hat sich in den letzten zwei Jahren verändert. Früher war sie viel redseliger. Jetzt muss man ihr jedes Wort quasi aus der Nase ziehen.«

»Ist mir auch aufgefallen«, sagte Harinder. »Hat sie überhaupt irgendwas gesagt?«

»Jedenfalls ist in dieser Familie nicht alles so harmonisch, wie es scheint«, sagte Per. »Sie vermisst ihren anderen Bruder. Sie sagt, sie hätte ihm immer nahegestanden.«

»Aber nicht Johannes?«

»*Papa Nummer zwei*, war alles, was sie über ihn zu sagen wusste.«

»Hat sie gesagt, wo sie gestern gewesen ist?«

»Hat nur wiederholt, dass sie bei Freunden war. Sie hat das Feuer von dort aus gesehen und ist dann in die Kirkegate hinuntergelaufen, wo sie ihre Mutter und den Bruder getroffen hat.«

»Demnach kein solides Alibi?«

Das hatte Johannes auch nicht. Er hatte behauptet, vor dem Feuer auf einem Abendspaziergang gewesen zu sein. Ebenso wenig Alice, die angeblich allein vor dem Fernseher gesessen hatte. Wenn Mathias tatsächlich in Berlin war, konnte er als Einziger mit einem wasserdichten Alibi aufwarten.

»Ich glaube, unser guter Kalle war ein weitaus komplexerer Mensch, als Alice und Johannes uns glauben machen wollen«, sagte Harinder. »Aber dieses einseitige Bild wird Risse bekommen, sobald wie uns die familiären Beziehungen näher ansehen. Und wenn wir tief genug graben, wer weiß, was sich dann noch offenbaren wird?«

»Du bist dir ja ziemlich sicher«, sagte Per.

»Jemand hat ihn umgebracht. Ja, Per, ich bin ziemlich sicher.«

Per ließ ein vorsichtiges Lächeln erkennen.

Sie stellten den Wagen auf dem Parkplatz vor der Polizeistation ab.

»Es gibt noch jemanden, mit dem zu reden vielleicht ganz interessant sein könnte«, sagte Per, während sie auf das Gebäude zutraten. »Kalle hat noch eine ältere Schwester namens Lydia. Allerdings eine ziemlich wilde Dame, glaubt man den Gerüchten.«

»Inwiefern wild?«, wollte Harinder wissen.

»Ach, da gibt es so Geschichten. Alles von Besäufnissen über Drogen bis hin zu Orgien mit der halben Fußballmannschaft nach einem Pokalspiel gegen Raufoss. Viele davon sind vielleicht nur Gerüchte, die ein wenig aufgeblasen wurden, weil sie die Tochter von Gemeindepfarrer Kristoffer Ramsberg war, aber in der Oberstufe ist sie von der Schule abgegangen und aus der Stadt verschwunden. Es heißt, ihr Vater hätte sie fortgeschickt.«

»Lebt sie hier in der Stadt?«

»Nein, das tut sie seit vielen Jahren nicht mehr. Ich weiß auch nicht, wo sie wohnt, aber das lässt sich sicher herausfinden.«

KAPITEL 22

Die verkohlten Überreste von Karl Erik Ramsberg lagen auf einem Obduktionstisch im Keller der rechtsmedizinischen Abteilung des Instituts für Volksgesundheit. Der Gestank von verbranntem Fleisch war fast genauso durchdringend wie bei der Bergung der Leiche aus den Ruinen.

Harinder merkte, dass Rachel kurz davor war, sich zu erbrechen. Eine völlig normale und gesunde Reaktion. Er selbst rechnete mit einer weiteren mehr oder weniger schlaflosen Nacht. Wenn der Tag kommt, an dem du in diesem Beruf gut schlafen kannst, dann weißt du, dass du ihn zu lange ausgeübt hast, hatte ein alter Kollege einmal zu Harinder gesagt.

Die positive Identifizierung der Leiche war noch nicht offiziell abgeschlossen, doch alles deutete darauf, dass der Gemeindepfarrer vor ihnen lag. Der tote Körper gehörte zu einem Mann zwischen 45 und 55 Jahren, der lebend etwa 186 Zentimeter groß gewesen war. Es waren DNA-Proben entnommen worden, die mit Spuren aus Ramsbergs Haus verglichen werden würden. Obwohl der Körper bis zur Unkenntlichkeit verbrannt war, waren die Zähne intakt. Nach den Osterferien würde ein Rechtsodontologe sie mit Daten aus dem Zahnärzteregister abgleichen.

»Nicht ganz einfach, mit einem derart verkohlten Körper zu arbeiten«, meinte Doktor Botten. Er lutschte eine Pastille, die seinen chronischen Raucherhusten etwas zu dämpfen schien. »Wir brauchen Experten, um die exakte Sequenz der Verletzungen herauszufinden, aber die sind vor dem Wochenende nicht zu bekommen. Immerhin können wir selbst einige Schlussfolgerungen treffen.«

»War er tot, bevor das Feuer entzündet wurde?«

Botten schüttelte betrübt den Kopf.

»Ich wünschte, ich könnte das sagen. Im Gegenteil deutet sogar vieles darauf hin, dass er nicht einmal an einer Rauchvergiftung starb, ehe die Flammen ihn verzehrten.«

Das Bild, das sich vor Harinders geistigem Auge abzeichnete, war alles andere als schön. Vermutlich würde er noch eine Weile daran denken müssen.

»Es kommt noch schlimmer«, sagte Botten.

»Inwiefern?«

Der Rechtsmediziner deutete auf das linke Bein, wo oberhalb des Knies ein großer Einschnitt erfolgt war.

»Er wurde angeschossen. Wir haben ein Projektil Kaliber 38 aus ihm herausgefischt. Das war nicht tödlich, aber wirkungsvoll genug, um ihn bewegungsunfähig zu machen, so dass er den Flammen nicht entkommen konnte.«

»Sie haben recht, das ist noch schlimmer.«

»Und dabei bin ich noch nicht zum Abschluss gekommen«, entgegnete Botten. »Er wurde mit Benzin übergossen. Selbst auf die Gefahr hin, mich in die Arbeit der Brandkommission einzumischen, so kann es doch durchaus möglich sein, dass Ramsberg selbst der Ausgangspunkt für das Feuer gewesen ist.«

Harinder und Rachel verließen die Rechtsmedizinische Abteilung in Lovisenberg und fuhren hinunter nach St. Hanshaugen, um einen ordentlichen Kaffee zu trinken, ehe es nach Elvestad zurückging. In der Hauptstadt herrschte ein ruhiges Osterwochenende, und der Frühling lag in der Luft. Ein paar Bewohner liefen bereits in Shorts herum, als hätten die ersten Sonnenstrahlen sie von der Ankunft des Sommers überzeugt.

»Irgendwie begreife ich die Zusammenhänge nicht so ganz«, sagte Rachel, deren Gesicht wieder eine normale Farbe angenommen hatte.

»Was meinst du?«

»Die Tatperson hatte eine Pistole und war offensichtlich in der Lage, sie auch zu benutzen. Also weshalb hat sie ihn nicht einfach erschossen? Wieso hat sie ihn lebendig verbrannt, wenn eine Kugel in der Stirn viel schneller und effektiver gewesen wäre.«

»Weil es vielleicht nicht die Absicht dieser Person war, schnell und effektiv vorzugehen?«, sagte Harinder.

»Glaubst du das?«

»Jemandem das Leben zu nehmen, ist an sich schon ein drastischer Schritt«, fuhr Harinder fort. »Die Tatperson, mit der wir es zu tun haben, ist allerdings noch einen Schritt weiter gegangen. Ramsberg hat fürchterlich gelitten, ehe alles vorbei war. Dazu kommt, dass die betreffende Person das ganze Gebäude zerstört hat, was ja in gewisser Weise Ramsbergs Lebenswerk war. Die Vernichtung war vielleicht eine Handlung, die ebenfalls symbolische Bedeutung hatte. Wie ein ausgestreckter Mittelfinger. Als Krönung des grausamen Todes.«

Rachel verzog das Gesicht.

»Sadistisch.«

»Jedenfalls nicht sehr subtil.«

Sie tranken ihren Kaffee aus und setzten sich wieder in den Wagen. Als sie auf die Elvestadbrücke zufuhren, rief Per Lyngstad an.

»Seid ihr schon auf dem Rückweg?«, fragte er.

»Ja. Fast am Ziel«, erwiderte Harinder.

»Gut. Wir haben ihn nämlich auf Video.«

Im Laufe der ersten Ermittlungen zum Mord an Axel Davidsen hatte die Polizei festgestellt, dass kein Überfluss an Überwachungskameras in der Stadt herrschte. Doch es gab eine Kamera in der Møllergate, einer breiten Durchfahrtsstraße im Stadtzentrum, die die Storgate kreuzte und parallel mit der Kirkegate verlief. Die Rückseite der Kirche und große Teile des Kirchhofs wurden von der Kamera erfasst.

Und diese Kamera hatte den mutmaßlichen Brandstifter eingefangen.

Die Aufnahmen zeigten eine Gestalt, die an einer Ecke der Kirche vorbeieilte und über den Kirchhof zur Møllergate lief. Die Zeitangabe lautete 20:16 Uhr. Eine Minute bevor der Feueralarm ausgelöst worden war.

Die schlechte Nachricht war, dass man unmöglich erkennen konnte, um wen es sich handelte. Die Gestalt trug dunkle Kleidung: Stiefel, Hose und Jacke mit Kapuzenpullover. Die Kapuze war natürlich über den Kopf gezogen. Offenbar hatte die betreffende Person auch darauf geachtet, den Kopf stets gesenkt zu halten.

»Er muss ganz genau wissen, dass die Kamera dort hängt«, meinte Harinder.

»Oder sie«, sagte Rachel.

»Ich habe mir die Aufnahmen jetzt dreimal angeschaut, aber ausgesprochen feminine Züge oder Bewegungen sind mir nicht aufgefallen«, sagte Per.

»Mir auch nicht, aber wir sollten uns nicht davon blenden lassen«, sagte Rachel. »Schwierig zu sagen, ob es sich um einen Mann oder eine Frau handelt.«

»Dann halten wir eben alle Möglichkeiten offen«, schlug Harinder vor.

Die verdächtige Person verließ den Kirchhof nicht durch den Ausgang Møllergate, sondern bewegte sich schräg hinüber zur Ecke der Samuel Davidsen gate, wo sie locker über den Zaun sprang. Der Zaun war anderthalb Meter hoch, schien die Person aber nicht im Mindesten bremsen zu können. Der Kamerawinkel war ungünstig und der Abstand groß, doch sie konnten sehen, dass ein kleines Motorrad auf der anderen Seite des Zauns bereitstand. Die Gestalt setzte sich einen Helm auf, ehe sie auf das Motorrad stieg und mit Vollgas davonfuhr.

Während also die Feuerwehr gerade ausrückte, verschwand der Brandstifter auf einem Motorrad.

Es waren auch Aufnahmen von der Kamera an der Kreuzung Parkvei und Storgate gesichert worden. Als die Polizisten sie anschauten, war der Fahrer mit seinem Motorrad deutlich darauf zu sehen, während er in hohem Tempo auf die Brugate zuraste.

Und hinaus aus der Stadt.

Das Motorrad war eine schwarz-gelbe Motocross-Maschine. Kein erkennbares Nummernschild. Ein Offroad-Rad wie dieses war für Wettkämpfe bestimmt, nicht für den normalen Straßenverkehr. Der Besitzer brauchte das Fahrzeug daher auch nicht anzumelden.

»Er oder sie hat also auch noch gegen Verkehrsregeln verstoßen«, sagte Per. »Aber das ist vielleicht nicht der Punkt, an dem wir ansetzen sollten.«

»Sag das nicht. Al Capone wurde wegen Steuerhinterziehung geschnappt«, sagte Harinder. »Wie gewöhnlich mag ein solches Motorrad hier in der Gegend wohl sein?«

»Es gibt ein paar Typen, die hier in der Nähe offroad fahren. Wir reden vielleicht von 20 Personen, die solche Maschinen haben, und noch weniger, wenn wir uns nur auf das bestimmte Modell konzentrieren.«

»Dann möchte ich, dass du alle lokalen Händler überprüfst. Irgendeiner kann das Modell bestimmt identifizieren. Ich will eine vollständige Liste über alle, die sich so ein Motorrad gekauft haben.«

»Wenn du lokale Händler meinst ...«

»Dann meine ich den gesamten Regierungsbezirk. Und ich möchte, dass Fotos dieser Maschine an alle Polizeieinheiten gehen, plus Kopie an die Medien. Ich will, dass die Menschen darauf aufmerksam werden, falls es irgendwo auftaucht.«

»Ich glaube nicht, dass wir dieses Motorrad noch einmal wiedersehen«, sagte Rachel.

»Wie kommst du darauf?«

»Wir haben es nicht mit einem Idioten zu tun«, sagte sie. »Wir können ja ruhig von Leidenschaft sprechen, von der Wut oder dem Hass, die hinter so einer Handlung liegen. Zuallererst ist jedoch deutlich, wie geplant das alles erscheint. Die Bewegungen sind schnell, aber nicht von Stress geprägt. Die Tatperson trifft eine bewusste Wahl, um nicht mehr als unbedingt nötig gesehen zu werden. Das Motorrad wurde in strategischem Abstand zur Kirche geparkt. Die verdächtige Person bleibt auch nicht, um ihr Werk zu betrachten. Weniger als zwei Minuten nach dem Ausbruch des Feuers ist er oder sie auf dem Weg aus der Stadt hinaus. Auf einem Motorrad, das wir nicht zurückverfolgen können. Diese Person ist sich absolut bewusst, dass es Kameras in der Stadt gibt. Ich glaube, dass sie sogar genau weiß, wo sie aufgehängt sind.«

KAPITEL 23

Die Axt fühlte sich leicht in den Händen an. Lisa Toivonen hob die Arme und schwang das Werkzeug. Sie spürte fast keinen Widerstand, als die Axt das Holzscheit in zwei Hälften spaltete. Die beiden Teile fielen neben den Hackklotz, und Lisa beugte sich hinunter, um ein weiteres Scheit aufzuheben. Sie wiederholte den Vorgang. Spürte, wie sich die Muskeln in den Armen, in der Schulter und im Rücken anspannten. Es fühlte sich gut an.

Lennart hatte einen großen Schuppen voller Holz und hatte ihr angeboten, sich bei Bedarf einfach zu bedienen. Lisa hatte durchaus Bedarf. Im Haus war es kalt, der Wind zog durch die Ritzen. Besonders an einem Tag wie diesem, wenn das Quecksilber lange zu zögern schien, ehe es sich auf die Plusseite begab. Das Kaminfeuer war im Laufe der Nacht erloschen, und Lisa hatte gezittert, als sie am Morgen aus dem Bett gestiegen war.

Nachdem sie mit Holzhacken fertig war, wischte sie sich den Schweiß ab und zog eine Bluse und einen dunklen Hosenanzug an. Schmierte sich einen Batzen Wachs in die Haare, so dass ihr schütterer Pony etwas kräftiger aussah. Dann setzte sie sich in den 16 Jahre alten Saab und fuhr in die Stadt hinunter.

Elvestad war in eine Art Ausnahmezustand verfallen. Die Menschen verrichteten Gebete vor den Ruinen der ausgebrannten Kirche. Im Laufe des Tages waren ungewöhnlich viele Pressevertreter über die Stadt hergefallen. Sie versammelten sich vor dem Rathaus oder der Polizeistation am oberen Ende der Storgate und bevölkerte alle Cafés, die geöffnet waren. Als stünde die Stadt unter Besatzung.

Lisa musste sich ausweisen, bevor ihr Zugang zur Polizeistation gewährt wurde. Der Beamte am Empfang warf einen raschen Blick auf ihren Dienstausweis und zeigte dann auf den Konferenzraum, den die Ermittler von der Kripo requiriert hatten. Die Tür stand offen. Sie sah Papier- und Fotostapel, die über den großen Konferenztisch verteilt waren. Die Flipcharts waren bis zum Rand mit Fotos und Namen im Zusammenhang mit den beiden Morden versehen, die die Kripo untersuchte.

Lisa räusperte sich und klopfte an die geöffnete Tür. Rachel Hauge und Harinder Singh blickten gleichzeitig von ihren Computerbildschirmen auf.

»Störe ich?«

»Harinder, das ist Lisa Toivonen von der schwedischen Polizei. Ich habe dir schon von ihr erzählt«, sagte Rachel zu ihrem Kollegen.

Kommissar Singh winkte Lisa in den Raum herein und deutete auf einen Stuhl auf der anderen Seite des Tisches.

»Nimm dir eine Tasse, wenn du möchtest«, sagte er und zeigte auf die Kaffeekanne. »Der ist zwar dünn, aber besser als nichts.«

»Nein, danke«, sagte Lisa. »Ich weiß, dass ihr schwer beschäftigt seid, da möchte ich nicht viel von eurer Zeit beanspruchen. Ich wollte euch nur eine Information zukommen lassen. Vermutlich bedeutet das gar nichts, aber ich dachte, ich lasse euch das selbst entscheiden.«

»Aha?«, sagte Harinder. Sie konnte sehen, dass seine Neugier geweckt war.

Lisa kramte in ihrer großen Tasche und zog eine dünne Dokumentenmappe heraus, die ein paar lose Blätter enthielt.

»Ich habe mir alle Vernehmungen angesehen, die im Zusammenhang mit den Vermisstenfall Carina Johnson durchgeführt wurden, und eine Liste mit allen Personen erstellt, die am letzten Tag mit ihr Kontakt hatten.« Sie schob das Blatt über den Tisch, damit Harinder und Rachel etwas sehen konnten. »Die ist nicht lang, wie ihr seht. Und bestimmt bemerkt ihr auch noch etwas anderes?«

Gemeinsam gingen sie die Liste durch. Es dauerte nicht lange, bis ihnen klar wurde, was Lisa gemeint hatte. Sie wechselten einen langen Blick und wandten sich dann wieder der schwedischen Kollegin zu.

»Axel Davidsen und Karl Erik Ramsberg stehen auf dieser Liste«, sagte Singh.

»Carina kannte sie beide«, sagte Lisa. »Sie ist mit Axel in eine Klasse gegangen und war die Freundin seines besten Kumpels. Und sie war aktiv in der Gemeinde, der Ramsberg vorstand. Er gehört auch zu den Letzten, die sie vor ihrem Verschwinden gesehen haben.«

»Deine Cousine ist vor zwei Jahren verschwunden.«

Lisa nickte.

»Und du meinst, der Fall könnte Bedeutung für die aktuellen Ereignisse haben?«

»Ich finde es auffällig, dass zwei der Menschen von der Liste plötzlich tot sind, ja.«

Harinder lehnte sich auf seinem Stuhl zurück. Er ließ den Blick nachdenklich zwischen Lisa und der Liste auf dem Tisch hin und her schweifen. Schließlich sah er Rachel an.

»Du hast gesagt, wir sollten uns *alle* Verbindungen ansehen, so abwegig sie auch erscheinen mögen«, sagte sie.

»Ja, das habe ich. Und ich weiß nicht, ob du gerade meine Vermutungen, dass du mir noch Schwierigkeiten machen wirst, bewiesen oder widerlegt hast, Kollegin Toivonen«, seufzte Harinder. »Doch, du hast natürlich recht, dass das auffällig ist, und natürlich müssen wir uns das näher ansehen.«

»Ich würde gern dabei helfen«, sagte Lisa.

»Das glaube ich gern, und wir werden ganz sicher Bescheid sagen, falls es etwas gibt, das wir brauchen«, sagte Harinder. »Aber in der Zwischenzeit bleibst du bitte an der Seitenlinie. Vergiss nicht, dass du nicht hier arbeitest. Keine Initiativen auf eigene Faust. Sollte ich merken, dass du dich in unsere Ermittlungen einmischt, bin ich gezwungen, mit deinen Chefs in Solna zu reden. Ist das klar?«

Lisa lächelte.

»Klar wie 4K Ultra HD.«

Ihr Blick fiel auf eines der Fotos auf dem Tisch, während sie sich erhob. Es war ein Screenshot der Überwachungskameraaufnahmen, der die Person auf dem Motorrad zeigte, als sie gerade die Storgate kreuzte.

»Habt ihr dieses Motorrad identifiziert?«, fragte sie.

»Wir arbeiten daran«, sagte Rachel.

»Das ist auf jeden Fall eine Suzuki. Vielleicht eine RM-Z450, ein gutes Motorrad für Wettkämpfe. Hier in der Gegend gibt es bestimmt nicht viele, die so eine Maschine besitzen.«

»Du bist ja wirklich gut informiert.«

»Frank Johnson, Carinas Vater, ist früher gern solche Wettrennen gefahren. Er verkauft Maschinen wie diese und hatte sicher auch dieses Modell im Sortiment«, sagte Lisa. »Sein Geschäft liegt an der Straße nach Hamar. JOHNSON SPORT. Sollte leicht zu finden sein.«

Draußen wurde es langsam dunkel. Harinder hatte fast vergessen, wie schnell in diesem Tal die Abenddämmerung einsetzte. Als hätte da oben jemand einen Schalter umgelegt. Er wusste, dass er eigentlich Feierabend machen sollte, so, wie Rachel es vor einer halben Stunde getan hatte. Gleichwohl war ihm bewusst, dass er nur schwer zur Ruhe kommen würde. Zu viele Gedanken kämpften um seine Aufmerksamkeit.

Wenn sie tatsächlich beide Fälle mit einem Motorrad verknüpfen könnten, wäre es unumgänglich, sie in einem Zusammenhang zu betrachten. Moreno und sein Team versuchten, so viele Informationen wie möglich aus den Reifenspuren am Tatort unter der Elvestadbrücke herauszulesen. Konnten sie diese Spuren vielleicht mit dem Motorrad von Donnerstagabend abgleichen?

Zwei Morde, eine Tatperson? In einem kleinen Ort wie diesem eher wahrscheinlich als unwahrscheinlich, dachte Harinder. Aber weshalb hatte jemand es ausgerechnet auf Axel Davidsen und Kalle Ramsberg abgesehen? Zwei Männer, die anscheinend keine großen Gemeinsamkeiten gehabt hatten.

Der unverhoffte Gast von der anderen Seite der Grenze hatte ihm wirklich etwas zu denken gegeben.

Per Lyngstad saß hinter seinem Schreibtisch. Über die

Einsatzbereitschaft der lokalen Polizeikräfte ließ sich jedenfalls nicht klagen. Per hatte seinen Kaffee mit einer Dose Cola getauscht und kaute an einem Marzipanbrot, während er einen Bericht durchlas.

Harinder nahm einen Stuhl und setzte sich zu ihm.

»Carina Johnson«, sagte er. »Hab ich das richtig verstanden, dass du an dem Fall gearbeitet hast?«

Per nickte. Sein Gesicht nahm einen ernsten Ausdruck an.

»Du hast gesagt, der sei noch ungeklärt. Was ist passiert?«

»Die Ermittlung hatte sich festgefahren«, sagte Per. »Wir hatten nicht genügend Spuren. Am Ende landete der Fall bei der Kripo, und ... tja, bei euch befindet er sich immer noch.«

Er klang in keiner Weise anklagend, allerdings hatte Harinder den Eindruck, dass Per gern an dem Fall weitergearbeitet hätte.

»Verstehe. So etwas passiert mitunter, leider ...«, sagte Harinder. »Aber was ist deiner Meinung nach passiert?«

»Jemand hat sie entführt.« Die Antwort kam direkt. »Davon bin ich überzeugt. Die Familie übrigens auch.«

»Habt ihr im Laufe der Ermittlung mal jemanden verdächtigt, hinter ihrem Verschwinden zu stecken?«

»Ja.«

Per erklärte, dass sie die Aufnahmen der Überwachungskameras durchgegangen waren, die es seinerzeit in der Stadt gegeben hatte. Sie hatten 37 Autofahrer vernommen, die entweder die Brugate in Richtung Süden oder die Storgate nach Norden passiert hatten, also die beiden Straßen, die aus der Stadt hinausführten. Da die Kameras Carina nirgendwo erfasst hatten, war es logisch anzunehmen, dass sie sich in einem der Autos befunden hatte.

»Ein Mercedes, der von einem gewissen Bengt Lövgren gefahren wurde. Ein Handelsreisender aus Karlstad. Er hatte die Storgate passiert, kurz nachdem Carina die Kirche verließ«, fuhr Per fort. »Er war der Einzige, der danach die schwedische Grenze überquerte, und er war durch ein Gebiet in der Nähe des Ljussjö gefahren. Wie haben lange blonde Haare in seinem Wagen gefunden, und seine Erklärung wies Lücken auf.«

»Und?«

Per zuckte mit den Schultern.

»Er behauptete, die Haare stammten von einer Prostituierten, die er am Abend davor aufgelesen hätte. Die DNA-Proben von den Haaren waren uneindeutig, aber das Labor meinte, dass sie sehr wahrscheinlich nicht von Carina stammten. Was allerdings nicht ausschließt, dass er Carina an jenem Mittwoch im Wagen mitgenommen hat. Er hat es aber nie zugegeben, und es gab nicht genügend Beweise, um diese Spur weiterzuverfolgen.«

»Was ist mit Axel Davidsen und Kalle Ramsberg?«, fragte Harinder. »Die wurden doch beide im Zusammenhang mit diesem Fall vernommen?«

»Ja. Sie sind ihr am Tag ihres Verschwindens begegnet«, sagte Per. »Allerdings war das nichts Ungewöhnliches. Axel war ein Freund, und Ramsberg war der Pastor in ihrer Gemeinde. Es war demnach ganz natürlich, dass er sich während der Chorprobe in der Kirche aufhielt. Emma, seine Tochter, war auch in dem Chor.«

»Aber Axel und Kalle wurden als Verdächtige ausgeschlossen?«

Per nickte.

»Beide hatten solide Alibis«, sagte er. »Doppelt über-prüft. Gibt es einen bestimmten Grund, aus dem du fragst?«

»Nur den offensichtlichen«, sagte Harinder und hielt die Hand vor den Mund, während er gähnte. »Beide sind tot.«

KAPITEL 24

Ostersonntag, 1. April

Rachel wusste nur wenig über Motocross. Sie hatte in erster Linie an Fahrer auf sportlichen Maschinen gedacht, die über staubige oder matschige Pisten rasten. Nicht ganz korrekt, aber dennoch nicht allzu weit von der Wahrheit entfernt, dachte sie, als sie die Fahrer verfolgte, die sich nördlich von Moelv durch das staubige Gelände kämpften.

JOHNSON SPORT war geschlossen, doch der Inhaber befand sich mit drei Jungen, deren Trainer er war, im Bøverlund Motorsportstadion in Ringsaker. Rachel beschloss, den Umweg um den östlichen Teil des Mjøsasees zu nehmen, anstatt auf Frank Johnsons Rückkehr zu warten. Wie sie wusste, war Vegar Caspersen einer derjenigen, die bei Johnson trainierten.

Der Name des Zwanzigjährigen war bei der Polizei bereits dick unterstrichen. Nach zwei längeren Vernehmungen und nachfolgenden Untersuchungen war er als Verdächtiger im Fall Axel Davidsen noch immer nicht ausgeschieden. Wie sich außerdem zeigte, hatte Vegars Mutter ehrenamtlich für die Gemeinde von Kalle Ramsberg gearbeitet. Ramsberg war mehrmals als Gast zum Abendessen bei der Familie Caspersen gewesen. Es war also ein Faktum, dass Vegar beide Mordopfer gut kannte.

Rachel hielt sich im Hintergrund, während das Training absolviert wurde. Sie entdeckte mehrere Motorräder, die dem gesuchten ähnelten, aber keines mit den gleichen Farben. Das hatte sie allerdings auch nicht erwartet. An der Seitenlinie stand Frank Johnson, der seine Jungs wild gestikulierend anfeuerte, wenn sie an ihm vorbeisausten. Seine Stimme war hinter dem konstanten Knattern der Motoren deutlich zu hören.

Der 47-jährige Mann war selbst ein erfolgreicher Motocrossfahrer. Rachel hatte ihn gegoogelt. Er gehörte zu einer exklusiven Gruppe aus Staden, die sich mit zwei gewonnenen Landesmeisterschaften und einer EM-Bronzemedaille sowohl national als auch international bemerkt gemacht hatte.

Einer der Fahrer flog noch vor der Ziellinie aus der letzten Kurve. Die Maschine rollte ein Stück weiter, während der Fahrer durch den Dreck rollte, bis seine weiße Kombi nicht mehr weiß war. Er war schnell wieder auf den Beinen und hinkte zu seiner Maschine hinüber. Mit der Hand schlug er auf den Lenker, ehe er sie über die Seitenlinie schob.

Frank Johnson rannte zu ihm. Rachel wurde Zeugin eines heftigen Wortwechsels. Der Fahrer nahm seinen Helm ab, warf ihn zu Boden und stellte sich so dicht vor dem Gesicht des Trainers auf, dass Rachel schon mit einer Schlägerei rechnete. Doch nach etwas gegenseitigem Knuffen besannen sich beide. Der junge Fahrer hob seinen Helm auf, schüttelte den Kopf und spuckte demonstrativ auf den Boden.

Vegar Caspersen.

Rachel näherte sich ihm, als er sein Motorrad etwas abseits mit einem Wasserschlauch von Dreck und Schlamm befreite. Seine Lederkombi war immer noch von oben bis unten verdreckt. Die Haare standen in alle Richtungen ab. Rachel räusperte sich, um seine Aufmerksamkeit zu gewinnen. Sein Blick verriet, dass er sich nach der Episode auf der Bahn noch nicht ganz beruhigt hatte.

»Ich hoffe, Sie haben sich bei dem Sturz nicht wehgetan«, sagte sie.

Er schüttelte den Kopf.

»Ach. Halb so wild. Doch weshalb so was passiert, ist eine andere Frage. Verdammte Schlamperei…«

»Sie nehmen das sehr ernst, sehe ich.«

»Wenn man das nicht ernst nimmt, dann hat man auf der Bahn nichts zu suchen«, sagte er.

Rachel vermutete, dass er auf seinen Trainer anspielte.

»Ihre anderen Schulfreunde haben Fußball gespielt, aber Sie nicht. Sie machen das hier. Warum?«

Er zuckte mit den Schultern.

»Ich habe auch mal Fußball gespielt«, sagte er. »Und ein paar von den anderen sind Motocross gefahren. Axel und ich haben zusammen damit angefangen, und lange fand er es ziemlich cool. Aber nach einer Weile muss man sich entscheiden. Ich war nicht so gut in Fußball. Ich bin gut in dem hier.«

»Das muss schwierig für Sie sein. Erst Ihr Freund und jetzt noch das mit der Kirche und dem Pastor. Sie kannten Ramsberg ganz gut, wie ich verstanden habe?«

Vegar bestätigte es mit einem Nicken.

»Waren Sie Donnerstagfrüh in der Kirche?«

»Meine Eltern, ich nicht.«

»Und warum nicht?«

»Ich trainiere lieber«, sagte er. »Außerdem interessieren mich diese Sachen nicht mehr besonders.«

»Und wieso nicht?«, fragte Rachel.

Vegar blickte sie fragend an. »Muss es da einen beson-deren Grund geben? Manchmal löst man sich eben von be-stimmten Dingen. Und mit dem Training und meinem Stu-dium habe ich auch so schon genug zu tun.«

Obwohl es einleuchtend klang, war Rachel nicht sicher, ob sie ihm Glauben schenken sollte. Ihr Blick schien diese Zweifel auszudrücken. Vegar seufzte.

»Es hatte nichts mit Ramsberg zu tun, falls Sie daran denken sollten«, sagte er. »Okay, er konnte manchmal sehr belehrend daherkommen, aber letztlich war er doch völlig in Ordnung. Ich habe bloß schon lange gemerkt, dass die Kirche kein Ort für mich ist. End of story.«

»Hat das vielleicht etwas mit Carina zu tun?«, speku-lierte Rachel. »Ich habe gehört, dass sie auch aktiv in der Kirche war.«

Sie bohrte nicht gern in offenen Wunden, war aber den-noch neugierig auf seine Reaktion. Die Art, wie er plötzlich den Blick nach innen wandte, ließ keine Zweifel daran üb-rig, dass Carina noch immer ein empfindliches Thema war.

»Ja. Sie ...« Vegar schluckte. »Ich will nicht darüber reden.«

Er fuhr mit der Reinigung seines Motorrads fort. Dann rollte er den Wasserschlauch zusammen und hängte alles ordentlich zurück an seinen Platz. Rachel konnte ihm an-sehen, dass er ein paar schmerzliche Dinge mit sich herum-trug.

»Noch eine letzte Frage: Wo waren Sie Donnerstag-abend?«

»Ich war zu Hause«, sagte Vegar.

»Allein?«

»Meine Eltern waren auch da. Aber ich war unten. In meinem Zimmer.«

»Sie können also bestätigen, dass Sie zu Hause waren.«

Er zuckte mit den Schultern.

»Da müssen Sie wohl meine Eltern fragen.«

Rachel bemerkte, dass Frank Johnson zu ihnen herüberkam. Das Training war beendet, und die wenigen Zuschauer zogen sich langsam zurück. Er trat zuerst auf Vegar zu. Anstatt mit Gebrüll und Drohgesten endete die Begegnung dieses Mal mit einer Umarmung und einem Schulterklopfen. Die Art, wie er die Arme um Vegar legte, während er mit ihm sprach, hatte etwas Väterliches an sich. Eine ruhige und vertrauliche Aufmunterung, die Vegar anzunehmen schien, wie Rachel anhand seines vorsichtigen Nickens und seines konzentrierten Zuhörens konstatierte. Dennoch war es mehr als nur der Sport, der die beiden verknüpfte, dachte sie. Als Franks Tochter vor zwei Jahren verschwunden war, verlor Vegar seine Freundin.

Als Rachel schließlich Gelegenheit fand, in Ruhe mit Frank zu reden, betrachtete er in aller Ruhe die Aufnahmen der mutmaßlichen Tatperson aus der Kirche. Fast wortgleich wiederholte er, was Lisa Toivonen über das Motorrad gesagt hatte. Außerdem bestätigte er, dieses Modell in seinem Geschäft zu vertreiben.

»Ich kann schnell herausfinden, ob wir eines davon in genau dieser Farbe verkauft haben«, sagte er. »Und wenn Sie mir etwas Zeit geben, kann ich auch schauen, wem wir es vielleicht verkauft haben.«

»Am liebsten so schnell wie möglich. Das kann sehr wichtig sein.«

Frank nickte.

»Streiten Sie und die Fahrer sich immer so laut, wenn während eines Laufs etwas passiert?«

Frank Johnson grinste breit.

»Das war ja bloß ein Trainingslauf«, sagte er. »Sie sollten uns mal hören, wenn es tatsächlich ernst wird.«

Savi wollte wissen, wann er nach Hause käme. Das Osterwochenende war fast vorbei, und es wurde immer unwahrscheinlicher, dass sie während der Feiertage noch Zeit zusammen verbringen würden.

Harinder wünschte, er hätte ihr eine Antwort geben können. Sofern sie nicht bald einen Durchbruch erzielten, war nicht vorherzusehen, wann er endlich seine Sachen wieder zusammenpacken könnte.

Noch ein nicht eingelöstes Versprechen. Harinders schlechtes Gewissen wurde auch dadurch nicht weniger, dass Savi sagte, es sei in Ordnung, sie verstehe, wie wichtig das alles sei, weil die Fälle, an denen er arbeitete, in den Nachrichten erwähnt wurden. Er wusste genau, dass seine Exfrau sein Versäumnis auf der mentalen Festplatte abspeichern würde, wo sie alle seine Fehler und Mängel aufbewahrte, und dass sie diese bei der nächsten Diskussion über etwas, das ihre gemeinsame Tochter betraf, aus dem Hut zaubern würde.

Thea Krog zu finden, hätte sie einer Lösung des Falls durchaus näher gebracht. Aber diese wichtige Zeugin war vorsichtig gewesen und hatte keine Spuren hinterlassen, als sie verschwunden war. Sie hatte eine größere Geldsumme in bar mitgenommen, ihr Konto mehr oder weniger geleert, und danach weder Bankkarte noch Mobiltelefon benutzt. Sie musste gewusst haben, dass sich beides aufspüren ließ, und hatte weder Familie noch Freunde in der Heimatstadt angerufen. In regelmäßigen Abständen wurde die immer unruhiger werdende Nora Krog dazu befragt, doch sie bestand darauf, dass sie nichts von ihrer Tochter gehört hätte.

Tags zuvor, am Ostersamstag, war Thea mit vollem Namen und einem Foto in den Online-Zeitungen abgebildet gewesen. Es hatte keinen Sinn ergeben, noch länger zu verheimlichen, nach wem die Polizei fahndete, wenn sie doch von Hinweisen aus der Bevölkerung abhängig war, um sie aufzuspüren. Vielleicht würde die öffentliche Aufmerksamkeit sie ja auch dazu verleiten, sich freiwillig zu melden.

Harinder suchte zwecks einer weiteren Vernehmung Geir Holst in der Ramms gate auf. Er war aus dem Krankenhaus entlassen worden. Ein Schatten verharrte lange hinter dem Spion in der Tür, ehe Holst endlich öffnete. Er trug einen schwarzen Kapuzenpullover mit einem ausgewaschenen Metallica-Logo. Drei seiner Finger an einer Hand waren geschient, am Nasenbein klebte ein Pflaster.

»Ich habe schon alles gesagt, was ich weiß«, stöhnte Holst. »Dem habe ich nichts hinzuzufügen.«

»Alles in Ordnung? Sie wirken sehr angespannt«, meinte Harinder.

»Ich bin es bloß leid, weiter herumkommandiert zu werden! Ich weiß nicht, wo Thea ist, und ich will es auch nicht wissen!«

»Wer kommandiert sie denn herum, Geir?«

Holst schnaubte. »Als ob Sie das kümmern würde. Ich begreife nicht, wieso mich alle für einen Thea-Experten halten. Wir haben ein paarmal zusammen gekifft, das ist alles.«

»Sie war also keine feste Kundin?«

»Sie war überhaupt keine *Kundin*, nur eine Freundin. Wir haben uns auf der Schule kennengelernt. Damals war sie so brav, wie man nur sein kann. Ich glaube, irgendwas ist passiert, als sie in Oslo studiert hat. Sie hat vermutlich auch stärkere Sachen als nur Haschisch probiert.«

»Warum glauben Sie das?«

»Generelle Erfahrung«, sagte Holst mit einem Schulterzucken.

»Sie würden sich selbst einen Gefallen tun, wenn Sie mir erzählen, wer Sie so zugerichtet hat«, fuhr Harinder fort.

»Bloß ein Bulle kann auf eine so dämliche Idee kommen«, erwiderte Holst. »Wollten Sie mir jetzt Polizeischutz anbieten? Das können Sie sich sparen. Glauben Sie mir, dem Typen ist es scheißegal, wer Sie sind, ob Bulle oder nicht. Und dagegen können sie absolut nichts ausrichten. Wiedersehen!«

Er knallte die Tür zu, das Gespräch war beendet.

Auch Harinder hätte gern eine Tür zugeknallt, so frustriert war er über den mangelnden Fortschritt der Ermittlungen. Mit der Rastlosigkeit kam das Bedürfnis nach einer Zigarette mit voller Macht zurück. *Nur eine,* sagte eine Stimme in seinem Hinterkopf, wenngleich er natürlich wusste, dass es unmöglich bei nur einer Zigarette bleiben würde.

Stattdessen bediente er sich an der Schale mit Schokolade und Marzipan, die Polizeichefin Bolstad im Situation-Room hinterlassen hatte. Harinder starrte auf die beiden Flipcharts.

Vegar Caspersen war einer der Namen, die in beiden Fällen vorkamen. Außerdem war er ein aktiver Motocross-Sportler. Für die Nacht von Axels Ermordung hatte er kein

Alibi, und jetzt untersuchte die Polizei, wie sich die Situation für ihn am vergangenen Donnerstagabend darstellte. Allerdings sah es nicht so aus, als gäbe es auch nur eine Verbindungslinie zwischen Vegar und Thea Krog. Nichts wies darauf hin, dass sie einander überhaupt kannten.

Harinder grübelte weiter darüber nach, als sein Telefon klingelte. Nora Krog war am anderen Ende der Leitung, sie wirkte ganz aufgeregt. Nach einer Woche Funkstille hatte Thea sich eben bei ihr gemeldet.

»Sie hatte Angst wegen dieser Nachrichtenbeiträge«, sagte Nora Krog. »Ich weiß nicht, was mit ihr passiert ist, aber ich mache mir ernsthafte Sorgen. Sie sagte, dass sie wegmüsse und noch mehr Geld brauche.«

»Hat sie gesagt, wo sie ist?«, fragte Harinder.

»Nein, das wollte sie nicht erzählen.«

»Haben Sie die Nummer, von der sie angerufen hat?«

Nora gab ihm die Nummer. Er gab sie unmittelbar in das interne Suchregister der Kripo ein. Es handelte sich um einen Prepaid-Anschluss auf den Namen Åge Kristoffersen, wohnhaft in Elverum. Laut Eintrag war er 31 Jahre alt und im Zusammenhang mit Drogen einmal verurteilt worden.

KAPITEL 25

Harinder und Rachel saßen im geparkten Wagen vor dem Narvesen-Kiosk an der U-Bahn-Station Skullerud. Es war Sonntag. Jedes Mal, wenn ein Zug eingetroffen war, strömten zahlreiche Ausflügler aus der Station und begaben sich in Richtung Wald.

Skullerud war eine im Wachsen begriffene Gegend im Südosten Oslos, mit vielen modernen Wohnhäusern und vielen noch nicht vollendeten Bauprojekten. Die unmittelbare Umgebung des U-Bahnhofs schien nagelneu zu sein. Als Harinder zuletzt in diesem Teil der Stadt gewesen war, hatte es dort nur einen offenen Platz und ein Lagerhaus gegeben. Hässlich wie die Nacht, dachte er, genau wie viele andere moderne Wohnviertel. Der Bezirk hatte eine hohe Einwandererquote und einige Sozialhilfeempfänger vorzuweisen, galt aber nicht als besonders belastete Umgebung. Im Gegenteil, viele Familien mit Kindern ließen sich gern hier nieder. Die Nähe zur Østmarka war ein schlagendes Verkaufsargument.

Falls Thea Krog sich hier aufhielt, hatte sie den Ort ganz gewiss nicht wegen des Waldgebietes gewählt.

Sie hatte ihre Mutter von einem Prepaid-Handy angerufen, das einem vorbestraften Drogenhändler gehörte.

Auf der Straße war Åge Kristoffersen nur unter dem Namen Donald bekannt. Seine Eltern lebten unter der im Einwohnermeldeamt registrierten Adresse in Elverum, während er selbst in den letzten zehn Jahren die Hauptstadt als seine Basis auserkoren hatte. Die Eltern hatten nur wenig Kontakt zu ihm, wohingegen die Drogenfahndung in Oslo hinsichtlich seiner Aktivitäten besser unterrichtet war.

Allerdings sah selbst die sich außerstande, den Kripo-Ermittlern seinen aktuellen Aufenthaltsort zu nennen. Donald war ständig in Bewegung. Er suchte sich eine Freundin, zog bei ihr ein und lenkte seine Geschäfte von dort aus, bis die Betreffende es leid wurde und ihn wieder hinauswarf. Sein Name stand in keinem Mietvertrag. Vielleicht eine bewusste Entscheidung, dachte Harinder. Vermutlich kam Donald sich ziemlich clever vor, wenn er auf diese Weise unter dem Radar zu bleiben versuchte.

Ungeachtet dessen wussten Harinder und Rachel jedoch, dass er seine letzten Prepaid-Karten in dem Narvesen-Kiosk an der U-Bahn Skullerud gekauft hatte.

Sie hatten mit dem Inhaber gesprochen, einem großen Teddybären von Mann mit Tattoos der Fußballmannschaft Vålerengen. Sie hatten ihm Fotos von Donald und Thea gezeigt. Er hatte keine Probleme, Ersteren zu identifizieren; Donald war Stammkunde. Er gab seinen Lottoschein im Kiosk ab und kaufte Snus und andere Dinge. Was Thea anbetraf, musste der Mann eine Weile überlegen. Schließlich nickte er vorsichtig. Er glaubte, sie ein paarmal im Kiosk gesehen zu haben. Zum letzten Mal vor zwei Tagen, sie hatte sich Zigaretten und einen Energydrink gekauft. Leider hatte er jedoch nicht bemerkt, ob sie allein oder mit jemandem zusammen hereingekommen war oder welche Richtung sie eingeschlagen hatte, nachdem sie den Kiosk verließ.

Harinder war dennoch zufrieden. Sie waren auf der richtigen Spur.

Angesichts der Suche nach Thea waren zwei Teams vom Polizeidistrikt Oslo zur Unterstützung angefordert worden. Harinder hatte mit dem Einsatzleiter gesprochen, der einige Orte in der Gegend kannte, an denen sie vermutlich eher gefunden werden könnte als an anderen. Somit also keine total hoffnungslose Suche nach der Stecknadel im Heuhaufen. Besonders hatte er ein paar niedrige Bauten im Sinn, die am unteren Ende eines Hügels neben der U-Bahntrasse standen. Die Häuser setzen sich überwiegend aus Sozialwohnungen zusammen und beherbergten viele Problemfälle wie Alleinerziehende mit Migrationshintergrund, Langzeitarbeitslose, Invaliden oder Drogenabhängige. Außerdem gab es noch ein paar Häuser ganz unten in der Skullerudsenke, wo die Bewohner eher als Hausbesetzer denn als Mieter bezeichnet werden konnten.

»Und wie lautet der Plan? Hier rumsitzen, bis einer von ihnen auftaucht?«, fragte Rachel.

»Wir müssen auf jeden Fall warten, bis Gunnar und seine Jungs ihre Runde beendet haben. Später können wir hier und bei den Läden in der Nähe verdeckte Ermittler einsetzen. Früher oder später werden Thea und Donald irgendetwas brauchen.«

»Und falls sie schon weitergezogen ist?«

»Thea hat ihre Mutter angerufen, weil sie Geld brauchte. Darum muss sie sich zuerst kümmern.«

Harinder fiel Rachels leerer Kaffeebecher auf. »Willst du noch einen?«

»Gern.«

Harinder ging zum Kiosk hinüber, um mehr Kaffee zu holen. Eine Weile später meldete sich der Einsatzleiter über Funk.

»Ich glaube, wir haben hier was«, sagte er. »Ihr solltet herkommen.«

Sie fuhren einen langen steilen Hügel hinunter, der an einem Wendeplatz endete. Die Straße, die weiter hinunter zur Skullerudsenke führte, war für den allgemeinen Verkehr gesperrt. Ein Streifenwagen stand vor zwei identischen grauen Niedrigbauten, denen die mangelnde Instandhaltung unmittelbar anzusehen war. Eine Gruppe Kinder spielte in der Nähe und beobachtete neugierig das Treiben.

Der Einsatzleiter wartete vor dem Eingang zu einer Erdgeschosswohnung. Die Tür stand offen, ein strenger, abgestandener Geruch schlug ihnen entgegen, als sie auf die Schwelle traten. Harinder rümpfte die Nase. Entweder war dort drinnen seit zwei Wochen nicht gelüftet worden oder im Schlafzimmer lag ein Toter und faulte vor sich hin. Oder auch beides.

Ein Mann stand im Gang und betrachtete sie mit trägem Blick. Er hatte Tränensäcke unter den Augen und ein blasses Gesicht voller Bartstoppeln. Sein Wagenknochen war angeschwollen, und er hatte ein frisches blaues Auge. Eine Selbstgedrehte hing schlaff zwischen seinen Lippen. Auch seine Kleidung passte zum Erscheinungsbild: ein weißes, fleckiges Unterhemd und Boxershorts.

Donald. Er sah aus wie ein Drogendealer, der im Laufe der Jahre zu seinem besten Kunden geworden war.

»Erzähl schon«, sagte der Einsatzleiter zu Donald.

Harinder zeigte ihm ein Foto von Thea.

»Haben Sie die Frau schon mal gesehen?«

Donald nickte langsam.

»Ja... das ist Thea.«

»Wo ist sie?«

»Sie war hier...«

»War?«

Donald nickte.

»Ja, die sind gekommen und haben sie mitgenommen.«

Harinder und Rachel wechselten einen Blick.

»Was meinen Sie mit ›die sind gekommen und haben sie mitgenommen‹?«

»Zwei so Arschlöcher. Riesenkerle. Die sind hier einge-brochen und haben angefangen zu suchen. Haben kein Wort gesagt, nur in alle Zimmer reingesehen. Als ich fragte, was das soll, hab ich eine aufs Maul bekommen. Gleich da-nach haben sie Thea rausgezerrt. Echt schlimm.«

»Haben Sie gesehen, was die mit ihr gemacht haben?«

Donald zeigte auf die Tür.

»Die hatten so 'n Lieferwagen. Weiß, kein Logo. Da ha-ben sie sie dann reingeworfen und sind weggefahren.«

»Wann war das?«

»Vor zwei Stunden.«

Harinder wusste nicht, ob er ihm glauben sollte. Auf der anderen Seite bezweifelte er, dass Herr Boxershorts genü-gend Phantasie besaß, so eine Geschichte einfach aus dem Hut zu zaubern.

»Können Sie die beiden Männer beschreiben?«

»Beide waren so zwischen 30 und 40«, sagte Donald.

»Der Typ, der mir eine verpasst hat, war blond, hatte blaue

Augen und einen kräftigen Kiefer. Ganz kurze Haare, wie ein Soldat. Und eine Narbe an der Oberlippe. Der andere war nicht so groß und kräftig. Dunkle Haare und so 'n Dreitagebart.«

»Haben die was gesagt?«

»Nicht ein Wort.«

»Ich kann es nicht fassen«, sagte Harinder zu Rachel.

Jemand hatte Thea direkt vor ihrer Nase entführt.

KAPITEL 26

Thea bekam nur Bruchstücke dessen mit, was um sie herum vorging. Sie hatte Mühe, ihre Gedanken zu ordnen. Sie lag auf dem Fußboden im Laderaum eines Lieferwagens, der in hohem Tempo eine kurvenreiche Straße entlangsauste. Das Einzige, woran sie sich festhalten konnte, war der beruhigend dösige Zustand vom letzten Schuss. Das Gefühl war zu kostbar, als dass sie etwas davon verplempern wollte. Wer wusste schon, wann sie es wieder spüren würde?

»Lauf so schnell du kannst! Sieh dich nicht um!«

Sie hörte die Stimme in ihrem Kopf genauso deutlich wie sie sie in jener Nacht gehört hatte.

»Sieh zu, dass sie dich nicht finden. Wenn ihnen das gelingt, wirst du verschwinden und man wird nie wieder was von dir hören. Wie bei den anderen.«

Sie hatte nicht gefragt, wer die anderen waren. Das war ihr ohnehin klar. Es gab andere, denen das Gleiche widerfahren war wie ihr, und die danach verschwunden waren. Als ob das, was sie zunächst hatten erleiden müssen, nicht schon schlimm genug war. Sie wusste, dass sie die Drohung ernst nehmen musste. Axel war ein Davidsen. Seine Familie war reich und mächtig. Sie hatte keine Zweifel daran, dass es gefährlich werden könnte, sich mit ihr anzulegen.

Also lief sie los. Und versteckte sich.

Sie wünschte, sie hätte ihre Mutter nicht angerufen. Das Telefonat musste die beiden zu ihr geführt haben, wenngleich sie fand, dass erstaunlich wenig Zeit vergangen war, ehe sie bei ihr auftauchten. Oder war sie einfach nur verwirrt, was den Zeitaspekt betraf? Eine Nebenwirkung des wirklich guten Stoffs. Die Zeit verging gleichsam auf andere Art, schneller und langsamer zugleich. Vergangenheit und Gegenwart flossen ineinander.

Es war dumm gewesen zu glauben, dass ihre Mutter oder jemand anderes ihr helfen könnte. Sie war ganz auf sich gestellt. Die einzige Rettung gab es in dem kleinen Beutel, den Donald ihr gegeben hatte, als sie zurück in die Wohnung gekommen war. Ihre Kreditwürdigkeit war schwach, aber Donald war in Ordnung. Sie hatte ihm gegeben, was er wollte, und er hatte ihr den Beutel gegeben. Sie hatten das Pulver gemeinsam gereinigt, dann hatte sie den Schuss gesetzt.

Danach gab es keine Probleme mehr.

Bis sie sie gefunden hatten.

Sie konnte sich nur vage erinnern, wie jemand sie hochgehoben und die Treppen heruntergetragen hatte. Sie hatte keinen Widerstand geleistet, das war ihr zwecklos erschienen. Stattdessen versuchte sie, nicht zu viel an das zu denken, was kommen würde. Oder an das, was in jener Nacht unter der Brücke passiert war.

Sie erinnerte sich an den Sturz. Wie sie aus der Autotür gefallen und unkontrolliert den Hang bis zur Unterseite der Brücke hinuntergerollt war. An das Blut, das ihr warm und klebrig aus der Nase tropfte. An die Stimme, die ihr in der Dunkelheit nachrief. Wie sie Mühe hatte, nach dem Sturz wieder auf die Beine zu kommen. Wie sie über den

Boden gekrochen und verzweifelt versucht hatte, von ihm wegzukommen.

»Was zum Teufel tust du da? Kriechst du etwa?«

Sein Gelächter drang zu ihr vor und sie gab auf. Es war ein höhnisches, hysterisches Gelächter. Axel kam auf sie zu. Er grinste, als ob alles nur ein Scherz wäre.

»Jetzt komm schon, das ist ja lächerlich. Lass uns Freunde sein. Wir haben doch bloß ein bisschen geraucht und es uns gemütlich gemacht.« Er streckte die Hand aus. »Ich fahr dich nach Hause. Und dann lasse ich dein Kleid reinigen. Oder besser noch: Ich kaufe dir ein nagelneues. Was immer du willst.«

Als ob nichts passiert wäre.

Das Schlimmste war, dass sie die ausgestreckte Hand fast ergriffen hätte. Hätte sie das wirklich getan, nur, um nicht mehr auf den Knien im Matsch liegen zu müssen? Das würde sie wohl nie erfahren.

Denn im nächsten Augenblick wurden beide in gleißendes Scheinwerferlicht getaucht.

Harinder fasste die Situation zusammen:

»Irgendwann zwischen 14 und 15 Uhr nachmittags wurde Thea Krog von zwei Männern aus ihrem Versteck in Skulerud entführt und in einen weißen Lieferwagen geworfen. Wir haben eine recht gute Beschreibung der Männer sowie des Wagens, den sie gefahren haben. Sie wirken professionell. Wussten genau, was sie taten, haben einen kühlen Kopf bewahrt und keinen unnötigen Staub aufgewirbelt. Sie haben auch keinerlei Erklärung abgegeben. Nur Minuten, nachdem sie in die Wohnung eingedrungen waren, wurde Thea in den Wagen verfrachtet.«

»Das klingt nach einer Auftragsarbeit«, sagte Rachel.

»Ja. Und eigentlich ist es nicht so schwer, sich vorzustellen, wer dahinterstecken könnte«, sagte er. »Für die meisten ist Thea Krog ein Niemand. Eine missglückte Studentin mit Drogenproblemen, die bei ihrer Mutter wohnt und die falschen Freunde hat. Und solange sie niemandem eine fünfstellige Summe an Drogengeld schuldet, ist es nur die Verbindung zu unserem Fall, die sie so wichtig macht.«

Eine Reaktion der Familie Davidsen hatte die ganze Zeit in der Luft gelegen. Harinder hatte nur darauf gewartet. Trotz des anfänglichen Säbelrasselns hatten sich die Davidsens vorbildlich verhalten. Hatten ihnen nicht ständig über die Schulter geguckt und Ergebnisse verlangt. Stattdessen hatten sie die Polizei in Ruhe arbeiten lassen.

»Die Stille hätte mir auffallen müssen«, sagte er. »Die waren bestimmt schwer damit beschäftigt, eine parallele Ermittlung durchzuführen.«

»Aber wie haben sie Thea so schnell gefunden?«, fragte Rachel.

»Wir sind erst gestern mit ihrem Namen an die Öffentlichkeit gegangen.«

»Ich sehe keine andere Möglichkeit, als dass sie genau wussten, wo Thea sich befand, ehe sie ihre Mutter kontaktiert hat. Sonst hätten sie nie die Zeit gehabt, mal eben so eine solche Aktion umzusetzen.«

»Wenn das stimmt, haben wir irgendwo eine undichte Stelle.«

Harinder nickte ernst. Undichte Stellen waren nicht ungewöhnlich, allerdings landeten die Informationen dann meist bei der Presse und nicht bei Privatpersonen. Und wenn erst einmal viele Menschen Zugang zu den Informa-

tionen hatten, die durchgestochen wurden, war es oft sinnlos, nach einer Quelle zu suchen.

Normalerweise.

»Harami bhenchod!«, brach es aus Harinder hervor. Er
warf den fast leeren Pappbecher auf den Boden und verpasste ihm einen Tritt. »Natürlich. Lars Müller!«

»Wer?«, fragte Rachel verwundert.

»Ein ehemaliger Bulle«, erklärte er. »Einer von diesen
Neandertalern, denen niemals hätte erlaubt werden dürfen, eine Uniform zu tragen. Eine Schande für die ganze
Polizei. Bolstad hatte schon eine umfangreiche Beschwerde
gegen ihn formuliert, aber bevor es zu weiteren Schritten
kam, hat Müller freiwillig gekündigt. Jetzt hat er seine
eigene Sicherheitsfirma. Ich hab ihn hier selbst in der Polizeistation rumschnüffeln sehen. Zweifellos auf der Jagd
nach Informationen.«

»Dieser Müller kann also Theas Namen aufgeschnappt
haben, bevor wir damit an die Presse gegangen sind?«

»Falls er noch Freunde bei der Polizei hat. Und diese
Auskunft würde er ohne zu zögern an Georg oder Glenn
Davidsen weitergeben.«

»Und was ist mit Auskünften, die man aus anderen he-
rausprügelt?«, fragte Rachel.

»Du denkst an Geir Holst?«

Sie nickte.

»Genau das, was diesem Typen einfallen könnte, ja«,
sagte Harinder. »Und das würde auch erklären, wieso Holst
so viel Angst davor hat, ihn anzuzeigen. Wenn er das täte,
würde er sich nämlich nicht nur mit diesem Arschloch an-
legen, sondern auch mit der Familie, die es angeheuert
hat.«

»Du meine Güte … Meinst du, die haben das wirklich getan?«

»Wer sonst?«, fragte Harinder.

»Das ist ganz schön drastisch. Wir reden hier von Freiheitsberaubung. Ein ernstes Verbrechen, das lange Strafen zur Folge haben kann«, fuhr Rachel fort. »Und es wirkt ja auch nicht wie eine spontane Handlung, sie müssen sich des Risikos also voll bewusst gewesen sein. Welche Maßnahmen haben sie wohl ergriffen, um einer Strafverfolgung zu entgehen? Oder anders ausgedrückt: Was genau glauben sie wohl, mit Thea anstellen zu können?«

»Was immer sie als notwendig erachten, damit sie ihnen erzählt, was sie wissen wollen«, sagte Harinder. »Die wollen mit ihr reden, ohne dass wir mitmischen. Außerdem gibt's da auch ein mögliches Rachemotiv. Irgendwas sagt mir, dass die beiden, die sie eingefangen haben, noch zu was anderem als nur zu Entführungen taugen.«

»Das dürfen wir ihnen nicht durchgehen lassen.«

»Das werden wir auch nicht«, sagte Harinder. »Aber man taucht nicht einfach bei Georg Davidsen auf und wirft mit Beschuldigungen um sich. Wir brauchen handfeste Beweise. Wir brauchen diesen Lieferwagen, und wir brauchen die Typen, die ihn gefahren haben.«

Im Gegensatz zu Elvestad hatte die Anzahl der Überwachungskameras in Oslo bereits die Eintausend überschritten. Vom Polizeipräsidium in Grønland ließen sich die Ereignisse in den Straßen über weite Teile der Hauptstadt verfolgen. Die einzigen Kameras in der Nähe des Ortes, an dem Thea Krog entführt worden war, befanden sich indes an der U-Bahnstation und an der örtlichen Niederlassung der staatlichen Sozialbehörde. Keine konnte dabei helfen, einen weißen, unbeschriebenen Lieferwagen aufzuspüren, der irgendwann zwischen 14 und 15 Uhr den Johan Scharffenbergs vei passiert hatte. Sehr wahrscheinlich war er weiter in Richtung Enebakkvei gefahren, um dann auf den Autobahnring zu gelangen. Auf einer derart verkehrsreichen Straße konnten sie es allerdings vergessen, den Wagen zu identifizieren, wenn ihnen nicht einmal die Fahrzeugmarke bekannt war.

Ungeachtet dessen wollte Harinder die Aufnahmen sämtlicher Überwachungskameras überprüfen lassen, die sich in einem Umkreis von fünf Kilometern um den Entführungsort befanden. Und falls im besagten Zeitraum einhundert weiße Lieferwagen aufgespürt würden, sollten sämtliche einhundert identifiziert werden.

Natürlich würde das viel Zeit beanspruchen. Einfacher war es, am anderen Ende zu beginnen. Harinder rief Per an und bat ihn, dafür zu sorgen, dass sämtlicher Verkehr nach Elvestad hinein überwacht würde. Falls die Familie Davidsen tatsächlich hinter der Entführung steckte, war durchaus denkbar, dass der Lieferwagen sich gerade auf dem Weg dorthin befand.

»Ich hoffe, er hat gute Nachrichten«, sagte Harinder, als Per eine Stunde später zurückrief.

»Schlechte Nachrichten«, sagte Per. »Wir sind alle Aufnahmen in dem aktuellen Zeitraum durchgegangen. Nicht die geringste Spur eines weißen Lieferwagens.«

»Verfluchter Mist. Mehr als zwei Stunden sollten die doch für die Strecke nicht gebraucht haben«, sagte Harinder.

»Sind sie vielleicht woanders hingefahren?«, mutmaßte Rachel.

»Die Familie besitzt Immobilien im ganzen Regierungsbezirk. So gesehen können die überall hingefahren sein«,
sagte Harinder und seufzte.

»Vielleicht haben sie auch unterwegs den Wagen gewechselt«, meinte Per. »Aber um weitersuchen zu können,
müssten wir wissen, was sie jetzt fahren.«

»Die haben den Wagen nicht gewechselt«, sagte Harinder. »Der Lieferwagen wurde genau zu diesem Zweck ausgewählt. Außerdem wissen die ja gar nicht, dass wir sie suchen.«

»Das glauben wir«, wandte Rachel ein.

Harinder musste ihr zustimmen und seufzte erneut.

»Bitte beobachtet weiter, für den Fall, dass er später irgendwo auftaucht«, sagte er zu Per.

»Verstanden.«

»Sogar wenn wir eine vollständige Liste aller Immobilien der Familie hätten, brauchten wir mehrere Tage, um
alle zu durchsuchen«, sagte Harinder zu Rachel, nachdem
Per aufgelegt hatte. »Außerdem bräuchten wir dann auch
dieses Dokument, auf dem Durchsuchungsbefehl steht.«

»Und das bekommen wir nicht einfach so wegen eines
Bauchgefühls«, sagte Rachel.

Harinder spürte eine gewisse Mutlosigkeit. Mit großer
Wahrscheinlichkeit hatte der Lieferwagen seinen Bestim-
mungsort schon erreicht. Nichts konnte die Männer dann
davon abhalten, die nächste Phase der Aktion zu starten.
Einschließlich aller Unannehmlichkeiten, die damit für
Thea verbunden waren. Vielleicht war es schon zu spät.

Und mit Thea würde die wichtigste Zeugin verschwinden, die für die Aufklärung des Mordes an Axel Davidsen
benötigt wurde.

KAPITEL 27

Das blendende Licht kam von einer nackten Glühbirne, die von der Decke herabhing. Sie versuchte, nicht direkt hineinzustarren. Versuchte zu begreifen, wo sie sich befand und wie sie hierhergekommen war. Ihre letzte Erinnerung war, dass sie hinten in einem Wagen lag. Niemand hatte ihr irgendetwas erklärt. Sie hatten nicht einmal mit ihr gesprochen.

Als sie zu sich kam, lag sie auf einem Bett in einem kleinen, zugigen Raum mit nackten grauen Wänden und einer weißen Tür aus solidem Stahl. Abgesehen von dem Bett, war der Raum leer. Wie eine Gefängniszelle, dachte sie, allerdings ohne Gitter. Und Gefängnisinsassen wurden für gewöhnlich auch nicht an ihre Betten gefesselt.

Jeder Versuch, sich zu bewegen, war eine sinnlose Kraftanstrengung. Die Riemen hielten sie fest. Das Ganze ähnelte immer mehr den Horrorvorstellungen eines Irrenhauses. Thea bemerkte, wie sie langsam nüchtern wurde. Das bot auch der Furcht neuen Spielraum. Die graue kalte Zelle wirkte beklemmend eng.

»Bitte! Kann mich jemand hören?! Lasst mich hier raus, bitte, bitte, lasst mich hier raus!«

Nur die Stille gab eine Antwort. Nach einer Weile gab sie

auf. Versuchte, sich zu beruhigen. Das Adrenalin ließ ihr Herz im Brustkorb hämmern. Die schnellen Schläge waren so laut, dass sie kaum nachdenken konnte, sondern nur immer ängstlicher wurde. Wie stark konnte dieser Muskel beansprucht werden? Würde sie sterben? Sie wollte nicht sterben. Nicht so, nicht hier in diesem kalten, ungemütlichen Raum. Allein und verlassen.

Plötzlich hörte sie etwas auf der anderen Seite der Tür. Das unmissverständliche Geräusch von Schritten auf hartem Beton, gefolgt von einem metallischen Knirschen, als der Schlüssel ins Schloss gesteckt und herumgedreht wurde.

Eine Gestalt füllte die Türöffnung.

Der Mann hatte einen Stuhl dabei, den er neben das Bett stellte. Er setzte sich und musterte sie mit hartem Blick, der in scharfem Kontrast zu der hübschen und glatten Fassade stand. Seine Augen erinnerten sie an die Warnung, die sie bekommen hatte. Den Grund, aus dem sie abgehauen war.

»Weißt du, wer ich bin?«

Sie nickte schwach.

»Gut«, sagte Glenn Davidsen. »Und ich weiß, wer du bist, Thea. Wir haben nach dir gesucht. Ich muss gestehen, dass ich etwas enttäuscht bin. Die ganze Aufregung, und dann zeigt sich, dass du nichts als ein unnützer Junkie bist. So klein, und dennoch hast du solch großen Schaden angerichtet.

»Bitte, ich habe nichts ...«

»Schhhh.« Er hielt sich den Zeigefinger vor den Mund. »Ich werde dir sagen, wann es Zeit ist für dich zu sprechen. Und glaub mir, da draußen vor der Tür habe ich Freunde, die dafür sorgen werden, dass du absolut alles erzählst, was ich wissen will. Aber im Augenblick möchte ich, dass du zuhörst. Nicke einfach, wenn du mich verstanden hast.«

Thea wollte etwas sagen, wollte gegen die Anklagen protestieren, die hinter seinen Worten lagen. Stattdessen nickte sie erneut.

»Es ist mir wichtig, dass du und ich einander verstehen.«

Glenn beugte sich vor. »Ich bin ein einfacher Mann, der nach einfachen Regeln spielt. Alles, was ich tue, ja, jede kleinste Kleinigkeit, tue ich für meine Familie. So wurde ich erzogen. Man könnte sogar sagen, dass es mir schon im Kindesalter eingeprügelt wurde. Und meine Kinder habe ich versucht so zu erziehen, dass sie das Gleiche denken. Inwieweit mir das gelungen ist, darüber lässt sich streiten. Mein Sohn hat eine gewisse Wildheit an den Tag gelegt, aber ich habe gehofft und geglaubt, dass noch genügend Zeit war, ihn auf den rechten Pfad zurückzuführen. Mit etwas mehr Anleitung wäre er ganz sicher der Mann geworden, der diese Familie in die Zukunft geführt hätte. Du warst daran beteiligt, diese Hoffnung zu zerstören, Thea. Du hast die Hoffnung zerstört.«

»Aber ich habe nicht...«

»Hatte ich nicht gesagt, dass du still sein sollst?« Der Zorn in seiner Stimme traf sie wie eine Ohrfeige. »Weißt du, was das Schwierigste war?«

Thea schüttelte den Kopf.

»Das Schwierigste war, dass ich nicht richtig um ihn trauern konnte. Dass ich der Starke sein und die Familie zusammenhalten musste. Dass ich darauf achten musste, dass alles normal ablief. Rücksicht nahm, Anteilnahme zeigte und Unterstützung anbot.«

Glenn erhob sich, legte die Hände auf die Bettkante

und beugte sich über Thea, so dass sein Gesicht nur Zentimeter von ihrem entfernt war. Sie krümmte sich innerlich zusammen.

»Das war verdammt schwierig, und genau das werde ich an dir auslassen. Verstehst du mich, du Schlampe?! Hast du wirklich geglaubt, dass es irgendwo auf diesem Planeten einen Winkel gibt, wo du dich vor mir verstecken könntest?«

Er zog ihr das Kissen unter dem Kopf weg und drückte es ihr auf das Gesicht. Ihr Körper verkrampfte sich, als die Luftzufuhr plötzlich unterbrochen wurde. Die Riemen hielten Hände und Füße an Ort und Stelle, egal, wie sehr sie dagegen ankämpfte. Sie versuchte, das letzte bisschen Stärke in sich zu wecken, doch es nützte nichts. Nicht einmal schreien konnte sie noch. Plötzlich schmeckte sie Blut, das ihr von der Nase in den Mund lief. Die Panik übermannte sie. Ihre Blase entleerte sich.

Sie hörte Stimmen in dem Raum. Zwei. Eine laute und eine gedämpfte und kontrollierte. Das Kissen löste sich von ihrem Gesicht und ließ sie nach Luft schnappen. Die ersten gierigen Atemzüge schmerzten in der Lunge. Sie konnte gerade noch sehen, wie Glenn Davidsen von einem großen Mann mit grau gesprenkeltem Bürstenschnitt in einem Nackenhebel gehalten und aus dem Raum gezerrt wurde. Er war keiner der beiden, die sie entführt hatten.

Glenn Davidsens Augen glühten vor Zorn, und Thea war sicher, dass er sie ernsthaft hatte umbringen wollen.

Die Tür knallte wieder zu. Das Schloss wurde verriegelt. Die Schritte auf dem Beton entfernten sich wieder. Thea atmete heftig und war kurz vor dem Hyperventilieren. Alles tat ihr weh. Und niemand scherte sich um ihre Schreie.

KAPITEL 28

Auf dem Rückweg nach Staden hielten sie an einem Imbiss an. Seit dem Frühstück hatte keiner von ihnen mehr als ein halbes, knochentrockenes Kiosk-Baguette und zwei Rosinenbrötchen gegessen. Harinder hatte dennoch keinen Appetit und stocherte im Essen herum.

Thea Krog zu verlieren, war eine schmerzliche Niederlage. Er überlegte, ob sie mehr hätten tun können, um sie schneller zu finden. War er zu zurückhaltend gewesen, was die Informationsweitergabe an die Presse betraf? Hätte er die Zeugen stärker unter Druck setzen müssen? Zum Beispiel Geir Holst? Dem Gips und den blauen Flecken nach zu urteilen, hatte ihn irgendjemand unter Druck gesetzt, und Theas Entführung verdeutlichte den Zusammenhang.

Ganz offensichtlich, vielleicht, aber aus diesem Grund auch nicht leichter zu beweisen. Nicht, solange Geir Holst den Mund nicht aufmachte.

Harinder schlug mit der flachen Hand hart auf den Tisch. Rachel starrte ihn an. Sie war nicht die Einzige.

»Nichts hat sich verändert«, sagte er. »Ich bin seit 20 Jahren fort, und alles ist wie früher. Diese verdammte Familie führt sich auf, als ob die Gesetze für sie nicht gälten. Und

stets findet sich jemand, der die Drecksarbeit für sie übernimmt.«

Sie bezahlten und fuhren weiter. Nach einer halben
Stunde näherten sie sich der langen, kurvenreichen Weg-
strecke, die den Beginn des Tals kennzeichnete, in dem
Elvestad lag. Halb verdeckt von großen Fichten, floss die
Glomma zu ihrer rechten Seite. Sie kamen am Elvestad Motor Hotell und der dazu gehörenden Gaststätte vorbei, wo
ein Schild auf Live-Musik und selbst gemachte Speisen hin-
wies. In der Nähe stand ein Streifenwagen. Per hatte ein
paar Posten eingerichtet, um weiter nach dem weißen Lieferwagen Ausschau zu halten. Harinder hatte Zweifel an
der Effizienz der Maßnahme. Falls Staden das Ziel gewesen
war, wäre der Wagen schon längst an seinem Bestimmungs-
ort angekommen.

Der Lieferwagen war verschwunden, und Thea mit ihm.

Die Stahlbrücke lag vor ihnen. Auf der anderen Seite
stand das Schild, dass die Autofahrer in Elvestad willkommen hieß. Eldoråsen lag im Dunkeln. Nur ein paar schwa-
che Lichtschimmer entsprangen den Häusern, die auf den
wenigen neu erschlossenen Grundstücken lagen.

Ein plötzlicher Gedanke durchschoss Harinder und
sorgte für unmittelbare Klarheit. Er lenkte den Wagen
an den Straßenrand und stieg mit dem Fuß hart auf die
Bremse. Rachel rutschte auf ihrem Sitz nach vorn und
starrte ihn abwartend an, doch er sprang ohne jede Erklärung aus dem Wagen. Sie hatten etwa die Hälfte der Brugate hinter sich gelassen. 200 Meter weiter vorn lag die
Kreuzung von Storgate und Parkvei. Auch dort hing eine
Überwachungskamera, die allen ein- und ausgehenden Verkehr auf der Südseite der Stadt einfing.

Jedenfalls fast allen.

»Würdest du mir bitte mal verraten, was du da treibst?!«, fragte Rachel.

»Die Kamera.« Harinder zeigte auf die Kreuzung. »Per hat gesagt, der Lieferwagen hätte die Stadtgrenze nicht überquert. Aber mit dieser Kamera ist es nicht möglich, bis zur Grenze der Stadt zu blicken. Sie deckt die Brücke nicht ab. Wir können den Verkehr in die Stadt hinein sowie nach Eldoråsen sehen. Mit *einer* Ausnahme.«

Rachel schien seinen Gedankengang aufzuschnappen.

»Der provisorische Zufahrtsweg, der auf der Südseite eingerichtet wurde ...«

»Ja, und der ist außerhalb der Kamerareichweite«, sagte Harinder. »Die Davidsens haben mit dem Ausbau zu tun. Die besitzen den Grund und Boden. Die neuen Häuser stehen zwar schon da, sind aber noch nicht fertig. Noch ist da niemand eingezogen. Und dort haben sie Thea hingeschafft.«

Die neue Straße hatte den prachtvollen Namen Elveterrasse bekommen. Auf geräumigen Grundstücken waren sechs Häuser errichtet worden, alle mit Blick auf den Fluss. Das Bauprojekt hatte größere Rodungen im Wald nach sich gezogen, begleitet von Protesten einiger Naturschützer.

Um das Geräusch ihrer Schuhe auf dem Asphalt zu vermeiden, schritten Harinder und Rachel durch das Gras neben der Straße. Die abendliche Dunkelheit, die Eldoråsen einschloss, bot zusätzlichen Schutz. Angesichts der leeren Häuser dienten die Straßenlaternen vorläufig nur der Dekoration. Die Baumaschinen waren über das Wochenende abgezogen worden. Nur die lehmigen Spuren der Kettenfahrzeuge waren übrig.

Harinder nahm seine Dienstpistole aus dem Holster. Er wollte kein Risiko bei den Männern eingehen, die Thea entführt hatten. Sie wirkten professionell, aber es war schwierig vorherzusagen, wie sie reagierten, wenn sie in die Ecke getrieben würden. Würden sie sich ruhig und widerstandslos ergeben oder würden sie versuchen sich freizukämpfen?

Hoffe das Beste und bereite dich auf das Schlimmste vor. Ein altes Mantra, das seine Gültigkeit noch nicht verloren hatte.

Es waren sechs identische Häuser in Weiß und Braun, wobei natürliches Licht, Energieeffizienz und wiederverwertbare Materialien im Vordergrund standen. Sehr modern, dachte Harinder.

Haus Nummer eins war leer und stockdunkel. Nirgendwo in der Nähe des Grundstücks befand sich ein Fahrzeug. Dasselbe galt für Haus Nummer zwei. Vor dem dritten Haus stand ein Lieferwagen, aber nicht der, nach dem sie suchten. Er war rot und eher klein. Im Hausinneren gab es Licht, Harinder und Rachel traten näher heran, um einen Blick hineinzuwerfen. Durch ein Fenster sahen sie einen Mann, der in einem der Zimmer die Wände strich. Es musste sich um eines der beiden Häuser handeln, die tatsächlich schon verkauft waren und in Kürze übergeben werden sollten. Der Mann trug Kopfhörer bei der Arbeit und bekam überhaupt nicht mit, dass er beobachtet wurde.

Der Zustand des vierten Hauses entsprach dem der ersten beiden. Dunkel, leer und still. Nur noch zwei Häuser waren übrig.

Der weiße Lieferwagen stand vor der Garage neben dem fünften Haus.

Das Licht war eingeschaltet. Sie überprüften vorsichtig die Umgebung, ehe sie näher auf das Haus zugingen. Nachdem sie festgestellt hatten, dass sich draußen niemand aufhielt, schlich Harinder zu dem Lieferwagen hinüber. Es handelte sich um einen Toyota Hiace, der etwa zehn Jahre alt war. Er spähte durch die Fenster in der Hecktür und sah, dass der Wagen leer war.

Vorsichtig entfernte er sich wieder ein Stück vom Haus und rief Per an, der das Kennzeichen überprüfte. Der Wagen war auf Rune Uttersrud angemeldet, einen 36-jährigen Mann aus Hamar, der bereits mit dem Gesetz in Konflikt geraten war. Er hatte sechs Monate wegen Körperverletzung im Gefängnis gesessen und war wegen Hehlerei zu einer Bewährungsstrafe verurteilt worden. Ex-Soldat, laut Registereintrag. Sein Aussehen stimmte mit Donalds Beschreibung des dunkelhaarigen Mannes überein, der mit seinem Kumpel in die Wohnung in Skullerud eingedrungen war.

Harinder vermutete, dass Uttersrud noch weitaus brutaleren kriminellen Aktivitäten nachging, als die Einträge in seinem Strafregister vermuten ließen. Selbst unter Gewohnheitsverbrechern waren nur die wenigsten willens und in der Lage, eine Entführung durchzuziehen. Die ganze Aktion war so präzise und effektiv durchorganisiert, dass Uttersrud und sein Kumpel unmöglich das erste Mal zusammengearbeitet haben konnten.

Harinder bat Per um Verstärkung und präzisierte, dass keine Martinshörner benutzt werden sollten. Er wollte den beiden Kidnappern keine Gelegenheit geben, einen Gegenzug zu planen. Am liebsten wäre er sofort in das Haus vorgeprescht.

»Vielleicht sind sie schon dabei, Thea auszufragen«,

sagte er. »Und im Gegensatz zu uns brauchen sie dabei nicht höflich zu sein. Eigentlich Grund genug, um sofort zu handeln.«

»Du möchtest also Clint Eastwood spielen?«, fragte Rachel. »Die Tür eintreten, mit deinem Dienstausweis wedeln und hoffen, dass sie die Hände hinter dem Kopf verschränken und sich auf den Boden legen? Dafür wissen wir aber zu wenig über Rune Uttersrud und seinen Kollegen. Wer weiß, wozu die fähig sind.«

Harinder nickte.

Während sie draußen auf Verstärkung warteten, hörten sie plötzlich etwas. Jemand öffnete die Haustür und trat in den kiesbedeckten Eingangsbereich. Die schwarze Kleidung, die dunklen Bartstoppeln und die Haare ließen ihn vor der hellen Hauswand wie eine Silhouette erscheinen.

Rune Uttersrud.

Er ging zu dem Lieferwagen, öffnete die Beifahrertür und nahm ein Päckchen Zigaretten aus dem Handschuhfach. Dann zündete er sich eine Kippe an und legte das Päckchen zurück.

Sein Blick wanderte die stille Straße entlang, während er genussvoll rauchte. Harinder befürchtete, dass die Dunkelheit sie nicht ausreichend vor Entdeckung beschützen könnte und beschloss daher, dem anderen zuvorzukommen.

Er hob die Waffe und überquerte die Straße mit schnellen, zielgerichteten Schritten. Rachel deckte ihn von hinten.

»Polizei!«, sagte er so autoritär wie möglich, ohne dabei die Stimme mehr als nötig heben zu müssen. Trotz allem hatte der Mann noch einen Mitverschwörer in der Nähe. »Halten Sie die Hände so, dass ich sie sehen kann.«

Uttersrud starrte sie an. Für jemanden, der sich plötzlich mit einer Schusswaffe konfrontiert sah, wirkte er bemerkenswert gefasst. Er folgte den beiden Beamten mit dem Blick, als ob er die Bedrohung fortwährend abschätzte und einen Gegenzug plante.

Ein ziemlich kalter Fisch, dachte Harinder.

»Runter auf die Knie!«

Nach kurzem Zögern gab Uttersrud nach und ging langsam auf die Knie. Harinder vermied, zu dicht an ihn heranzutreten. Es gefiel ihm nicht, wie Uttersrud sie weitermusterte, als ob er nur auf eine Möglichkeit für einen Gegenangriff wartete.

»Hände hinter den Kopf!«

Harinder trat hinter ihn, während Rachel ihn von vorn deckte. Er wollte kein Risiko eingehen und stieß Uttersrud mit dem Fuß in den Rücken, so dass der mit dem Gesicht im Kies landete. Erst dann beugte er sich hinunter, um ihm Handschellen anzulegen.

Einer gefasst, einer noch frei.

»Ich nehme an, Thea ist im Haus?«

Uttersrud gab keine Antwort.

»Ein einfaches Nicken reicht schon, Rune.«

Ganz offensichtlich war er überrascht, dass sie seinen Namen kannten.

»Stimmt. Wir wissen, wer du bist. Am klügsten wäre es jetzt, wenn du uns sagst, wo im Haus Thea Krog festgehalten wird. Wenn du Bereitschaft zur Zusammenarbeit zeigst, wird sich das zu deinem Vorteil auswirken.«

Noch immer sagte er nichts.

Es war zwecklos. Uttersrud war ein abgehärteter Ganove, der Schweigen vorläufig für die beste Waffe hielt.

Aus dem Augenwinkel nahm Harinder eine schnelle und lautlose Bewegung wahr. Als er zum Haus blickte, sah er nur einen schmalen Lichtstreifen, der verschwand, während die Tür geschlossen wurde.

»Verflucht...«

»Was ist?«, fragte Rachel.

»Jemand hat zur Tür herausgeschaut«, sagte er. »Bestimmt sein Kumpel, der jetzt weiß, was vor sich geht.«

»Die Verstärkung müsste jeden Moment hier sein.«

»Müsste, ja. Aber was, wenn der jetzt zum Partisanenkämpfer wird? Wenn er bewaffnet ist? Dann sind wir hier draußen nicht sicher. Wir können Deckung suchen, dürfen aber auch Uttersrud nicht vergessen. Und was ist mit Thea?«

»Was schlägst du vor?«

Harinder schlug gar nichts vor, weil er wusste, dass der Plan, den er erwog, einen groben taktischen Fehler beinhaltete. An der Grenze zu Verantwortungslosigkeit. Gleichwohl wollte er nicht das Risiko eingehen, dass der Mann im Haus zu viel Zeit bekäme, den Gegenschlag auszuführen.

»Behalte ihn im Auge. Und geh in Deckung, solange die anderen nicht hier sind.«

Rachel protestierte.

»Warte! Du kannst doch da nicht allein hineingehen!«

Doch Harinder war schon auf dem Weg.

Vorsichtig machte er einen Schritt in den leeren Eingangsbereich des noch unfertigen Hauses. Schlich an den Wänden entlang und blieb im toten Winkel. Besonders der Übergang zwischen den einzelnen Zimmern war kritisch, nur zu leicht könnte sich jemand hinter einer Ecke versteckt halten. Im Wohnzimmer roch es nach neuem Holz und frischer Farbe. Der Raum wurde von einer kräftigen Stehlampe erhellt, die das Licht in einem großen Kreis über den Boden verteilte. Auf einer Arbeitsbank lag Werkzeug, auf dem Boden lagen zwei Matratzen. Darüber hinaus gab es keine Möbel.

Das Wohnzimmer hatte drei Ausgänge: die Küchentür, einen Gang und eine Treppe, die in das Obergeschoss führte. Harinder sicherte zuerst die Küche, weil sie klein und übersichtlich war. Sie war leer. Er lief in den Gang hinein und kam an einer weiteren Treppe vorbei, diesmal zum Keller hinunter. Vor ihm im Gang gab es drei Türen, zwei davon waren weit geöffnet.

Zwei leere Zimmer und ein Bad, das fast fertig eingerichtet war. Harinder überprüfte alle der Reihe nach. Wo blieb nur die Verstärkung?, fragte er sich.

Harinder lief die Treppe zum Keller hinunter. Dort wäre Thea vermutlich am ehesten zu finden. Dort bestand die geringste Gefahr für die Entführer, dass sie von irgendwem gesehen oder gehört wurde.

Im Keller herrschte völlige Dunkelheit. Harinder schaltete die Taschenlampe an seinem Handy ein. Bald darauf fand er eine dünne Schnur, die neben einer Glühbirne von der Decke herabhing. Er zog daran, und der Kellerflur wurde in Licht getaucht. Der Keller war der Teil des Hauses, der noch am wenigsten fertig wirkte. Die Wände bestanden aus grauem Stein, der Fußboden aus hartem Beton. Harinder zählte zwei Türen: eine nach links, am Fuße der Treppe, und eine an der Seitenwand des Hauses. Er vermutete, dass der Gang dahinter zur Garage führte. Falls Thea hier unten war, befand sie sich hinter der weißen Tür, einen knappen Meter von ihm entfernt.

»Thea? Sind Sie hier? Ich bin von der Polizei!«

»Polizei...?«

Die Stimme wurde von einem Schluchzen untermalt. Harinder umfasste den Türgriff, aber die Tür rührte sich nicht. Sie war aus solidem Metall. Sogar mit einem Rammbock würde es eine Weile dauern, bis sie offen wäre.

»Bitte machen Sie mich los...«

»Ich bin hier, Thea. Hilfe ist unterwegs. Hören Sie mich? Sie müssen aushalten.«

Die Glühbirne an der Decke bewegte sich. Ein Schatten erschien an der Wand vor ihm. Er war schnell und fast lautlos. Als Harinder den anderen hörte, war es schon zu spät.

Ein Arm packte ihn von hinten. Die Pistole wurde ihm mit einem harten, präzisen Hieb aus der Hand geschlagen. Der Angreifer versuchte, einen Arm um Harinders Hals zu legen. Er wusste, dass er das nicht geschehen lassen durfte. Dann wäre alles vorbei.

Er schlug mit den Ellbogen um sich, ohne jemanden zu treffen. Trat mit dem Absatz nach hinten aus und traf seinen Widersacher unter dem Knie. Kein guter Treffer. Mühevoll hob er den Fuß erneut an und trat nach hinten aus. Sein Kopf knallte mit dem Kinn des anderen zusammen. Er hörte ein Knirschen und spürte, wie der Griff sich löste. Augenblicklich beugte er sich vor, erkämpfte sich zwischen den kräftigen Armen etwas mehr Platz und trat abermals nach hinten aus. Dieses Mal zielte er höher. Traf den anderen hart im Schritt.

Der Widersacher gab keinen Ton von sich, musste aber den Griff noch etwas weiter lockern. Harinder schaffte es, sich herumzudrehen, und ließ zwei Schläge in Gesichtshöhe folgen. Der erste flog vorbei, der zweite saß. Der Mann schwankte nach hinten. Er war kleiner, als Donald ihn beschrieben hatte, gleichwohl kräftig, stark und geschmeidig. Er tauchte unter dem nächsten Schlag hinweg. Jetzt war es Harinder, der Gefahr lief, einen Volltreffer auf die Nase einzustecken. Er spürte den Luftzug im Gesicht und wusste, dass er großes Glück gehabt hatte. Hätte der Schlag richtig gesessen, würde er jetzt auf dem Boden liegen.

Er stürzte sich auf den Angreifer und ließ eine Reihe Schläge gegen Bauch, Brust und Gesicht folgen. Hörte es abermals knirschen, als seine Faust die Nase traf. Es folgte ein unterdrückter Schmerzensschrei, begleitet von Blut, das dem anderen aus der Nase tropfte.

Gerade als Harinder die Übermacht zu erlangen glaubte, packte die Hand des anderen seinen Oberarm, drehte ihn nach hinten und versetzte ihm einen Kniestoß in die Nierengegend. Der Schmerz ließ keine Verteidigung zu, im selben Moment traf ihn ein Faustschlag in den Bauch. Harinders Gegner drängte ihn mit dem Rücken zurück an die Wand und verpasste ihm einen schnellen Schlag ins Gesicht.

Es fühlte sich an, als wäre er aus zwei Metern Höhe mit dem Gesicht auf den Asphalt gedonnert.

Benebelt blieb er auf dem Boden liegen. Blut in der Nase. Blut im Mund. Lose Zähne. In einem Boxring hätte der Schiedsrichter bis zehn gezählt und einen Knock-out konstatiert. Harinder wusste, dass er sich nicht ohne Weiteres vom Boden erheben könnte. Obwohl er genau das tun sollte.

Der kahlgeschorene Kerl beugte sich über ihn. Starrte ihn mit wütendem Blick an. Er hob die Dienstwaffe auf, die Harinder verloren hatte, und richtete sie gegen ihn. Presste die

Mündung hart auf seine Stirn und legte den Finger um den Abzug. Harinder erwiderte seinen Blick und wusste, dass der Kahlkopf weniger Bedenken hatte, ihm das Gehirn herauszublasen, als ein Elefant, wenn er auf eine Ameise trat.

Harinder kniff die Augen zusammen, als er jemanden eine Warnung rufen hörte.

Rachel kam die Kellertreppe herunter. Sie hatte die Waffe erhoben und befahl dem Mann, die Hände langsam hinter den Kopf zu legen und von Harinder wegzutreten. Der Mann hob nur eine Hand, und das auch nicht langsam.

Rachel betätigte zweimal schnell den Abzug. Die Schüsse hallten laut in dem Kellerflur nach. Einer von ihnen traf den Mann in die Brust. Die Pistole fiel ihm aus der Hand. Er schwankte und kämpfte ein paar Sekunden gegen den unausweichlichen Sturz an, ehe seine Beine endlich unter ihm nachgaben.

KAPITEL 29

In der Notaufnahme des Krankenhauses Innlandet in El-verum herrschte gegen neun Uhr abends plötzlich reger Betrieb. Zwei Rettungswagen, zwei Streifenwagen und ein Zivilfahrzeug waren gleichzeitig angekommen.

Der erste der drei eingelieferten Personen befand sich in kritischem Zustand und wurde unmittelbar für einen chirurgischen Eingriff vorbereitet. Der Mann hatte Schuss-wunden in der Brust und im linken Arm, aufgrund des Blut-verlusts war sein Körper kurz davor, in einen Schockzustand zu verfallen. Während der OP hielt die Polizei draußen vor dem Saal Wache. Das Krankenhauspersonal war darüber informiert worden, dass der Mann als gefährlich galt und während seines gesamten Krankenhausaufenthaltes unter Bewachung stehen würde.

Vorausgesetzt, er überlebte.

Die zweite Person war eine dehydrierte junge Frau von 23 Jahren mit deutlichen Entzugserscheinungen. Sie war an ein Bett gefesselt aufgefunden worden, eingenässt und stark traumatisiert. Es war unmöglich gewesen, sie ohne Verabreichung von Beruhigungsmittel ins Krankenhaus zu bringen. Die Verletzungen, die sie während der Entführung erlitten hatte, waren mehr psychischer als physischer Art, gleichwohl hatten eine Woche mit ausgiebigem Drogen-konsum und wenig Ernährung ihre Gesundheit stark be-einflusst. Ein Psychiater aus Sanderud war hinzugezogen worden, um die Behandlung zu begleiten.

Rachel kam mit dem dritten Patienten angefahren, einer der eher widerwilligen Sorte. Sie hatte ihm richtiggehend drohen müssen, damit er mit ihr ins Krankenhaus kam. Harinder Singh hatte versucht, die erlittenen Verletzungen kleinzureden. Hatte betont, dass ihm nichts fehlte, was eine Nacht mit ausgiebigem Schlaf nicht aus dem Weg räumen könnte. Rachel hatte den Eindruck, es mit einem trotzigen Kind zu tun zu haben.

Die Ärzte stellten Knochenbrüche in der rechten Hand fest und wollten den Kommissar zur Beobachtung im Krankenhaus behalten, um eine mögliche Gehirnerschütterung ausschließen zu können. Außerdem empfahlen sie, dass sich ein Zahnarzt zwei der Vorderzähne ansehen solle.

Rachel war nach den Ereignissen in der Elveterrasse noch immer erschüttert. Es war das pure Adrenalin, das sie gesteuert hatte. Sie hatten einen Arm gesehen, der sich be-wegte, und eine Pistole in einer Hand. Keine Zeit, um aus-giebig über die Situation nachzudenken. Sie war froh, dass sie nicht gezögert hatte, aber jetzt, da sich ihr Pulsschlag wieder einem normalen Maß annäherte, kam sie nicht um-hin, sich damit auseinanderzusetzen, dass wegen ihr ein schwer verletzter Mann im Operationssaal lag. Es bestand ein hohes Risiko, dass er den Eingriff nicht überlebte. Da nützte es nichts, sich Gedanken darüber zu machen, wer er war oder was er getan hatte. Nichts würde die Tatsache ver-ändern können, dass sie womöglich das Leben eines Men-schen ausgelöscht hatte.

Die Innenrevision der Kripo würde eine genaue Rekonstruktion vornehmen. Standardpraxis, wenn ein Beamter im Dienst einen Schuss abgab. Sie müsste sich darauf vorbereiten, schon am Montag Berichte zu schreiben und lange Befragungen über sich ergehen zu lassen. Bei einem so ernsten Vorkommnis spielte es auch keine Rolle, dass der Montag ein Feiertag war. Und als extra Bonus könnte sie vom Dienst suspendiert werden, bis das Ergebnis der Untersuchungen vorläge.

Dennoch war all das dem vorzuziehen, was womöglich mit Harinder und ihr selbst hätte geschehen können, wenn sie gezögert hätte. Oder was mit Thea Krog passiert wäre, wenn sie sie nicht rechtzeitig gefunden hätten.

Sie durfte mit Harinder sprechen, nachdem die Ärzte ihn behandelt hatten. Sein Gesicht war um den Mund herum angeschwollen. Ein Stützverband zwischen Fingerknöcheln und Gelenk zierte seine rechte Hand. Die Ärzte hatten ihm starke Schmerzmittel eingeflößt.

»So, jetzt kannst du mit deinem ›Hab ich's dir nicht gesagt‹ rausrücken.«

»Ah, du hast mich also gehört, als ich meinte, dass du nicht allein in das Haus gehen sollst?!«

»Ich habe dich gehört, aber ich dachte nicht, dass es die bessere Lösung wäre, wenn wir dem Mann Zeit geben, sich im Inneren zu verschanzen. Nicht zuletzt wegen Thea.«

»Da magst du vielleicht recht gehabt haben, was aber nicht bedeutet, dass du nicht irre bist. Dämlicher Clint Eastwood.«

Harinder grinste.

»Nein. Amitabh Bachchan. Das war der große Held bei

uns zu Hause«, sagte er. »Ein richtiger Draufgänger. Und tanzen konnte er auch.«

»Mach nur deine Scherze. Aber du hast mich furchtbar erschreckt«, sagte Rachel. »Wenn die Verstärkung nur zwei Minuten später gekommen wäre, hättest du auf dem Weg ins Leichenhaus sein können, anstatt hier zu sitzen. Mit dem Typen war nämlich nicht zu scherzen.«

»Ich weiß«, sagte Harinder und nickte ernst. »Du hast getan, was du tun musstest. Vergiss das nicht. Er war derjenige, der die Situation herbeigeführt hat, nicht du. Und wenn die Anzugträger von der Innenrevision irgendetwas anderes andeuten, kriegen sie es mit mir zu tun.«

»Die schlottern jetzt schon mit den Knien.«

»Sei bloß vorsichtig.« Er stöhnte. »Verdammt, mein Mund ist derart angeschwollen, dass mir das Grinsen weh-tut ...«

Rachel drückte seine unverletzte Hand.

»Fahr nach Hause, Rachel«, sagte er. »Du kannst heute Abend hier nichts mehr ausrichten, und morgen musst du dich eh in Oslo einfinden. Fahr nach Hause. Schlaf in deinem eigenen Bett.«

Rachel nickte ihm nur kurz zu und trat dann in das Foyer des Krankenhauses. In einer ruhigen Ecke setzte sie sich und überprüfte ihr Handy. Zwei Anrufe, beide von Christina. Das konnte bedeuten, dass der Einsatz in der Elveterrasse in den Nachrichten gelandet war und dass ihre Ex sich Sorgen machte. Rachel begnügte sich damit, ihr eine SMS zu schicken, um mitzuteilen, dass es ihr so weit gut ging. Ihr war nicht danach, mit Christina zu sprechen.

Sie hätten auf Hüttentour mit einem befreundeten Paar sein sollen. Es war zu einer Art jährlicher Tradition geworden. Eigentlich waren es Christinas Freunde, aber Rachel war schnell mit ihnen warm geworden. Sie hatten sich immer gut verstanden. Daher schmerzte es besonders, dass sie die ganze Zeit von Christinas Seitensprung mit dem Kollegen aus der Anwaltskanzlei gewusst hatten.

»Hallo.«

Rachel blickte auf. Lisa Toivonen stand vor ihr.

»Hallo. Was machst du denn hier?«

»Ich habe die Nachrichten gehört. Wollte mal sehen, ob ich irgendwie behilflich sein kann«, sagte sie.

»Danke, aber ich glaube, dass jetzt alles unter Kontrolle ist«, sagte Rachel. »Harinder wurde schon wieder entlassen, und ich muss mich darauf vorbereiten, morgen von der Innenrevision gegrillt zu werden.«

»Das wird bestimmt kein Spaß.«

»Ganz sicher«, sagte Rachel. »In Schweden lauft ihr die ganze Zeit bewaffnet herum. Denkst du jemals darüber nach, dass du in eine Situation kommen könntest, in der du gezwungen bist, die Waffe zu benutzen?«

»Eigentlich nicht.« Lisa setzte sich auf den Platz neben Rachel. »Ich möchte so was natürlich am liebsten vermeiden. Aber wenn so eine Situation entstehen sollte, vertraue ich darauf, dass ich einfach das tue, was ich tun muss. Genau wie du heute Abend.«

Rachel setzte ein vorsichtiges Lächeln auf. Das war genau die Antwort, die sie erwartet hatte. Lisa kam ihr nicht wie ein unentschlossener Mensch vor.

»Deine Tante ist ja auch hier im Krankenhaus«, fiel Rachel plötzlich ein. »Wie geht es ihr denn?«

»Sie ist schwach. Manchmal ist sie wie benebelt, dann wieder klar. Die Ärzte tun, was sie können, und wir haben die Hoffnung noch nicht aufgegeben.« Lisa zwang sich zu einem Lächeln. »Wollen wir uns vielleicht gemeinsam hier rausschleichen?«

Ein verlockendes Angebot, dachte Rachel. Jetzt zurück nach Oslo zu fahren, kam ihr irgendwie völlig sinnlos vor.

»Gern.«

»Kaffee?«

»Etwas zu spät für Kaffee«, sagte Rachel. »Aber ich könnte was Stärkeres gebrauchen.«

Sie landeten in der Bar des Hotels Stasjonshuset. Rachel bestellte Rotwein, und sie wählten einen Tisch in der Ecke. Sie berichtete alles, was im Laufe des Tages vorgefallen war. Es tat gut, mit jemandem darüber zu reden.

»Dem Mädchen geht es also gut?«, fragte Lisa.

»Den Umständen entsprechend, ja.«

»Du meinst, dass sie immerhin atmet?«

»Ja, das meine ich vermutlich.«

»Ich würde das ein gutes Ergebnis nennen.«

»Und wieso fühle ich mich dann nicht besser?«

»Weil du eine von den Guten bist, Rachel.«

»Woher willst du das wissen? Du kennst mich doch kaum.«

»Ich weiß es einfach.«

Rachel musterte sie. Die raue, harte Schale verbarg eine Wärme und Verletzbarkeit, die nur sichtbar wurde, wenn sie lächelte. Sie hatte intelligente Augen, die von einem Mädchen erzählten, dass viel zu früh hatte erwachsen werden müssen. Und sie waren schön, ihre Augen. Das hatte Rachel bereits bei der ersten Begegnung festgestellt. Gefährliche Gedanken. Fast genauso gefährlich wie die Fingerspitzen, die sie nun über ihren Handrücken streichen spürte.

»Was, wenn du nie herausfindest, was mit deiner Cousine passiert ist?«, fragte sie.

»Ich werde es herausfinden.«

»Aber was, wenn nicht?«

Lisa dachte einen Augenblick darüber nach.

»Ich kann Misserfolge schon ertragen, falls du darauf anspielen solltest«, entgegnete sie. »So lange ich sagen kann, dass ich alles in meiner Macht Stehende versucht habe, ist es in Ordnung. Aber bis dahin ist es noch weit. In dieser Stadt gibt es Antworten. Ich spüre es ganz deutlich. Aber jetzt würde ich lieber über etwas anderes reden.«

»Und worüber?«

»Darüber, wann du morgen früh nach Oslo aufbrechen musst«, sagte Lisa. »Und was wir in der Zwischenzeit anstellen könnten.«

Sie verringerte den ohnehin schon kurzen Abstand zwischen ihnen und drückte ihre Lippen auf Rachels. Behutsam zunächst, doch dann immer fordernder, je deutlicher der Widerstand nachzulassen begann.

KAPITEL 30

6. Juli 2016

»Danke für Ihren Einkauf. Und noch einen schönen Tag!«

Verabschiede sie immer mit einem Lächeln, hatte ihre Mutter ihr beigebracht. *Dann kommen sie wieder.*

Jenni Johnson wusste, wovon sie sprach. Carina hatte gesehen, wie sie sogar die schwierigsten Kunden mit einem Lächeln und einem kleinen Scherz entwaffnete. Vielleicht wussten sie zu schätzen, dass ihre Mutter ihnen stets Qualität verkaufte. Sie redete niemandem nach dem Mund und setzte nie dieses leblose, aufgesetzt höfliche Lächeln auf, das die Augen nicht erreichte.

Carina hatte seit dem 15. Lebensjahr in Johnsons Sport- und Eisenwarengeschäft ausgeholfen. Da der Schulbetrieb über den Sommer ausgesetzt war, arbeitete sie nun zusätzlich zwei volle Tage mitten in der Woche. Das bedeutete zwar weniger Ferien, aber dafür ein schönes extra Taschengeld.

Johnsons Sport- und Eisenwarengeschäft war ein Familienbetrieb, der von beiden Elternteilen geführt wurde. Der Vater hatte die Firma primär gegründet, um Räder zu verkaufen, sowohl mit als auch ohne Motor, und später hatten sie den alten Eisenwarenhandel am südlichen Ende der Storgate übernommen. Die Erweiterung hatte zur Folge, dass die Mutter die Geschäftsführung übernahm. Was die Finanzen anbetraf, war Jenni schlichtweg cleverer als Frank, was dieser als einer der Ersten zugegeben hatte.

Der nächste Kunde trat an die Kasse und legte ein Paket Schraubenschlüssel und eine Rolle Klebeband auf den Tresen.

»Ich wusste gar nicht, dass du so ein praktischer Typ bist«, sagte sie.

Axel Davidsen grinste. Ein paar der Mädchen in ihrer Klasse fanden, er ähnele Alexander Skarsgård, wenn er lächelte.

»Ein streng gehütetes Geheimnis.«

»Überaus streng behütet, würde ich sagen.«

»Autsch. Der hat gesessen.« Sein jungenhaftes Grinsen wurde breiter. »Hast du was von deinem Lover gehört?«

»Ja, wir haben heute Vormittag geskypt.«

Vegar war mit seiner Familie in Schweden. Wenn Carina gerade nicht damit beschäftigt war, ihn zu vermissen, verspürte sie einen gewissen Neid. Sie wäre gern mit ihrer Familie in Europa unterwegs gewesen. Sie träumte vom Reisen, besonders nach Berlin, Wien oder Paris.

»Vorzugsbehandlung, also. Den Rest von uns behandelt er, als ob es uns nicht gäbe.«

»Vielleicht ist er ja zu beschäftigt damit, eine schöne Zeit zu haben.«

»Vielleicht. Scheint dich jedenfalls nicht zu beunruhigen.«

Carina konnte mit der Hand auf dem Herzen sagen, dass es sie nicht beunruhigte. Sie kannte Vegar und vertraute ihm. Er war definitiv kein Aus-den-Augen-aus-dem-Sinn-Typ.

»Was machst du nachher noch so? Ich dachte, dass ein paar von uns armen Seelen, die in der Stadt zurückgeblieben sind, sich später treffen könnten.«

»Danke für das Angebot. Aber ich habe heute Abend Chorprobe. Ich muss meine Stimmbänder schonen.«

»Chorprobe?« Axel tat, als wäre er schockiert. »Gibt es so was immer noch?«

»Jeden Mittwoch. Gleiche Zeit, gleicher Ort. Aber nur der harte Kern. Der Rest ist in den Ferien.«

»Okay.« Axel bezahlte für seine Waren. »Wir sehen uns. Und hüte dich vor dem Gemeindepfarrer. Ich habe gehört, dass er gern kleine süße Chormädchen frisst.«

»Axel! Jetzt benimm dich aber!«

Carina versuchte streng zu wirken, konnte ein Grinsen aber nicht unterdrücken.

Um fünf Uhr war sie im Laden fertig. Zum Abendessen fuhr sie nach Hause. Ihre ältere Schwester Elisabeth war nach Beendigung des ersten Jahrs an der Universität zu Besuch gekommen, und Carina freute sich darauf, Gesellschaft zu haben. Das Haus war ihr ohne die Schwester leer vorgekommen.

In einem Jahre würde ihre Zeit kommen. Der Ort stand noch nicht fest, aber Vegar und sie hatten Trondheim ins Auge gefasst. Vegar erwog ein Studium an der Technisch-Naturwissenschaftlichen Universität, um Diplom-Ingenieur zu werden, während Carina Gesang studieren wollte. Die Aufnahmeprüfungen waren allerdings brutal. Ihre Gesangslehrerin hatte versucht, ihr ein realistisches Bild der Anforderungen zu vermitteln. Das war ihr beinahe zu gut gelungen, denn Carina fing schon an, Nerven zu zeigen. Besaß sie wirklich all das, was nötig war, um die Prüfung zu schaffen?

Gegen Viertel nach sechs schlenderte sie zur Kirche hinunter. Wie sie schon zu Axel gesagt hatte, traf sich in den Ferien nur der harte Kern zu den Chorproben. Sie betrachtete die Gruppe gern als eine kleine, aber ehrgeizige Sekte. Um halb sieben kam sie an und schwatzte eine Weile mit ein paar der anderen Mädchen, ehe die Probe begann.

Noch vor halb neun waren sie fertig. Obwohl der Chorleiter sie gelobt hatte, war Carina mit ihrem Einsatz nur halbwegs zufrieden, insbesondere was eines der Soli anging. Allerdings hatte die Gesangslehrerin ihr auch beigebracht, Komplimente zu ignorieren, sofern sie nicht mit konstruktiver Kritik verbunden waren. Eine notwendige Eigenschaft für alle, die professionelle Sänger werden wollten.

Carina gehörte zu den letzten, die die Kirche verließen. Nachdem sie nach der Probe ein paar Worte mit dem Chorleiter gewechselt hatte, war Emma Ramsberg zu ihr gekommen, um gesangstechnischen Rat zu erbitten. Die arme Emma fürchtete immer, die Dinge nicht ordentlich genug zu machen, ob es nun das Singen oder die Schularbeiten betraf. Die anderen waren bereits verschwunden, als Carina endlich auf die Straße hinaustrat. Auf der anderen Straßenseite winkte ihr eine Hand durch ein offenes Autofenster zu.

Am Steuer des blauen Sportwagens saß Axel Davidsen.

Carina überquerte die Straße und beugte sich zu der heruntergelassenen Scheibe vor.

»Ist das echt dein Auto?«

»Kann schon sein. Bist du beeindruckt?«

»Hast du deine Midlife-Crisis 20 Jahre zu früh bekommen?«

Axel gluckste.

»Mein Vater hat ihn mir vor zwei Jahren gekauft. Ein Geschenk zu meinem 18. Geburtstag.«

»Netter Vater.«

»Er ist schon in Ordnung.«

»Und was machst du hier?«

»Ich warte natürlich auf dich. Was sonst?«

»Jetzt mal im Ernst.«

»Wieso glaubst du automatisch, dass ich Mist erzähle?« Carinas Gesichtsausdruck veränderte sich. »Weil ich dich kenne?«

»Haha. Ich meine es durchaus ernst. Du hast gesagt gleiche Zeit, gleicher Ort, und da bin ich«, sagte Axel. »Steig ein, dann drehen wir 'ne Runde.«

»Ich weiß nicht.«

»Jetzt komm schon. Ich kann dich auch nach Hause fahren.«

Normalerweise hätte Carina auf den 15-minütigen Spaziergang nach Hause bestanden, aber es hätte ziemlich abweisend gewirkt, da er offensichtlich doch nur nett sein wollte. Tatsächlich hatte er sich schon seit einiger Zeit bemüht, freundlich und entgegenkommend zu sein. Irgendetwas war passiert mit dem einst so schmierigen Rotzbengel, der sie gern in Pfützen gestoßen hatte, als sie noch jünger waren. Außerdem war er einer von Vegars besten Freunden. Für ihren Freund war es anscheinend ein wunder Punkt, dass sie von seinem engsten Freundeskreis nie richtig akzeptiert worden war. Vegar war vermutlich einfach zu nett, um ihr davon zu erzählen.

Sie ging um den Wagen herum und stieg ein.

Wann hätten die Warnlampen aufblinken sollen?

Als er eine längere Runde quer durch die Stadt fuhr und dann auf die Brugate zusteuerte? Als er ihr anbot, Schnaps aus einem Flachmann zu trinken? Als sie plötzlich, verborgen vor dem übrigen Verkehr, im Schatten der großen Brücke standen?

Oder als sie seine Zunge im Hals hatte und eine Hand spürte, die an der Innenseite ihres Schenkels entlangstrich?

Dummerweise war der Ausflug bis zu diesem Moment ziemlich nett gewesen. Sie hatte sich auf die ausgedehnte Spazierfahrt eingelassen, weil Axel sich von seiner ernsteren Seite gezeigt hatte. Es war erstaunlich leicht gewesen, mit ihm zu quatschen, und er hatte offenherzig und reflektiert gewirkt. Es war, als könnte sie endlich eine Tiefe in ihm sehen, die, wie sie bis dahin glaubte, gar nicht existiert hatte. Im Grund genommen war ihr nichts falsch vorgekommen. Sie waren nur zwei Jugendliche, die einen kurzen Moment des Lebens teilten, nachdem sie beide von ihren Partnern allein in der Stadt zurückgelassen worden waren.

Jedenfalls war es ihr so vorgekommen.

Dieser Eindruck verflüchtigte sich jedoch langsam, als sie unten an der Brücke im Wagen saßen. Es gefiel ihr dort ganz und gar nicht. Schon am helllichten Tag war das ein unangenehmer Ort, und sie wusste durchaus von den Dingen, die dort unten vorgingen. Das Lächeln, das er ihr schenkte, wirkte indes nicht beunruhigend, ebenso wenig der Blick seiner Augen, der sich tief in ihre bohrte.

»Alle erzählen mir ständig, wie viel Glück ich habe«, sagte er. »Dass ich mit einem Silberlöffel im Mund geboren wurde. Dass ich alles bekomme, was ich will. Aber die Leute, die so was sagen, wissen nicht, wie es gewesen ist, in diesem Haus aufzuwachsen. Mein Vater hat eine *Todesangst* vor meinem Großvater. Und das meine ich wörtlich.« Er lächelte vorsichtig. »Ich will mich nicht beklagen. Du sollst nur wissen, dass die Leute nicht die geringste Ahnung haben. Von wegen Glück haben. *Vegar* hat Glück. Und weißt du warum?«

Sie schüttelte den Kopf.

»Weil er dich hat.«

Wie süß, dass er das sagte. Und es schien, als meinte er es ernst.

»Weißt du eigentlich, wie hübsch du bist?«

Sie wurde rot. Hübsch? Sie konnte sich gar nicht auf diese Art betrachten. Sie hatte die Wangenknochen von der Toivonen-Seite der Familie und die Nase von der Johnson-Seite.

Die schönen Worte konnten sie nicht auf den Kuss vorbereiten. Sie fühlte sich überrumpelt, war zu gelähmt, um ihn für diese Frechheit zu ohrfeigen. Stattdessen versuchte sie, es herunterzuspielen. Dachte, dass er wohl wüsste, wo die Grenze verlief, und dass er es bestimmt nur auf diesen einen Kuss abgesehen hatte. Erst als er zwei Knöpfe ihrer Bluse öffnete und begann, eine ihrer Brüste zu massieren, setzte sie sich zur Wehr. Es kam ihr in jeder Hinsicht falsch vor. Mehrmals versuchte sie zu protestieren. »Nein«, sagte sie, »das können wir nicht machen. Hör auf damit.« Sie war nicht einmal unwirsch oder aggressiv. Sie setzte sogar ein kleines Lächeln auf, um zu verdeutlichen, dass sie bereit war, das Ganze ein Missverständnis oder einen verzeihbaren Irrtum zu nennen. Sie könnten einfach so tun, als wenn nichts geschehen wäre. Niemand brauchte etwas davon zu wissen.

Doch er hörte nicht auf.

Seine einzige Reaktion bestand darin, ihr zu sagen, wie hübsch sie sei und wie sehr er sie haben wolle. Er sprach davon, wie schön sie es zusammen haben könnten. Dann spürte sie seine Hand unter ihrem Rock. Sie schaffte es nicht, die Beine zusammenzupressen und als seine Finger unter den Rand ihres Slips glitten, läuteten sämtliche Alarmglocken. Dieser Bereich war streng verboten. Sie und Vegar beschränkten sich ausschließlich auf die obere Hälfte.

Sie versuchte zurückzuweichen, war aber zwischen der Sitzlehne und seinem großen starken Körper gefangen.

Später, nachdem er endlich den Wagen gestartet hatte und zurückfuhr, saß sie da und dachte nach. Ihr war übel, und ihre Wangen glühten. Hätte sie ihn schlagen, kratzen oder beißen sollen? Stattdessen war sie wie gelähmt gewesen. Als wäre das Ganze gar nicht real gewesen. Als hätte eine ganz andere dort auf dem umgelegten Sitz gelegen, mit erhobenen Beinen und heruntergezogenem Slip.

»Ich verstehe nicht, wie du so was tun konntest…«

»Hey, es tut mir leid. Wir haben uns wohl etwas mitreißen lassen. So was passiert, aber das regelt sich schon.«

»Wir?« Sie starrte ihn mit großen Augen an. »Ein *wir* hat es dabei nicht gegeben.«

»Warst du dabei oder nicht? Mir kommt es nämlich so vor, als hättest du mitgemacht bei diesem Spiel. Ich weiß, dass du gern ein Musterbeispiel an Tugendhaftigkeit bist, aber du und ich wissen es besser. Du brauchst also nicht mehr so zu tun.«

»So zu tun? Herrgott, du bist ja nicht ganz klar im Kopf! Ich werde allen erzählen, was passiert ist. Ich werde es allen sagen!«

»Was sagen?«

»Die Wahrheit!«

Axel hielt den Wagen an. Sie waren auf dem Teil des Parkvei, der den Stadtpark kreuzte. Sein Blick ließ sie unmittelbar wieder ängstlich werden.

»Und welche Wahrheit wäre das, Carina? Möchtest du zugeben, dass du einen schwachen Augenblick hattest, den du jetzt bereust? Oder hast du vor, mir alle Schuld zuzuschieben? Gut, vielleicht war das hier eine schlechte Idee, und ich werde gern einen Teil der Verantwortung auf mich nehmen. Aber verdammt noch mal nicht dann, wenn du anfängst, Lügen über mich zu verbreiten.«

»Was für Lügen? Ich habe nein gesagt! Ich habe es klar und deutlich gesagt!«

»Ach, jetzt mach mal 'nen Punkt, du brauchst hier kein Theater zu spielen. Nur du und ich sitzen hier. Was glaubst du übrigens, wie Vegar reagieren wird, wenn du ihm davon erzählst? Was wird er wohl dazu sagen?«

Vegar.

Dass er sie zwang, an ihn zu denken, erschien ihr wie eine weitere Vergewaltigung.

»Er wird vermutlich mit keinem von uns sonderlich zufrieden sein«, sagte Axel. »Aber vergiss nicht, dass wir schon seit ewigen Zeiten Freunde sind. Ja, natürlich wird das hier unsere Freundschaft belasten, aber es wird sie nicht zerstören. Kannst du das Gleiche über eure Beziehung sagen?«

»Er wird mir glauben...«

»Er wird das glauben, was er glauben will. Genau wie alle anderen. Denk einfach darüber nach, bevor du anfängst über Sachen zu quatschen, die andere Leute überhaupt nichts angehen«, sagte Axel. »Und über etwas anderes sollest du auch nachdenken: Deine Eltern haben seit einem halben Jahr keine Miete für euer Geschäft bezahlt. Mein Vater wird das als Darlehen abschreiben, weil er euch helfen möchte, aber diese Art von gutem Willen kann sich schnell ändern.«

Carina konnte nahezu spüren, wie die Farbe aus ihrem Gesicht wich. Eine plötzliche Kälte überkam sie. Sie wollte sagen, dass er log und dass der Laden brummte. Ständig waren Kunden da. Wieso sollten ihre Eltern dann keine Miete zahlen?

»Ja, er erzählt mir solche Sachen«, sagte Axel. »Wenn ich also du wäre, wäre ich sehr vorsichtig mit dem, was ich anderen Leuten erzähle. Es gibt auch keinen Grund, dass wir jetzt Feinde werden.«

Carina konnte sich nicht erinnern, jemals einen solchen Ekel gegenüber einem anderen Menschen verspürt zu haben. Sie flüchtete aus dem Auto. Rannte in den Park hinein und blieb dort, bis sie das brummende Geräusch des Motors hörte, der wieder gestartet wurde. Durch die Bäume hindurch sah sie den blauen Wagen davonsausen.

Sie wollte sich übergeben. Wollte auf dem Boden zusammenbrechen und weinen, bis keine Träne mehr da wäre. Sie wollte nach Hause zu ihren Eltern, sich duschen und abschrubben, bis alle Spuren von ihm beseitigt wären. Aber sie tat nichts davon. Seine Worte hafteten sich an ihre Gedanken. Was sollte sie ihren Eltern sagen, wenn sie nach Hause kam? Könnte sie ihnen überhaupt erzählen, was sich zugetragen hatte? Würden sie verstehen, dass sie das nicht gewollt hatte, oder würde sie glauben, dass sie ihre Wertvorstellungen verraten hatte?

Sie richtete den Blick auf den hohen weißen Turm, der über die Baumkronen hinausragte. Sofort wusste sie, dass dort die Rettung lag, in buchstäblichem und in geistigem Sinne. Sie konnte vielleicht nicht mit Vegar und auch nicht mit ihren Eltern über die Vorkommnisse reden, aber mit *irgendjemandem* musste sie reden.

Carina lief in Richtung Kirkegate und rannte das letzte Stück zum Hintereingang der Kirche. Sie klopfte hart gegen die solide Tür. Obwohl es spät war, hegte sie die Hoffnung, dass er da war. Sie wusste, dass er oft bis spät in den Abend hinein arbeitete, wenn Veranstaltungen in der Kirche bevorstanden.

Bitte, bitte, lieber Gott, lass ihn da sein. Wenn du mich liebst, dann lass ihn für mich da sein. Bitte, lieber, lieber Gott.

Als sie hörte, wie das Schloss sich öffnete, wusste sie, dass Gott ihre Gebete erhört hatte. Pastor Karl Erik Ramsberg stand auf der Türschwelle und betrachtete sie mit halb fragendem und halb sorgenvollem Blick.

»Carina? Liebes Kind, was machst du denn hier? Ich dachte, du wärst schon längst nach Hause gefahren.«

Carina wollte ihm sofort alles erzählen, aber das Einzige, was sie über ihre Lippen brachte, waren ein paar gurgelnde Töne, die schnell zu einem jämmerlichen Schluchzen wurden. Sie brach zusammen, aber der Gemeindepfarrer fing sie auf, ehe sie zu Boden stürzte.

Endlich war sie in Sicherheit.

KAPITEL 31

Ostermontag, 2. April

Die Schmerztabletten waren reines Dynamit. Nachdem er die ganze Nacht wie ein Stein hindurchgeschlafen hatte, wachte Harinder Singh am späten Vormittag auf. Noch hatte er Probleme mit seiner Motorik. Wie ein Schlafwandler stapfte er ins Badezimmer, stellte sich unter die Dusche und ließ angenehm kaltes Wasser laufen.

Er spürte das Brummen unter der Schädeldecke. Laut der Ärzte hatte er sich eine kleine Gehirnerschütterung zugezogen, wie sie häufig bei Boxern im Ring vorkam. Allerdings würde er arbeiten können, solange er sich nicht zu sehr überanstrengte. Was immer das heißen mochte.

Nur selten hatte Harinder eine größere Motivation verspürt. Es kam ihm vor, als habe seine Rückkehr nach Staden nun tatsächlich einen Sinn. Der Davidsen-Clan hatte schon allzu lange ausschließlich nach eigenen Vorstellungen agiert. Jetzt würde Harinder dafür sorgen, dass ihre Handlungen Konsequenzen nach sich zögen.

Leicht würde es nicht werden. Sie hatten Geld, Verbindungen und Anwälte. Idioten waren sie auch nicht. Natürlich hatten sie die Entführung von einem Mittelsmann ausführen lassen.

Aber er hatte Thea Krog.

Ihre Zeugenaussage würde ganz entscheidend sein. Wenn auch die Mittelsmänner überredet werden könnten, gegen die Auftraggeber auszusagen, hätten sie genug beisammen, um dem alten Georg und seiner Familie einen Strick daraus zu drehen.

Sowie er etwas gegessen und einen Kaffee getrunken hatte, rief Harinder im Krankenhaus an. Die einzige in seinem Kopf kreisende Frage lautete: Wann können sie endlich mit Thea reden?

Der für die Behandlung primär verantwortliche Arzt war ein Psychiater namens Steine. Er bestand darauf, zunächst mit der Polizei zu sprechen, ehe Thea befragt werden könnte.

»Ich möchte das grundsätzlich nicht entscheiden, ehe nicht ein paar weitere Tage vergangen sind«, sagte er. »Thea braucht in erster Linie Ruhe.«

Harinder fand, der Arzt klang wie ein eingebildeter Affe. Seiner Erfahrung nach waren eingebildete Affen, die Medizin praktizieren durften, oft eine Plage.

»Sie haben aber verstanden, dass hier ein Mörder in der Stadt herumläuft?«, fragte Harinder. »Es ist absolut nicht ausgeschlossen, dass er erneut zuschlägt. Thea verfügt über entscheidende Informationen in diesem Fall. Wenn es zu lange dauert, bis wir an diese Informationen herankommen, besteht womöglich akute Gefahr.«

»Ich höre, was Sie sagen«, entgegnete Doktor Steine nach kurzer Überlegung. »Aber ich möchte erst mit Thea reden, bevor ich mich entscheide. Ich verspreche, Sie im Laufe des Vormittags wieder anzurufen.«

Harinder musste sich damit begnügen.

Er rief seinen Chef an, der die Geschehnisse in Staden inzwischen eng verfolgte. Die Maus konnte berichten, dass der andere Kidnapper als Michail Sorokin identifiziert worden war, ein 38-jähriger Russe, der wegen Menschenhandel von Interpol gesucht wurde. Aufgrund seiner Verletzungen befand er sich weiter in kritischem Zustand, galt aber als stabil.

Die Einträge im Vorstrafenregister zeugten von einem Mann, dessen Bereitschaft zu Verbrechen anscheinend keine Grenzen kannte, solange der Preis für seinen Einsatz stimmte. Dass Rune Uttersrud sich mit so einem Typen zusammengeschlossen hatte, machte deutlich, dass er in einer viel höheren Liga spielte, als Harinder zunächst vermutet hatte.

»Die Schießerei ist der Aufmacher in allen Medien«, sagte die Maus. »Da jemand von uns die Schüsse abgefeuert hat, haben wir darum gebeten, dass sich niemand von der Polizei in Elvestad zu dem Fall äußert. Die sollen einfach auf uns verweisen.«

»Achten Sie aber bitte darauf, dass sich die Bürokraten von der Innenrevision nicht irgendwas Blödes einfallen lassen. Rachel hat alles richtig gemacht. Vermutlich hat sie gestern drei Leben gerettet, ihr eigenes eingeschlossen. Ich möchte sie im Laufe des Tages wieder hier haben. Wir brauchen sie.«

»Machen Sie sich keine Sorgen wegen Rachel«, sagte die Maus. »Wir passen schon auf sie auf. Außerdem wird sich nicht einmal unsere sonst so empfindsame Presse für einen Typen wie Sorokin engagieren.«

Das war alles, was Harinder hören wollte.

Erst am frühen Nachmittag nahm Doktor Steine wieder Kontakt auf. Nachdem er »das Gesamtbild sorgfältig abgewogen hatte«, gab der Arzt grünes Licht für eine Befragung von Thea.

»Vorausgesetzt das Ganze passiert in geordneten Bahnen«, sagte er. »Ein entscheidender Faktor ist übrigens, dass Thea auch mit Ihnen reden möchte.«

Harinder führte die Befragung gemeinsam mit Per Lyngstad durch. In Rachels Abwesenheit fungierte er als seine rechte Hand. Harinder hätte Ressourcen von der Kripo anfordern können, zog es aber vor, auf der vermeintlichen Zielgeraden mit Kollegen zu arbeiten, die den Fall kannten.

Im Krankenhaus konnten sie für den Termin einen kleinen Besprechungsraum nutzen. Theas Mutter hatte zwecks Wahrnehmung der Interessen ihrer Tochter eine Rechtsanwältin beauftragt, die bereits wartete, als sie kamen. Außerdem bestand Doktor Steine darauf, das Gespräch zu überwachen.

»Falls bei mir der Eindruck entsteht, dass Thea für eine Fortsetzung zu aufgeregt ist, werde ich eingreifen«, sagte er. »Meine Rücksichtnahme auf die Patientin wiegt schwerer als Ihre Fragen.«

Harinder dachte, dass nur ein Arzt so etwas sagen konnte. Aber zur Abwechslung hielt er den Mund.

Thea saß krumm gebeugt an der einen Seite des Tisches. Sie blickte auf, als Harinder und Per hereinkamen. Lächelte nervös. Sie hatte die Hände in den Schoß gelegt und spielte mit ihren Fingern. Eine dünne junge Frau von 165 Zentimetern. Ihr Anblick erschwerte die Vorstellung, dass sie mit einem Messer auf Axel Davidsen losgegangen sein und neunmal auf ihn eingestochen haben sollte. Gleichwohl deuteten die Beweise darauf hin, dass genau das passiert war.

Die Theorie über eine dritte Person am Tatort blieb vorläufig nur eine Theorie. Umso wichtiger war es nun zu hören, was Thea selbst zu sagen hatte.

Um das Gespräch zu dokumentieren, hatte Per eine Videokamera mitgebracht. Er schaltete sie ein, nannte Datum und Uhrzeit sowie die Namen aller Anwesenden.

»Meine Mandantin möchte zunächst gern etwas erklären«, sagte die Rechtsanwältin Monica Bøhler.

»Das ist hier aber keine Pressekonferenz«, sagte Harinder.

»Bitte. Meine Mandantin hat enorme Belastungen erfahren. Für sie ist es wichtig zu sagen, was sie auf dem Herzen hat. Mit klarem Kopf, was unter den gegebenen Umständen nicht ganz einfach ist. Glauben Sie mir, sie will mit Ihnen zusammenarbeiten und hat nichts zu verbergen.«

»Diese Behauptung wäre aber weitaus glaubwürdiger gewesen, wenn sie am Tag nach dem Mord nicht verschwunden wäre und eine Woche im Verborgenen gelebt hätte«, sagte Harinder. »Aber meinetwegen, lesen Sie Ihre Erklärung vor. Wir sind ganz Ohr.«

Bøhler nickte Thea aufmunternd zu. Die junge Frau nahm den Ausdruck eines Dokuments hervor, faltete ihn auseinander und hielt ihn mit zitternden Händen vor sich. Mit leiser Stimme erläuterte sie, was sie am Samstag, dem 24. März, und in der Nacht zu Sonntag, dem 25. März, erlebt hatte. Vom Zeitpunkt des Erscheinens von Axel Davidsen bei Geir Holst bis zu dem Moment, an dem er sie bei der Elvestadbrücke misshandelt und vergewaltigt hatte. Sie legte kleine Pausen ein, wenn ihre Stimme versagte, und blickte ständig hilfesuchend ihre Anwältin an.

Als sie fertig war, sah sie von dem Papier auf und erwiderte fest den Blick des Kripo-Kommissars.

»Ich habe Axel nicht getötet«, sagte sie. »Ich bin Pazifistin. Ich glaube nicht an Gewalt. Ich verstehe nichts von Gewalt. Ich glaube an die Liebe, und das war alles, was ich Axel in jener Nacht schenken wollte.«

Sie legte den Ausdruck beiseite. Ihre Erklärung war beendet. Rechtsanwältin Bøhler tätschelte ihr den Arm.

Harinder hatte jede Menge Fragen. Eine davon lautete, ob er auch nur ein Wort der Erklärung glauben könnte. Thea versuchte, ihre Unschuld zu beteuern, während sie gleichzeitig ein klares Motiv präsentierte.

»Axel hat Sie also vergewaltigt?«

Thea nickte.

»Sie sind also nicht zur Brücke gefahren, in der einvernehmlichen Absicht, dort Sex zu haben?«

»Also … wir haben ein bisschen rumgeknutscht. Ich hätte sicher auch mehr zugelassen, aber er wurde plötzlich so brutal. Es war spät, und wir waren beide high, ich wollte also vor allem nach Hause. Er fing an, von einer anderen zu reden, einer, die ihn verlassen hatte, und da ist er dann so hitzig und gewalttätig geworden. Es war, als ob …«

»Als ob was?«

»Als ob er mich für etwas bestrafte. Als ob es eigentlich gar nicht um mich ging, ich war bloß … verfügbar.«

Harinder nickte. Dieser Teil der Geschichte wirkte zumindest glaubwürdig.

»Sie haben auch gesagt, jemand hätte eingegriffen. Wer war das, Thea?«

»Irgendjemand. Ich weiß nicht wer. Und ich weiß auch nichts über die Person, die ihn umgebracht hat, auch wenn das seltsam klingt. Aber ich habe nicht gesehen, was passiert ist, weil ich so schnell wie möglich weggerannt bin.«

»Irgendwas müssen Sie doch gesehen haben.«

»Es ging alles so schnell. Einen Moment lang stand Axel über mich gebeugt da. Er streckte die Hand aus, wie um mir zu helfen, aber ich hatte Angst, dass er mich nur wieder schlagen würde. Dann hörte ich das Geräusch von dem Motorrad. Ich habe das Scheinwerferlicht gesehen.«

Harinder und Per wechselten einen Blick.

»Erzählen Sie von dem Motorradfahrer.«

»Ich weiß nicht, wer das war. Ich habe das Gesicht nicht sehen können. Nur die Augen hinter dem Helmvisier.«

»Größe, Figur, Geschlecht, Bekleidung?«

»Mittelgroß, vielleicht. Dunkle Kleidung. Leder – typische Motorradkluft. Mehr habe ich nicht gesehen. Ich war ängstlich und durcheinander und wollte bloß weg von da. Ich bin nach Hause gerannt.«

»Was ist mit dem Motorrad? Können Sie dazu etwas sagen?«

Thea sah ihre Anwältin an. Offensichtlich war das ein Punkt, über den sie schon gesprochen hatten. Die Anwältin strich ihr behutsam über den Arm, als ob sie sie aufforderte fortzufahren.

»Ich glaube, ich habe es später noch einmal gesehen.«

»Wo?«

»In der Zeitung«, sagte Thea. »Ich habe es heute Morgen gesehen, im Aufenthaltsraum. Am Samstag war da ein Foto von dem Motorrad in der *VG*. Ich bin nicht zu hundert Prozent sicher, aber ich glaube, das ist dasselbe Motorrad, nach dem Sie in Verbindung mit dem Feuer in der Kirche fahnden.«

KAPITEL 32

Die Samstagsausgabe der Zeitung lag ausgebreitet auf dem Tisch im Konferenzraum. Das Foto des Brandstifters, der den Kirchhof durchquerte, zierte die Titelseite. Es war die deutlichste Aufnahme, die der Polizei zur Verfügung stand.

Im Innenteil der Zeitung war ein weiteres Foto zu sehen, das die Polizei freigegeben hatte. Es zeigte den Fahrer eines Motorrads, der die Kreuzung zwischen Storgate und Parkvei passierte. Eine gelb-schwarze Suzuki stand im Zentrum der Aufnahme. Das gleiche Motorrad, das Thea Krog an der Elvestadbrücke gesehen hatte, fünf Tage bevor die abgebildete Person Kalle Ramsberg ermordet hatte.

Wenn sie Thea beim Wort nahmen, so war sie nicht mehr als ein zufälliges Opfer in einer Reihe von Ereignissen, die sich ihrer Kontrolle entzog. Sie war vom Tatort geflohen, ehe überhaupt jemand ein Messer geschwungen hatte, und konnte der Polizei somit nicht verraten, was passiert war, als die Tatperson Axel die tödlichen Stiche zufügte.

War diese Person an der Brücke aufgetaucht, um zum Schutze Theas einzugreifen, oder war Axel die ganze Zeit ein vorherbestimmtes Ziel gewesen?

So, wie es der Gemeindepfarrer gewesen war.

»Solange wir nicht wissen, ob Thea die Wahrheit sagt,

sind das alles nur Spekulationen«, sagte Harinder Singh zu der versammelten Ermittlergruppe. Auf Harinders Geheiß war auch der Polizeijurist hinzugebeten worden. Rachel war noch nicht aus Oslo zurückgekommen.

»Was denkt ihr?«

»Sie lügt«, sagte Per. »Alles wird plötzlich so vage, sobald sie auf diesen Retter mit dem Motorrad zu sprechen kommt. Die Angaben, die sie zu den Details macht, kann sie genauso gut in der Zeitung gelesen haben. Außerdem passt ihr das gut in den Kram. Ihre Version befreit sie von jedweder Verantwortung und erlaubt ihr gleichzeitig, sich hinter einem anderen Mordverdächtigen zu verstecken.«

Harinder stimmte zu und nickte.

»Für mich ist ihre Geschichte absolut vereinbar mit der Art und Weise, wie ihr Blut an den Tatort gekommen ist«, sagte Ivan Moreno und kratzte sich den kahlen Schädel.

»Dann glaubst du ihr also?«

»Dazu möchte ich mich nicht äußern. Ich sage nur, dass die Beweise ihre Version nicht entkräften.«

»Sie hatte aber auch eine ganze Woche Zeit, sich diese Geschichte auszudenken.«

»Für mich klingt es eher, als hätte sie den Großteil der Woche im Drogenrausch verbracht.«

»Ja, und das ist nur eines der vielen Dinge, die sie zu einem Alptraum von Zeugin machen«, sagte Polizeijurist Holum und richtete seine Brille. »Sie räumt ein, dass sie in jener Nacht unter Drogen stand, und sie stand unter Drogen, als sie entführt wurde. Vorläufig ist sie die Einzige, die überhaupt nachweislich am Tatort gewesen ist. Selbst wenn ihre Erklärung der Wahrheit entspricht, wird alles, was sie sagt, in Zweifel gezogen werden. Wegen ihrer Drogenprobleme und ihres Lebenswandels. Wenn sie das Motorrad identifiziert hätte, bevor es in den Medien gelandet wäre, dann hätten wir jetzt weniger Probleme mit ihrer Glaubwürdigkeit.«

»Ich weiß«, seufzte Harinder. »Aber die Reifenspuren im Schlamm unter der Brücke deuten darauf hin, dass sie vielleicht die Wahrheit gesagt hat.«

»Was hatte denn die junge Frau Krog über die eigentliche Entführung zu erzählen?«, wollte der Polizeijurist wissen.

Harinder runzelte die Stirn. Thea hatte bei der Entführung unter starkem Heroineinfluss gestanden und konnte sich nur vage an die Ereignisse erinnern. Die Stunden im Keller hatten sie offenbar weitaus stärker belastet, aber sie wollte nicht darüber reden, was dort unten passiert war. Als Harinder versucht hatte, sie unter Druck zu setzen, hatte Doktor Steine die Befragung abgebrochen.

»Glaubst du, sie wurde misshandelt?«

»Davon bin ich gänzlich überzeugt.«

Der Polizeijurist nickte und notierte etwas auf seinem Block.

»Sorokin ist noch nicht wieder bei Bewusstsein, und es ist völlig ungewiss, wann er eventuell wieder zu sich kommt«, sagte er. »Und Uttersrud weigert sich, eine Erklärung abzugeben. Mit wenigen Ausnahmen hat er es bisher geschafft, unter dem Radar zu bleiben. Vor anderthalb Jahren wurde er von der Polizei in Hamar festgenommen, er wurde verdächtigt, hinter einer Reihe von organisierten Einbrüchen im Distrikt zu stecken. Aber die Anklage wurde wegen Mangels an Beweisen eingestellt.«

»Wir sind darauf angewiesen, dass er mit uns redet«, sagte Harinder.

»Das ist mir völlig bewusst. Aber wir haben es hier mit einem hartgesottenen Täter zu tun, der möglicherweise in organisierte Kriminalität verwickelt ist. Leute wie er singen nicht. Ohnehin kann er nicht mehr als eine Reduzierung der Strafe erwarten. Da sitzt er die doch lieber ab.«

Harinder war zwar nicht überrascht, aber dennoch enttäuscht. Solange Uttersrud nicht auspackte oder Thea Details über ihre Entführung preisgab, würden die Drahtzieher ihnen durch die Finger schlüpfen. Dann konnten die Bewohner der Parkallé die Champagnerkorken knallen lassen.

Wie mit den zwei Ermittlern von der Innenrevision verabredet, hatte sich Rachel Hauge um neun Uhr in der Kirkegate in Oslo eingefunden. Das Büro befand sich in einem neutralen alten Wohnhaus inmitten der Kvadratur. Elf Stunden später fuhr sie in ihrem eigenen Wagen zurück nach Elvestad. Ein langer und anstrengender Tag. Vielleicht unnötig anstrengend, wenn man bedachte, dass sie am Abend zuvor ein Glas Wein zu viel getrunken hatte. Ganz abgesehen davon, dass sie im Bett einer Frau erwacht war, die sie gerade erst kennengelernt hatte.

An einem weniger hektischen Tag hätte sie sich die Zeit genommen, darüber nachzudenken, was sie eigentlich gerade trieb.

Wesentlich einfacher war es gewesen, sich den Ermittlern gegenüber zu den Ereignissen am Vortag zu äußern. Rachel hatte an ihrer Erklärung festgehalten. Die Innenrevision hatte natürlich versucht, Zweifel zu säen und Widersprüche in ihrer Aussage aufzuzeigen, doch Rachels Eindruck war, dass sie letztlich nicht allzu großen Druck ausgeübt hatten. Alles in allem war es recht gut ausgegangen. Sie hatten sie nicht vom aktiven Dienst suspendiert, und sie durfte weiterhin in den Elvestad-Morden ermitteln. Sie musste nur versprechen, so schnell wie möglich einen Termin mit der Krisenpsychologin der Polizei zu vereinbaren, um über die Episode zu reden. Etwas, worauf Rachel sich genauso freute wie auf eine Wurzelbehandlung beim Zahnarzt.

Und was war mit Lisa Toivonen?

Sollte Rachel das Ganze als unschuldige und einmalige Sache verbuchen oder als schlimmen Fehltritt? Oder war es etwas ganz anderes? Es gab eine Menge Dinge, die sie nicht über die Schwedin wusste. Gleichzeitig kam es ihr vor, als hätte sie sie schon lange gekannt. Sie waren beide bei der Polizei und hatten vieles gemeinsam. Mit Christina hatte sie oft das Gefühl gehabt, sich für ihren Verbleib bei der Polizei rechtfertigen zu müssen.

Rachel dachte, dass es wohl am besten wäre, etwas Abstand zu halten. Keine Wiederholung der letzten Nacht, solange sie sich auf den aktuellen Fall fokussieren musste. Sie brauchte einen klaren Kopf.

Der Fall war natürlich das Hauptthema, als sie und Harinder sich im Hotelrestaurant trafen. Rachel wünschte, sie hätten einen anderen Ort für das Abendessen gewählt. Die Speisen waren ausgezeichnet, aber ihr gefiel nicht der Blick, den der Kellner ihr zuwarf. Offensichtlich erinnerte er sich an sie und Lisa am Abend zuvor.

Derartige Gedanken waren im Vergleich zu Harinders Zusammenfassung der Vernehmung von Thea Krog indes nur Bagatellen. Die absolut realistische Möglichkeit, dass sie, mit Ausnahme von ein paar Kleinigkeiten, die Wahrheit gesagt hatte, stellte den Fall in ein ganz anderes Licht.

»Wenn das stimmst, dann ist sie nicht nur Opfer von einem, sondern von zwei schweren Verbrechen geworden«, sagte Rachel.

»Ich weiß.«

»Glaubst du ihr?«

»Sie ist glaubwürdig, was die Details angeht, an anderen Stellen ist sie dafür umso vager. Ich glaube, dass Axel sie vergewaltigt hat. Bei diesem Teil ihrer Aussage hat sie nichts ausgelassen, auch wenn sich damit ihr eigenes Motiv verstärkt.«

»Verfluchter Mist...«

»Ja. Wir glauben, dass Georg oder Glenn Davidsen sie entführen ließen, um sie zum Reden zu bringen. Nachdem sie diese Geschichte zu hören bekamen, wollten sie vermutlich alles tun, um sie zum Schweigen zu bringen. Stell dir bloß mal den Nachruf auf den Traumprinzen vor, wenn das herauskäme.«

»Haben wir verwendbare Beweise?«

Harinder schüttelte den Kopf.

»Wir haben nur Uttersrud und Sorokin, und die werden nicht reden«, sagte er. »Wir haben nichts Handfestes, um sie mit jemanden aus der Familie Davidsen in Verbindung bringen zu können. Und das neu gebaute Haus in der Elveterrasse ist bestenfalls ein Indiz, sagt der Polizeijurist.«

Lediglich das in Uttersruds Wagen gefundene Prepaid-Handy war so etwas wie ein Strohhalm. Es war am Tag vor Theas Entführung und am Samstag davor verwendet worden. Alle Anrufe waren an ein weiteres Prepaid-Handy erfolgt, sehr wahrscheinlich, um diejenigen zu kontaktieren, die die Entführung in Auftrag gegeben hatten.

»Finden wir dieses Telefon, dann finden wir die Hintermänner«, sagte Harinder. »Ich persönlich vermute Lars Müller dahinter. Ich schätze, er hat im Auftrag von Georg Davidsen gehandelt. Es gibt nämlich eine Verbindung zwischen Müller und Rune Uttersrud.«

»Ach ja?«

»Laut der Polizei in Hamar soll Uttersrud hinter einer Reihe von Einbrüchen in Hedmark stecken. Müller verkauft Alarmanlagen und Sicherheitssysteme. In mehreren Fällen gibt es Überlappungen bei den Opfern der Einbrecher und den Klienten von Müller.«

Rachel war nicht sonderlich beeindruckt, ihr Blick sagte das Seinige.

»Jaja, ich weiß, dass es ziemlich dünn ist ...«, sagte Harinder.

»Dünner als ein Model von H&M.«

»Aber vielleicht genug, um einen Fuß in die Tür zu bekommen. Ich habe dem Polizeijuristen gesagt, wir hätten einen Tipp hereinbekommen. Er war einverstanden, dass wir Müller auflesen und ihn ein bisschen grillen. Schließlich haben wir nichts zu verlieren.«

»Und wann?«

»Morgen«, sagte Harinder, setzte ein zufriedenes Grinsen auf und fügte hinzu: »In aller Herrgottsfrühe.«

KAPITEL 33

Dienstag, 3. April

Am folgenden Morgen um sechs Uhr hielten sie vor einem roten Reihenhaus in der Skolegate an. Ein Streifenwagen mit Per Lyngstad und Dina Martinsen als Besatzung begleitete sie. Die Blaulichter zuckten durch eine Straße, die noch nicht wach geworden war. Das einzige Lebenszeichen kam von einem Hund, der aufgeregt bellte.

Gemeinsam gingen die vier Polizeibeamten zur Haustür der Nummer 15. Auch wenn Per oder Martinsen es vielleicht unangenehm fanden, einen ehemaligen Kollegen zur Vernehmung abzuholen, hatten sie kein Wort darüber geäußert. Per klopfte beharrlich an der Tür, bis drinnen Licht eingeschaltet wurde und das Geräusch von nackten Füßen zu hören war, die über den Fußboden tapsten.

Lars Müller öffnete die Tür in Unterhemd und Trainingshose. Mit dösigen Augen starrte er auf das Polizeiaufgebot, wurde dann aber schnell wach. Seit der letzten Begegnung waren seine Schläfen ergraut, wie Harinder feststellte, und die Andeutung eines Bierbauchs deutete darauf hin, dass er es mit dem Fitnesstraining nicht mehr so genau nahm. Aber noch war er ein großer Mann.

»Was zum Teufel ist denn hier los…?«

»Kommissar Singh, Kriminalpolizei.« Harinder zeigte

seinen Dienstausweis. »Wir hätten gern, dass Sie mit uns zur Polizeistation kommen.«

»Weswegen?«

»Das erzählen wir Ihnen, wenn wir da sind.«

»Hätte das nicht ein paar Stunden warten können?«, stöhnte Müller.

Per legte eine Hand auf Müllers Arm und versuchte, ihn mit sich zu ziehen.

»Loslassen!«, fauchte Müller und riss seinen Arm zurück. »Du machst jetzt also die Drecksarbeit für den verdammten Pakistaner? Das hätte ich nicht von dir gedacht, Lyngstad.«

Per errötete sichtbar.

»Möchtest du Handschellen, Lars?«

Harinder wünschte, dass Müller sich seine eigene Situation so schwierig wie möglich machte, und hoffte daher, er würde noch mehr Unruhe veranstalten. Zu seiner Enttäuschung besann sich Müller jedoch. Er begnügte sich damit, demonstrativ auf den Boden zu spucken, ehe er schließlich freiwillig in den wartenden Streifenwagen stieg.

Sie ließen sich eine gute Stunde Zeit, ehe sie mit der Vernehmung begannen. Genug Zeit, damit Müller in der engen Zelle ein wenig ins Schwitzen kam, während er vermutlich darüber nachdachte, welche Beweise gegen ihn vorlagen. Eine alte und zuverlässige Technik. Und auch wenn Müller als ehemaliger Polizist diese Tricks kannte, konnten sie durchaus wirkungsvoll sein. Auf der anderen Seite des Tisches zu sitzen, war nämlich eine gänzlich andere Erfahrung.

Harinder wollte Rachel die Befragung durchführen lassen, während er selbst nur beobachtete. Für Müller war Rachel ein unbeschriebenes Blatt, wodurch das Verhör einen offizielleren Charakter annahm; als hätte die Polizei einen legitimeren Grund ihn festzunehmen als nur Indizien und lose Spekulationen. Außerdem war sie eine Frau und halb so alt. Eine Polizeibeamtin, deren Karriere noch vor ihr lag.

»Habt ihr noch vor, mir zu sagen, worum es hier geht, oder soll ich raten?«, sagte Müller.

»Ich wäre tatsächlich neugierig zu hören, was Sie raten würden«, sagte Rachel.

Müller reagierte mit einem säuerlichen Lächeln.

»Thea Krog«, sagte sie.

»Wer?«

»Den Dummen zu spielen, wird Ihnen nicht weiterhelfen, Müller«, fuhr Rachel fort. »Wir wissen, dass ein hiesiger Polizeibeamter Ihnen den Namen verraten hat, ehe wir ihn an die Presse gegeben haben. Was Sie mit dieser Information getan haben, ist der Grund dafür, dass Sie jetzt hier sitzen. Sie haben doch wohl nicht ernstlich vor, so zu tun, als wüssten Sie nicht, was Sonntagabend in der Elveterrasse passiert ist?«

»Die ganze Stadt weiß es ja!«, entgegnete Müller. »Ich habe keine Ahnung, was Fredly Ihnen erzählt hat, aber wir haben nur ein oder zwei Bier getrunken und ein bisschen gequatscht. Ich hab ihn gefragt, ob er wüsste, nach wem gefahndet wird. Ich war neugierig, das war alles. Ich bin schließlich ein alter Bulle.«

Harinder und Rachel ließen sich nichts anmerken, als er den Namen des Polizisten nannte, der ihm den Tipp gegeben hatte. Schließlich war es nur ein Bluff von Rachel gewesen.

»Was ist mit Rune Uttersrud und Mikail Sorokin?«

»Nie von denen gehört.«

»Die Männer, die Thea Krog entführt haben«, sagte Rachel. »Haben beide so einiges auf dem Kerbholz.«

»Und was hat das mit mir zu tun?«, fragte Müller. »Als ich noch Uniform trug, habe ich solchen Typen eine Tracht Prügel verabreicht. Die Bürokraten bei der Polizeiführung begreifen leider nicht, dass das die einzige Möglichkeit ist, mit denen klarzukommen. War übrigens einer der Gründe, warum ich aufgehört habe.«

»Ach, ja? Ich dachte, das war, weil Sie Probleme hatten, die Intimzone anderer Menschen zu respektieren?«, warf Harinder ein.

Der Schuss hatte gesessen. Müller Augen verengten sich.

»Spielen Sie gern, Müller?«, fragte Rachel. »Sportwetten, Lotto, am Spielautomaten?«

»Ja, und?«

»Rune Uttersrud ist ziemlich schlau für einen Ganoven«, sagte sie. »Als wir das Haus in der Elveterrasse gestürmt haben, hat er sich sofort ergeben, als er merkte, dass er in der Falle saß. Hat keinen weiteren Widerstand geleistet. Hat den Mund gehalten. Sein Partner hingegen war nicht so schlau oder so zurückhaltend. Er hat Kommissar Singh angegriffen und eine Schusswaffe auf zwei Beamte gerichtet. Das hebt die Tragweite seiner Handlungen auf ein ganz anderes Niveau: Freiheitsberaubung, Angriff auf Vertreter der Staatsgewalt und Mordversuch. Wir reden hier von 15 bis 21 Jahren hinter Gittern. Wenn Sie also gern spielen, sollten Sie Folgendes bedenken: Glauben Sie, dass Uttersrud die Strafe einfach akzeptieren wird, nur weil sein Kumpel überreagiert hat? Oder glauben Sie, dass er sich gegen Sorokin und die Auftraggeber der Entführung wenden wird? Wie stehen da Ihrer Ansicht nach die Chancen?«

Müller gab keine Antwort.

»Sie wissen, wie das läuft«, fuhr Rachel fort. »Wir wollen die Hintermänner, und nicht die Mittelsmänner. Mit einer leichten Strafe müssen Sie rechnen, aber das ist etwas ganz anderes, als am Ende mit dem Schwarzen Peter dazusitzen. Uttersrud wird reden und vielleicht auch Sorokin, wenn er wieder dazu imstande ist. Sie haben also *jetzt* die Möglichkeit, Ihre Situation zu verbessern. Wir wissen, dass Sie die beiden nicht aus eigenem Antrieb engagiert haben. Aber wenn wir mit unseren Ermittlungen nicht weiter als zu Ihnen kommen, dann werden Sie die ganze Strafe abbekommen.«

Müller sagte noch immer nichts, schien die Lage abzuschätzen.

»Sie wollen mir also einen Deal anbieten?«, fragte er.

»Ja«, sagte Harinder. »Wir wollen Namen und Einzelheiten. Zum Ausgleich werden Sie mit der leichten Strafe davonkommen, von der meine Kollegin gesprochen hat.«

»Worüber reden wir hier?«

»Irgendwas zur Bewährung, vermute ich«, sagte Harinder. »Um die Details können sich die Juristen kümmern.«

»So oder so ist das ein guter Deal«, sagte Rachel.

»Hm, das ist es bestimmt, aber wissen Sie, was ich denke?« Müller streckte den Mittelfinger aus. »Ich denke, Sie können sich mit ihrer roten Fotze hier draufsetzen und im Kreis drehen. Ich bin nicht von gestern. Ihr habt keinerlei Beweise, denn wenn ihr das hättet, dann wäre ich schon längst verhaftet. Und was ein paar Verbrecher über mich erzählen, um ihre eigene Haut zu retten, wird niemanden beeindrucken. Das Risiko gehe ich ein. Und mehr habe ich nicht zu sagen. Du und dieser verfluchte Pakistaner, mit dem du arbeitest, könnt beide zur Hölle fahren.«

»Inder«, sagte Harinder.

Müller glotzte ihn verständnislos an.

»Ich bin Inder, kein Pakistaner.«

»Ich begreife nicht, wie *dir* jemand eine Polizeimarke geben konnte«, sagte Müller. »Sind die Bullen wirklich so auf die Schwarzenquote versessen, dass sie absolut jeden nehmen? Glaub ja nicht, dass ich dich vergessen habe, Kumpel. Du warst so 'n langhaariger Affe, der meinte, er sei Gottes Geschenk an die Mädels. So 'n richtiger Draufgänger. Aber als du auf diesem Stuhl gesessen hast, warst du *so* klein mit Hut. Erinnerst du dich? Hast geheult wie 'n Baby und dir in die Hosen gepisst. Widerliches Dreckschwein. Weiß unser Rotkäppchen hier von der Geschichte? Worum ging's noch mal? Ach ja, jemand hatte deine Freundin verprügelt. Hast du ihr erzählt, dass die meisten glaubten, du wärst es gewesen?«

Erst eine ganze Weile später, nachdem er von seiner Kollegin aus dem Vernehmungsraum gezerrt worden war, gelang es Harinder sich einigermaßen zu beruhigen. Er konnte sich nicht erinnern, wann er zuletzt derart Rot gesehen hatte. Die zehn Sekunden blinder Wut hätten ernste Konsequenzen nach sich ziehen können. Wenn Rachel nicht eingegriffen hätte, hätte er sich auf Müller gestürzt. Er hätte ihn bewusstlos geprügelt.

Und jeder Schlag wäre ein Nagel in den Sarg seiner Karriere gewesen.

Er hörte trockenes Gelächter, als er den Raum verließ. Wie Zündstoff für seine Wut. Wie jeder durchtriebene Rüpel musste Müller es als Sieg verbucht haben, nachdem es ihm gelungen war, die richtigen Knöpfe zu drücken. Es gab ihm das Gefühl, noch immer Macht zu besitzen.

»Was zum Teufel ist los mit dir?«, rief Rachel, nachdem sie ihn in das nächste leere Büro geschoben hatte.

Harinder konnte ihr nicht in die Augen blicken. Er musste 22 Jahre zurückgehen, um sich daran zu erinnern, wann er sich zuletzt so klein gefühlt hatte.

KAPITEL 34

Gleich neben der Elvestadbrücke standen sie am Straßenrand und sahen auf die Glomma hinunter, während ihnen ein kräftiger Wind um die Nase blies. Genau hier hatte Axel Davidsen vor einer guten Woche seinen Wagen geparkt. Und vor 22 Jahren war an demselben Straßenabschnitt eine gleichaltrige junge Frau mit demselben Nachnamen von einem Fahrzeug aufgelesen worden, als sie versucht hatte, nach Hause zu kommen. Schwer verletzt und völlig benommen.

Harinder zeigte Rachel ein Foto, das er bei seinem kurzen Aufenthalt in Oslo im Keller gefunden hatte. Eine Aufnahme von ihm und Martine Davidsen im zweiten Jahr der Oberstufe. Sie war sehr fotogen. Ihr Lächeln war echt und natürlich. Sie hatte helle reine Haut mit ein paar Sommersprossen. Blaugrüne Augen und langes dunkelblondes Haar, das ihr über die Schultern herabhing. Diskretes Make-up.

»Hübsches Mädchen.«

»Ja, das war sie.«

Harinder erzählte die Geschichte.

»Sie war bei einer Freundin, ehe sie den Abend in einer der Kneipen in der Strandgate beendete. Dann muss sie beschlossen haben, nach Hause zu laufen, anstatt sich abholen zu lassen oder ein Taxi zu nehmen. An den Wochenenden kann in der Strandgate manchmal viel los sein, aber man braucht nicht weit zu gehen, bis alles völlig ruhig und verlassen ist. Besonders zwischen der Werkstatt und dem Busbahnhof. Da wurde sie überfallen. Ich möchte gar nicht darüber reden, was sie mit ihr angestellt haben.«

»Du meine Güte«, sagte Rachel. »Und du wurdest festgenommen?«

»Am nächsten Morgen, noch ehe Martine in der Lage war, eine Aussage zu machen«, sagte Harinder. »Müller hat nicht gelogen: Ich habe mir in die Hose gepinkelt. Dieser Raum verwandelt jeden in einen kleinen ängstlichen Jungen. Du hast es selbst gesehen. Die haben es so dargestellt, als ob Martine mich als Täter benannt hätte. In der Stadt herrschte Lynchstimmung. Ich hatte eine Scheißangst.«

»Aber hat sie es nicht klargestellt?«

»Doch, ja. Sobald sie dazu fähig war, eine Erklärung abzugeben.«

»Du wurdest also rehabilitiert?«

»Ja, aber das Gerede hörte dadurch nicht auf. Das lebte einfach weiter, unabhängig von den Fakten.«

Das letzte Schuljahr war die pure Hölle. Auch seine Familie bekam es zu spüren. Nicht lange danach wurde Harinders Vater aus der Davidsen-Fabrik geworfen. Personalabbau, hieß es offiziell, aber nicht viele waren davon betroffen. Lennart besorgte ihm einen neuen Job. Doch nachdem Harinder zum Studium nach Oslo gezogen war, hatten seine Eltern keine Lust, noch länger in Staden zu bleiben.

»Jetzt leben sie in Ski.«

»Und die Täter?«

»Nie gefasst.«

Martine kam in jenem Jahr nicht in die Schule zurück. Meist hielt sie sich zu Hause auf. Lennart meinte, sie betrachteten es jedes Mal als kleinen Sieg, wenn Martine das Haus verließ. Nachdem es ihr langsam besser ging, führte sie den Unterricht an einer Privatschule in Oslo fort. Zur selben Zeit leistete Harinder seinen Wehrdienst ab und war sieben Monate auf einem Luftwaffenstützpunkt in Bodø stationiert. Nach dem Dienst begab er sich auf eine längere Reise nach Punjab, um seine Familie zu besuchen und seine Wurzeln zu erforschen. Während jener Reise war er zum ersten Mal Sundira begegnet, der Frau, die er später heiraten sollte.

Als er und Martine zufällig in einem Obst- und Gemüseladen in Grünerløkka aufeinandertrafen, hatten sie sich fast zwei Jahre nicht gesehen. Sie sah noch immer gut aus, fand er, auch wenn die Narben in ihrem Gesicht deutlich zu sehen waren.

»Das war auch das letzte Mal, dass ich sie gesehen habe.«

»Hattet ihr danach gar keinen Kontakt mehr?«

Er schüttelte den Kopf und schluckte.

»Sie ist gestorben«, sagte er. »Bloß ein paar Jahre danach. Überdosis Schlaftabletten. Die ganzen Therapeuten und Mediziner hatten nicht geholfen. Zum Schluss konnte sie einfach nicht mehr. Diese verfluchten Arschlöcher haben sie zerstört, Rachel.«

Harinder stieß einen tiefen Seufzer aus. Er drehte sich weg, weil es ihm schwerfiel, seine Gefühle unter Kontrolle zu halten. Doch er merkte, dass Rachel ihn betrachtete.

»Sieh mich nicht so an«, sagte er.

»Wie denn?«

»Als ob ich dir leidtäte.«

»Vielleicht tust du mir aber etwas leid«, sagte Rachel. »Doch glaube mir, das gleicht sich dadurch aus, dass du manchmal echt ein Idiot sein kannst. Du hättest mir früher davon erzählen sollen und nicht erst, als du kurz davor warst, deine Karriere im Klo hinunterzuspülen. Ist dir klar, was passiert wäre, wenn du dir Müller vorgeknöpft hättest?«

Harinder konnte nichts anderes tun als nicken. Er hatte den Kopf verloren und schämte sich dafür.

»Du hast recht. Ich habe mich provozieren lassen. Das war unprofessionell. Und vielleicht hätte ich dir schon früher von Martine erzählen sollen. Ich hätte nicht gedacht, dass es noch immer so schmerzvoll wäre, nach all den Jahren. Sie ist eine der wenigen guten Erinnerungen, die ich von diesem Ort habe. Aber selbst das wurde zerstört.«

Rachel drückte seinen Oberarm.

»Ich sage das nur, weil es mir wichtig ist«, sagte sie. »Du stehst in dieser Sache nicht allein da. Vergiss das nicht.«

»In Ordnung«, sagte er, darauf bedacht, den unangenehmen Zwischenfall hinter sich zu bringen.

Sie gingen zurück zum Wagen. Harinder seufzte erneut, als er sich hinter das Steuer setzte.

»Aber wie schön wäre es gewesen, diesem Drecksack eins aufs Maul zu hauen.«

KAPITEL 35

Lisa Toivonen lenkte den alten Saab über die Nationalstraße 25 nach Hamar. Sie versuchte das klagende Geräusch
zu ignorieren, das jedes Mal ertönte, wenn die Tachonadel
die 60 überschritt. Der Wagen war ein Schrotthaufen,
ein günstig erstandener Gebrauchtwagen, etwas Besseres
konnte Lisa sich nicht leisten.

Sie warf einen Blick zum Himmel. Die dunklen Wolken
ließen den frühen Nachmittag wie Abend erscheinen.
Regen lag in der Luft, hielt sich aber vorläufig noch auf
Abstand.

Kurz vor Hamar bog sie auf die E6 ab. Fuhr nördlich in
Richtung Lillehammer. Etwas später passierte sie die Mjøs-
brücke und kam in den Regierungsbezirk Oppland. Die anderthalb Kilometer lange Betonbrücke war eine der längsten, hatte sie gelesen. Allerdings auch schmal, mit nur zwei
Fahrspuren.

Eine weitere Brücke an der E6 führte sie nach Lillehammer hinein. Lisa kannte sich nicht aus und orientierte sich
anhand Google Maps auf dem Handy. Lillehammer war alles andere als eine Großstadt, ließ Elvestad allerdings wie
ein kleines Dorf erscheinen. Die Straße, die sie suchte, war
zum Glück leicht zu finden. Genau wie in Staden erstreckte

sich die Storgate von Nord nach Süd durch das ganze Stadt-zentrum. Eine lange und gerade Straße, die von vielen alten Gebäuden gesäumt war.

Haakons Pub lag in einem der ältesten Häuser. Ein schönes zweigeschossiges Holzhaus, das in einem etwas unvorteilhaften Senfgelb gestrichen war. Lisa glitt langsam an dem Pub vorbei, der sicher zu den eher abgeranzten Kneipen im Zentrum Lillehammers gehörte. Die Rollläden vor den Fenstern waren hochgezogen, und Lisa sah, dass der Laden gut besucht war. Sie fuhr weiter bis zur nächsten Straßenkreuzung, wendete und fand zufällig einen Parkplatz gleich gegenüber der Kneipe.

Sie blieb im Wagen sitzen und schaute zu einem der großen Fenster hinein. Ließ den Blick über die Gesichter gleiten, die sie in der schummrigen Beleuchtung sehen konnte.

Auf dem Beifahrersitz lag eine beige Dokumenten-mappe. Sie griff danach und blätterte sie erneut schnell durch. Betrachtete das angeheftete Bild. Ein Polizeifoto aus dem Archiv. Ein sogenannter *mug shot*. Das Bild zeigte eine dünne Frau mit großen, offenbar falschen Brüsten, hohlem, fernem Blick, bleicher Haut und unnatürlich roten Haaren. Die Aufnahme war zehn Jahre alt. Damals war sie 43, konnte aber leicht für zehn Jahre älter gehalten werden. Ihr Make-up vermochte nicht die Falten und Narben zu verdecken, die von einem harten Leben zeugten.

Zwei Bewährungsstrafen im Lebenslauf: Drogenbesitz und Prostitution. Laut der Mappe war sie Witwe. Ihr verstorbener Ehemann Tommy Larsen hatte wegen Hehlerei und Zuhälterei gesessen. Er war der Inhaber eines anrüchigen Nachtclubs in der Jernbanegate gewesen. Seine Tätigkeit war beendet, als er auf der Toilette mit einer Kanüle im Arm und einer tödlichen Dosis Heroin im Blut gefunden worden war.

Ein heftiges Leben für eine Pastorentochter.

Lisa zog ihr Telefon hervor und rief Kommissar Singh an. Sie wusste, dass sie nicht in Ungnade fallen durfte. Schon jetzt balancierte sie auf Messers Schneide. Am liebsten hätte sie Rachel angerufen, aber die hatte nicht das Sagen. Außerdem wollte sie nicht aufdringlich wirken.

Der Kommissar wirkte missgelaunt, als er an den Apparat ging.

»Was willst du?«, fragte er.

»Ich habe das so verstanden, dass ihr euch gern einmal mit der Schwester von Karl Erik Ramsberg unterhalten würdet«, sagte Lisa Toivonen.

»Das stimmt. Wie kommst du darauf?«

»Ich würde mich auch gern mit ihr unterhalten.«

»Und wieso?«, fragte Harinder. »Sie hat doch gar nichts mit deiner Vermisstensache zu tun.«

»Vielleicht nicht direkt, aber sie ist eine Leumundszeugin. Wollt ihr nicht auch deswegen mit ihr reden? Ramsberg war einer der Letzten, die Carina vor ihrem Verschwinden gesehen haben.«

»Willst du etwa andeuten, dass der Gemeindepfarrer…?«

»Ich will gar nichts andeuten. Ich versuche nur, gründlich zu sein«, sagte Lisa. »Du nennst ihn ›Gemeindepfarrer‹, aber hinter dem Titel steckte auch ein Mann. Und irgendjemand hat diesen Mann so sehr gehasst, dass er getötet wurde. Das Warum interessiert mich genauso sehr wie dich.«

»Jetzt hör mal, laut der Polizei hier im Haus wurden sowohl Ramsberg als auch Axel Davidsen kurz nach dem Verschwinden deiner Cousine als Tatverdächtige ausgeschlossen«, sagte Singh. »Und das hier sind Leute, die genauso wie du davon ausgehen, dass ihr etwas zugestoßen sein muss. Und nach dem, was ich gehört habe, solltest du dir diesen Vertreter aus Karlstad noch mal genauer ansehen. Hieß er nicht Lövgren?«

»Meinst du nicht, dass ich das vielleicht schon getan habe?«, sagte Lisa mit einem Anflug von Gereiztheit. »Aber er ist eine tote Spur. Ein ganz gewöhnlicher bedauernswerter Hurenbock. Hab ich also deine Erlaubnis, mit Lydia Larsen zu reden?«

»Wieso habe ich den Eindruck, dass du ohnehin tust, was du willst, Erlaubnis oder nicht?«

»Jetzt bist du ungerecht. Ich rufe dich doch zuerst an, oder etwa nicht?«

»Stimmt. Also gut, du kannst mit ihr reden«, seufzte der Kommissar. »Aber nur unter der Bedingung, dass du alles dokumentierst und dass du als Privatperson auftrittst und nicht als Vertreterin der Polizei. Sie ist in keiner Weise verpflichtet, mit dir zu reden.«

»Das ist kein Problem. Danke.«

»Nichts zu danken. Du musst sie ja erst mal finden«, sagte Singh. »Wir haben hier eine Adresse von ihr in Lillehammer, aber sie ist weder da noch per Telefon zu erreichen.«

»Das ist auch kein Problem«, sagte Lisa. »Ich sehe sie direkt vor mir.«

Ein kleiner Vogel hatte ihr gezwitschert, dass Lydia Larsen vermutlich am ehesten im Haakons Pub zu finden wäre. Sie war einer der Stammgäste und verbrachte dort große Teile ihres Tages. Das galt besonders für die Tage, an denen ihr die Stütze ausbezahlt wurde.

Obwohl Lydia Larsen ihr den Rücken zukehrte, konnte Lisa sie an ihrer grellroten Haarfarbe erkennen. Inmitten einer Gruppe von Saufkumpanen hielt sie Hof an einem langen Tisch in einer Ecke der Kneipe. Den lauten Stimmen, dem Gelächter und den ausladenden Gesten nach zu urteilen, hatten sie alle den Tag früh begonnen.

»Frau Larsen?«

Die Frau mit dem knallroten Haar drehte sich um. Aus der Nähe war leicht zu erkennen, dass Lydia Larsen eine Perücke trug. Sie musterte Lisa, ehe sich ihre Lippen zu einem Lächeln verzogen, das strahlend hätte sein können, solange man dabei die verfärbten Zähne nicht beachtete. Lisa konnte sehen, dass sie einmal eine richtige Schönheit gewesen war, doch die Jahre mit Alkohol und Strapazen hatten tiefe Spuren hinterlassen.

»Auch wenn ich deine Mutter nicht kenne, darfst du mich Lydia nennen, Liebes«, sagte sie zur Belustigung der anderen am Tisch. Lisa registrierte, dass Lydia ziemlich benebelt war.

Sie zeigte ihren Dienstausweis.

»Ich bin hier nicht in offizieller Angelegenheit, aber ich hätte mich gern unterhalten, falls es passt. Ich bin extra aus Elvestad hierhergekommen.«

Das Lächeln wich aus ihrem Gesicht.

»Geht es um Kalle?«

Lisa nickte.

»Dann solltest du aber einen Drink spendieren, Schätzchen.«

Lisa folgte ihr in eine ruhige Ecke des Pubs, bestellte ihr einen frischen Gin Tonic und eine Pepsi für sich selbst. Lydia prostete ihr zu.

»Du bist tatsächlich die Erste, die mich wegen Kalle kontaktiert«, sagte sie. »Niemand hat mich angerufen, um mir zu erzählen, was geschehen ist. Ich musste es durch die Nachrichten erfahren.«

»Das tut mir leid.«

»Nicht dein Fehler. Kalle und seine Familie haben immer so getan, als ob es mich gar nicht gäbe. Warum sollte es also anders sein, wenn er jetzt tot ist?« Lydia seufzte, ehe sie einen großen Schluck ihres Drinks nahm. »Wisst ihr schon genauer, was passiert ist?«

»Ich habe leider mit diesem Teil der Ermittlungen nichts zu tun«, sagte Lisa. »Ich versuche nur, ein paar Hintergrundinformationen zu gewinnen.«

»Verstehe. Sie haben dich an die weniger wichtigen Arbeiten gesetzt. Ist das so, weil du jung bist oder weil du Schwedin bist?«, sagte Lydia mit heiserem Lachen. »Nein, ich mache nur Witze. Du kommst mir wie eine nette junge Frau vor.«

»Du und dein Bruder hattet also nicht so viel Kontakt?«, fragte Lisa, um zum Thema zurückzukommen.

»Ich habe Kalle seit dem Begräbnis unseres Vaters nicht mehr gesehen, und das ist jetzt schon ein paar Jahre her«, sagte Lydia.

»Habt ihr gestritten?«

»Wie man's nimmt ... Ich war wohl nicht gut genug für ihn und seine vornehme Frau. Na, ist ja kein Geheimnis, dass ich mich 'ne Zeit lang ziemlich vollgepumpt habe. Wenn du zu den Bullen gehörst, weißt du das sicher. Ich war wohl auch auf dem Begräbnis nicht ganz nüchtern. Hab ein paar Dinge gesagt, die nicht vergessen wurden.«

Sie ging nicht weiter darauf ein, aber Lisa konnte sich vorstellen, dass sie sicher in der Lage wäre, eine peinliche Szene zu machen.

»Mein Vater war Pastor, genau wie Kalle«, sagte Lydia. »Bei uns zu Hause ging's ständig um Himmel und Hölle. Erlösung oder Verdamnis, wer es verdiente, in den Himmel zu kommen, und wer nicht. Mein Vater hatte klare Meinungen zu allem, und natürlich war er es, der das Fazit zog. Als hätte er eine Standleitung zu seinem Chef gehabt. Und bei all seinen Predigten kümmerte es ihn nicht, dass er uns das Leben zur Hölle machte.«

»In welcher Weise?«

»In jeder Weise.«

Lydia starrte wortlos in die Luft. Verloren in Erinnerungen, die wieder aufzufrischen ihr offenbar keine Freude bereitete. Lisa dachte, dass ihr Gesichtsausdruck einer der traurigsten war, die sie je gesehen hatte. Und sie wusste, woher dieser Blick kam.

»Kalle war ein guter Junge. Aber er war verschlossen und hatte Angst vor seinem eigenen Schatten. Als wir zur Schule gingen, musste ich auf ihn aufpassen, weil die anderen Jungen ziemlich fies sein konnten. Später wurde er dann mehr wie mein Vater. Ein scheinheiliger Mistkerl. Man soll ja nicht schlecht über die Toten reden, aber das muss einfach gesagt werden. Du darfst mich nicht missverstehen, Liebes. Mir tut das natürlich alles leid, aber dass ich meinen Bruder verloren habe, ist schon viele Jahre her.«

»Was hat er getan?«, fragte Lisa.

Lydia schüttelte den Kopf. Sie wich Lisas Blick aus, trank das Glas aus und kramte nach ihren Zigaretten.

»Nein, jetzt brauche ich ein bisschen frische Luft ...«

Sie stand auf, entfernte sich mit unsicheren Schritten von ihrem Barhocker und trat auf den Ausgang zu. Lisa ging ihr nach. Sie stellten sich draußen vor den Eingang, wo die Straßen Lillehammers sich schon weitgehend zur Ruhe begeben hatten. Lisa musste ihr dabei helfen, die Zigarette anzuzünden. Lydia nahm einen tiefen Zug.

»Ich sollte nicht rauchen«, sagte sie. »Die Ärzte haben neulich einen Fleck auf meiner Lunge gefunden. Noch wissen sie nicht, was es ist, aber man macht sich ja seine Gedanken ...«

Sie zuckte mit den Schultern, als sei sie mehr resigniert als bekümmert darüber, was der Fleck bedeuten könnte.

»Ich bekam einen Schock, als ich von Kalle hörte. Wirklich einen Schock«, sagte Lydia. »Aber als ich hörte, dass die Kirche abgebrannt war, verspürte ich seit langer Zeit wieder ein Gefühl von Frieden. Diese verfluchte Kirche lag wie ein großer dunkler Schatten über unserer Kindheit. Ich sage wir, obwohl Kalle das vermutlich nie zugegeben hätte. Plötzlich war sie weg, und es kam mir vor, als ob mir eine große Last von den Schultern genommen würde. Als wäre es *meinetwegen* passiert. Klingt seltsam, nicht?«

Lisa schüttelte den Kopf. Sie glaubte zu verstehen. Lydia Larsen betrachtete sie mit Augen, die vor neu gewonnener Klarheit gleichsam leuchteten.

»Ich weiß nicht, wer Kalle umgebracht hat«, sagte sie. »Aber ich kann dir erzählen, *warum* es passiert ist.«

KAPITEL 36

6. Juli 2016

Ramsberg geleitete Carina zur nächsten Bankreihe und setzte sich neben sie. Er sagte nichts, während sie darum kämpfte, ihre Tränen unter Kontrolle zu bekommen. Der Pastor hatte tröstend einen Arm um sie gelegt und reichte ihr eine Packung Taschentücher.

»Möchtest du, dass ich deine Eltern anrufe?«, fragte er nach einer Weile.

Carina schüttelte entschieden den Kopf. Wie gern auch immer sie ihre Eltern hatte, konnte sie den Gedanken nicht ertragen, dass sie sie in diesem Zustand sähen.

»Dann musst du mir erzählen, was passiert ist. Ich kenne dich, seitdem du ein kleines Mädchen warst, und noch nie habe ich dich so verzweifelt gesehen.«

Carina war bemüht, sich zusammenzureißen. Sie putzte sich die Nase, sah ihm in die Augen und versuchte, die richtigen Worte zu finden. Wie sollte sie ausdrücken, was ihr an diesem Abend unwiderruflich genommen worden war? Schließlich brach es aus ihr hervor, wie die Flutwelle bei einem gebrochenen Damm.

»Er hat mich vergewaltigt!«

Karl Erik Ramsberg wirkte völlig schockiert von ihren Worten.

»Liebes Kind, was sagst du da? Bist du vergewaltigt worden?«

Carina nickte, ihre Augen waren so voller Tränen, dass sie nicht mehr klar sehen konnte.

»Armes Kind ...« Er legte die Hand auf ihre und drückte sie leicht. »Jetzt müssen wir aber wirklich deine Eltern verständigen. Und die Polizei.«

Abermals schüttelte sie entschieden den Kopf.

»Ich kann nicht. Ich weiß nicht, wie ich ihnen das erzählen soll. Und erst der Polizei! Er hat mir gedroht! Er hat meiner Familie gedroht, und ich weiß, dass seine Familie mächtig ist und uns schaden kann ...«

»Wer denn, Carina? Wer hat dir gedroht?«

»Axel.«

Sie konnte seine Entrüstung sehen. Er fragte auch nicht, welchen Axel sie meinte. Das war sicher ganz klar aus ihren Worten hervorgegangen.

»Du sagst ... dass *Axel Davidsen* dich vergewaltigt hat?«

Carina nickte. Sie berichtete ihm alles, was passiert war, nachdem sie die Kirche am Abend verlassen hatte. Die allzu drastischen Details behielt sie für sich, davon brauchte er auch nichts zu wissen. Der Punkt war, dass Axel ihre Freundschaft ausgenutzt und sie mit Gewalt genommen hatte, um sie danach mit Drohungen zum Schweigen zu bringen.

»Ach, Liebes ...« Er tätschelte ihre Hand. »Ich gehe ins Büro und bereite dir etwas heiße Milch mit Honig zu. Das tut gut, wenn man so aufgewühlt ist. Danach werden wir uns überlegen, wie wir damit umgehen wollen. Was immer auch passieren mag, ich werde dich den ganzen Weg begleiten. Wie klingt das?«

Mühsam brachte Carina ein kleines Lächeln hervor. Obwohl sie sich nicht besser fühlte, gab er ihr dennoch Hoffnung, dass all das überwunden werden konnte. Diese Hoffnung brauchte sie dringend.

»Danke.«

Ein paar Minuten später kam er mit der heißen Milch mit Honig zurück. Obwohl Carina weder Milch noch Honig sonderlich mochte, spürte sie doch die beruhigende Wirkung des Getränks.

»Ich wünschte, dass das alles nicht wahr wäre und es sich nur um ein großes Missverständnis handelte«, sagte Ramsberg. »Aber dafür ich kenne dich zu gut, Carina. Deshalb schmerzt es mich, all das zu hören. Ich kann meine Enttäuschung kaum in Worte fassen.«

»Ich hätte auch nie von ihm erwartet, dass...«, sagte Carina, die plötzlich den Eindruck hatte, dass ihr die Worte wie Teer auf der Zunge klebten. Eine Müdigkeit überkam sie, und sie fragte sich, ob jetzt wohl die Nachwirkungen der traumatisierenden Ereignisse eintraten.

»Oh, bei *ihm* kann ich mir das durchaus vorstellen«, sagte Ramsberg. »Ein junger, törichter Kerl, der daran gewöhnt ist, alles zu bekommen, was er haben will. Was soll man da anderes erwarten? Ich wünschte nur, dass er nicht *dich* gewählt hätte. Wo du doch immer so besonders, so unschuldig gewirkt hast. Und dennoch hast du ihn an diesen sündigen Ort begleitet.«

»Was?«

»Ich sage nicht, dass es nicht falsch war, was er getan hat, denn das war es. Er hat nicht an die Zukunft und die Konsequenzen gedacht. Also müssen *wir* das jetzt für ihn tun. Wir können nicht zulassen, dass du das weitererzählst, Carina. Es tut mir leid.«

»Ich verstehe nicht ...«

Carina brachte kein weiteres Wort mehr hervor. Die Müdigkeit nahm stetig zu. Ihr ganzer Körper fühlte sich schwer an. Allein aufrecht zu sitzen, kostete Kraft. Ihr Blick wurde verschwommen. Als sie versuchte, den Pastor anzusehen, war es, als ob sie durch eine aus dem Fokus geratene Kameralinse blickte. Der leere Becher fiel ihr aus der Hand und rollte über den Fußboden. Carina sank in sich zusammen. Sie konnte rein gar nichts dagegen tun, dass ihr die Augen zufielen.

»Was geschieht ...?«, war das Letzte, das ihr entfuhr, ehe sie in einen traumartigen Nebel glitt und ihr Körper regungslos auf dem Kirchenboden landete.

KAPITEL 37

Dienstag, 3. April

Bürgermeister Dan Rustad war außer sich. Wie ein letzter Wachposten vor dem Palast blockierte er die Türöffnung und fuchtelte wütend mit der rechten Hand herum.

»Wieso könnt ihr sie nicht in Frieden lassen?«, fauchte er. »Sie sollte schon längst wieder an der Uni sein. Die Ferien sind vorbei, und noch haben wir nicht die geringste Ahnung, wann Axels Begräbnis stattfinden wird. Ich sehe keinen Grund dafür, dass sie hierbleibt. Weshalb soll sie eine Aussage wiederholen, die sie schon längst gemacht hat? Das grenzt ja schon an Schikane, und ich werde das bei der Polizeiführung in Elvestad und bei der Kripo zum Thema machen!«

»Wir können gern hier draußen stehen bleiben und die Diskussion fortsetzen«, sagte Harinder Singh. »Oder wir reden mit Ihrer Tochter, die übrigens volljährig ist, und geben ihr eine letzte Chance, einer Verhaftung wegen Falschaussage zu entgehen. Ich bin nicht sonderlich auf Journalisten erpicht und würde es daher am liebsten vermeiden, denen ein Foto der Bürgermeistertochter in Handschellen zu verschaffen. Sie wissen ja, wie das so ist. Ein Nachbar schießt ein Foto mit dem Handy, und eine halbe Stunde später ist es in den Online-Zeitungen.«

Seine Worte verfehlten ihre Wirkung nicht. Allein die Medien auch nur zu erwähnen, brachte einen Politiker stets zum Einlenken. Das ging niemals schief.

»Das ist ein ziemlich ernster Vorwurf...«

»Den ich dokumentieren kann. Also eigentlich bin ich hier noch recht human«, sagte Harinder »Nun, was sagen Sie? Wollen Sie uns weiter im Weg stehen oder lassen Sie uns rein?«

Zwei Minuten später saßen er und Rachel am Küchentisch und redeten mit Susanne. Die Eltern hielten sich bedeckt. Der Bürgermeister fuhr zurück in sein Büro, und Isabella war im Keller, um sich um die Wäsche zu kümmern. Susanne hatte den Kopf gesenkt und betrachtete ein paar ausgedruckte SMS, die die Ermittler ihr vorgelegt hatten. Noch immer trug sie ihr Haar zu einem straffen Pferdeschwanz gebunden. Der blaue Fleck an der Wange war nicht mehr zu sehen, doch Harinder fand, dass sie dünner aussah.

»Was für eine Beziehung haben Sie zu Vegar Caspersen?«, fragte Harinder.

»Wir sind Freunde.«

»Nur Freunde?«

Er zeigte auf ein paar der ausgedruckten Nachrichten, die mit gelber Farbe markiert waren. Elektronischer Schriftverkehr der letzten Wochen, auch aus den Tagen vor Axels Ermordung.

22.3.: *Endlich komme ich nach Hause. Freue mich darauf, dich zu sehen:))*

24.3.: *Ich lass die Pizza aus, aber wir sehen uns auf der Party. Würde A am liebsten aus dem Weg gehen, aber solange du da bist...*

25.3.: *Ich bin OK, aber was für ein Idiot! Gibt bestimmt 'nen*
blauen Fleck! Papa wird ausflippen … Weiß nicht, was
ich getan hätte, wenn du nicht dagewesen wärst!

25.3.: *Komm zum Park.*

26.3.: *Hat Streit gegeben, aber das ist es wert. Danke für alles.*
Du weißt, du kannst mir vertrauen. Hab dich gern:)

»Wir sind schon immer Freunde gewesen«, erklärte Susanne. »Ich habe Vegar wirklich gern. Er hat mich in den letzten Wochen sehr unterstützt. Was anderes war da eigentlich nie Thema. Manchmal ist man eben nur befreundet.«

»In letzter Zeit hat es aber viel Kontakt gegeben«, sagte Harinder. »Besonders, seit Sie beide nach Staden zurückgekehrt sind.«

Sie nickte.

»Es gab da ein paar Dinge, bei denen ich dachte, dass ich die mit niemand anderem besprechen könnte. Die nur Vegar verstehen würde. Weil er Axel ebenfalls in- und auswendig kannte.«

»Was ist eigentlich auf der Party passiert?«, fragte Harinder. »Sie haben sich später deswegen Nachrichten geschickt. Worum ging es?«

Susanne zögerte.

»Ich verstehe«, warf Rachel ein. »Sie wollen nicht lügen, aber auch sich selbst und ihn beschützen. Aber sobald wir herausfinden, dass Sie lügen, erreichen Sie das Gegenteil.«

»Sollte ich einen Anwalt hinzuziehen?«, fragte Susanne.

»Das Recht dazu haben Sie natürlich«, sagte Harinder. »Aber wenn wir diese Unterhaltung über einen Rechtsanwalt weiterführen müssen, werden Sie eine gewisse Zeit in Untersuchungshaft verbringen. Sie müssten dann auch ihren Studienberater informieren und mitteilen, dass Sie für eine Weile nicht zurückkommen.«

Eine harte Drohung, die gegen ihre Zukunft gerichtet war. Selbst wenn es an der rechtlichen Grundlage vielleicht ein wenig mangelte, war die Androhung doch ungeheuer effektiv.

Vegar Caspersen zog den Vorhang beiseite und spähte auf die Straße. Noch war alles ruhig. Kein Streifenwagen mit Blaulicht auf dem Weg zu ihrem Haus. Keine heulenden Martinshörner.

Vielleicht war seine Reaktion etwas übertrieben, aber er wusste, dass irgendetwas im Gange war. Er hatte es verstanden, als Susannes SMS eingegangen war. Der indische Polizist und seine Kollegin waren gerade bei ihr gewesen. Und dieses Mal war es ernst. Die Nachricht hatte gelautet:

Ich musste ihnen alles erzählen.

Er war weder wütend noch enttäuscht. Verstand, dass sie keine Wahl hatte. Die Polizei anzulügen, war nicht einfach. Er selbst hatte ihnen eine Menge Lügen aufgetischt. Dass sie ihn nicht damit konfrontiert hatten, bedeutete nicht, dass sie ihm glaubten. Die Polizei wandte bestimmte Techniken an, um Ungenauigkeiten oder Widersprüche zu entdecken – er hatte so etwas im TV gesehen. Anstatt ihn zur Rede zu stellen, gruben sie also weiter und glichen hinter seinem Rücken einzelne Antworten mit anderen ab.

Auf der Motocross-Bahn war er von Rachel Hauge überrumpelt worden, als sie zu ihm kam und fragte, wo er am Donnerstagabend gewesen sei. Auf die Schnelle war ihm nichts Besseres eingefallen, als zu behaupten, dass er sich zu Hause aufgehalten hätte. Natürlich hatten sie seine Eltern gefragt. Seine Mutter hatte nichts anderes sagen können, als dass sie nicht wusste, wo er gewesen war. Sie erinnerte sich sogar, ihn gerufen zu haben, als eine Freundin von ihm am Telefon war, um zu berichten, dass die Kirche in Flammen stand. Keine Reaktion.

Die Polizei wusste also von dieser Lüge. Und nachdem sie mit Susanne gesprochen hatten, wussten sie noch von ein paar anderen.

Warum hatte er nicht einfach gesagt, dass er mit Emma zusammen gewesen war? Ja, weil sie etwas anderes erzählt hatte. Genauso schlimm wäre es, wenn man sie der Lüge überführen würde. Sie hatte schließlich schon genug durchgemacht.

Vegar schnappte sich seinen Rucksack und verließ das Zimmer. Zu Hause bei seinen Eltern konnte er nicht bleiben. Er war schon viel zu lange dort. Jetzt musste er darüber nachdenken, wie es weitergehen sollte.

Die Mutter rief ihn, als er sich im Gang die Schuhe anzog. Er antwortete nur kurz, dass er aus dem Haus wolle, und schlüpfte durch die Tür, ehe sie ihm weitere Fragen stellen konnte. Mit dem Motorrad, das er alltags benutzte, fuhr er hinunter zum Parkvei und weiter in Richtung Storgate. Ein paar Minuten später überquerte er die Brücke und ließ Elvestad hinter sich. Mit diesem Schritt setzte er sich über die polizeiliche Anweisung hinweg, in der Nähe zu bleiben.

Seine Gedanken wanderten zurück zu seinem letzten Schuljahr. Ein schweres Jahr, in dem er nur darauf gewartet hatte, dass das Leben sich normalisierte. Dass die schlimmen und unruhigen Gedanken vorübergehen würden. Er

hatte sich mit Schularbeiten, Job und Sport über Wasser gehalten. Hatte mit ein paar Kumpeln abgehangen. Bis spät
in die Nacht Party gemacht. In der Hoffnung, dass, wenn
er nur alles täte, was normal erschien, er eines Tages auch
wieder das Gefühl haben würde, dass alles tatsächlich wieder normal *war*.

Seine Mutter, der kein noch so abgegriffenes Klischee
zu billig war, hatte ihm versichert, dass die Zeit alle Wunden heilen würde. Das letzte halbe Jahr in Gjøvik schien ihr
recht zu geben. Der Tapetenwechsel tat ihm gut. Er lernte
neue Freunde kennen. Hielt Kontakt zu denjenigen von den
alten, die sich um ihn gekümmert hatten. Mit einem der
Mädchen hatte er sogar das erste Mal Sex gehabt. Eigentlich ganz unerwartet, aber dennoch hatte es sich richtig an-
gefühlt.

Fast hatte er geglaubt, das Schlimmste überwunden zu
haben.

Aber er hatte sich selbst zum Narren gehalten. Das Aus-
maß an Selbstbetrug war ihm erst an jenem Samstag klar
geworden. Die Wiedervereinigung mit der alten Clique von
der Schule. Erst da war die Blase geplatzt. Und Axel hatte
die Nadel hineingestochen.

Verfluchter Axel.

Früher einmal waren sie unzertrennlich gewesen. Schon
seit dem Kindergarten die besten Freunde. Nachdem die
Schule vorbei war, waren sie einander entglitten. Sie hatten sich einmal in der Weihnachtszeit getroffen und danach
sporadisch Nachrichten ausgetauscht. In denen es um völlig oberflächliche Dinge ging. Sein Fehler, hatte er gedacht.
Schon während des letzten Schuljahrs hatte er sich ein wenig zurückgezogen. Er hatte versucht, die Beziehungen auf-

rechtzuerhalten, aber das war schwierig. Er konnte nicht aufhören, an Carina zu denken. Wo sie vielleicht war, was ihr zugestoßen sein konnte oder was sie durchgemacht haben mochte.

Zu Beginn waren alle sehr verständnisvoll gewesen, aber nach ein paar Monaten ließ das Interesse an der Geschichte nach. Niemand wusste, was eigentlich passiert war, dafür gab es umso mehr Spekulationen. War sie von zu Hause abgehauen? Hatte sie im Wald Selbstmord begangen? War sie entführt worden? Die Polizei konnte nichts davon ausschließen. Sie war einfach verschwunden. Nach und nach waren die Menschen wieder ihre eigenen Wege gegangen, und einige meinten, dass er das Gleiche tun sollte.

Sie hatten keine Ahnung.

Samstag, 24. März

Die Party war eine langweilige Pflichtübung. Das Wiedersehen mit den alten Freunden war natürlich schön, aber der Besuch in der Pizzeria hätte gereicht. Alle waren jetzt betrunken. Einige von ihnen, wie etwa Frode, waren so voll, dass sie nicht mehr deutlich sprechen konnten. Sie benahmen sich wie Vierzehnjährige.

Susanne war die Ausnahme. Genau wie er nippte sie an einer Flasche Bier, um sie so lange wie möglich in der Hand halten zu können. Sie lächelte halbherzig und gab sich offenbar Mühe auszusehen, als habe sie Spaß. Sie hatten sich ein paar SMS vor den Ferien geschickt, und er wusste, dass sie nicht glücklich war. Sie hatte mit Axel Schluss gemacht und musste sich eine neue Bleibe in Oslo suchen. Darüber würden sie nachher reden, an einem Ort, der sich besser eignete als dieses überfüllte Haus.

Vegar ging in die Küche, wo es am ruhigsten war. Er kippte den Rest des schalen Biers ins Abwaschbecken. Die Uhr zeigte halb zwölf. Nicht besonders spät, aber er wollte bereits nach Hause zu fahren. Er hatte genug von solchen Partys. Hatte im Grunde genommen genug von einigen seiner alten Freunde. Einschließlich Axel.

Sein Blick fiel wieder auf Susanne. Wenngleich sie zuvor so gewirkt hatte, als langweile sie sich genauso sehr wie er, war sie jetzt plötzlich aufgeregt. Mit raschen Schritten trat sie in den Gang. Kurz danach hörte er die Haustür zuknallen.

Vegar spähte durch das Küchenfenster. Susanne zog sich ihre Jacke über, während sie die Auffahrt hinunterstapfte. Axel rannte ihr hinterher. Er holte sie ein und fasste sie am Arm. Das schien ihr nicht zu passen, sie zog den Arm zurück und stieß Axel von sich weg.

Als Reaktion darauf schlug er sie.

Schockiert blieb Vegar am Fenster stehen und beobachtete die beiden. Nie hätte er geglaubt, dass sein Kumpel in der Lage wäre, so etwas zu tun. Er reagierte, ohne nachzudenken. Er stürmte aus der Küche, schubste ein paar Partygäste aus dem Weg und rannte aus dem Haus. Axel hatte sich über Susanne gebeugt. Seine Faust hatte sie getroffen und sie weinte. Bevor dieser reagieren konnte, stürzte Vegar sich auf seinen ehemals besten Freund. Sie rollten über den Boden und kämpften. Axel versuchte, ihm einen Kopfstoß zu versetzen. Vegar gelang ein Volltreffer mit der linken Hand.

Schließlich wurden sie von Susanne getrennt. Sie zerrte

Vegar weg und verpasste ihrem Exfreund eine saftige Ohrfeige.

»Du bist ein verdammter Drecksack!«, brüllte sie. »Ich hoffe, dass ich dich nie wieder sehen werde.«

Axel stand auf und richtete seine Kleidung. Er spuckte auf den Boden und sah seinen Kumpel verachtend an.

»Verflucht, du bist so scheinheilig, dass mir übel wird«, sagte er. »Genau wie deine Ex. Oberflächlich ein Vorbild an Tugend, aber du hast ja keine Ahnung, was wir getrieben haben, als du nicht dabei warst, Kumpel. Ich musste sie nur an der richtigen Stelle kitzeln, damit sie die Beine breitmacht.«

Es war Susannes Verdienst, dass Vegar nicht augenblicklich auf Axel losging.

»Was meinst du denn damit, verdammt?!«, rief er. »Hast du sie angerührt? Hast du etwas mit ihr gemacht?«

»Hör nicht auf ihn«, sagte Susanne und schloss Vegar in die Arme, damit er sich nicht auf Axel stürzte.

Aber er hatte es gehört und zählte zwei und zwei zusammen. Er sah seinem ehemals besten Freund in die Augen und wusste, dass er Carina etwas angetan hatte. Dass er eine Rolle bei ihrem Verschwinden gespielt hatte.

Vegar begleitete Susanne nach Hause. Er hoffte, dass der kleine Spaziergang ihm helfen würde, die Gedanken zu ordnen. Eine Weile half es auch. Susanne ging es schlecht, und er konnte sich darauf konzentrieren, ein guter Freund zu sein. Aber sobald sie sich trennten, nahmen Wut und Verzweiflung zu.

Anstatt nach Hause zu fahren, rief er seinen Trainer und Mentor an. Frank Jansen konnte gut zuhören und schaffte es oft, ihn zu beruhigen. Dieses Mal klappte es nicht.

»Er ist bestimmt noch immer auf der Party. Ich fahre zurück. Er soll mir verflucht noch mal Rede und Antwort stehen!«

»Tu jetzt nichts Übereiltes, Vegar...«

Vegar wollte nichts garantieren. Es käme ganz darauf an, was Axel zu seiner Verteidigung zu sagen hatte.

KAPITEL 38

Mittwoch, 4. April

Schnee fiel, als die beiden Streifenwagen in die Straße einbogen, die zum Pfarrhof führte. Der Wind hatte im Laufe der letzten Stunden aufgefrischt, und die Temperatur war auf den Gefrierpunkt gefallen. Es war die erste Aprilwoche, aber völlig kampflos wollte der Winter offenbar nicht aufgeben.

Harinder Singh war für den Winter nicht passend angezogen, aber weder Schnee noch Kälte beschäftigten ihn, als er die mit Schneematsch bedeckte Auffahrt zum Haus hinaufstapfte. Rachel Hauge, Per Lyngstad und Dina Martinsen folgten ihm.

Am Vormittag hatte Harinder den Polizeijuristen davon überzeugt, dass es ausreichende Gründe für eine Verhaftung von Vegar Caspersen wegen des Mordes an Axel Davidsen sowie Karl Erik Ramsberg gebe. Was Letzteren betraf, war Bjørn Holum jedoch eher skeptisch gewesen und hatte daher technische Beweise und ein klares Motiv verlangt.

Dann war Lisa Toivonen gekommen und hatte ausführlich von ihrer Reise nach Lillehammer berichtet.

Vor einer Kneipe in Lillehammer hatte Lydia Larsen beschlossen, Lisa ihre dunkelsten Geheimnisse anzuvertrauen. Die Geschichte, die sie erzählte, handelte hauptsächlich von dem früheren Gemeindepfarrer Kristoffer Ramsberg, dem Vater von Kalle und Lydia. Sie handelte von einer Jugend unter der Herrschaft eines Tyrannen, der regelmäßig Gürtel, flache Hand und andere Mittel einsetzte, um das Verhalten von sowohl seinen Kindern als auch deren Mutter zu korrigieren. Stets unter dem Deckmantel eines passendes Bibelzitats, das die sogenannte disziplinarische Maßnahme rechtfertigen sollte, die von den meisten rational denkenden Menschen jedoch als Misshandlung bezeichnet worden wäre. Die ersten sexuellen Übergriffe passierten, als Lydia zwölf Jahre alt war. Sie gingen weiter bis zum Ende ihres 16. Lebensjahrs. Dann war Lydia von zu Hause abgehauen.

»Kalle wusste von den Übergriffen«, hatte sie behauptet. »Es hat es mit eigenen Augen gesehen. Als ich ihn später damit konfrontierte, meinte er, dass er lediglich gesehen habe, wie ich meinen Vater ständig in unpassender Weise umworben hätte. Er sagte, ich hätte ihn verführt, wie es die Schlange im Garten Eden getan hatte. In seinen Augen lag Papas Schuld einzig in seiner Schwäche.«

Das waren ernstzunehmende Vorwürfe. Harinder konnte sich natürlich an Kristoffer Ramsberg erinnern. Konnte ihn gleichsam vor sich sehen, mit Pomade im Haar, üppigem Bart und dickem Bauch. Ein humorloser Erweckungsprediger, der sich nur allzu gern selbst reden hörte. Harinder hatte sein pompöses Auftreten immer ein wenig komisch gefunden. Alles andere als komisch waren indes die Handlungen, die Lydia Larsen beschrieben hatte.

»Die Frage ist, ob wir ihr glauben können, oder ob dies nur ein weiterer Fall ist, bei dem jemand die Schuld für seine eigenen Fehlentscheidungen auf einen Missbrauch in der Kindheit projiziert«, sagte Harinder.

»Wenn du sie gehört hättest, würdest du diese Frage nicht stellen«, sagte Lisa Toivonen. »Sie war absolut glaubwürdig. Außerdem hätte sie nichts dadurch zu gewinnen. Lydia ist eine gebrochene Frau, Herr Kommissar. Sehr wahrscheinlich ist sie auch ernstlich krank. Sie musste das alles wohl einmal aussprechen.«

»Okay. Aber was hat das alles mit dem Tod von Kalle Ramsberg zu tun?«

Lydia hatte ihren Bruder nicht beschuldigt, an den Übergriffen beteiligt gewesen zu sein, sondern ihm nur vorgeworfen, dass er alles gewusst, aber niemandem Bescheid gesagt hatte. Als Erwachsene hatte sie kaum Kontakt zu ihm gehabt und konnte daher auch nicht beurteilen, wie er als Familienmensch einzuschätzen war. Allerdings hatte es sie sehr gequält, dass Kalle beschlossen hatte, den Fußspuren eines Mannes zu folgen, den er in seiner Kindheit mehr als den Teufel selbst gefürchtet hatte. Nach einigen Jahren als Lehrer war er zum Priester ordiniert worden. Er hatte die Gemeinde seiner Heimatstadt übernommen, war in das Elternhaus gezogen und hatte in derselben Kirche gearbeitet. Seine Tochter, Lydias Nichte, wuchs in einem Heim auf, in dem Lydia selbst regelmäßig missbraucht worden war.

»Wir wissen, dass viele Menschen, die andere missbrauchen, selbst oft Missbrauchsopfer gewesen sind«, sagte Lisa Toivonen. »Und Kalle Ramsberg war ein Missbrauchsopfer. Vielleicht nicht in sexueller Hinsicht, aber missbraucht auf alle Fälle.«

Harinder entging nicht, dass die schwedische Kollegin an einen möglichen Zusammenhang zwischen Ramsberg und dem Verschwinden ihrer Cousine dachte. Er hielt ihre Theorie durchaus nicht für ausgeschlossen.

Aber ungeachtet dessen mussten sie noch tiefer graben.

Emma Ramsberg öffnete die Tür. Die jüngste der drei Geschwister wirkte nicht mehr ganz so blass, wie Harinder feststellte. Sogar die Andeutung eines höflichen Lächelns war zu sehen, als sie die Besucher begrüßte.

»Meine Mutter ist nicht zu Hause, falls Sie nach ihr suchen...«

»Wir sind nicht wegen deiner Mutter hier, Emma«, entgegnete Harinder. »Wir sind hier, um das Haus zu durchsuchen.«

»Wieso das denn?«

»Weil wir noch immer nach etwas suchen, was uns helfen könnte, den Mörder deines Vaters zu finden. Wir haben alles untersucht, was ihr uns zugeschickt habt, aber es ist gut möglich, dass ihr etwas übersehen habt, was wir vielleicht eher finden können.«

Sie hatten einen vom Polizeijuristen unterschriebenen Durchsuchungsbefehl, aber Harinder musste ihn nicht vorzeigen. Emma nickte bloß und ließ sie herein.

»Ich sollte vielleicht Mutter oder Johannes bitten, nach Hause zu kommen«, sagte sie.

»Ja, mach das«, sagte Harinder und lächelte ihr aufmunternd zu. »Allerdings müssen wir in der Zwischenzeit schon mal anfangen. Wenn du uns jetzt entschuldigst...«

Sie teilten das Haus unter sich auf. Harinder nahm sich zuerst Ramsbergs Arbeitszimmer vor. Es war eines der wenigen Zimmer im Haus, das ausschließlich ihm gehört hatte, dessen Tür er hatte schließen und in dem er ungestört seinen Angelegenheiten hatte nachgehen können.

Falls er etwas versteckt hatte, von dem die restliche Familie nichts wissen sollte, dann hätte er es mit großer Wahrscheinlichkeit hier getan und nicht etwa im Schlafzimmer, ob es sich dabei nun um Hefte, Fotos oder Filme handelte. Selbst hergestelltes oder aus dem Internet heruntergeladenes Material, das jeden dazu bringen würde, den Glauben an die Menschheit zu verlieren.

Die Frage lautete jedoch, wo solches Material aufbewahrt werden könnte. Für einen Mann mit Frau und drei Kindern bedeutete das eine größere Herausforderung als für einen Alleinstehenden. Außerdem war Kalle Ramsberg Gemeindepfarrer sowie eine wichtige Person im gesellschaftlichen Leben der Stadt gewesen. In seiner Umgebung hatte er großen Respekt genossen. Falls er wirklich ein Doppelleben geführt hatte, dann musste er auch sehr geschickt darin gewesen sein, dieses zu verbergen. Solch ein Mann hätte jedenfalls keine kompromittierenden Fotos oder ähnliches auf dem Schreibtisch, auf der Festplatte des Computers oder in einer Schreibtischschublade liegen.

Nein, dachte Harinder. Solch ein Mann hatte sich Verstecken bedient, von denen er allein Kenntnis hatte. Geheime Räume oder Luken, an denen Frau und Kinder täglich hätten vorbeigehen können, ohne zu wissen, was sich darin oder dahinter verbarg.

Er fing mit den Bücherregalen an, die mit christlicher Literatur und literarischen Klassikern bestückt waren; Bücher, die zu besitzen einem Pastor nicht vorgeworfen werden konnte. Harinder nahm die Bücher heraus, und untersuchte die Regale und Wände auf verborgene Fächer. Er fand nichts. Dann kam der Fußboden an die Reihe. Harinder zog den Teppich weg und rollte ihn zusammen. Stellte ihn in eine Ecke und begann, das Parkett abzutasten.

Unten wurde die Haustür geöffnet. Harinder hörte eine erregte Männerstimme, die zu wissen verlangte, was vor sich ging, dann Rachel, die die Situation kurz erläuterte. Zwei Minuten später hörte er jemanden mit schnellen Schritten die Treppe heraufkommen. Die Tür des Arbeitszimmers wurde aufgerissen, während Harinder auf allen Vieren nach losen Parkettfliesen suchte. Johannes Ramsberg wirkte ebenso entsetzt wie an dem Abend, als die Kirche abgebrannt war.

»Sie haben hier nichts zu suchen!«, sagte er. »Das hier war Vaters privates Arbeitszimmer. Es gibt hier nichts, was Sie etwas angehen könnte!«

»Leider steht es nicht in Ihrer Macht, das zu entscheiden«, sagte Harinder. »Wir haben einen Durchsuchungsbefehl für das gesamte Haus und die Garage.«

»Aber ich verstehe nicht, wieso. Sie invadieren hier unser Zuhause. Ich möchte bitte wissen, weshalb Sie auf diese Weise vorgehen. Mein Vater war Opfer eines grausamen Verbrechens!«

»Ja, und genau dieses Verbrechen versuchen wir aufzuklären. Ich schlage vor, Sie begeben sich ins Wohnzimmer und bleiben dort, bis wir fertig sind.«

Die Antwort schien Johannes Ramsberg nicht zu beruhigen.

»Sie durchwühlen Vaters Privatsachen und wollen mir erzählen, dass wir kein Recht haben zu wissen, was hier vorgeht?!«

Seine Standhaftigkeit begann Harinder auf die Nerven zu gehen. Niemand sah es gern, wenn sein Zuhause von fremden Menschen auf den Kopf gestellt wurde, aber ihn beschlich das Gefühl, dass es hier noch um etwas anderes ging. Rachel hatte ihm die Situation bereits erklärt, und das hätte reichen müssen.

»Wenn Sie der Durchsuchungsbefehl derart aufregt, ist die Frage, warum Sie sich weiter mit mir streiten wollen, anstatt einen Anwalt zu kontaktieren. Was fürchten Sie denn, was wir finden könnten?«

»Ich habe keine … das heißt …«, setzte Johannes Ramsberg an. Doch sein zögernder Tonfall, das nervöse Zwinkern und die Röte auf seinen Wangen hatten ihn bereits verraten. »Mein Vater war ein guter Mensch. Wenn Sie andeuten wollen, dass er etwa getan hat, was das Tageslicht scheuen sollte, dann tun Sie ihm Unrecht.«

»Bravo«, ertönte eine Stimme hinter ihm. »Du lügst fast so überzeugend wie er.«

Emma Ramsberg war in der Türöffnung aufgetaucht.

»Ich weiß, wonach Sie suchen«, sagte sie.

»Emma …«, protestierte ihr ältester Bruder.

»Halt den Mund.«

Ihr Finger zeigte auf einen Punkt oberhalb Harinders Schulter. Harinder drehte sich um und blickte in dieselbe Richtung. Oben an der Wand, gleich neben dem Fenster, sah er das Lüftungsventil.

Die vier Schrauben des Ventils waren zu kurz, als dass sie den Deckel vollständig an der Wand befestigt hätten. Harinder musste an der Unterseite nur eine seiner Bankkarten in den Schlitz schieben und den Deckel ablösen. Im Inneren des Lüftungsventils lag eine kleine gelbe Holzkiste. Er nahm sie heraus und hielt sie hoch, damit alle sehen konnten, was er gefunden hatte.

»Danke, Emma«, sagte er und richtete dann den Blick auf Johannes. »Vielleicht können Sie uns verraten, was wir da drinnen finden werden?«

Johannes Ramsberg schüttelte den Kopf. Die Röte seiner Wangen schien sich gemeinsam mit seiner Streitlust verzogen zu haben. Mit leerem Blick starrte er auf das gelbe Kästchen.

Harinder öffnete es und entdeckte zwei USB-Sticks.

KAPITEL 39

Über eine holperige Landstraße fuhr Lars Müller durch eine feuchte und matschige Landschaft. Noch immer fielen große Mengen Niederschlag vom Himmel, mehr Regen als Schnee. Um klare Sicht zu behalten, hatte er die Scheibenwischer auf die höchste Stufe stellen müssen. Die Straße führte an einem kleinen Bauernhof vorbei, der schon vor vielen Jahren aufgegeben worden war. Der Boden war von Unkraut überwuchert, dem Wohnhaus fehlten die Fenster und das Dach. Er fuhr so tief wie möglich in den Wald hinein und hielt an einem dunkeln, übel riechenden Gewässer an. In einem Radius von einem Kilometer gab es, wie er wusste, nicht die Spur einer Besiedelung.

Er schaltete den Motor ab, stieg aus und öffnete den Kofferraum. Starrte auf Geir Holst hinunter, der zitternd vor ihm lag, gefesselt und geknebelt. Mit großen, erschrockenen Augen erwiderte er Müllers Blick.

»Noch irgendwas ungeklärt?«, hatte Georg Davidsen ihn gefragt, als sie die Strategie für die bestmögliche Durchführung der sogenannten »Krog-Auslöschung« diskutierten.

Georg war sauer. Er klang, als würde er Lars für den Ausgang der Geschichte verantwortlich machen wollen. Das war völlig ungerecht. Er hatte seinen Teil des Jobs erledigt, und alles war nach Plan verlaufen, bis der verfluchte Pakistaner in letzter Sekunde alles ruiniert hatte. Pardon, *Inder.*

Doch der Punkt war, dass Lars das Geschehen nicht angelastet werden konnte. Wie sich zeigte, war die kleine Krog plötzlich auf die Idee gekommen, ihre Mutter anzurufen, und natürlich hatte die Polizei den Anruf zurückverfolgt. Danach war dieses Arschloch von Singh wie ein Bluthund auf der Spur von Krog und später Rune und Mikail gewesen.

Müller wusste nicht, was er hätte tun können, um das zu verhindern.

»Nur ein paar Kleinigkeiten«, hatte er Georg auf dessen Frage geantwortet.

Zuerst ging es um Thea Krog selbst. Solange sie sich unter Beobachtung im Krankenhaus befand, konnten sie leider nicht viel tun. Vorläufig. Geld würde das Problem sicherlich lösen, sofern Georg bereit wäre, etwas davon auf eine Person zu verwenden, die an der Ermordung seines Enkels beteiligt gewesen war. Aber hatte er eine Wahl?

Eine andere Kleinigkeit war der Drogenhändler, den er am Abend aufgelesen und in den Kofferraum geworfen hatte. Geir Holst war in der Lage, den Mann zu identifizieren, der ihn verprügelt und dem er die Person genannt hatte, bei der Krog sich versteckte. Die Polizei könnte das als bewussten Versuch deuten, in eine laufende Ermittlung einzugreifen. Holst konnte der Darstellung widersprechen, die die Familie Davidsen der Anklagebehörde zu verkaufen suchte.

Gab es eins, das Georg nicht mochte, so war es negativ geladene Aufmerksamkeit für die Familie. Müller hatte es so verstanden, dass Georg wütend auf seinen Sohn war, weil er eine ihrer Immobilien in den Entführungsfall hineingezogen hatte.

»Was soll ich jetzt tun?«, fragte er den Alten.

»Klär es einfach, Lars.«

Keine tiefgreifenden Erläuterungen, nur ein schlichter Befehl, der ihm alle Verantwortung für die Durchführung überließ. Georg erteilte keine spezifischen Instruktionen, weil er die Einzelheiten nicht wissen wollte. Was ihn interessierte, war einzig die Erledigung der Arbeit. Wie sie getan wurde, war von untergeordneter Bedeutung, so lange daraus keine Komplikationen für die Familie erwuchsen. Es war dieselbe alte Geschichte. Ein hoch gelobter Aufräumarbeiter, das war alles, was er in ihren Augen war. Alles, was er jemals werden könnte.

Klär es, Lars.

Sollte ihm eines Tages einfallen, ein Buch über sein Leben zu schreiben, dann wäre dies der natürliche Titel. Und was für ein Buch das wäre. Ein verfluchter Bestseller, ganz klar, mit einem derart explosiven Inhalt, dass einige der vornehmsten Bürger der Stadt direkt ins Gefängnis gehen würden. Denn er wusste ganz genau, wo sich die Skelette befanden.

Denn die meisten davon hatte er begraben.

Er zerrte Geir Holst aus dem Kofferraum und stieß ihn auf den feuchten Boden hinunter. Mit hinter dem Rücken gefesselten Händen konnte Holst nichts dagegen ausrichten, dass er mit dem Gesicht zuerst im Matsch landete. Er rollte sich herum und blies die zähe Flüssigkeit aus der Nase aus, denn mit dem Klebeband über dem Mund brauchte er eine freie Nase, um atmen zu können.

»Was soll ich bloß mit dir machen, Geir? Wie kann ich sicher gehen, dass du den Mund hältst und nichts über Dinge erzählst, die niemanden was angehen?«

Wenn er das Klebeband von seinem Mund entfernte, würde Holst vermutlich hoch und heilig versprechen, niemandem auch nur ein Sterbenswörtchen zu verraten. Aber wie könnte er sicher sein?

»Ich könnte dir eine hübsche Summe Geld anbieten. Geld ist eine einfache und effektive Methode. Funktioniert in 95 Prozent aller Fälle. Du würdest doch ja zu dem Geld sagen, stimmt's? Oder bist du einer von diesen unbestechlichen Harrison-Ford-Typen, denen niemals einfallen würde, ein paar Scheine anzunehmen und dann in die andere Richtung zu blicken?«

Holst schüttelte nachdrücklich den Kopf.

»Nein, das hätte ich auch nicht gedacht. Dann hätten wir eine Möglichkeit schon abgehakt«, sagte Müller. »Das Problem ist nur, dass du Abschaum bist. Du lebst vom Drogenverkauf, und wir wissen, dass du Axel über längere Zeit mit illegalen Substanzen versorgt hast. Da stellt sich für uns natürlich die Frage, welche Rolle du eigentlich in den Geschehnissen gespielt hast, die ihm widerfahren sind. Weswegen sollten wir auch nur eine Krone für so jemanden wie dich ausgeben?«

Das gedämpfte Gemurmel seitens Holst verriet Müller, dass der junge Mann gern auf die Frage geantwortet hätte. An seinem Blick und seiner Gesichtsfarbe konnte er im Übrigen ablesen, dass Geir verzweifelt darum bemüht war, den Eindruck zu korrigieren, den sie von ihm bekommen hatten. Vielleicht sollte er sich anhören, was der andere zu sagen hatte?

Müller seufzte.

»Aber dein größtes Problem ist meiner Ansicht nach Folgendes: Du glaubst, dass du etwas weißt, und daher kannst du jederzeit auf die Idee kommen, dein Wissen mit den Bullen zu teilen, um deine eigene Haut zu retten. Egal wie viel Geld wir dir hinterherwerfen. Ein unbrauchbarer Ganove wie du wird früher oder später in einer Situation landen, in der du geneigt sein wirst, Informationen gegen eine weichere Gefängnispritsche einzutauschen. Ich weiß das, weil ich früher Bulle war. Mit solchen Blagen wie dir haben wir nämlich ständig irgendwelche Deals geschlossen.«

Müller hatte das Gefühl, alle Argumente ausführlich und sorgfältig gegeneinander abgewogen zu haben, und dass die sich abzeichnende Lösung die einzig richtige war.

»Glücklicherweise hast du nicht nur schlechte Seiten. Weißt du, was das Beste an dir ist, Geir?«

Der zu Tode erschrockene junge Mann starrte ihn erwartungsvoll an.

»Dass niemand dich vermissen wird, wenn du nicht mehr da bist.«

Müller zog seinen Revolver hervor, spannte den Hahn und schoss Geir Holst in den Kopf.

KAPITEL 40

»Habt ihr was gefunden?«

Lisa Toivonen hatte lange gezögert, ehe sie Kommissar Singh anrief, um nachzuhören, ob die Hausdurchsuchung etwas ergeben hatte. Ihre Neugier hatte aber schließlich gesiegt.

»Ja, wir haben etwas gefunden«, sagte Singh, der in keiner Weise erbost auf ihren Anruf zu reagieren schien. Ein gutes Zeichen. »Wir haben zwei gut versteckte USB-Sticks aufgetan. Beide enthalten passwortgeschützte RAR-Dateien. Wir müssen also erst die Passwörter knacken, ehe wir beurteilen können, ob wir etwas von Bedeutung gefunden haben.«

»Nicht einfach. RAR-Dateien erlauben Passwörter mit bis zu einer 128 Bits Verschlüsselung.«

»Ja, das wurde mir auch gesagt, ohne dass ich genau weiß, was das heißt«, sagte Singh. »Wir haben die Sticks einem unserer Experten in der Abteilung für Datenkriminalität geschickt. Natürlich ist es noch zu früh, etwas über den Inhalt der Dateien zu sagen, aber ich glaube kaum, dass jemand so viel Aufwand betreiben würde, um ein paar peinliche Urlaubsfotos zu verbergen.«

»Ich auch nicht.«

»Wenn sich das als wichtig erweist, wird dir dein Anteil an dem Fund natürlich angerechnet. Du hast gute Instinkte.«

»Danke«, sagte Lisa und merkte, dass sie rot wurde. Komplimente anzunehmen, war nie ihre Stärke gewesen. »Und was passiert jetzt weiter?«

»Emma Ramsberg ist gerade in der Polizeidienststelle, zusammen mit einem Rechtsanwalt. Ich glaube, sie möchte so einiges erzählen. Wie sich zeigt, haben sie und Vegar Caspersen eine Zeit lang eine heimliche Beziehung geführt. Das verändert den Fall ja ein wenig. Die beiden Morde müssen also nicht unbedingt aus demselben Motiv heraus begangen worden sein, auch wenn sie sich ähneln.«

»Ich habe mit Vegar gesprochen«, sagte sie. »Er hat Temperament, kommt mir aber nicht gewalttätig vor ...«

»Wozu Menschen alles in der Lage sind, ist meistens schwer zu sagen«, entgegnete Singh. »Er bekommt aber ohnehin noch Gelegenheit, sich ausführlich zu erklären. Sobald wir ihn hier haben.«

Lisa bedankte sich und beendete das Gespräch.

Endlich, dachte sie. *Endlich bewegt sich was.*

Die Entwicklung war so bedeutungsvoll, dass sie entschied, gleich Jenni davon zu erzählen. Dass es schon auf den Abend zuging, spielte dabei keine Rolle. Ein paar gute Nachrichten waren vielleicht genau das, was sie gerade brauchte.

Lisa zog eine Jacke über und ging zu ihrem Wagen. Fuhr den Hügel hinunter und passierte die Stadtgrenze. Sie war froh gestimmt. Das war sie sonst nur selten, aber in dieser Woche war es zweimal vorgekommen. Das erste Mal nach der herrlichen Nacht mit Rachel. Wahrscheinlich ein Fehltritt, aber einer, mit dem man leben konnte.

Du bist ja krank, dachte sie, doch ohne Selbstironie. Sie fing ihren Blick im Rückspiegel auf und fragte sich, was wohl mit ihr los sei.

Sie parkte vor dem Krankenhaus in Elverum. Mit den Händen in den Jackentaschen vergraben, durchquerte sie den Haupteingang. Niemand fragte, wohin sie wollte oder wen sie zu besuchen beabsichtigte. Wie ein schwarz gekleidetes Gespenst bewegte sich durch die Gänge auf Zimmer 2012 zu. Vielleicht hatte man sich im Laufe der letzten Woche an ihr abendliches Erscheinen gewöhnt.

Krankenhausbesuche am Abend hatten außerdem den Vorteil, dass mit ziemlicher Sicherheit niemand anderes vor Ort war. Sie wollte am liebsten vermeiden, dem Rest der Familie zu begegnen. Es waren liebe Menschen, und sie hatte sie gern, aber sie würden sie niemals richtig verstehen. Und deshalb würden sie auch nie aufhören, sie zu verurteilen.

Lisa blieb abrupt im Gang stehen. Eine kleine Menschenmenge befand sich gleich vor der Tür zu Jennis Zimmer. Eine laut weinende Elisabeth stand neben ihrem Vater und ihrem Freund Trygve.

Frank entdeckte sie zuerst. Sie schluckte, ballte die Fäuste und hörte für ein paar Sekunden auf zu atmen. Dann stellte sie die Frage, die eigentlich überflüssig war.

»Was ist geschehen?«

»Sie ist im Laufe des Tages immer schwächer geworden. Am Ende hat ihr Herz aufgegeben«, sagte Frank Johnson. »Wir kamen gerade rechtzeitig, bevor sie eingeschlafen ist. Es ging ganz schnell. Sie hatte keine Schmerzen.«

Lisa fühlte sich wie betäubt.

Nein, dachte sie. *Das ist falsch. So sollte es nicht ausgehen.*

Nach einem Augenblick war sie umringt von den anderen, die sie drücken und festhalten wollten. Sie wurde in die warme Umarmung von Frank gezogen. Nur zu gern hätte sie dort verweilt und dem Sturm der Gefühle, der in ihrem Inneren tobte, freie Bahn gelassen.

Stattdessen riss sie sich los und rannte auf den Ausgang zu, ohne die Rufe der anderen zu beachten.

Die Kneipe des Elvestad Motor Hotell befand sich in einem umgebauten Lagerhaus einer stillgelegten Holzfabrik. An den Wochenenden strömte die Stadtbevölkerung in die Kneipe, um zu Live-Musik zu tanzen. Die übrige Kundschaft bestand aus Motelgästen, Lastwagenfahrern und anderen Reisenden, die unterwegs etwas essen oder trinken wollten. Dazu einige Stammkunden aus Staden oder von einem der kleinen Bauernhöfe in der Nähe.

Lars Müller ging gern dort hin, weil er sich dort satt essen und einen Schnaps trinken konnte, ohne dabei völlig pleite zu gehen. An diesem Abend saß er in einer stillen Ecke und genoss einen saftigen Hamburger mit einem halben Liter Tuborg und einem Glas Whisky. Es herrschte reger Betrieb. Als er angekommen war, hatte er ein halbes Dutzend Motorräder entdeckt, die vor der Kneipe aufgereiht standen. Große Maschinen, darunter auch zwei Harleys. Fast wäre er deswegen schon weitergefahren. Auch wenn sie gerade nichts Schlimmes taten, konnte man davon ausgehen, dass Motorradgangs aus wertlosem Pack bestanden.

Die sechs Motorradfahrer standen in einer Ecke des Lokals um den Billardtisch versammelt. Sie tranken Bier und spielten Pool. Abgesehen von den lauten Stimmen, waren sie keine Belästigung für ihre Umgebung. Solange sich daran nichts änderte, würde Müller sie in Ruhe lassen. Roy an der Bar war ehemaliger Profiboxer. Er erzählte, dass sie einer Gang angehörten und ab und zu vorbeischauten, wenn sie sich in der Gegend aufhielten, und dass es niemals zu Ärger oder Auseinandersetzungen mit ihnen gekommen war. Seien eben nicht die Hells Angels, meinte Roy.

»Noch einen, Lars?«, fragte der Barkeeper, als er Müllers leeres Whiskyglas entdeckte.

Müller nickte, dachte aber, dass er Maß halten sollte. Er musste noch fahren, und die Straßenverhältnisse waren mitunter tückisch.

Ein neuer Gast kam herein. Müller warf einen schnellen Blick zur Tür und sah eine junge Frau auf das andere Ende des Bartresens zugehen. Auf den ersten Blick sah sie aus, als gehörte sie zu demselben Pack wie die Motorradfahrer. Mit gerunzelter Stirn betrachtete er den kurzgeschorenen Kopf und die Tätowierungen an den Armen, die zum Vorschein kamen, als sie ihre Jacke über einen Stuhl an der Bar legte. Was für eine Missgeburt, dachte er und versuchte sich vorzustellen, welcher Mann wohl Lust hätte, so etwas zu bumsen. Er spähte zum Billardtisch und den Easy-Rider-Klonen hinüber und hatte seine Antwort.

Nach einer Weile fielen ihm die Details ihres Gesichts auf. Ein eisiger Schauer kroch seinen Rücken hinunter und ließ ihn den Griff um sein Bierglas verstärken. Es war ihm immer besonders leichtgefallen, Gesichter wiederzuerkennen. Wie Groucho Marx vergaß er nie ein Gesicht, solange er nicht beschloss, eine Ausnahme zu machen.

Und dieses Gesicht erkannte er.

Er konnte gerade noch Roy zu sich winken, ehe der Ex-Boxer sich aufmachte, sie zu bedienen. Roy beugte sich über den Bartresen, während Müller ihm diskret ins Ohr flüsterte.

»Finde raus, wer sie ist.«

Er nahm einen großen Schluck von seinem Bier und sah sie etwas bestellen. Dem kurzen Wortwechsel entnahm er, dass Roy die Kleine gebeten hatte sich auszuweisen. Sie verdrehte die Augen, zeigte aber ohne Protest ihren Ausweis vor. Roy bedankte sich höflich, lächelte freundlich und brachte ihr einen halben Liter Pils.

»Lisa Toivonen«, sagte Roy, nachdem er an das andere Ende der Bar zurückgekehrt war. »Polizistin aus unserem Nachbarland. 25 Jahre alt. Weshalb interessiert sie dich so sehr, Lars? Bisschen zu jung für dich, nicht?«

Müller ignorierte ihn. Stattdessen stellte er in seinem Kopf bereits die Verknüpfungen her. Der Name Toivonen sagte ihm irgendetwas. Je mehr er darüber nachdachte, desto mehr nahmen die Dinge Gestalt an.

Sie saß an der Bar und trank in aller Ruhe ihr Bier, bis einer aus der Motorradgang neben ihr auftauchte. Ein Typ mit künstlichem Fell an der Jeansjacke, Pferdeschwanz und einem Bart, den er sich bei dem Sänger von Motörhead abgeguckt hatte. Er hielt ein Billardqueue in den Händen, stellte sich vor und fragte, ob sie spiele. Sie schüttelte den Kopf, aber er redete einfach weiter.

Müller beobachtete die beiden aus diskreter Entfernung und ahnte Ungemach, als der Bärtige eine Hand auf ihren Schenkel legte und ihr offenbar die eine oder andere Anzüglichkeit ins Ohr flüsterte.

Das Toivonen-Mädchen packte sein Handgelenk und verdrehte es derart, dass er heulte wie ein Weib. Um zu verhindern, dass sie ihm die Hand brach, warf er sich auf die

Knie. Zwei seiner Kumpel versuchten ihm Schützenhilfe zu leisten. Roy indes bewies, dass er seinen Elan noch nicht verloren hatte, sprang über den Tresen und ging zwischen die beiden, ehe sich der Streit ausweiten konnte. Müller war unsicher, welcher Partei er wohl zu Hilfe eilen würde.

Die Kleine ließ die Hand des Bärtigen los, der sie rasch zurückzog und sich, in dem vergeblichen Versuch, einen letzten Rest an Ehre zu retten, wieder aufrappelte. Müller schüttelte den Kopf. Was für ein Loser, dachte er.

Das Toivonen-Mädchen leerte ihr Bierglas, zog die Jacke an und trat rasch auf den Ausgang zu. Sorgfältig achteten die anderen Gäste darauf, ihr nicht im Weg zu stehen.

Müller erhob sich, sobald sie zur Tür hinausgegangen war. Er wollte sie im Auge behalten, bis er wüsste, wer sie wirklich war und was sie hier in der Gegend wollte. Innerhalb weniger Augenblicke war er Zeuge der ungewöhnlichen Kraft sowie der Gewaltbereitschaft geworden, die ihr offenbar innewohnten.

Er registrierte gerade noch, wie sie in einen rotbraunen Saab einstieg. Sie ließ den Motor an und raste mit hohem Tempo davon. Müller eilte zu seinem Toyota und setzte sich hinein. Obwohl die Straßenverhältnisse zur Vorsicht mahnten, drückte er das Gaspedal durch, um ihren Vorsprung einzuholen. Weit hinten in der Dunkelheit sah er zwei rote Lichtpunkte, die sich schnell in Richtung Stadt bewegten. Er blickte auf den Tachometer. Die Nadel zeigte 80 in einer Tempo-60-Zone, und Müller wurde klar, dass er noch viel schneller fahren musste.

Doch noch bevor er die Elvestadbrücke erreichte, war sie verschwunden.

Entnervt schlug er die Hand aufs Lenkrad. Mit ihrem

Tempo Schritt halten zu wollen, wäre Irrsinn gewesen. Seine Neugier war es nicht wert, sein Leben aufs Spiel zu setzen. Immerhin hatte er ihren Namen herausbekommen. Und damit ließ sich an weitere Informationen kommen.

Als er zur Storgate kam, entdeckte er sie plötzlich wieder. Sie trat auf den Eingang des Hotell Stasjonshuset zu.

Lisa schloss die Augen und atmete tief durch, ehe sie an die Zimmertür klopfte. Sie versuchte, den Vorfall in der Kneipe in dem Winkel ihres Gehirns zu verschließen, der für unnötige Erinnerungen und Erfahrungen reserviert war.

Hatte sie überreagiert? Keineswegs, wie sie fand. Die Raubtiere in dieser Welt sprachen leider nur eine Sprache, und die bestand aus roher Gewalt. Ihre DNA war darauf programmiert, nach dem kleinsten Anzeichen von Schwäche zu suchen. Und wenn sie es fänden, würden sie dich auf ewig beherrschen.

Sie wollte nicht mehr darüber nachdenken. Es war wie Dreck in ihrem System. Den wollte sie wegspülen, genauso wie die Trauer in ihrem Herzen. Für eine kleine Weile wollte sie etwas Schöneres fühlen. Etwas, das sie daran erinnerte, dass es einen Grund gab, zu leben und zu atmen.

Rachel Hauge öffnete die Tür einen Spaltbreit und spähte durch die schmale Öffnung. Ihr Haar war nass und frisch gekämmt, und sie trug einen weißen Frotteebademantel.

»Lisa…«

»Ich weiß, dass es spät ist und dass du bald schlafen gehen willst.«

»Das hatte ich vor, ja.« Rachel musterte sie. »Ist was passiert?«

»Jenni ist tot. Sie ist heute Abend gestorben.«

»Das tut mir sehr leid.«

»Es kam nicht unerwartet, ich war darauf vorbereitet. Ich bin also nicht hierhergekommen, um mich an deiner Schulter auszuweinen. Aber ich könnte etwas Gesellschaft gebrauchen, und du warst die Erste, die mir eingefallen ist. Nein, das stimmt so nicht. Du warst die *Einzige*, die mir eingefallen ist.«

Sie spürte, wie Rachel sie ansah. Vielleicht überlegte sie gerade, wie viele Komplikationen sie sich auflud, wenn sie sie jetzt hereinließ. Lisa konnte es ihr in dem Fall nicht übel nehmen.

Doch schließlich nahm Rachel ihre Hand und zog sie ins Zimmer herein.

Müller betätigte die Tresenklingel. Wie ein Geist aus der Lampe tauchte der Rezeptionist aus dem Hinterzimmer auf. Er war der ältere der beiden Söhne des Besitzerehepaars. Terje Ingvaldsen begrüßte Müller mit steifem Lächeln. Sie waren sich früher schon einmal begegnet, als Müller ihn und seine Freundin wegen Marihuanabesitzes gefasst hatte. Er hatte sie mit einer strengen Verwarnung davonkommen lassen, das aber nur, weil Glenn Davidsen in das Stasjonshus investiert hatte. Glenn mochte keine Vorkommnisse, die seine Geschäfte stören könnten.

»Vor ein paar Minuten ist hier eine junge Dame hereingekommen. Nun ja, was man so Dame nennt. Hast du sie gesehen oder warst du im Hinterzimmer mit deinen Pornos beschäftigt?«

»Nein, ich habe sie gesehen«, sagte Terje Ingvaldsen, während er leicht errötete.

»Gut. Ist sie ein Gast?«

Ingvaldsen schüttelte den Kopf.

»Was macht sie dann hier?«

»Vermutlich besucht sie einen anderen Gast.«

»Welchen Gast?«

Der andere zögerte.

»Nun komm schon, ich habe nicht die ganze Nacht Zeit. Und sag ja nicht, dass du es nicht weißt. Ihr lasst hier bestimmt nicht jeden willkürlich durch die Gänge streifen.«

»Ich glaube, sie wollte zu Hauge in Zimmer 303.«

»Hauge? Die Polizistin?«

»Ja. Ich hab nicht nachgefragt. Die hat hier schon mal übernachtet. Die sind...«

Müller ließ ihn den Satz nicht beenden.

»Andersrum? Ist es das, was du mir zu sagen versuchst?«

Ingvaldsen nickte. Er hatte die beiden Frauen am Abend zuvor in der Bar beobachtet, und eine der Angestellten hatte am Morgen danach die eine aus Hauges Zimmer kommen sehen.

Müller ging zurück zu seinem Wagen. Immer mehr Fäden schienen einander zu kreuzen. Und das auf keine gute Art. Wie wahrscheinlich war es, dass das Toivonen-Mädchen rein zufällig mit der Ermittlerin von der Kripo zusammengekommen war? Nicht sonderlich.

Sie hätten das Mädchen in jenem Sommer in Ruhe lassen sollen, dachte er. Schon damals hatte er befürchtet, dass sie die Sicherung aus einer Granate zogen, die jeden Moment in ihren Händen hochgehen könnte. Das Ganze war wenig durchdacht gewesen. Impulsiv. Er hatte ihre Bedenken, dass die Kleine womöglich alles weitertratschte, nicht geteilt. Niemand hätte ihr geglaubt. Die Wahrheit war wohl eher, dass sie übermütig geworden waren und einen Vorwand gefunden hatten, eine ihrer wichtigsten Grundregeln zu brechen:

Klau keine Kirschen aus Nachbars Garten.

Fast zwei Jahre danach war er immer noch damit beschäftigt, ihr Chaos zu beseitigen.

KAPITEL 41

Donnerstag, 5. April

Das Telefon vibrierte auf dem Nachttisch. Rachel öffnete vorsichtig die Augen und streckte die Hand aus. Es war kurz nach halb sieben. Der Wecker hätte um sechs klingeln sollen, aber sie hatte nichts gehört. Eine neue Nachricht von Harinder:

Vegar war heute Nacht nicht zu Hause. Geht nicht ans Handy. Keine Nachricht an die Eltern. Abgehauen? Wir geben eine Fahndung raus. Frühstück in 20 Minuten. Langer Tag heute.

Rachel seufzte. Dass sie in 20 Minuten startklar sein sollte, klang reichlich optimistisch. Sie drehte sich um und betrachtete die Frau, die neben ihr auf dem Bauch lag und schlief. Sie sah so friedlich aus, dass es Rachel wie eine Sünde vorkam, sie wecken zu müssen. Die Nacht war unruhig und intensiv gewesen, mit Liebesspiel und mit Tränen. Lisa gehörte zu denen, die hart sein und die Kontrolle haben mussten. Was zur Folge hatte, dass es ihr schwerfiel, andere an sich heranzulassen. Die Trauer über den Tod ihrer Tante war hingegen zu groß, als dass sie sich verdrängen ließ. Rachel gefiel es, dass Lisa sich in ihrer Gegenwart verletzbar zeigte. Das sprach für das Vertrauen, das sie zu ihr hatte.

Mit den Fingerspitzen strich sie über Lisas Hände und Arme. Folgte den Konturen ihrer Muskeln über die Schulter und den Rücken hinunter. Arme und Rücken waren stark tätowiert. Vielleicht ein wenig zu viel, dachte Rachel, wobei ihr die Muster durchaus gefielen. Ihre Haut war glatt und straff. Die Muskeln waren so gut trainiert, dass sich vermutlich kaum ein überflüssiges Gramm Fett finden ließ.

Hübsch, dachte Rachel und küsste leicht ihre Wange, um sie zu wecken. Mit einem dösigen Lächeln wurde sie belohnt.

»Willst du was Unheimliches hören?«, flüsterte Lisa.

Rachel nickte.

»Ich habe mich gerade ein bisschen verliebt.«

Ein wehmütiger Zug lag in Lisa Toivonens Lächeln, als sie die Worte aussprach.

Gegen sieben riskierte Müller es, den Wagen für ein paar Minuten zu verlassen und in den Busbahnhof zu gehen. Er musste pinkeln und sich Kaffee und etwas zu essen besorgen. Er war nicht mehr als zehn Minuten beschäftigt. Als er zurückkam, war der Saab immer noch da.

Er hatte im Wagen übernachtet, draußen vor dem Busbahnhof, wo er gute Sicht auf den Eingang des Hotels hatte. Es war unbequem und kalt gewesen, und ein paarmal war er gezwungen, den Motor im Leerlauf tuckern zu lassen, damit er nicht Gefahr lief zu erfrieren. Allerdings machte ihm die Frau mit den kurz geschorenen Haaren mehr Sorgen als seine Körpertemperatur. Und mehr noch ihre Verbindung zu der Kripo-Ermittlerin, so dass er fest entschlossen war herauszufinden, was hier eigentlich vorging.

Eine weitere Viertelstunde verging, ehe sie schließlich

auftauchte. Sie kam allein aus dem Hotel. Bei Tageslicht sah sie auch nicht viel besser aus, dachte Müller. Die Rothaarige war für eine Lesbe immerhin eine verhältnismäßig elegante Frau.

Toivonen stieg in ihren Saab, ließ den Motor an, lenkte den Wagen in die Fahrbahnmitte und fuhr in Richtung Brugate. Müller folgte ihr in angemessenem Abstand. Sie lenkte den Saab nach Eldoråsen hinauf, und noch bevor er den Hügel halbwegs bewältigt hatte, überkam ihn eine Ahnung, wohin sie wollte. Abgesehen von ein paar alten Blockhütten, war Lennart Davidsens Haus das einzige Wohngebäude hier oben. Der alte Trottel besaß die meisten Grundstücke und den meisten Wald in der Umgegend.

Müller entdeckte plötzlich eine kleine Ausbuchtung an der Straße und hielt an. Besser nicht zu nahe an das Haus heranfahren, dachte er.

Er nahm ein kleines Fernglas aus dem Handschuhfach und spazierte den letzten Rest des Hügels hinauf. Schlich am Straßengraben entlang, um Deckung unter den Bäumen zu suchen. Es lag noch Schnee, aber der war ohnehin besser als der dicke Matsch auf der Straße.

Als er sich dem Haus näherte, entdeckte er den Saab. Keine Spur von der Missgeburt. Er verbarg sich hinter einem Baum und richtete das Fernglas auf das weiße Holzhaus. Aus dem Schornstein stieg Rauch auf. Hinter einem der Fenster sah er eine Gestalt. Lisa Toivonen stand vor dem Abwaschbecken und füllte ein Glas mit Wasser aus dem Hahn.

Nachdem er sich vergewissert hatte, dass sie allein war, zog er sein Handy hervor. Er wusste genau, wen er anrufen musste.

»Wir haben ein potenzielles Problem, und ich stehe hier und sehe es vor mir«, sagte er.

»Was für ein Problem?«, fragte Georg Davidsen.

Müller erläuterte die Situation. Er berichtete von dem Ereignis in der Kneipe und von dem Stelldichein mit Kriminalbeamtin Hauge.

»Die Verbindung ist alles andere als harmlos. Dass sie hier rumläuft und mit einer schwedischen Polizeimarke wedelt, ist an sich nicht besonders beunruhigend. Schlimmer ist, dass sie ganz offenbar etwas *plant*«, sagte Müller. »Und glauben Sie mir, etwas stimmt ganz und gar nicht mit ihr. Sie ist irgendwie mit diesem Johnson-Mädchen verknüpft, und jetzt taucht sie ausgerechnet hier auf, während dieser ganze andere Mist passiert.«

Er konnte gleichsam hören, wie der Alte in sich hineinfluchte. Er war über die Angelegenheit, die sich schon über zwei Jahre hinzog, genauso wenig erfreut wie Lars Müller. Der ganze Aufwand, weil sein Enkel es nicht geschafft hatte, seinen Hosenlatz geschlossen zu halten.

»Ich vermute, du hast ein paar Vorstellungen über den Hintergrund?«, fragte Georg.

»Ich behaupte nicht zu wissen, was vorgeht, aber wenn ich Sie wäre, wäre ich zumindest neugierig.«

»Du hast recht, ich bin neugierig«, sagte Georg. »Wo ist sie jetzt?«

»Zu Hause bei Ihrem Bruder.«

Am anderen Ende der Leitung blieb es eine Weile still. *Jetzt hast du was zum Grübeln*, dachte Müller.

»Warum hast du das nicht gleich gesagt?!«, fragte Georg. »Wenn sie mit diesem verfluchten Starrkopf unter einer Decke steckt, dann ist da ganz bestimmt was im Gange.

Lennart versucht schon seit Jahren, mich dranzukriegen. Seit diesem unglücklichen Ereignis mit seiner Tochter. Als ob *ich* etwas dafür könnte.«

»Der Mann ist verrückt«, bestätigte Müller.

»Und scheut anscheinend keine Mittel«, sagte Georg. »Kannst du sie zum Reden bringen?«

»Daran habe ich auch zuerst gedacht.«

»Aber?«

»Ich möchte lieber kein Risiko eingehen«, sagte Müller.

»Ich schlage vor, wir machen es einfach und sicher. Wir sind hier mitten im dichten Wald. Es gibt keine Zeugen. Sie weiß nicht, dass ich hier bin. Eine Kugel wird das Problem in Nullkommanichts lösen. Okay, wie kriegen vielleicht nicht alle Antworten, aber wir lösen ein Problem.«

Abermals herrschte Stille am anderen Ende der Leitung.

»Tu, was du willst«, sagte Georg schließlich. »Mach es nur ordentlich. Keine Wiederholung dieser Krog-Nummer. Ich will danach nichts mehr davon hören.«

»Verstanden.«

Müller legte das Handy weg und löste seinen Revolver aus dem Schulterholster.

KAPITEL 42

»Wir haben die Passwörter geknackt.« Ivan Moreno saß auf dem Rückweg nach Staden im Wagen und telefonierte mit Harinder. »Zehn Stunden mit Superkraft-Algorithmen, aber schließlich sind wir durchgekommen.«

»Hast du dir den Inhalt schon angeschaut?«

»Jedenfalls so weit, dass ich weiß, worum es geht.«

»Und was ist drauf?«

»Ziemlich grässliche Sachen.«

Harinder berief die Ermittlergruppe in den Konferenzraum. Polizeichefin Bolstad und Polizeijurist Holum waren ebenfalls gekommen und sehr begierig darauf zu erfahren, was hier zu einem Durchbruch in dem Fall führen könnte.

»Wir können nicht mit Sicherheit sagen, ob der Inhalt von Ramsberg persönlich stammt oder ob er sich das Material über Dritte beschafft hat«, sagte Ivan Moreno. »Wir sind aber sicher, dass alles aus derselben Quelle stammt. Wir reden hier nicht über eine lose Sammlung von Dateien, die aus dem Internet heruntergeladen wurden. Sie sind nicht professionell erstellt. Die von zwei Kameras stammenden Filme wurden von jemandem zusammengeschnitten, der lediglich Grundkenntnisse über das Redigieren von Videos besitzt. Technisch gesehen ist alles höchst amateurmäßig.«

Die USB-Sticks enthielten Fotos und Videodateien aus den Jahren 2009 bis 2016. Es handelte sich um acht Filme mit acht verschiedenen »Modellen« sowie die dazu gehörenden Standfotos. Alle Frauen waren jung. 18 oder sogar noch jünger.

Harinder begriff schnell, was Moreno mit den grässlichen Sachen gemeint hatte. Das erste Mädchen, das auf dem Bildschirm auftauchte, musste an der Grenze zur Volljährigkeit sein. Sie hatte braunes Haar, nussbraune Augen und ein rundes, weiches Gesicht, das hübsch anzusehen gewesen wäre, wenn man von der schmerzvollen Grimasse absah, zu der es sich verzogen hatte. Die blutunterlaufenen Augen wirkten verzweifelt. Das Bildmaterial war eindeutig keine gewöhnliche Ansammlung von S/M- oder Fetischpornografie. Niemand konnte in das verängstigte Gesicht dieses Mädchen blicken und sich einbilden, dass sie zu irgendeinem Zeitpunkt selbst beschlossen hatte, ein Teil des Projekts zu sein.

Alle Filme waren am selben Ort gedreht worden; es sah aus wie ein Kellerraum mit gepolsterten Wänden, dunkler Holzdecke und Betonfußboden. Ketten hingen von der Decke herab, einige mit Fesseln und andere mit Haken. In den Fußboden waren Ringe mit Befestigungen für Fußfesseln eingelassen. In der ganzen Filmserie tauchte immer wieder ein Metallbank mit Rädern und Lederriemen auf. Auf der einen Seite stand ein mit Peitschen, Stichwaffen und anderen Instrumenten ausgerüsteter Schrank, der wie ein Exponat aus einer Ausstellung von Folterwerkzeugen aussah.

Der Mann, der die sexualisierte Folter ausübte, trug einen dunkelblauen Overall, eine Schirmmütze und eine dunkle Brille. Die Kamera mied sein Gesicht, wodurch er schwer identifizierbar war. In einigen der Filme schien sich eine andere Person hinter Overall und Brille zu verbergen. Die beiden Männer unterschieden sich körperlich ganz eindeutig.

Eine drückende Stille breitete sich aus, während Moreno einen Film nach dem anderen vorführte. Alle Filme mussten angesehen werden, einer nach dem anderen. Jeder Ausschnitt dokumentierte einen Gesetzesbruch, jede Kameraeinstellung war ein potenzieller Hinweis. Einen Teil des Materials zu überspringen, weil der Inhalt schwer zu verdauen war oder sich auf die Dauer wiederholte, hätte bedeutet, das Leiden und die Entwürdigung, denen die Opfer ausgesetzt waren, auf die leichte Schulter zu nehmen.

»Wer sind diese Mädchen?«, fragte Rachel, nachdem sie etwa die Hälfte der Filme gesichtet hatten. Anscheinend konnte sie die Stille nicht mehr ertragen. Sie blickte Per und Polizeichefin Bolstad an, die beide mit Ramsberg bekannt gewesen waren.

»Die sind nicht von hier«, sagte Per.

»Ramsberg ist doch viel umhergereist, nicht?«, fragte Rachel.

»Stimmt. Sowohl hier im Land als auch in Dänemark und Schweden«, sagte Per.

»Ich bin nicht sicher, wie wichtig das ist«, sagte Harinder. »Die Filme sind alle am selben Ort entstanden. Die stammen nicht von jemandem, der mit einer Kamera umherreist und sich dann vor Ort ein Mädchen greift. Der Raum ist eingerichtet für einen bestimmten Zweck. Die Mädchen müssen dorthin gebracht worden sein.«

»Und wir können ausschließen, dass es sich um Ramsbergs Haus handelt«, sagte Per.

»Dann könnte also die Möglichkeit bestehen, dass Ramsberg die Filme gar nicht selbst gedreht hat?«, wollte Bolstad wissen.

Ihre Frage klang fast hoffnungsvoll. Vielleicht, weil es ihr nicht behagte, eine zentrale Gestalt aus dem gesellschaftlichen Leben der Stadt als Serienvergewaltiger der schlimmsten Sorte präsentieren zu müssen. Der Besitz solch pornografischen Materials hatte immerhin weniger ernsthafte Konsequenzen als die Produktion desselben.

Gemäß Moreno standen noch drei Filme aus. Nummer sechs und sieben folgten dem gleichen Muster wie die ersten fünf. Die Technik allerdings war etwas avancierter, die Bildqualität wurde besser. Die Mädchen und die Männer blieben jedoch unerkannt. Vielleicht standen sie auch gar nicht mit Norwegen oder mit Ramsberg in Zusammenhang. Er konnte das Material von Dritten im Internet gekauft haben. Im Darknet gab es viel Dreck, der sich jedweder Kontrolle entzog.

Harinder war schon kurz davor, die Filmsammlung als unnütz für die Ermittlungen abzuschreiben, als das achte und letzte Gesicht den 21 Zoll großen Bildschirm füllte.

»Verfluchte Scheiße…«

Ein scharfer, schabender Laut erfüllte den Raum. Als hätte er sich in ein Wespennest gesetzt, sprang Per Lyngstad abrupt von seinem Stuhl auf. Der Stuhl kippte nach hinten und fiel um. Mit zitternder Hand zeigte er auf den Bildschirm. Sein Blick richtete sich auf Bolstad.

»Siehst du das?!«

Mädchen Nummer acht war Carina Johnson.

Die Videodatei war auf den 7. Juli 2016 datiert.

Ein Tag, nachdem sie als vermisst gemeldet worden war.

KAPITEL 43

Ein beiger Volvo-Kombi sauste über die E18 in westliche Richtung auf die norwegische Grenze zu. Die Person am Steuer hielt den Wagen überwiegend auf der linken Fahrspur. Ein kurzer Halt, um zu tanken und den Thermobecher mit Kaffee aufzufüllen, dann weiter mit maximal erlaubter Höchstgeschwindigkeit. Die Entfernung von Stockholm betrug 550 Kilometer. Die Reisezeit war auf sechseinhalb Stunden berechnet.

Der Plan war, es in fünf Stunden zu schaffen.

Die Abreise war morgens um 6:30 Uhr erfolgt. Eine lange Fahrt nach einer schlaflosen Nacht. Alles aufgrund eines offenen und beunruhigenden Gesprächs im Anschluss an den Todesfall im Krankenhaus Elverum. Ein trauriges, aber nicht unerwartetes Ereignis. Sie alle waren darauf vorbereitet gewesen, dass es so kommen würde.

Ungeachtet dessen waren es andere Geschehnisse, die Sorgen bereiteten. Ernsthafte Geschehnisse, von denen eines sogar in der schwedischen Presse Erwähnung gefunden hatte. Das allein war schon ungewöhnlich. Doch eine abgebrannte Kirche mit einem toten Pastor waren auch auf dieser Seite der Grenze ein paar Schlagzeilen wert.

Das gestrige Gespräch stellte diese Geschehnisse in einen

größeren Zusammenhang. Scheinbar kleine, mehrere Wochen alte Details nahmen neue Bedeutung an. Plötzlich war ihnen klar geworden, dass sich in der kleinen Stadt, in der ein paar Verwandte lebten, in aller Stille ein veritabler Sturm zusammengezogen hatte. Und einer der Ihrigen befand sich mittendrin.

Das flaue Gefühl im Bauch war der Furcht geschuldet, dass die schlimmsten Sturmböen noch bevorstanden.

Das Straßenschild zeigte die Abzweigung nach Karlstad an. Die Landesgrenze war etwa zehn Kilometer entfernt. Der Tacho zeigte 120 Stundenkilometer.

Es galt keine Zeit zu verlieren.

KAPITEL 44

Müller schlich sich durch eine Baumgruppe hindurch, damit er vom Fenster aus nicht gesehen werden könnte. Wie ein erfahrener Jäger setzte er behutsam seine Schritte. Zwischen zwei Birken ging er in die Hocke, nahm das Fernglas hervor und spähte durch das Wohnzimmerfenster.

Lisa Toivonen saß mit einem Laptop auf dem Schoß neben dem Kamin auf einem Stuhl. Sie starrte konzentriert auf den Bildschirm. Er musterte ihr Gesicht durch das Fernglas. Seine Gedanken wanderten zurück zu dem Sommer vor zwei Jahren. Zu dem Abend auf der Farm. So nannten sie ihn, den Ort auf der anderen Seite der schwedischen Grenze, in den sie investiert hatten und wo sie einer exklusiven und gewinnbringenden Nebentätigkeit nachgingen. Solange sie grundsätzliche Regeln einhielten, blieb auch das Risiko minimal.

Damals hatten sie die Regeln gebrochen. Kalle hatte Panik wegen einer jungen Frau bekommen, die das Wohlergehen der Bewohner der Parkallé bedrohte. Jedenfalls behauptete er, in Panik geraten zu sein. Müller sah darin den Vorwand, ein Bedürfnis stillen zu können, das lange in Kalle herangereift war. Und deswegen hatte er die Sache in eigene Hände genommen, anstatt *ihn* anzurufen.

Dieser Idiot. Wenn er es nämlich getan hätte, wären ihnen viele Probleme erspart geblieben. Sowohl damals als auch heute.

Müller scherte sich nicht um das Mädchen. Aber er machte sich Sorgen, weil sie zum ersten Mal einen Gast auf der Farm hatten, der ihnen nicht über die üblichen Kanäle zugeführt worden war. Einen Gast, der Wirbel machen würde. Und sie hatten sie dorthin gebracht, obwohl sie wussten, dass es eine Fahrt ohne Rückfahrschein sein musste.

Wenn sie wirklich hätte verschwinden sollen, wäre Müller auch damit zurechtgekommen. Er hätte keinen Ort gewählt, der später mit ihm in Verbindung gebracht werden könnte. Er hätte keine Beweise in Form von Fotos und Filmen hinterlassen. Jeder Dummkopf verstand, dass man so etwas nicht tat. Doch nicht Kalle. Er begehrte das Mädchen, er wollte das Erlebnis auskosten und sich gleichzeitig dafür loben, die Situation allein gelöst zu haben.

Das war der Unterschied zwischen ihnen. Müller war ein ausgesprochener Pragmatiker. Er tat das, was unbedingt erforderlich war, nicht mehr und nicht weniger. Und deswegen hatte er auch dieses Mal nicht die Absicht, unnötige Risiken einzugehen.

Nachdem er überlegt hatte, welche Strategie zur Anwendung kommen sollte, entschied er sich für die sicherste Methode. Er konnte sich nicht in das Haus hineinschleichen, und er konnte nicht die Tür eintreten und wie ein zweiter Doc Holliday im Morphinrausch um sich schießen. Der Wald bot natürlichen Schutz vor Zeugen, aber der Schuss würde dennoch gehört werden. Er musste sicherstellen, dass er das Ziel auch traf, ehe er den Abzug betätigte. Ein schwieriges Unterfangen angesichts der Wände und geschlossenen Türen.

Müller steckte das Fernglas weg und zog den alten Dienstausweis hervor, den er stets bei sich trug. Hielt ihn in der Hand, während er zur Tür spazierte und mit Entschiedenheit anklopfte.

Lisa stellte das Laptop weg und erhob sich aus dem alten Ohrensessel. Sie zögerte kurz. Sie erwartete keinen Besuch und hatte auch kein Fahrzeug den Hügel heraufkommen hören.

Sie trat in den Gang, als abermals angeklopft wurde. Die Tür war schwer und schabte über den Boden. Sie öffnete sie nur ein kleines Stück und spähte durch den schmalen Spalt.

Der große Mann dort draußen hielt einen Dienstausweis der Polizei in der Hand. Er hatte blonde Haare mit großen grauen Strähnen. Einen kleinen Bauch und ein unrasiertes Gesicht mit kräftigen Kiefermuskeln.

»Frau Toivonen?«, fragte er. »Ich bin Wachtmeister Müller. Haben Sie Zeit für ein kurzes Gespräch?«

Lisa wusste, dass sie mitunter zu Paranoia neigte, aber dieses Mal bestand kein Zweifel. Er stand zwar mit einem überzeugenden Lächeln vor ihr, aber sie wusste ganz genau, wer er war.

Sie versuchte, ihm die Tür vor der Nase zuzuschlagen, doch für einen Mann seiner Größe war er schnell. Ehe es ihr gelang, sie zu schließen, hatte er seinen Fuß auf die Schwelle gesetzt. Er drückte gegen das Türblatt, stemmte sein gesamtes Gewicht dagegen, und Lisa merkte, wie die Tür etwas nachgab. Sowie er den Stiefel über die Schwelle geschoben bekäme, könnte sie nichts mehr tun.

Mit der Schulter voraus warf er sich erneut gegen die Tür. Lisas Gesicht wurde getroffen, und sie fiel zu Boden. Müller drückte die Tür ganz auf, trat in den Gang und zog gleichzeitig einen Revolver hervor. Sie lag bäuchlings auf dem Boden, konnte nirgendwo Schutz suchen.

»Hab keine Angst«, sagte er. »Wenn Lars den Fall übernimmt, passiert alles schnell und schmerzlos.«

Lisa rollte sich schnell zur Seite und fasste nach dem alten abgenutzten Teppich in der Eingangshalle. Sie zog kräftig daran. Sah, wie die Beine des Eindringlings unter ihm nachgaben.

Er kämpfte vergebens, um das Gleichgewicht zu halten. Sein Finger klemmte sich aus reinem Reflex um den Abzug, ehe sein schwerer Körper auf dem Boden aufschlug.

Ein lauter Knall hallte durch den Raum. In Lisas einem Ohr fing es an zu pfeifen. Infolge des Einschusses rieselte Putz von der Decke herunter.

Der Revolver war ihm bei dem Sturz aus der Hand gefallen.

Sie glaubte, einen Anflug von Panik in seinem Gesicht zu sehen. Rasch kam sie auf die Füße und griff nach einer Vase, die auf einem Sideboard stand. Zog sie ihm über den Kopf, als er gerade dabei war, sich wieder hochzurappeln.

Sie bückte sich, um den Revolver aufzuheben. Noch ehe sie die Waffe auf ihn richten konnte, packte er ihre Handgelenke und versuchte, die Mündung von sich wegzudrücken. Er war groß und stark, aber Lisa hatte lange Monate hartes Training hinter sich. Sie ließ sich nicht überwältigen.

Er musste gemerkt haben, dass es keinen Zweck hatte, denn plötzlich hob er sein Knie und rammte es ihr in den Bauch.

Ein starker Schmerz durchfuhr sie, und sie stöhnte laut auf.

Dann versuchte er es mit einem Kopfstoß, der aber ins Leere ging. Sie reagierte, indem sie ihn mit der Faust direkt auf den Nasenrücken schlug.

Müller stolperte über die Türschwelle. Fiel rückwärts aus der Tür und die einzige Stufe hinunter. Er hatte sich an ihrer Hand festgeklammert und zog sie mit sich herunter. Sie rollten auf dem kalten Boden umher. Lisa kämpfte um die Oberhand. Um aufstehen zu können, musste sie eine Hand vom Revolver lösen.

Er setzte ihr nach. Nutzte es aus, dass sie nur eine Hand an der Waffe hatte, und zog sie jäh zu sich heran, während er ihr aus der anderen Richtung den Ellbogen ins Gesicht rammte. Der Zusammenstoß ließ sie schwanken, der Griff um die Waffe löste sich.

Der Revolver wurde zur Seite geschleudert und landete ein paar Meter entfernt im Schnee. Anstatt Müller im Auge zu behalten, folgte ihr Blick der Waffe. Mit geballter Faust schlug er ihr ins Gesicht, so dass sie hinten überfiel. Blut tropfte ihr aus der Nase und färbte den Untergrund rot.

Der Schlag hatte sie umgehauen, aber noch war nicht bis zehn gezählt. Müller befand sich zwischen ihr und der Schusswaffe, aber sie würde auch keinen Versuch unternehmen, den Revolver zurückzugewinnen. Stattdessen stürmte sie in eine ganz andere Richtung. Der Schachzug schien ihn zu verblüffen, bis er den Hackklotz entdeckte.

Und die Axt, die in dem Klotz steckte.

Müller stürzte zu der Stelle, wo der Revolver gelandet war. Fast wäre er auf dem matschigen Untergrund ausgerutscht. Sie packte die Axt und rannte mit voller Kraft auf ihn zu. Schwang die Axt in die Luft, noch ehe er die Waffe aufheben konnte. Dann versenkte sie das Axtblatt so tief in seinem Schenkel, dass sie den Knochen brechen hörte. Er brüllte aus vollem Hals.

Der große Mann fiel auf alle viere. Als sie die Axt herauszog, spritzte Blut aus der frischen Wunde. Eine vielleicht tödliche Verletzung, aber sein Blick verriet nicht, dass er schon erledigt war. Lisa hob die Axt mit beiden Händen und ließ sie noch einmal auf ihn herabsausen. Sie hätte getroffen und ihm den Kopf gespalten wie ein Holzscheit, wenn er in letzter Sekunde nicht die Arme gehoben hätte, um den Axtschaft abzufangen.

Geschwächt und beschämt hielt er die Axt fest. Er lag auf den Knien, aus seinem verletzten Bein strömte das Blut nur so heraus. Doch er musste erkannt haben, dass es seinen Tod bedeuten würde, wenn er jetzt losließe. Er war ein Kämpfer, das musste man ihm lassen. Er versuchte, ihr die Axt aus den Händen zu reißen. Verlagerte das Gewicht auf das unverletzte Bein und richtete sich wieder auf. Er drängte sich näher an sie heran und schaffte es, sein verletztes Bein unter Kontrolle zu bekommen. Während er ihr das Knie in den Schritt rammte, versuchte er es mit einem neuen Kopfstoß. Dieses Mal erwischte er sie am Kinn. Sie verlor das Gleichgewicht und fiel auf den Rücken.

Müller legte sich mit vollem Körpergewicht auf sie.

Drückte den Axtschaft gegen ihre Kehle. Seine Augen waren nicht mehr kalt. Sie brannten mit der Leidenschaft eines angeschossenen Wildtiers. Das blutende Bein und die Schmerzen waren anscheinend vergessen.

Lisa merkte, dass es nur eine Frage der Zeit war, bis ihr

Widerstand unter seiner Kraft und seinem Gewicht dahinschwand. Wenn das passierte, würde er das Leben aus ihr herausquetschen.

»Spürst du es, du dreckige Schlampe?«, zischte er. Ein blutiger Streifen Speichel hing ihm aus dem Mundwinkel. »Du kannst so viel treten, schlagen, beißen und kratzen wie du willst, aber das hier wird nur auf eine Weise enden: Ich werde zudrücken, bis dir die Augen aus dem Schädel springen. Und dann werde ich in deine leeren Augenhöhlen pissen.«

Lisa wünschte, sie könnte seine Behauptung mit einem letzten Gegenangriff widerlegen, aber er legte sich so schwer auf sie, dass es ihr unmöglich war, sich mit einem Tritt zu wehren.

Ebenso wenig konnte sie seine Hände vom Axtschaft lösen, ohne ihm freien Zugang zu ihrer Kehle zu gewähren.

Dann würde sie garantiert sterben.

»Nein, nicht du. Es endet nicht mit dir...«

»O doch, darauf kannst du Gift nehmen. Und nachdem ich mir deinen Gestank abgeduscht habe, werde ich diese Scheißlesbe von der Kripo umbringen, mit der du deinen Spaß hattest. Hörst du mich, Schlampe? Ihr seid fertig, alle beide. Tot!«

Sie bemerkte den zunehmenden Druck auf ihre Kehle. Starrte auf sein hämisches Grinsen und spürte, wie sich etwas in ihrem Inneren verdunkelte. Ein schwer verletztes, halbfettes, sabberndes Schwein mittleren Alters war kurz davor, sie zu töten. Außerdem bedrohte er jemanden, der ihr wichtig war.

Und was machte sie jetzt? Was für einen Sinn hatte das monatelange Training, die Abhärtung, die Vorbereitungen, der Schweiß und die Schmerzen, wenn sie ihr jetzt nicht helfen konnten?

Lisa fand letzte Kraftreserven. Drückte die Arme nach oben, als läge sie auf einer Bank lag und stemmte Gewichte.

Sie stieß ein tiefes, kehliges Knurren aus und spürte, wie er langsam nachgab. Sie sah ein überraschtes Aufblitzen in seinen Augen.

Der Abstand zwischen ihnen wurde groß genug, so dass sie es schaffte, ihm einen Kopfstoß auf die bereits verletzte Nase zu verpassen. Sie konnte ein Bein befreien, hob den Fuß und trat ihm in den Bauch. Er fiel von ihr herunter und löste den Griff um den Axtschaft. Sie erhob sich schnell auf die Knie, schwang ihre Arme und grub die Axt durch sein rechtes Auge hindurch in seinen Schädel.

Lars Müllers Gesicht verzog sich zu einer grotesken Maske. Ein heftiger Ruck ging durch seinen Körper. Dann fiel er leblos zu Boden, wo er eine größer werdende rote Pfütze im Schnee hinterließ.

Sein verbliebenes Auge starrte ausdruckslos zum bewölkten Himmel empor.

KAPITEL 45

Ein langer Kriegsrat wurde im Konferenzraum abgehalten. Abteilungsleiter Musæus war per Telefon zugeschaltet, nachdem klar geworden war, dass die Identifikation der sieben unbekannten Mädchen in den Filmen einige Ressourcen in Anspruch nehmen würde. Die ganze Sache hatte ungeahnte Ausmaße angenommen und war nun deutlich größer als die beiden Mordfälle, die ursprünglich untersucht worden waren. Größer als die Familie Davidsen und die Entführung einer Zeugin, dachte Harinder Singh.

Das gefundene Material ließ Kalle Ramsberg in keinem positivem Licht erscheinen, daran ließ sich nichts ändern.

Angesichts dessen, was sie in dem letzten Videofilm gesehen hatten, bestand kein Zweifel, dass Carina Johnson einem schweren Verbrechen zum Opfer gefallen war. Seit fast zwei Jahren hatte es kein Lebenszeichen von ihr gegeben. Die Polizeichefin vermutete, dass sie schon längere Zeit tot war.

Und was wie die düstere Wahrheit für Carina erschien, konnte auch auf die anderen sieben Mädchen zutreffen. Rachel schlug vor, die Mädchen aus den Videos mit der Personenbeschreibung von Anna Lewtschenkowa abzugleichen. Ihre sterblichen Überreste waren unweit der Stelle, wo das Handy von Carina zuletzt geortet worden war, in einem Grab im Wald gefunden worden. Sollte sich herausstellen, dass sie eines der sieben Mädchen war, würde das ein klarer Hinweis darauf sein, wie schlimm es um alle anderen stünde.

»Ich begreife nicht, wie acht junge Frauen entführt, misshandelt und möglicherweise ermordet werden konnten, ohne dass wir schon früher reagiert haben«, sagte Polizeichefin Sara Bolstad.

»Menschen verschwinden die ganze Zeit, und die meisten von ihnen tun es freiwillig«, sagte Harinder. »Zum Glück steckt in Norwegen nur selten etwas Kriminelles dahinter. Und so lange diese Vermisstenfälle keine statistische Abweichung hinsichtlich eines bestimmten Zeitraums oder eines bestimmten Gebiets bilden, gibt es für die Polizeibehörden auch keinen Grund, darauf zu reagieren. Und vorläufig scheint es so auszusehen, dass nur eines der acht Mädchen aus Elvestad kommt.«

Harinder hatte dies nicht geäußert, damit sich die anderen um den Tisch besser fühlen könnten. Der Zug war sowieso abgefahren. Seiner Ansicht nach sollten sie nicht allzu viel Zeit auf die Erörterung von Dingen verwenden, die sie ohnehin nicht weiterführen würden. Vorläufig ging es darum, die sieben Mädchen zu identifizieren. Die Maus entschied, dass eine separate Gruppe von der Kripo die Aufgaben koordinieren sollte. Die im Konferenzraum Anwesenden sollten herausfinden, was Ramsberg für eine Rolle in dem Ganzen gespielt hatte.

»Gut möglich, dass sich das als einer der schlimmsten Missbrauchsfälle in der Geschichte Norwegens entpuppt«, sagte er.

»Ich habe Ramsberg zweimal befragt«, sagte Per. »Wir wissen, dass er Carina zum Ende der Chorprobe gesehen hat. Später ist dann sein Wagen in den Aufnahmen der Überwachungskameras aufgetaucht, als wir den Verkehr aus der Stadt hinaus überprüft haben. Dennoch ist mir gar nicht in den Sinn gekommen, dass er möglicherweise etwas mit dem Verschwinden von Carina zu tun haben könnte. Als er meinte, er sei zum Pflegeheim gefahren, weil der alte Tobiassen im Sterben lag, kam es mir einfach zu blöd vor, dort anzurufen und das zu überprüfen. Ich meine, es war der Gemeindepfarrer! Er war ... «

»Er war einer von uns«, warf Bolstad ein.

Per nickte.

»Wenn es die Hölle wirklich gibt, dann hoffe ich, dass Kalle Ramsberg dort noch immer brennt.«

Starke und beschwörende Worte von einem für gewöhnlich besonnenen Mann, dachte Harinder. Doch die Gefühle, die sie ausgelöst hatten, waren leicht zu verstehen. Staden war ein kleiner Ort mit engen Beziehungen. Für alle, die in dieser Polizeistation arbeiteten, war Carina Johnson nicht nur ein Name. Leute wie Per Lyngstad hatten sich in dem Vermisstenfall stark engagiert.

In der Fallakte lag ein Foto, auf dem sie vor dem Haus der Familie stand und ein Lächeln zeigte, das nur von tiefem, innigem Glück zeugen konnte. Mittlerweile hatten sich ganz andere Bilder in die Netzhaut eingebrannt.

Harinder warf einen Blick auf Rachel und fragte, ob sie sich weitere Gedanken gemacht hatte. Eigentlich wollte er wissen, ob sie inzwischen munterer geworden war. Während der ganzen Besprechung hatte sie sich ungewöhnlich ruhig verhalten. Als sie nur unbestimmt mit den Schultern zuckte, nahm er es als Hinweis, die Besprechung bald zu beenden.

Rachel war froh, eine Pause einlegen zu können. Sie hatte das starke Bedürfnis, aus der Polizeistation hinauszukommen. Eine längere Joggingtour wäre genau das Richtige gewesen, aber bis auf Weiteres musste sie sich mit ein wenig frischer Luft begnügen.

Sie stellte sich auf die Treppe vor dem Polizeigebäude. Sog tief die Luft ein und ließ sie langsam wieder entweichen. Draußen war es milder als zuvor, aber immer noch frisch. Nach dem Osterwochenende war die Stadt wieder zum Leben erwacht. Jedenfalls einer Art von Leben. Ohne Eile bewegten sich Fahrzeuge durch die Storgate.

Rachels Gedanken bewegten sich in alle möglichen Richtungen. Sie konnte ihnen genauso wenig entkommen, wie sie einem Schwarm kleiner Insekten hätte entkommen können. Nachdem sie die schrecklichen Filme gesehen hatte, fühlte sie sich gleichsam beschmutzt. Die hilflosen und leidenden Gesichter würden sie noch eine ganze Weile verfolgen.

Besonders das letzte.

Sie zog ihr Handy hervor und wählte Lisas Nummer. Ihr Telefon war jedoch entweder ausgeschaltet oder hatte keine Deckung. Nach dem dritten Versuch gab sie auf. Bevor sie ihr Handy wieder wegsteckte, verschickte sie eine SMS:

Ruf mich an! Rachel.

Typisch, dass sie ausgerechnet dann nicht erreichbar war, wenn sie dringend mit ihr reden musste. Eine Sache von vorläufig ungeahnten Dimensionen war ins Rollen gekommen. Die Maus hatte sie alle für das Auffinden der

Beweise gelobt, aber die Komplimente wirkten schal angesichts der Tatsache, dass es Lisa war, die sie in die richtige Richtung geführt hatte. Sie hatte Ramsbergs Doppelleben schon früher ins Auge gefasst.

Gar nicht schlecht für eine Anfängerin aus Solna.

Harinder trat auf die Vortreppe hinaus.

»Großer Gott, was für eine Sauerei...«, sagte er.

Er zündete sich eine Zigarette an, die er von irgendjemandem geschnorrt haben musste. Sein Blick warnte Rachel davor, einen entsprechenden Kommentar abzugeben.

»Ich habe gerade mit Gjøvik gesprochen«, sagte er. »Die haben ein Zivilfahrzeug vor Vegar Caspersens Studentenbude postiert, für den Fall, dass er da auftaucht.«

Vegar hatte sich aus dem Staub gemacht, nachdem Susanne Rustad eine umfassende Erklärung abgegeben hatte, die sein Alibi torpedierte. Das war kein Zufall. Susanne hatte ihn nämlich über die Änderung ihrer Aussage in Kenntnis gesetzt. Ziemlich blöd von ihr, jetzt konnte sie sogar riskieren, deswegen strafrechtlich verfolgt zu werden.

Emma Ramsberg hatte indes einen Rettungsring ausgeworfen, was den Donnerstag anbelangte, an dem die Kirche abgebrannt war. Sie behauptete, dass sie den ganzen Abend zusammen gewesen wären. Gemäß ihrer letzten Erklärung waren sie und Vegar ein Paar. Mitunter sei es geschehen, dass sie sich aus dem Haus geschlichen habe, um ihn in Gjøvik zu besuchen. Sie behauptete, er hätte auf ein Studium in Trondheim verzichtet, weil er gern in ihrer Nähe bleiben wollte.

Aus Furcht vor möglichen Reaktionen der Familie habe sie ihr Verhältnis zu Vegar verheimlicht. Besonders im Hinblick auf den Vater. Er habe sich unangemessen kontrollierend aufgeführt, je älter sie geworden sei. Habe sich in alles Erdenkliche eingemischt, von ihrer Kleidung und ihrer Frisur bis hin zu ihrem Umgang und ihren Freizeitaktivitäten. Was immer sie getan habe, so sei es ihm stets wichtig gewesen, dass sie nicht zu einem »besudelten Mädchen« werden würde.

»Was hat er damit gemeint?«, fragte Rachel.

Emma hatte mit den Schultern gezuckt.

»Das war so ein Begriff, den er manchmal benutzt hat, aber er hat mir nie erklärt, was das bedeuten sollte«, sagte sie.

Emma hatte gedacht, dass es womöglich etwas mit dem Kästchen zu tun hatte, das ihr Vater in dem geheimen Versteck aufbewahrte. Schon lange war sie neugierig zu erfahren, was sich darin befand. Doch fürchtete sie, dass er sie krankenhausreif schlagen würde, wenn er entdeckte, dass sie herumschnüffelte.

Genauso wie er es getan hätte, wenn er von ihren heimlichen Besuchen bei Vegar erfahren hätte.

»Die Frage ist, wie verlässlich sie als Alibi ist«, sagte Rachel und wich der Qualmwolke aus, die Harinder in ihre Richtung blies.

»Du meinst, dass sie vielleicht lügt, um Vegar zu beschützen?«

»Ganz offenbar ist sie in ihn verliebt.«

Harinder nickte.

»Er ist beliebt bei den Mädchen, dieser Vegar«, sagte er. »Vielleicht nicht so reich und gut aussehend wie Axel Davidsen, aber immerhin jemand, dem man vertrauen kann, der andere mit Respekt behandelt und der diejenigen in

Schutz nimmt, die ihm wichtig sind. Denk mal darüber nach. Was, wenn er von dem Inhalt des Kästchens wusste?«

»Dann hätte er vielleicht ein Motiv für den Mord an Kalle Ramsberg gehabt«, sagte Rachel. »Aber wie konnte er davon erfahren haben, wenn nicht einmal Emma etwas wusste?«

»Ich weiß nicht«, seufzte Harinder. »Aber ich glaube, dass wir auf der richtigen Spur sind. Sobald wir den Jungen schnappen, wird er ordentlich gegrillt. Dann bekommen wir Antworten, dessen bin ich mir sicher.«

Harinder warf die Zigarettenkippe in den dafür vorgesehenen Metallbehälter neben der Tür. Dann bedeutete er Rachel, ihm wieder hineinzufolgen.

»Da ist etwas, was ich dir erzählen muss«, sagte Rachel. »Es wird dir nicht gefallen ...«

Sie war gezwungen, ihm von Lisa zu erzählen. Sie suchte gerade nach den richtigen Worten, als ein Wagen auf den Parkplatz vor der Polizeistation fuhr. Ein beiger Volvo-Kombi.

Mit schwedischem Nummernschild.

Eine junge Frau stieg aus dem Wagen. Hübsch und athletisch gebaut, bekleidet mit einem schlichten, aber eleganten Hosenanzug. Schulterlanges, hellblondes Haar. Mit schnellen, resoluten Schritten trat sie auf den Eingang des Polizeigebäudes zu. Sie erwiderte die Blicke der beiden Kripo-Ermittler auf der Treppe. Rachel hatte keine Probleme, den Neuankömmling als eine Polizistin zu erkennen. Die dunklen Ringe um die grünen Augen zeugten von langen Nachtwachen und Überstunden.

Aber nicht deswegen starrte Rachel die andere etwas verwundert an. Zum zweiten Mal innerhalb kurzer Zeit hatte die kleine Stadt in Ostnorwegen Besuch von der schwedischen Polizei bekommen. Und das Gesicht dieser Frau kam ihr schrecklich bekannt vor.

»Können wir Ihnen behilflich sein?«, fragte Harinder.

»Ja, das hoffe ich wirklich.«

Sie präsentierte ihren Dienstausweis.

»Ich arbeite bei der Stockholmer Polizei«, sagte sie. »Mein Name ist Lisa Toivonen.«

KAPITEL 46

8. Juli 2016

Nachdem er geduscht und sich umgezogen hatte, trat Karl Erik Ramsberg hinaus in die warme Spätnachmittagsluft. Hinter den Baumwipfeln konnte er sehen, wie die rote Sonne sich langsam über das Tal senkte. Der Tag war fast vorüber. Was bedeutete, dass er sich langsam auf den Weg machen musste, zurück zur Familie, zum Alltag und zur Kirche.

Über eine halbe Stunde hatte er unter dem kochend heißen Duschstrahl gestanden und sich so heftig abgeschrubbt, dass seine Haut ganz rot und empfindlich geworden war. Sobald er nach Hause käme, würde er abermals duschen, und aus Erfahrung wusste er, dass er die Nacht nicht überstehen würde, ohne ein weiteres Mal unter die Dusche zu steigen. Stets fühlte er sich danach so schmutzig, als ob sie ihn durch die Berührungen mit ihrer Unreinheit infiziert hätten. Sie erfüllten ihn mit Zweifeln, Selbstverachtung und einer Dunkelheit, die Bewusstsein und Seele überwältigte. Es ging vorüber, doch niemals ohne einen harten und zähen Kampf. Und mit jedem weiteren Mal schien es nur umso schwieriger zu werden.

Weshalb hatten sie so große Macht über ihn? Wieso ließ er sich von ihnen in den Dreck ziehen? Und wie oft könnte er es noch zulassen, ehe er in die permanente Dunkelheit der Verdammnis hinabgezogen werden würde? Er wusste doch, dass nicht weniger als seine ewige Seele auf dem Spiel stand.

Begierde war eine Krankheit. Das hatte sein Vater ihm begreiflich zu machen versucht. Eine schleichende Krankheit, die selbst dem gottesfürchtigen Mann alles rauben konnte, was er an Unschuld und Ehre besaß. Er erinnerte sich noch mit Schrecken an den Tag, an dem sie das Heft unter seinem Bett gefunden hatten. Der Vater hatte ihn bestraft. Hatte versucht, ihm die Krankheit durch Gebet und Prügel auszutreiben. Natürlich ohne Erfolg. Wie hatte er das glauben können, wenn er doch selbst oft so große Schwäche zeigte? Und genau das war das eigentliche Problem: Nicht die Krankheit, sondern der Mangel an Kraft, sie zu bekämpfen.

Immer mehr beschlich ihn der Gedanke, dass auch *sie* sich dessen bewusst waren. Dass es ein Teil des Spiels war, wenn sie ihn als Ziel für ihre Verlockungen auswählten. Schließlich waren sie schon alle verdammt. Was hatten sie also zu verlieren?

Vielleicht war es an der Zeit, damit aufzuhören. Er war ja kein Teenager mehr. Es war idiotisch so zu tun, als ob das Ende nicht näher käme. Mit Ausnahme der Verdammnis gab es nichts, das ewig währte. Wenn er jetzt aufhörte, hätte er vielleicht noch eine Chance. Wenn der heilige Petrus dereinst das Gute gegen das Böse aufwöge, würde er vielleicht erkennen, dass sich die Waagschale doch noch zu seinen Gunsten senkte.

Ein schöner Gedanke.

Er nahm sein Prepaid-Handy hervor und wählte eine der

beiden gespeicherten Nummern. Wenn das hier überstanden wäre, würden sie alle ihre Telefone wegwerfen. Vorsicht war die Basis bei all ihren Operationen.

Es klingelte sechsmal, ehe der andere abnahm.

»Ich brauche dich auf der Farm«, sagte er. »Ich muss bald nach Hause, und viel länger können wir sie nicht hierlassen. Ich brauche Hilfe beim Aufräumen.«

Der andere seufzte entnervt.

»Vielleicht hättest du dir das vorher überlegen sollen?«, sagte Lars Müller. »Ihr habt eine Regel gebrochen, Kalle. Ihr habt gehandelt, ohne euch zuvor mit mir zu beraten. Hättet ihr mir nur etwas Zeit gegeben, um …«

»Wir hatten keine Zeit, und das weißt du.«

»Ich weiß, dass ihr eure Bedürfnisse vor meine gestellt habt. Und du warst noch frech genug zu behaupten, es wäre zu unser aller Bestem gewesen. Du warst impulsiv, und du weißt, was ich davon halte. Ich hoffe, sie war es wert.«

Kalle Ramsberg schluckte hart.

»Jetzt bist du ungerecht. Du ahnst ja nicht, was mich das gekostet hat. Und habe ich etwa jemals abgelehnt, wenn *du* Hilfe brauchtest?«

Der andere seufzte abermals. Doch dieses Mal klang es resigniert.

»Nun gut, getan ist getan«, sagte Müller. »Kümmere dich um das Mädchen, dann helfe ich dir beim Aufräumen. Wir müssen das vernünftig machen. Dann können wir später über das nächste Mal nachdenken.«

»Vielleicht ist es besser, wenn es kein nächstes Mal gibt?«

Der andere lachte schallend.

»Das sagst du immer, und dennoch gibt es immer ein nächstes Mal.«

Ramsberg ging zurück ins Haus. Er suchte zusammen, was er brauchte, öffnete die Klappe zur Kellertreppe und ging hinunter zu dem schallgedämpften Raum. Sie schlief, als er die Tür aufschloss. Ihre Augen bewegten sich unter den Lidern, als er sie berührte. Sie öffnete die Augen und sah ihn mit müdem, verschleiertem Blick an. Ihre Seele schien sie bereits verlassen zu haben. Nur die Maschinerie funktionierte noch. Sie würde noch eine Weile weiterfunktionieren, solange niemand den Schalter umlegte.

»Du kannst dich entspannen, Carina«, sagte er. »Für dich ist es jetzt vorbei.«

Er drückte ihr die Kanüle in den Hals. Ließ das Betäubungsmittel in ihren Blutkreislauf gelangen und sah, wie sie im Laufe von Sekunden das Bewusstsein verlor. Wenn er die Dosis richtig berechnet hatte, würde sie noch immer weggetreten sein, wenn sie sie ins Grab senkten. Ganz ruhig und friedlich. Wie ein tiefer Schlaf, der sich in die Ewigkeit fortsetzte.

Ein Gnadenakt, eigentlich.

Er wickelte Carina in die Plastikplane ein und wartete darauf, dass Lars kommen und ihm mit dem Rest helfen würde. Lars nahm sich ausreichend Zeit, fand Kalle, obwohl er doch klargemacht hatte, dass es eilte. Er musste Alice zu Hause anrufen und ihr etwas über eine Krise bei einem Gemeindemitglied vorlügen.

Als Lars entdeckte, dass sie unter dem Plastik immer noch lebte, hatte er darauf bestanden, ihr eine Kugel in den Kopf zu jagen. Ramsberg machte ihn darauf aufmerksam, wie viel Dreck das bedeuten würde. Er hatte weder Zeit noch Lust, sich auch noch darum zu kümmern. Er erinnerte sich daran, wie sie einmal weit mehr hatten sauber machen müssen als geplant. Noch lange danach, war ihm bei dem Gedanken daran übel geworden.

»Dein Problem ist, dass du nicht die Eier hast, um durchzuziehen, was notwendig ist«, entgegnete Lars. »Sobald du deine Bedürfnisse befriedigt hast, kehrst du zurück zu der Behauptung, dass du doch *eigentlich* ein guter Mensch bist. Unglaublich, wie dir das jedes Mal gelingt.«

Lars verhöhnte ihn, aber er ignorierte es. Nach 30 Jahren Freundschaft war er daran gewöhnt. Die Hauptsache war, dass Lars tat, was er wollte.

Sie zogen sich Overalls, Gummistiefel, Handschuhe, Mundbinde und Mütze über. Trugen sie aus dem Haus und in den Teil des Waldes, der zu dem Besitz gehörte. Weit entfernt von Touristenhütten, Wanderwegen und dem See. Sie hatten bereits eine geeignete Grabstelle ausgewählt. Lars wollte stets unangenehme Überraschungen vermeiden. Kalle erinnerte sich mit Schrecken an das Jahr zuvor, als Annas Grab gefunden worden war. Im Laufe von ein paar unnötig aufregenden Wochen hatten sie alle Nachrichten verfolgt, die von dem Leichenfund handelten, bis die Sache aus dem Zyklus der Nachrichten verschwand, sich auflöste und in irgendeiner Archivschublade beigesetzt wurde.

Sie legten den Körper auf den Boden und fingen an der ausgewählten Stelle zu graben an. Kalle arbeitete so schnell er konnte, aber offenbar nicht schnell genug für Lars. Als sie das Grab ausgehoben hatten, waren Overalls und Stiefel voller Dreck und Erde. Sie warfen die Spaten weg und gingen zurück zu der Stelle, wo sie sie hingelegt hatten, in der Absicht, sie in das frische Grab zu werfen.

Stattdessen entdeckten sie, dass Carina verschwunden

war. Nur die Plastikplane, die sie um sie herumgewickelt hatten, war noch da.

In diesem Augenblick begriff Kalle Ramsberg, was eigentlich echte Panik bedeutete.

KAPITEL 47

Donnerstag, 5. April

»Kannst du das bitte noch einmal erzählen?«

Die Frau auf der anderen Seite des Tisches stöhnte frustriert.

»Von Anfang an?«

Harinder Singh nickte.

»Aber ich habe doch schon alles erklärt«, seufzte sie. »Tut mir leid, aber ich bin wirklich erschöpft. Ich habe gestern nicht viel Schlaf bekommen und bin mehr oder weniger ohne Pause durchgefahren. Ich hätte wirklich erwartet, dass mich meine Kollegen besser behandeln als eine simple Verdächtige.«

Harinder hatte durchaus Sympathie für die Frau. Deswegen hatte er auch ein »bitte« hinzugefügt. Denn eigentlich war ihm nicht danach, höflich oder kollegial zu sein. Ihm war bloß danach, auf den Grund der Wahrheit zu kommen. Die Kollegin dürfte ihre Erklärung auch noch zehnmal abgeben, wenn es sein musste.

So lange, bis er sicher war, alles genau verstanden zu haben.

Rachel saß neben ihm und goss das zweite Glas Wasser in sich hinein. Die Karaffe war schon fast leer. Rachel wirkte so unkonzentriert, dass er anfing, sich Sorgen zu machen.

Die Röte ihrer Wangen stimmte schon fast mit ihrer Haarfarbe überein. Konnte es sein, dass sie sich gerade noch blöder vorkam als er selbst?

Die Frau, die vorgab, die *echte* Lisa Toivonen zu sein, erzählte alles noch mal von vorn.

Sie war 25 Jahre alt und arbeitete bei der Streifenpolizei in Solna. Geboren in Hamar als Tochter von Karin und Toni Toivonen, doch schwedischer Staatsangehörigkeit und überwiegend in Stockholm aufgewachsen. Sie hatte ein Jahr Jura studiert, ehe sie herausfand, dass sie eigentlich Polizistin werden wollte.

Die Geschichte klang bekannt.

Sie hatte Verwandte in Elvestad. Tante, Onkel und zwei Cousinen. Die eine Cousine hieß Carina Johnson und war im Sommer vor fast zwei Jahren unter unbekannten Umständen verschwunden. Zu diesem Zeitpunkt war Lisa Toivonen eine frisch ausgebildete Polizistin und hatte gerade ihren Dienst bei der Streifenpolizei angetreten. Das Verschwinden ihrer Cousine hatte sie sehr beschäftigt, und so lange es sich machen ließ, hatte sie an Suchaktionen teilgenommen. In der Hoffnung, auf die Ermittlungen einwirken zu können, hatte sie auch Kollegen in Elvestad angerufen.

Im Weiteren unterschied sich ihre Geschichte von der, die den beiden Kripo-Ermittlern bekannt war.

»Carina und ich sind uns sehr ähnlich. Jedenfalls wurde uns das immer gesagt, seit wir Kinder waren«, sagte sie. »Aber das bezog sich in erster Linie auf Äußerlichkeiten. Als Personen sind wir wie Tag und Nacht. Sie war das liebste Mädchen der Welt, aber ich kam irgendwie immer besser mit ihrer älteren Schwester Elisabeth klar. Wir sind gleichaltrig und haben viele gemeinsame Interessen. Sport und solche Sachen.«

Erst zwei Stunden zuvor hatten sie über das Schicksal der Frauen gesprochen, die in Ramsbergs Filmen auftauchten. Doch die erzählten nicht die ganze Geschichte. Die Filme berichteten nichts darüber, was Ramsberg mit den Frauen tat, nachdem er sie wie Spielzeug behandelt hatte. Aber ein Mann in seiner Position hätte sich niemals gestattet, solche Handlungen zu begehen, wenn es das Risiko gegeben hätte, dass sie ihn später identifizieren könnten. Deshalb lag die Schlussfolgerung nahe, dass Carina tot und begraben war.

Naheliegend, aber dennoch unzutreffend.

Carina Johnson war nicht nur am Leben, sondern auch nach Elvestad zurückgekommen. Sie hatte die Identität ihrer Cousine gestohlen. Derweil diese nichtsahnend in und um Solna Streife gefahren war.

Jedenfalls behauptete sie das.

»Es vergingen mehrere Monate, bis Carina nach ihrem Verschwinden endlich ein Lebenszeichen von sich gab«, erklärte sie. »Ein Freund der Familie hat für uns im November 2016 den Kontakt mit ihr hergestellt. Danach rief Tante Jenni meinen Vater an. Das Ganze war mit großer Heimlichtuerei verbunden. Carina hatte Angst und war auf der Flucht. Anscheinend hatte sie sich mit richtig unheimlichen Leuten eingelassen. Sie wollte nicht sagen, was sie im Laufe des letzten halben Jahres getrieben hatte oder wo sie sich aufhielt. Niemand von uns hatte direkten Kontakt mit ihr. Dieser Freund der Familie hat Grüße und Nachrichten zwischen uns vermittelt.«

»Und dieser Freund der Familie, wie du ihn nennst, ist also Lennart Davidsen?«

Toivonen nickte und nahm einen Schluck Wasser.

Dass Lennart etwas damit zu tun hatte, gefiel Harinder ganz und gar nicht. Was auch immer passierte, es schien, als ob ein Davidsen dahinterstecke und die Fäden zog.

»Wie hast du reagiert, als du davon erfahren hast?«, fragte er.

»Ich muss zugeben, dass ich enttäuscht war«, sagte Toivonen. »Wenn man bedenkt, durch was für eine Hölle die Familie gegangen war, hatte sie sich ganz schön rargemacht, finde ich. Die Entschuldigungen, die dann immer wieder vorgetragen wurden, kamen mir wie weit hergeholtes Gefasel von einem egoistischen und verantwortungslosen Mädchen vor, das offenbar auf die schiefe Bahn geraten war, es aber nicht zugeben wollte.«

Erst viel später hatte sie verstanden, dass eine viel hässlichere Geschichte dahinterlag. Namen und Details über beteiligte Personen wurden allerdings nicht bekannt. Carina erzählte nicht mehr, als was die Familie ihrer Ansicht nach wissen musste. Zu ihrer eigenen Sicherheit, wie sie behauptete. Es wäre wichtig, dass sie ganz normal weiterlebten.

»Ich glaube, dass Tante Jenni mehr wusste als wir anderen. Sie meinte, wir alle hätten Grund, vorsichtig zu sein«, fuhr Toivonen fort. »Sie sagte, es seien mächtige Menschen involviert, die in der Gesellschaft eine derart hohe Position bekleideten, dass man nicht einfach zur Polizei gehen und Anzeige erstatten könnte. Und dass mehrere von denen, die angeboten hatten, bei der Suche nach Carina zu helfen, nicht unbedingt ihr Bestes wollten. Man musste also schlau sein und langfristig denken. Am wichtigsten war, dass Carina Zeit genug hatte, wieder zu sich zu kommen.«

»Ich verstehe nicht, wieso sie beschloss, sich Lennart

Davidsen anstatt ihrer eigenen Familie anzuvertrauen«, sagte Harinder. »Warum vertraute sie einem Fremden?«

»Lennart ist Franks Patenonkel, er hat der Familie schon früher geholfen, zum Beispiel als Jenni und Frank ihren Betrieb eröffneten«, sagte Toivonen. »Doch laut Carina war es hauptsächlich, weil er selbst eine Tochter verloren hatte. Sie wurde vor vielen Jahren überfallen und brutal misshandelt und hat sich später das Leben genommen. Lennart hat daraufhin eine Stiftung ins Leben gerufen, die Krisenzentren für Frauen unterhält. Offenbar hat er das meiste seines Vermögens dafür ausgegeben.«

Harinder war gerührt. Er wusste nichts von diesen Dingen. Aber es war typisch Lennart, seine eigenen guten Taten nicht öffentlich herauszuposaunen.

Im August letzten Jahres war die Polizeibeamtin Lisa Toivonen in einer Straße in Stockholm von einer jungen Frau angesprochen worden, die sie erst nach einer Weile wiedererkannte. Die Cousine hatte sich massiv verändert. Das unschuldige Chormädchen hatte sich in eine toughe junge Frau mit Lederoutfit und Tätowierungen verwandelt. Sie hatte sich die Haare kurz geschoren und schwarz gefärbt. Außerdem hatte sie sich die Nase operieren lassen. Die Johnson-Nase, wie sie es nannten, gab es nicht mehr.

»Wir hatten uns früher geähnelt, aber in diesem Moment noch mehr. Es war geradezu unheimlich«, sagte Toivonen. »Aber für mich war am wichtigsten, dass sie gesund und munter wirkte. Sie hat mich zum Mittagessen eingeladen, und wir gingen in ein Restaurant in der Nähe des Hauptbahnhofs.«

Carina war zurückhaltend mit Details zu ihrer Situation, meinte aber, dass es ihr den Umständen entsprechend gut ging. Sie hatte Freude daran gefunden, anderen jungen Frauen zu helfen, die vergewaltigt worden waren. Und in diesem Zusammenhang brauchte sie einen Rat von ihrer Cousine, die ja schließlich bei der Polizei arbeitete. Sie hatte Kontakt zu einer unglücklichen Frau aus Polen, die ihre Tochter seit drei Jahren nicht mehr gesehen hatte. Nachdem die Tochter vor einiger Zeit nach Schweden gegangen war, hatte sie nie wieder etwas von ihr gehört. Mithilfe eines Privatdetektivs hatten sie auf einer gut versteckten Internetseite einen richtig schlimmen Film gefunden, in dem die Tochter der Polin auf widerwärtigste Art sexuell missbraucht wurde.

Carina wollte helfen, die Hintermänner zu finden, um vielleicht auf diese Weise das Schicksal der jungen Frau aufzuklären. Und deshalb hatte sie den Satz ausgesprochen, der Toivonen bis heute verfolgte:

»Hilf mir dabei, wie eine Polizistin zu denken.«

»Hattet ihr danach viel Kontakt zueinander?«, fragte Harinder.

»Ja, etwas«, sagte Toivonen. »Sie wohnte in Stockholm, in einer Einzimmerwohnung, die meinem Bruder gehört. Wir haben uns regelmäßig getroffen.«

Im Januar war Polizeibeamtin Toivonen selbst ein Opfer typischer Beschaffungskriminalität geworden. Während sie und ihr Freund sich über das Wochenende auf Skitour befanden, war jemand in ihre Wohnung in der Fredsgatan eingebrochen und hatte sie bestohlen. Zwar war nichts Unersetzliches verloren gegangen, aber die Schweine hatten doch tatsächlich ihren Dienstausweis mitgehen lassen.

»Deswegen wurde ich dann auf der Arbeit auch ziemlich schief angesehen.«

Im Laufe der letzten zwei Wochen hatte sie aus der Entfernung verfolgt, was sich in Staden zugetragen hatte. Tante Jenni war nach einem Herzinfarkt ins Krankenhaus gekommen. Dann erfuhr sie von dem Mord, der abgebrannten Kirche sowie den Schießereien, in die die Polizei verwickelt war. Toivonen konnte sich eigentlich keinen ruhigeren Ort als Elvestad vorstellen und war daher, milde ausgedrückt, erstaunt.

»Gestern Abend ist Tante Jenni gestorben«, sagte sie. »Ich habe lange mit Elisabeth telefoniert. Natürlich war sie untröstlich. Sie hatte mir auch erzählt, dass Carina zurück nach Elvestad gekommen sei. Sie hatte sie zufällig zu Ostern vor der Polizeistation gesehen und gerade noch so wiedererkannt.«

Lisa Toivonen hatte sich eine Nacht lang den Kopf darüber zerbrochen, ehe ihr plötzlich ein völlig verrückter Gedanke gekommen war. Ein derart irrsinniger Gedanke, dass sie ihn eigentlich hätte verwerfen müssen, aber er ließ sich schlichtweg nicht los. Mit einem Mal sah sie den Einbruch im Januar und die Begegnungen im Spätsommer in einem völlig anderen und viel größeren Zusammenhang. Genauso wie das exzentrische Verhalten ihrer Cousine.

»Einer von Carinas alten Schulfreunden wurde ermordet«, sagte sie. »Ebenso der Gemeindepfarrer in Elvestad. Zur Ablenkung hat die Tatperson sogar die ganze Kirche abgebrannt. Und das alles in der kurzen Zeit, in der sich meine Cousine hier aufgehalten hat. Ich *hoffe*, ich irre mich, aber ich fürchte, dass sie hinter all dem steckt.«

KAPITEL 48

Am Morgen war sie neben einem warmen Körper in einem bequemen Bett aufgewacht, mit einem Arm, der sie liebevoll umschlungen hielt, und einer weichen Brust an ihrer Wange. Ein seltenes Gefühl von Frieden und Wohlbefinden hatte sich in ihr ausgebreitet. Sie hatte gedacht, dass das Leben gar nicht so schlecht wäre, wenn sie den Tag auf diese Weise beginnen könnte. War so etwas tatsächlich möglich?

Nur Stunden später war sie jäh in die Realität zurückgerissen worden.

Das bequeme Bett war durch kalten Schnee ersetzt worden. Frieden und Wohlbefinden hatten sich in Kampf und Angst verwandelt. Und die Hände, die sie zuvor liebevoll berührt hatten, waren Händen gewichen, die versuchten hatten, das Leben aus ihr herauszupressen.

Bis auf ein paar kleinere Kratzer war sie unverletzt, während der andere reglos im Schnee zurückgeblieben war. Alle die Bemühungen, die sie unternommen hatte, um sich auf diesen Tag vorzubereiten, hatten sie nun gerettet. Die Konfrontation war genauso unvermeidlich gewesen wie die nächtliche Dunkelheit.

Sie vergoss keine Träne über den widerlichen Mann. Als sie zur Toilette stürzte, um sich zu übergeben, war es eher eine Schockreaktion, die auf den brutalen Kampf folgte. Sie dachte daran, was wohl weiter passieren würde. Der Schlussakt hatte begonnen, und sie glaubte nicht an einen glücklichen Ausgang. Wenn das alles überstanden war, würde sie nicht einsam in den Sonnenuntergang reiten.

Aber sie würde es nach ihren Bedingungen zu Ende bringen, nicht nach denen der anderen.

Sie hatte Müllers Taschen durchsucht und ein Handy gefunden. Es ließ sich nur mit einem Zahlencode entsperren, aber schon vor langer Zeit hatte sie festgestellt, wie unglaublich naiv manche Menschen waren, wenn es um Technologie ging.

Nachdem sie ihre Wunden behandelt und ihre Sachen gepackt hatte, setzte sie sich ins Auto. Fuhr über die Brücke und lenkte den Wagen einige Kilometer in südliche Richtung. In der Nähe des Flusses fand sie einen offenen Platz, auf dem sich ein verlassenes Lagerhaus befand. Die Scheiben waren zerbrochen, die Außenwände beschmiert, und der Rost hatte seine Spuren auf dem Wellblech hinterlassen.

Sie stellte den alten Saab ab und entfernte alle persönlichen Besitztümer daraus. Tunkte einen Lappen in Benzin, stopfte ihn in den Tankstutzen und setzte das Fahrzeug in Brand. Der Wagen war gebraucht gekauft, mit Bargeld bezahlt und registriert auf den Namen ihrer Cousine. Jetzt hatte er seine Pflicht leider getan.

Wenn *sie* sie entdeckt hatten, war die Polizei vermutlich nicht weit.

Sie nahm Müllers Handy und knackte den vierstelligen PIN-Code beim zweiten Versuch. Der erste Versuch war Müllers Geburtstag gewesen. Der zweite 1234. Ein Paradebeispiel dafür, wie nachlässig Menschen bei der Jagd nach einfachen Lösungen sein konnten.

Sie rief die getätigten Anrufe auf. Müller hatte an diesem Tag nur mit einer Person gesprochen. Schnell fand sie heraus, um wen es sich handelte.

Es gab keinen Grund, schockiert zu sein. Müller hatte sich direkt an die Spitze der Nahrungskette gewandt. Der alte Davidsen war ein vollkommen rücksichtsloser Mann, der gern den großen Wohltäter der Stadt spielte. In diesem Distrikt geschah nur wenig, von dem er keine Kenntnis hatte. Galt das dann auch für Entführung, Vergewaltigung und Mord?

Vielleicht war er nicht in die zynischen Geschäfte auf der anderen Seite der schwedischen Grenze involviert, doch es war ganz deutlich, dass er die Verantwortlichen aktiv beschützt hatte. Wenn auch nur, um den Dreck von seiner eigenen Türmatte fernzuhalten. Eigentlich machte ihn das genauso schuldig wie diejenigen, die diese schrecklichen Taten begangen.

8. Juli 2016

Carina kam wieder zu sich, während sie noch damit beschäftigt waren, ihr Grab auszuheben. Der durch die Betäubungsmittel verursachte Nebel in ihrem Kopf löste sich langsam auf, und sie konnte ihr Geplapper hören. Sie versuchten, schneller fertig zu werden. Sie wollten sie so rasch wie nur eben möglich unter die Erde bringen.

Alles wirkte so düster und hoffnungslos. Dennoch fand sie die Energie, sich aus der Plastikhülle zu befreien, in die sie eingewickelt war. Sie kroch auf allen vieren umher, bis sie genug Kräfte mobilisieren konnte, um aufzustehen. Schwindelig, benebelt und mit Schmerzen im ganzen Körper bewegte sie sich auf gut Glück durch den dunklen Wald. Nackt und frierend.

Unmittelbar hinter sich hörte sie Stimmen. Kalle Ramsberg rief sie, in seiner Stimme lag Zorn und Furcht. Sie versuchte eine Richtung einzuschlagen, die sie von den Stimmen wegführte. Im Nachhinein kam es ihr wie ein Wunder vor, dass sie ihnen in ihrem benebelten und geschwächten Zustand nicht direkt in die Arme gelaufen war.

Nach einer Weile stieß sie auf ein paar Ferienhütten in der Nähe des Sees, ignorierte aber diejenigen, bei denen Licht in den Fenstern brannte. Wenn sie bei Fremden an die Tür klopfte, würden sie ihr sicher helfen und sie ins Krankenhaus bringen. Dann aber würde auch die Polizei informiert werden. Und Carina hatte im Laufe der letzten Tage schmerzhaft lernen müssen, warum sie den Vertretern der Behörden nicht blind vertrauen konnte. Es musste nur eine Kleinigkeit geschehen, ehe sie wieder in die Fänge der Menschen geriet, die sie jagten und verfolgten. Und dann würden sie vollenden, was sie angefangen hatten.

Wenn sie überleben wollte, müsste sie allein zurechtkommen und dafür sorgen, dass niemand sie fand.

Sie entdeckte eine leere Hütte, bei der die Besitzer den Schlüssel unter einen Blumentopf gelegt hatten. Dort versteckte sie sich bis zum nächsten Morgen unter dem Bett. Sie hörte Stimmen und sah Schatten vor den Fenstern, und jedes Mal hatte sie furchtbare Angst, dass sie hereinkommen und jeden Winkel durchsuchen würden, bis sie sie fanden. Doch niemand kam. Die Stimmen entfernten sich, bis sie schließlich ganz verstummten. Die Schatten glitten zurück in die Dunkelheit.

Beim Morgengrauen wagte sie sich aus ihrem Versteck. In der Nacht hatte sie auf dem Holzfußboden geschlafen, im Vergleich mit dem Keller war er bequem gewesen. Als die ersten Lichtstreifen auf das Schlafzimmerfenster trafen, wusste sie, dass sie vorläufig sicher war. Ihr Körper tat weh, als sie sich bewegte, doch die Schmerzen waren nicht so schlimm wie am Abend zuvor.

Im Medizinschränkchen im Bad fand sie alles, was sie brauchte: Schmerztabletten, Desinfektionsmittel und Heilsalbe. Sie schluckte zwei Tabletten mit Wasser aus dem Hahn, wusch sich, reinigte die Wunden und rieb sich mit der Salbe ein. Danach ging es ihr besser. Doch noch lange nicht gut. Als sie in den Spiegel blickte, war es, als ob eine Fremde sie anstarrte.

Carina entdeckte eine Schere und schnitt sich die Haare ab. In einer Schublade lag Männerkleidung, die ein paar Nummern zu groß für sie war, aber hervorragend zu ihrem Plan passte. Die Leute würden sie suchen, also musste sie alles daransetzen, nicht wiedererkannt zu werden. Diejenigen, die sie entführt hatten, würden nicht eher ruhen, bis sie gefunden und zum Schweigen gebracht worden wäre. Sie hatten einfach zu viel zu verlieren.

Leider bedeutete das auch, dass Carina nicht zu ihrer Familie zurückkehren konnte. Natürlich gingen diese Scheißkerle als Erstes davon aus, dass sie genau das tun würde, und vermutlich planten sie bereits, wie sie vorgehen würden, falls Carina ein Familienmitglied oder einen Bekannten kontaktierte oder im Krankenhaus oder in der Polizeistation auftauchte. Sie wusste, dass es nicht nur zwei Männer waren, sondern wahrscheinlich ein größeres Netzwerk mit Verbindungen im In- und Ausland. Sie hatte den zweiten Mann im Keller nicht identifizieren können, aber der hatte anscheinend Verbindungen zu Axels Familie.

Das Dümmste wäre es, den Einfluss zu unterschätzen, über den sie verfügten.

Langfristig würde sie eine Möglichkeit finden, mit ihren Eltern in Kontakt zu kommen. So schrecklich der Gedanke auch war, aber vorläufig wäre es am sichersten, wenn sie so wenig wie möglich wussten. Solange Ramsberg und seine Bundesgenossen tatsächlich glaubten, dass die Familie keine Ahnung hatte, wo sie sich aufhielt, würden sie ihnen hoffentlich keine großen Unannehmlichkeiten bereiten.

Bis auf Weiteres war sie also ganz allein.

Sie stopfte ihren leeren Magen mit Keksen und Frühstücksflocken. Sie wusste, dass sie hier nicht länger bleiben durfte. Wo auch immer sie sich befand. Dass Wichtigste war, einen beträchtlichen Abstand zwischen sich und Elvestad zu legen, während ihre Wunden heilten und sie Kräfte sammeln konnte.

Im Wald hatte sie die Entscheidung getroffen, nicht auf dem Boden liegen zu bleiben, um dann zu sterben. Auf dem Weg, der sie nach Süden führte, traf sie eine weitere Entscheidung: Sie würde ihr restliches Leben nicht wie eine verschreckte Maus auf der Flucht verbringen. Wenn ein Sinn darin läge, dass sie überlebt hatte, dann der, dafür zu sorgen, dass die Verantwortlichen für alles, was sie ihr und Gott weiß wie vielen anderen angetan hatten, zur Rechenschaft gezogen würden.

KAPITEL 49

Ein schlimmer Tag wurde immer schlimmer und war noch lange nicht vorbei. Rachel Hauges Bauch hatte sich völlig verkrampft. Es kam ihr vor, als wäre sie in einem großen, rollenden Schneeball gefangen, der immer schneller wurde und an Größe zunahm. In der Hoffnung, ein paar der Gefühle herauskotzen zu können, hatte sie sogar über der Toilettenschüssel gehangen. Aber nichts wollte heraus.

Wie hatte das geschehen können? Wie hatte eine Zwanzigjährige sie nur derart übers Ohr hauen können? War sie total blind oder mangelte es ihr an grundsätzlicher Urteilskraft, was ihr eigenes Geschlecht betraf? Sie dachte an die Zeit zurück, als Christina noch eine verheiratete Polizeijuristin gewesen war, und an all das Gerede, das schließlich gefolgt war. Sie hatte sich Hals über Kopf in die Affäre gestürzt und auf die Konsequenzen gepfiffen.

Machte sie das ungeeignet für ihre Arbeit?

Oder schlimmer noch, untauglich?

Sie fand nur wenig Trost in dem, was Harinder gesagt hatte:

»Das Ganze ist im Grunde genommen ganz einfach: Solange es glaubwürdig erscheint, glauben wir Menschen an das, was andere uns erzählen.«

Und »Lisa« war glaubwürdig gewesen. Sie hatte einen Dienstausweis. Ihre Geschichte ließ sich verifizieren. Jedenfalls solange man nicht allzu tief grub. Und das hatten sie natürlich nicht getan, eben weil sie glaubwürdig wirkte.

Ihr Aussehen hatte sie so weit verändert, dass sie damit durchkommen konnte, und der schwedische Akzent untermauerte die Verkleidung. Gleichzeitig deutete viel darauf hin, dass sich auch ihre Persönlichkeit radikal von derjenigen unterschied, die die meisten mit dem verschwundenen Chormädchen in Verbindung gebracht hätten.

Rachel hätte sich mit dieser Erklärung zufrieden geben können, solange sie nicht auch mit der anderen im Bett gelandet wäre.

Wie sollte sie *das* rationalisieren?

Sie war eine sexuelle Beziehung zu einer Frau eingegangen, die sie kaum kannte. Die kurze Unterhaltung am Anfang war gleichwohl genug gewesen, um eine Art Chemie entstehen zu lassen, diese ewige mystische Formel, die das Leben in ungeahnte Richtungen lenken konnte. Sie beide hatten etwas ineinander gesehen, und es hatte ihnen gefallen.

Außerdem war sie ja Polizistin. Das hatte ein Gefühl von Sicherheit gegeben. Vielleicht nicht gerade schlau, aber auch nicht gefährlich.

Bevor Rachel den Waschraum wieder verließ, warf sie einen Blick in den Spiegel. Sie fand ihr Aussehen schrecklich, aber ein bisschen konnte man dagegen tun. Ein Spritzer Wasser ins Gesicht, die Klamotten zurechtrücken und den Blusenknopf zumachen, der ihren BH zum Vorschein kommen ließ. Nur die Götter wussten, wie lange der schon offen gestanden hatte.

Draußen wartete Harinder auf sie. Es war an der Zeit, nach Eldoråsen hinaufzufahren, um die Betrügerin festzunehmen. Falls sie dort oben anzutreffen wäre. Rachel hatte mehrmals versucht, sie anzurufen, aber das Handy war immer noch ausgeschaltet.

Per und Dina folgten ihnen mit einem Streifenwagen. Harinder wollte keinerlei Risiko eingehen. Er konnte nicht ausschließen, dass Carina Schwierigkeiten machte, wenn sie begriff, dass man sie durchschaut hatte.

Angesichts dessen, was sie nun herausgefunden hatten, zweifelte er nicht daran, dass sie gefährlich sein könnte.

»Eins ist sicher«, sagte er, während sie unterwegs waren. »Sie kann gut manipulieren. Und da rede ich nicht nur von ihrer Identität, sondern davon, wie sie uns ganz bewusst in eine bestimmte Richtung gelenkt hat. Sie wollte, dass wir Ramsbergs schmutzige Geheimnisse finden. Sie hat die ganze Zeit gewusst, was dort zu finden war.«

Waren auch die intimen Stunden ein Teil der Manipulation gewesen?, dachte Rachel. Hatte Carina sie verführt, um sie dahin zu bekommen, wo sie sie haben wollte?

Carina Johnson und ihr Saab waren verschwunden, als sie zur Hügelspitze kamen.

Dafür lag die Leiche von Lars Müller vor dem Haus.

Aus einiger Entfernung musterte Harinder Singh das lebose Gesicht des Mannes, der vor 22 Jahren bei einem verschreckten Achtzehnjährigen einen bleibenden Eindruck hinterlassen hatte.

Eine Axt ragte in Höhe der rechten Augenhöhle aus dem Schädel hervor. Die eine Hälfte des Gesichts war mit dunklem Blut bedeckt, das noch nicht ganz getrocknet war. Das

Axtblatt war so tief in seinen Kopf eingedrungen, dass vermutlich sein Gehirn getroffen worden war.

Die Blutspuren im Schnee und die Verletzungen am Körper zeugten von einem heftigen Kampf, der sich zugetragen haben musste, bevor die Axt dem Ganzen ein jähes Ende bereitet hatte. Müller hatte eine klaffende Wunde über dem Nasenbein, der untere Teil seines Hosenbeins war zerrissen und blutdurchtränkt. Ein so großer und kräftiger Mann hatte mit Sicherheit nicht kampflos aufgegeben.

Wie immer Harinders Gedanken und Gefühle über den Menschen Lars Müller auch aussahen, nun musste er sie hintanstellen. Der Mann war tot. Jetzt war er nichts anderes als eine Fallakte, die bearbeitet werden musste. Ein statistisches Phänomen, das in die Berichte der Polizeidirektion einging.

Und was für eine Statistik das war.

Drei Tote in knapp zwei Wochen. Die letzten beiden Opfer waren sogar Jugendfreunde gewesen, mit engen Verbindungen zur Familie Davidsen. Per berichtete, es sei gar nicht lange her, dass er die beiden zusammen in einem Café gesehen hatte. Ein Gemeindepfarrer und ein unehrenhaft entlassener Polizist. Man konnte sich schon fragen, was die beiden 30 Jahre nach Schulabgang zu besprechen gehabt hatten.

Alles hing zusammen. Axel Davidsen, Kalle Ramsberg, Lars Müller, Thea Krog, Carina Johnson und die anderen sieben Mädchen aus den furchtbaren Filmaufnahmen. Es gab eine Kette von Ereignissen, die all diese Menschen und ihr Schicksal auf irgendeine Weise miteinander verknüpfte. Alles andere schien unwahrscheinlich.

Die Frage war, wo diese Kette anfing und wo sie endete.

»Er hatte seinen alten Dienstausweis bei sich«, sagte Per und zeigte Harinder die in einer Plastikhülle liegende Karte.

»Was glaubst du, warum?«

»Weil er mit Sicherheit irgendeine Schweinerei geplant hat, als er hierherkam«, sagte Harinder.

Der Dienstausweis war eine Sache. Auf dem Boden hatten sie auch einen Revolver gefunden, der Müller gehörte. Im Inneren des Hauses gab es eindeutige Spuren eines Kampfes. Ein Loch in der Decke deutete darauf hin, dass drinnen ein Schuss abgegeben worden war. In der Küche hatten sie blutige Lappen sowie Eisbeutel gefunden. Die Person, die die Axt in Müllers Kopf geschlagen hatte, hatte sich offenbar die Zeit genommen, ihre Wunden zu versorgen, ehe sie verschwunden war. Sie hatte sogar einen Gruß hinterlassen.

Auf der Anrichte stand ein mit »RACHEL« beschriebener Umschlag.

Ivan Moreno hatte eine oberflächliche Untersuchung der Leiche durchgeführt. Die Spannung ob des Ergebnisses hielt sich in Grenzen, denn die offensichtliche Todesursache steckte noch immer in Lars Müllers Kopf. Ein hässlicher Tod, dachte Harinder, auch wenn der Mann ein Schwein gewesen war. Moreno erläuterte, dass Müller außerdem eine Hiebwunde am Bein und eine gebrochene Nase davongetragen hatte.

»Hier wurde ein Kampf auf Leben und Tod ausgefochten«, sagte er. »Und er hat verloren.«

So konnte man es auch ausdrücken.

Die Gegenpartei war die junge Frau, die sich zuletzt in Lennart Davidsens Haus aufgehalten hatte, daran bestand

kein Zweifel. Niemand sonst hatte zurzeit hier oben gewohnt. In dem Haus, in dem Harinder in seiner Jugend ein
häufiger Gast gewesen war. Ein Haus, in dem seine erste
große Liebe aufgewachsen war. Unter den aktuellen Umständen war er gezwungen, seine Erinnerungen an jene
Zeit beiseitezuschieben.

Der Beweis dafür, dass Carina gefährlich war, wie Harinder erkannt hatte, lag auf dem Boden vor ihnen. Müller war
ein riesiges Biest gewesen. Aber auch er hatte sich geschlagen geben müssen.

Rachel war auf der Terrasse hinter dem Haus. Sie zitterte
angesichts der Kälte und hatte die Hände um einen warmen
Becher Kaffee gelegt. Harinder hatte sie auf die Ersatzbank
geschickt. Das tat er nicht gern, aber noch weniger gefiel
ihm der Inhalt des Briefes von Carina Johnson.

Liebste Rachel,
ich bin eine hervorragende Lügnerin, doch dieser Teil ent-
spricht der Wahrheit:
Heute Morgen war ich verliebt.
Aber die Liebe gehört den Lebenden. Und denen habe ich
mich lange nicht mehr zugehörig gefühlt. Ich war bloß
einfach zu stur, um aufzugeben.
Zeit, mich vorzubereiten.
Sehen wir uns in einem anderen Leben?

»Lisa«

Harinder wollte eine Erklärung verlangen, doch Rachels
plötzlich blasses Gesicht erklärte mehr, als er eigentlich
wissen wollte. Er begriff, dass sie kurz davor gewesen war,

ihm alles zu erzählen, ehe die echte Lisa Toivonen sie unterbrochen hatte.

»Ich weiß, ich habe mich dumm angestellt...«, sagte Rachel.

»Das wäre allerdings nur der Vorname«, entgegnete Harinder. »Ich kann das alles irgendwie verstehen, aber andere werden kaum so wohlwollend sein. Jedenfalls nicht die Maus. Dieser Brief ist ein Beweisstück. Ich kann den nicht einfach zerreißen.«

Rachel nickte. Sie wusste es selbst.

»Wir haben eine Möglichkeit, das Feuer ein wenig einzudämmen«, sagte er. »Erst müssen wir alle Mädchen aus den Filmen identifizieren, und wer weiß, vielleicht können wir eine Reihe ungelöster Fälle lösen. Und dann finden wir heraus, wer gleich drei Menschen umgebracht hat. Bevor noch etwas anderes schiefgeht.«

Es gab eine Formulierung in Carinas Brief, die ihm entschieden missfiel.

Zeit, mich vorzubereiten.

»Sich vorzubereiten wofür?«, fragte er.

»Ich weiß nicht. Eine andere Frage ist noch, wieso Müller hier oben aufgetaucht ist«, sagte Rachel. »War er hinter der Polizistin Lisa Toivonen her, oder wusste er, wer sich hinter dem Namen verbarg?«

»Ich würde auf Letzteres tippen«, sagte Harinder. »Wenn wir etwas aus der Entführung von Thea Krog gelernt haben, dann, dass wir nicht die Einzigen sind, die versuchen, auf den Ablauf der Ermittlungen einzuwirken. Dank Müller war uns der Davidsen-Clan immer einen Schritt voraus, was Thea angeht. Und während wir Vegar Caspersen gesucht haben, konzentrierte sich Müller auf die Frau in

diesem Haus. Nicht schwer, sich den Grund dafür vorzustellen. Sie hat ja selbst darauf hingewiesen, dass sie ein
Bindeglied zwischen Axel und Ramsberg war.«

»Georg Davidsen weiß also, worum es geht?«

»Es ist doch offensichtlich, worum es geht«, sagte Harinder. »Wir reden von Rache in alttestamentarischen Dimensionen. Und wenn ich den Satz von ihr in dem Brief richtig
deute, dann ist sie noch nicht fertig.«

KAPITEL 50

Da es in der Garage keinen Platz für den Wagen gab, wurde er immer davor abgestellt. Per Lyngstad erklärte, dass stets mindestens zwei Motorräder in der Garage standen und dass neue Modelle regelmäßig die alten ersetzten. Schon seit seiner Kindheit, als er sein erstes Dreirad bekommen und wenig später die motorisierten Varianten probiert hatte, war Frank Johnson verrückt auf Motorräder gewesen. Und diese Leidenschaft hatte ihn zu einem erfolgreichen Motorsportler werden lassen.

Abgesehen von den wenigen Situationen, als er und Martine ihm auf der Straße begegnet waren, kannte Harinder Frank Johnson nicht sehr gut. Martine und er hatten einander gut gekannt, und Frank war ihm wie ein sympathischer und bodenständiger Mann vorgekommen. Es tat Harinder leid zu hören, dass Frank seine Frau verloren hatte, ganz zu schweigen von all dem, was er nach dem Verschwinden seiner jüngsten Tochter durchgemacht haben musste. So gesehen wünschte Harinder, dass er ihn in seiner Trauer nicht stören müsste, aber die Arbeit ließ derartige Rücksichtnahmen nicht zu.

Frank Johnson öffnete die Tür und nickte den beiden Polizisten kurz zu. Das Lächeln, dass er seinem Kumpel Lyngstad schenkte, hatte etwas Wehmütiges an sich, als ob er genau wüsste, dass es keine angenehme Unterhaltung zwischen alten Freunden werden würde.

»Sie erinnern sich vermutlich nicht an mich, aber ...«, setzte Harinder an, wurde aber von Frank gleich unterbrochen.

»Ich weiß, wer Sie sind«, sagte er. »Lisa ist hier. Sie hat mir die Situation erklärt.«

»Gut. Dann verstehen Sie sicher, dass wir mit Ihnen reden müssen?«

Frank nickte erneut. Er trat einen Schritt von der Tür zurück und ließ sie herein. Harinder konnte einen kurzen Blick ins Wohnzimmer werfen, in dem Lisa Toivonen sich zusammen mit einer anderen jungen Frau aufhielt, bei der es sich vermutlich um Elisabeth Johnson handelte. Frank führte die beiden Polizisten in den Keller hinunter, wo er sich eine kleine Werkstatt eingerichtet hatte. In einer Ecke des Raums stand ein Kühlschrank. Er nahm eine Flasche Bier heraus und bot auch seinen Gästen etwas an. Beide schüttelten den Kopf.

»Zunächst einmal möchte ich Ihnen mein Beileid aussprechen«, sagte Harinder. »Mir ist klar, dass das alles sehr schwierig für Sie ist.«

»Danke. Und ich werde auch gar nicht so tun, als ob es kein Problem wäre«, sagte Frank mit leicht zitternder Stimme. »Ich fand immer schon, dass Jenni die Stärkere von uns war. Sie hatte immer viel Energie. Ist mehrmals in der Woche zum Sport gegangen, Langlauf und Yoga. Eines Tages ist sie einfach umgefallen. Das Schlimmste war, dass es während eines Streits geschah. Leider einer von vielen in den letzten Jahren. Sie war fast eine Minute klinisch tot, ehe es ihnen gelang, sie zurückzuholen. Die Ärzte stellten einen angeborenen Herzfehler fest. Es hätte jederzeit passieren können, sagten sie. Aber ich glaube, dass es einfach zu viel für sie wurde...«

»Wusste sie, dass Carina zurück in Staden war?«, fragte Per.

»Keiner von uns wusste etwas, ehe sie dann neulich im Krankenhaus auftauchte«, sagte Frank. »Sie war gekommen, um ihre Mutter zu sehen und um aufzuräumen. So hat sie es formuliert. Sie wollte auch nicht, dass wir irgendjemandem davon erzählten. Nicht einmal Elisabeth. Sie sagte, sie wolle keine Verwirrung stiften.«

»Und für Sie war das in Ordnung?«, fragte Harinder.

»In Ordnung? Nichts davon ist in Ordnung!«, sagte Frank.

»Wessen Idee war es, sie bei Lennart unterzubringen?«, fragte Harinder.

»Ihre eigene. Sie hatte die Schlüssel, und sie weiß, dass er im Ausland lebt. Ich habe gehört, dass Sie das ganze Gelände da oben abgesperrt haben«, sagte Frank mit Unruhe in der Stimme. »Niemand wollte mir verraten, weshalb.«

»Wir haben vor einigen Stunden die Leiche von Lars Müller dort oben gefunden. Der Bereich bleibt abgesperrt, bis wir mit der Spurensicherung fertig sind.«

Frank nahm einen Schluck Bier, während er die Nachricht zu verdauen versuchte.

»Können Sie mir sagen, was passiert ist?«

»Das versuchen wir gerade zu klären. Es würde helfen, wenn wir mit Carina sprechen könnten«, sagte Harinder. »Sie hat den Tatort verlassen, bevor wir ankamen. Ich wünschte wirklich, sie hätte das nicht getan. So etwas wirkt sich niemals positiv aus.«

»Sie muss ihre Gründe gehabt haben«, sagte Frank. »Ich meine, was zur Hölle hatte ein Typ wie Lars Müller da oben zu suchen? Der Kerl hat immer schon Ärger bedeutet.«

»Ich wollte auch nichts anderes behaupten«, sagte Harinder. »Aber unsere erste Priorität ist jetzt, Carina zu finden. Sie bringt sich selbst nur in Schwierigkeiten, wenn sie sich versteckt hält.«

»Lasst mich raten: Ihr wollt, dass ich euch helfe?«

»Ja, sofern Sie ihr Bestes im Sinn haben. Sie ist in ernsthaften Schwierigkeiten. Ich hoffe, Sie verstehen, dass nur wir ihr helfen können.«

»Das ja, aber ich kann euch nicht helfen«, sagte Frank. »Sie wechselt ständig ihr Telefon. Ich weiß also schlichtweg nicht, wie ich sie jetzt erreichen soll. Alles, was ich habe, ist eine Gmail-Adresse, die sie in unregelmäßigen Abständen checkt.«

»Ich weiß nicht, ob ich Ihnen das glauben soll.«

Frank zuckte mit den Schultern.

»Glauben Sie, was Sie wollen«, sagte er.

»Unser momentanes Problem besteht wohl darin, dass es gerade schwierig ist zu wissen, was wir glauben sollen«, warf Per ein. »So etwas passiert, wenn man herausfindet, dass Menschen, die man für ehrlich und rechtschaffen hielt, über längere Zeit gelogen haben. Und du hast gelogen, als du uns verschwiegen hast, dass Carina wieder aufgetaucht ist! Diese Lüge ist nicht nur verletzend, weil du und ich Freunde sind, sondern weil sie zwei laufende Ermittlungen behindert hat.«

»Wir konnten nicht ...«

»Konnten nicht?!« Per breitete gereizt die Arme aus, und Harinder fragte sich, ob er womöglich dazwischen gehen müsste. »Was bitte soll das bedeuten?«

»Sobald ihr gewusst hättet, dass wir Kontakt mit ihr haben, hätten auch *sie* es erfahren! Kapierst du das nicht? Wir mussten sie beschützen!«

»Beschützen vor wem?«

»Was glaubst du denn?«, fragte Frank. »Wer in dieser Stadt hat seine Augen und Ohren überall? Wer kann dem Bürgermeister, der Polizei und sogar einem Pastor mit einem Fingerschnippen Befehle erteilen? Wer würde niemals Kosten und Taten scheuen, um seine eigenen Leute zu beschützen? Muss ich fortfahren?«

Das war nicht nötig.

Carina hatte stets darauf geachtet, nicht zu viele Details preiszugeben, aber sie hatte ihren Eltern den Hintergrund der ganzen Geschichte erklärt. Eine Spazierfahrt nach einer Chorprobe, die ernste Konsequenzen nach sich zog. Ein Freund, dem nicht zu trauen war und der sie mit Gewalt genommen hatte. Dann der schicksalhafte Entschluss, sich einem Mann anzuvertrauen, den sie für einen Freund hielt. Doch seine Loyalität galt anderen. Anstatt ihr zu helfen, stieß er sie nur tiefer in den Abgrund.

Namen wurden nicht genannt, doch Harinder fiel es nicht schwer, die beiden zu identifizieren, von denen die Rede war.

»Sie sagte, dass es für sie und uns gefährlich sein könnte, wenn sie hier jemals wieder auftaucht«, fuhr Frank fort. »Natürlich haben wir ihr geraten, sich an die Polizei zu wenden. Ihre Antwort lautete bloß, dass man den Behörden nicht trauen könne. Wenn sich das paranoid anhört, dann denken Sie noch mal an das, was Sie mir eben über Müller berichtet haben. Er war einer von euch, als das alles passiert ist.«

Per Lyngstads Gesichtsausdruck zeigte, dass er sich getroffen fühlte. Müller hatte aktiv an dem Vermisstenfall Carina gearbeitet. Er hatte Zeugen vernommen und war Hinweisen nachgegangen. Man brauchte nicht viel Phantasie, um sich auszumalen, wie er die Ermittlung sabotiert hatte.

»Aber was ist mit *uns*?«, fragte Harinder. »Der Vermisstenfall landete bei meinen Kollegen bei der Kripo. Wir hätten Ihnen helfen können. Wenn Sie sich wegen der Familie Davidsen Sorgen gemacht haben, haben Sie doch wohl nicht ernstlich angenommen, dass die irgendeinen Einfluss auf uns haben?«

»Wir haben es ihr vorgeschlagen, aber sie wollte nichts davon hören. Sie sagte, es wäre sinnlos, irgendetwas bei der Kripo anzuzeigen, ohne über schlagende Beweise zu verfügen. Da hätte es Aussage gegen Aussage gestanden. Ich glaube, dass es mehr als alles andere darum ging. *Sie* wollte Beweise beschaffen. *Sie* wollte mit all dem Unrecht aufräumen. Das war *ihre* Aufgabe, nicht die von anderen. Und wir hatten natürlich Angst, dass sie bloß einfach wieder verschwindet, und haben sie deshalb gewähren lassen...«

Frank Johnson zog einen Klappstuhl heran und ließ sich darauf fallen, als ob die Luft aus ihm entwichen wäre.

»Sie war einfach verschwunden«, sagte er. »Wir haben überall nach ihr gesucht. Tag und Nacht, Tage, Wochen und Monate – noch lange, nachdem ihr sie aufgegeben hattet. Die Familie war die ganze Zeit krank vor Sorge. Und immer noch sind wir unruhig. Nur weil sie zurück ist, heißt das nicht, dass sie ›wieder aufgetaucht‹ ist, wie Sie das ausdrücken. Es heißt nicht, dass wir sie zurückbekommen haben.«

»Aber Sie haben eine falsche Erklärung abgegeben und eine laufende Ermittlung aktiv behindert. Ohne Sie hätte Carina dieses Versteckspiel nie durchziehen können«, sagte Harinder.

»Wollen Sie mich festnehmen?«, fragte Frank.

»Im Augenblick nicht, aber das wird noch Folgen haben. Wäre ich Sie, würde ich mich mit einem Rechtsanwalt beraten.«

Frank zuckte mit den Schultern.

»Macht doch, was ihr wollt«, sagte er. »Alles, was ich getan habe, habe ich für meine Tochter getan. Mit den Folgen werde ich bestimmt leben können.«

Nachdem Harinder mit Per die Details durchgegangen war, erschien der Handlungsverlauf am Mittwoch, dem 6. Juli 2016 einigermaßen klar. Es war überflüssig, über das Motiv zu spekulieren. Sie brauchten kein psychologisches Täterprofil, um zu verstehen, weshalb Axel Davidsen neun tödliche Messerstiche abbekommen hatte, oder warum Kalle Ramsberg zusammen mit der Kirche, in der er diente, bei lebendigem Leibe verbrannt worden war. Was sie mit Carina Johnson angestellt hatten, war unverzeihlich.

Und sie hatte keinerlei Vergebung erkennen lassen.

Leicht einzusehen war auch, dass beide genau bekommen hatten, was sie verdienten. Oder alle drei, wenn man Müller mitrechnete. Wobei es dabei vermutlich in erster Linie um Selbstverteidigung gegangen war. Einer dieser Zufälle, bei denen der Jäger zum Gejagten wird. Doch die Aufgabe der Polizei war es nicht, Orden an Menschen zu verteilen, die das Recht in die eigene Hand nahmen. Unabhängig davon, wie gut man die Motive nachvollziehen konnte.

Carina Johnson hatte eine Grenze überschritten und war selbst unberechenbar und gefährlich geworden.

Noch gab es allerdings ein paar Lücken im Handlungsverlauf, die gefüllt werden mussten. Laut Per hatte Frode Hagen Axel für den Abend von Carinas Verschwinden ein Alibi gegeben. Sie hatten auch alle Fahrzeuge ermittelt, die an jenem Abend über die Brugate gefahren waren, ohne dass Axels Name dabei aufgetaucht war. Per erinnerte sich jedoch, dass die Kamera an der Kreuzung Storgate und Parkvei einen Audi registriert hatte, der Glenn Davidsen gehörte.

»Glenn hat bestätigt, dass er den Wagen fuhr«, sagte er. »Ich erinnere mich, dass er etwas unpräzise war, und als ich ihn über Zeitpunkte und Orte befragt habe, gestand er voller Scham, dass er mit seiner Sekretärin herumgefahren war. Die beiden hatten ein Verhältnis. Als ich sie danach gefragt habe, hat sie sowohl die Affäre zugegeben als auch, dass sie an jenem Abend zusammen waren.«

»Dieser Schleimaal«, sagte Harinder nicht ohne eine gewisse Bewunderung. »Indem er etwas einräumt, was ihn in ein schlechtes Licht stellt, lässt er es aussehen, als hätte er nichts zu verbergen.«

»Aber hatte er etwas zu verbergen?«

»Offenbar hat er seinen Sohn beschützt. Weißt du nicht mehr, dass er meinte, er hätte Axel den Audi zum Geburtstag geschenkt? Aber der Wagen ist immer noch auf Glenn registriert. Es war Axel, den die Kamera erfasst hast. Und Carina war zusammen mit im Wagen. Direkt vor eurer Nase.«

Per fasste sich an den Kopf.

»Verdammte Scheiße«, sagte er.

Harinder hatte dem nichts hinzuzufügen.

»Ich will einen Streifenwagen zur Beobachtung vor der Parkallé«, sagte er. »Wir müssen darauf vorbereitet sein, dass Carina etwas gegen die Familie unternimmt. Außerdem sollten wir die Davidsens warnen, ohne dabei allzu viele Details zu verraten. Ich mache mir nämlich genauso viele Sorgen darüber, was *denen* einfallen könnte.«

KAPITEL 51

Freitag, 6. April

Im Laufe der Nacht stieg die Temperatur um einige Grade. Der Regen trommelte hart auf die Fensterbretter. Die Vorhänge flatterten im Luftzug vor dem offenen Fenster und ließen feine Streifen Licht ins Zimmer dringen. Harinder lag wach im Bett und lauschte dem Unwetter, das die letzten Reste des Winters wegspülen sollte, noch ehe der Tag angebrochen war.

Von allen Dingen, die ihn in dieser Nacht wachzuhalten vermochten, dominierte Martine seine Gedanken.

Genauso widerwillig wie er nach Staden zurückgekommen war, hatte er die alten Erinnerungen Revue passieren lassen. Sowohl gute als auch schlechte. Martine war wie ein schmerzender Zahn, den mit der Zunge zu berühren, er sich verboten hatte. Die letzte, wehmütige Begegnung in einem Osloer Gemüseladen vor 19 Jahren hatte wie eine Art Schlussstrich fungiert. Nicht nur für ihre Beziehung, sondern auch für seine kompletten Verbindungen mit Elvestad.

19 Jahre waren fast die Hälfte seines Lebens. Eigentlich hätten sie ausreichen sollen, aber er hatte nicht eine einzige Kleinigkeit vergessen. Er hatte die Erinnerungen nur wie eine Kiste mit Büchern auf dem Dachboden verstaut, damit sie nicht länger im Weg stand. Und er war gar nicht lange

wieder in Elvestad gewesen, ehe diese Kiste sich wieder mitten im Zimmer befand. Am Abend zuvor war er auf Eldoråsen herumgewandert und war sozusagen über die Kiste gestolpert, während er in einem Mord ermittelte, der nur einen Steinwurf von dem Haus entfernt geschehen war, in dem Martine gewohnt hatte.

Als er an Carina und die anderen Mädchen aus Ramsbergs Sammlung dachte, fiel es ihm schwer, den Überfall auf Martine als isoliertes Ereignis zu betrachten. Dafür war die Stadt einfach zu klein.

Besudeltes Mädchen. Emma hatte den Begriff als etwas erwähnt, das ihr Vater verwendet hatte, wenn sie etwas tat, was ihm nicht zusagte. Wie etwa Make-up auflegen oder sich attraktiv zurechtmachen. Die Männer, denen Harinders Freundin zum Opfer gefallen war, hatten mit Martines eigenem Lippenstift *BESUDELT* auf ihre Stirn geschrieben.

Ein kleiner Ort wie Staden beherbergte also zwei Männer, die imstande waren, einem anderen Menschen etwas Derartiges anzutun. Zwei Männer, die nie gefasst worden waren. Der damalige Polizeichef hatte angedeutet, dass womöglich Umherreisende dahintersteckten. Aber das war nichts als Wunschdenken von jemandem gewesen, der gern glaubte, seine Stadt sei für diese Dinge viel zu gut.

Denn offenbar gab es in Staden seinerzeit Männer, die nachweislich in der Lage waren, so etwas zu tun. Einer davon war Kalle Ramsberg. Der junge Vertretungslehrer, der schon damals seine schlimmsten Neigungen hinter einer Position verbarg, die scheinbar Vertrauen erweckte.

Monster wie Ramsberg fielen nicht einfach vom Himmel. Sie wurden mit der Zeit geformt und entwickelten sich weiter, indem sie sie schrittweise die Grenzen verschoben.

Seine kranken Bedürfnisse durch Entführung und Mord oder durch die Verwendung klinisch wirkender Folterräume wie in den Filmen zu befriedigen, hatte nicht am Anfang gestanden. Nein, das alles war viel später dazugekommen.

Aber derselbe Irrsinn, der damals dem Angriff auf Martine zugrunde gelegen hatte, offenbarte sich auch in den acht widerwärtigen Filmen.

Sobald sich der Gedanke bei ihm eingenistet hatte, war Harinder hellwach. Er hatte sich aufgesetzt und machte sich Notizen auf dem Laptop, als endlich der Anruf eines Kollegen aus Oslo einging.

Kommissar Edvardsen koordinierte die Arbeiten zur Identifikation der sieben anderen Mädchen aus den Filmen auf den USB-Sticks. Nach Harinders Ansicht ein tüchtiger Polizeibeamter, doch ein Stockfisch und Paragraphenreiter. Edvardsen entschuldigte sich für den frühen Anruf, doch er habe Neuigkeiten, die Harinder vermutlich sofort hören wolle. Sie hatten eine der jungen Frauen identifiziert.

Eine übereinstimmende Personenbeschreibung sowie ein Muttermal auf der linken Schulter ließen den Schluss zu, dass es sich bei der Frau mit Sicherheit um Anna Lewtschenkowa handelte.

Der alte Fall schien sich endlich aufzuklären.

Harinder bedankte sich bei dem Kollegen für den Anruf.

Carina Johnson hatte also richtig kombiniert. Nicht verwunderlich, dass sie in der Rolle als Polizistin überzeugte. Einiges mochte ihr sicher fehlen, doch dumm war sie nicht.

Die Identifizierung bestätigte einige Vermutungen: Anna Lewtschenkowa war entführt, misshandelt, vergewaltigt und schließlich ermordet und begraben worden. Dass es sich bei den sechs weiteren Frauen womöglich anders verhielt, war unwahrscheinlich. Carina Johnson hätte das gleiche Schicksal ereilt, wenn es ihr nicht gelungen wäre zu entkommen.

Harinder dachte darüber nach, wie ihre Flucht in den letzten zwei Wochen eine Reihe von Ereignissen ausgelöst hatte.

Die restlichen Mitglieder der Ermittlergruppe hatten sich bereits im Konferenzraum eingefunden, als Harinder völlig durchnässt in der Polizeistation ankam. Ein Platzregen hatte ihn auf der kurzen Strecke vom Parkplatz erwischt. Rachel hatte bis jetzt keinen anderen Einsatzbefehl erhalten und gehörte immer noch zur Ermittlergruppe. Harinder unterließ es, ihre Anwesenheit zu kommentieren und entschuldigte sich bloß für die Verspätung.

Die Fotos von acht Frauen waren an einem weißen Flipchart befestigt. Zwei der Fotos waren inzwischen mit Namen versehen: Anna Lewtschenkowa und Carina Johnson.

»Carina ist diejenige, die sich von den anderen Mädchen unterscheidet«, sagte Harinder. »Nicht weil sie überlebt hat; dieses Detail ist Zufall. Doch neben Geschlecht und Altersgruppe haben sieben der Mädchen eine andere Gemeinsamkeit: Sie stammen nicht aus Elvestad. Dieses Detail ist *nicht* zufällig.«

Anna Lewtschenkowa war vor sieben Jahren verschwunden. Die beiden Täter hatten sie in einer anderen Stadt kennengelernt und später an einem Ort hinter der schwedischen Grenze begraben. Keine Spur führte nach Elvestad zurück. Auf diese Weise hatten die Hintermänner vorgehen können, ohne dabei entdeckt zu werden. Ramsberg und seine Kumpel waren durchtriebene Raubtiere. Sie hatten ein System entwickelt, das sie in sicherem Abstand von polizeilichen Ermittlungen hielt und ganz sicher auch eine gewisse Mäßigung erforderte. Ein Teil des Systems beinhaltete vermutlich, die Opfer mit Sorgfalt auszuwählen. Harinder war somit fast sicher, dass von einem weitgefassten geografischen Bereich gesprochen werden konnte, wenn erst einmal alle Mädchen identifiziert waren.

»Vor zwei Jahren allerdings verstießen sie gegen die Grundfesten des Systems. Sie schnappten sich ein Mädchen aus der näheren Umgebung, sogar aus der eigenen Gemeinde des Pastors. Ramsberg war somit in der Situation, einer der Letzten zu sein, die das Opfer gesehen hatten, bevor es verschwand. Ihr habt ihn zweimal zu dem Verschwinden befragt und sein Alibi überprüft. Und dabei war der Mann so schuldig wie man nur schuldig sein kann.«

»Er hat ein ziemlich hohes Risiko auf sich genommen«, meinte Per.

»Genau«, sagte Harinder. »Und deswegen müssen wir uns fragen, *was* Ramsberg veranlasst haben kann, dieses Risiko einzugehen.«

»Irgendetwas sagt mir, dass du dir dazu schon nähere Gedanken gemacht hast«, bemerkte Polizeichefin Bolstad.

Harinder setzte ein schiefes Grinsen auf. Die Direktheit der Frau aus Südwestnorwegen gefiel ihm gut.

»Wir haben inzwischen ein recht umfangreiches Bild der Ereignisse von dem Abend, an dem Carina verschwand«, sagte er. »Sie war das Schulbeispiel eines anständigen Mädchens: fleißig, enthaltsam, aktiv in der Gemeinde und aus einer Familie, die großen Respekt genoss. Gehen wir davon aus, dass sie Ramsberg aufgesucht und ihn um Hilfe gebeten hat und dabei Axel Davidsen als Vergewaltiger identifizierte. Ihre Glaubwürdigkeit stand außer Frage. Ramsberg muss begriffen haben, dass ihre Anklage ernste Konsequenzen nach sich ziehen würde.«

»Aber wieso hat es ihn überhaupt gekümmert?«, fragte Per. »Schließlich sind ja nicht er oder einer seiner Kumpane beschuldigt worden. Weshalb wegen Axel riskieren, selbst entlarvt zu werden? Tut mir leid, aber irgendwo hakt es da.«

»Es sei denn, die Entscheidung, etwas zu unternehmen, kam nicht von ihm«, sagte Harinder.

Er stellte sich dabei ein Szenario vor, in dem Ramsberg einen seiner Partner kontaktierte, um ihn über das Problem in Kenntnis zu setzen, während Carina sich immer noch in der Kirche befand. Sie mussten sie dann nur noch zu ihrem festen Treffpunkt mitnehmen und die Dinge laufen lassen. Dadurch hatten sie Axel vor ernsten Schwierigkeiten beschützt und sich gleichzeitig ein neues Spielzeug für ihren Keller beschafft.

Selbst angesichts des Risikos musste es ihnen wie eine Win-win-Situation vorgekommen sein.

»Wenn Carina es nicht gelungen wäre zu entkommen, wäre der Plan auch aufgegangen«, sagte Harinder. »Sie wäre für immer und ewig verschwunden, und Axel Davidsen, Kalle Ramsberg und Lars Müller würden noch immer leben. Das Schicksal dieser Mädchen wäre uns völlig unbekannt, und vermutlich wären noch weitere Fälle hinzugekommen. So hätten sie dann weitergemacht, bis Ramsberg oder einem der Partner ein richtiger Fehltritt unterlaufen wäre, der sie mit dem Gesetz in Konflikt gebracht hätte.«

»Mir ist aufgefallen, dass du ›die Partner‹ gesagt hast«, bemerkte Polizeijurist Holum.

Harinder nickte.

»Wir sind davon ausgegangen, dass Ramsberg der Haupt-akteur war, mit Lars Müller als Partner oder in der Neben-rolle«, sagte er. »Ich glaube aber, dass diese Prämisse falsch ist. Müller war zweifelsohne beteiligt. Er hat eine aktive Rolle bei der Ausführung dieser Verbrechen sowie in dem anschließenden Prozess der Verschleierung gespielt. Und als Polizist war er natürlich in der besten Position, so etwas zu tun.«

Polizeichefin Bolstad stöhnte auf. Ganz offensichtlich är-gerte es sie, dass sie nicht früher etwas gegen Müller unter-nommen hatte.

»Allerdings ist Lars Müller *nicht* der andere Mann aus den Videos. Größe und Körperbau stimmen nicht überein. Es müssen also mindestens drei Personen involviert gewe-sen sein«, sagte Harinder. »Müller war ja zudem ein ziem-lich krasser und primitiver Typ, ein typischer Handlanger. Ramsberg hätte ihn niemals als ebenbürtigen Partner be-trachtet. Abgesehen davon waren auch gewisse Ressourcen nötig, um das ›Filmstudio‹ zu finanzieren. Dieser Ort muss die passenden Ausmaße gehabt haben, um ein Studio zu beherbergen, und gleichzeitig so abgelegen sein, dass die Mädchen ohne großes Aufsehen dorthin gebracht werden konnten.«

»Jemand muss das alles bezahlt haben, und du glaubst nicht, dass das Ramsberg mit seinem Priestergehalt war?«, warf Bolstad ein.

»Jedenfalls nicht, solange er nicht irgendwo auf einem verborgenen Vermögen saß«, sagte Harinder. »Ihm hat ja nicht mal das Haus gehört, in dem er wohnte. Das ist im Besitz der Kirche.«

»Wir reden also von jemandem, der sowohl über die finanziellen Mittel als auch über die Disziplin verfügt hat, so eine Operation über lange Jahre aufrechtzuerhalten«, sagte Rachel.

»Ja, und jemand, der seine Neigungen ebenso gut wie Ramsberg vor der Umwelt verborgen halten konnte«, sagte Harinder. »Doch das Wichtigste: Wir suchen eine Person, die nicht gezögert hätte zuzuschlagen, falls etwas oder jemand Axel Davidsen bedroht hätte. Egal, ob es um das Wohlergehen des Jungen oder den Ruf der Familie gegangen wäre.«

Ein Murmeln erhob sich. Die meisten am Tisch hatten begriffen, worauf Harinder hinauswollte.

KAPITEL 52

Das Tor an der Papierfabrik stand offen. Eine automatische Schranke ließ Fahrzeuge auf das Fabrikgelände oder wieder herunter. Fußgänger konnten sich einfach darunter hinwegducken.

Ein lautes Rauschen erklang von dem kleinen Wasserfall gleich hinter der hohen Umzäunung. Es übertönte die brummenden Lastwagenmotoren vor dem Lagerhaus sowie die Geräusche des Gabelstaplers, der sich zwischen Lager und Lastwagen hin und her bewegte. Weißer Rauch stieg aus zwei Fabrikschornsteinen in den Himmel hinauf. Der scharfe Geruch war lange nicht mehr so schlimm wie er früher gewesen war, als er bis hinunter ins Stadtzentrum vordrang.

Carina Johnson trat auf das Hauptgebäude zu.

DAVIDSEN INTERNATIONAL stand in großen Buchstaben auf einem Schild über der Tür. Gleich daneben befand sich ein abstraktes Logo, dessen Bedeutung sich Carina nicht erschloss. Die Türen glitten automatisch zur Seite, als sie näher an das Gebäude herankam.

An der Rezeption saß eine hübsche junge Frau, die diskret geschminkt war und eine feine weiße Bluse trug. Das Namensschild an ihrer Brust verriet, dass sie Synne hieß.

Ihr entgegenkommendes und professionelles Lächeln wirkte gut einstudiert, erstarrte dann aber leicht, als sie Carina näher in Augenschein nahm. Vermutlich zog sie gerade den raschen Schluss, dass sie eine Frau war, die nicht hierhergehörte.

»Willkommen bei Davidsen International. Wie kann ich Ihnen helfen?«, sagte sie höflich.

Ohne darauf zu antworten, ging Carina weiter und steuerte auf die Aufzüge zu.

Die Empfangsdame protestierte. Sie stand auf und hob winkend den Arm.

»Hallo, Entschuldigung? Sie…«

Carina wartete auf den Aufzug, als ein uniformierter Wachmann aus einer Tür hinter der Rezeption trat.

»Verzeihen Sie bitte, aber Unbefugte haben hier keinen Zutritt«, sagte er entschieden. »Wenn Sie jemanden besuchen möchten, muss ich Sie bitten, sich wie alle anderen Besucher an der Rezeption anzumelden. Wenn nicht, muss ich Sie auffordern, das Gebäude zu verlassen.«

Carina erwiderte seinen Blick. Er war groß und muskulös, jedoch nicht auf eine übertriebene Art und Weise. Militärkurze Haare und braune, hellwache Augen. Kein Anzeichen von Unsicherheit. Einer, der es gewohnt war, mit schwierigen Situationen umzugehen.

»Wie heißen Sie?«, fragte Carina.

Die Frage hatte ihn anscheinend derart überrumpelt, dass er ihr eine Antwort gab.

»Eirik Dale.«

»Eirik, Sie wirken wie ein netter Typ. Also, warum treten Sie nicht einfach einen Schritt zurück, bevor noch jemand zu weinen anfängt. Ich bleibe auch nicht lange.«

Eine der Aufzugstüren öffnete sich. Dale streckte eine Hand aus und packte ihren Arm, um sie am Eintreten zu hindern. Er konnte nicht wissen, dass das ein Fehler war, dass sie genau das erwartet hatte. Sie zog den Arm nach vorn und riss gleichzeitig die Hüfte zurück. Der Judogriff war genauso einfach auszuführen, wie es schwer war, sich dagegen zu verteidigen. Indem sie sich seine Bewegungen zunutze machte, schleuderte sie ihn über ihre Schulter und in den Aufzug hinein.

Die Rezeptionistin gab einen erschreckten Aufschrei von sich. Carina rammte dem Wachmann das Knie in die Brust, ehe er wieder auf die Beine kommen konnte. Ihr Ellbogen knallte in sein Gesicht, ohne dass er den Schlag abblocken konnte. Sie konnte sehen, dass ihm schwarz vor Augen wurde. Gleichzeitig richtete sich sein Blick auf den Pistolengriff, der aus ihrer Hose ragte. Die Unruhe in seinem Blick war genauso intensiv wie kurzfristig. Als sie seinen Kopf gegen die Aufzugswand donnerte, konnte er an keinen anderen Ort mehr gehen als in die Dunkelheit, die ihn umarmte.

Carina überprüfte, ob der Wachmann auch wirklich außer Gefecht gesetzt war. Sie verletzte nicht gern Menschen, die nur ihrer Arbeit nachgingen, doch war es völlig indiskutabel, sich von ihrem Plan abbringen zu lassen. Sie hielt die Aufzugstür offen und warf einen Blick auf die Rezeptionistin, während sie die Pistolenmündung auf den Kopf des Wachmanns richtete.

»Tu Eirik hier bitte einen großen Gefallen: Zieh die Telefonschnur aus der Wand und wirf das Telefon über den Tresen.«

Das Telefon war ein großer alter Apparat, der an Strom- und Netzwerkleitung angeschlossen war. Synne riss die Leitung heraus und warf das Telefon auf den Fußboden vor dem Tresen. Carina hob anerkennend einen Daumen, ehe sie die Aufzugstür zugleiten ließ und auf den Knopf für die zweite Etage drückte.

Die Nummer mit dem Telefon hatte ihr nur wenig Zeit geschenkt, würde aber vielleicht den Alarm in den oberen Etagen ausreichend verzögern. Sie nahm an, dass die Rezeptionistin zuerst zum Handy greifen und die Polizei anrufen würde.

Carina verließ den Aufzug im zweiten Stock, wo sich die Geschäftsleitung aufhielt. Sie spürte einige Blicke auf sich ruhen, als sie auf dem Weg durch den Gang an den offenen Bürotüren vorbeiging. Doch niemand versuchte sie auf dem Weg zu der Sekretärin aufzuhalten, die im Vorzimmer eines der beiden großen Eckbüros saß.

In der Sekretärin erkannte sie eine der regelmäßigen Kirchgängerinnen aus der Gemeinde wieder, die auch die Mutter von Guri Fretheim aus dem Kirchenchor war. Das Wiedererkennen schien nicht auf Gegenseitigkeit zu beruhen.

Frau Fretheim starrte sie über ihre Brille hinweg an, mit dem missbilligenden Blick eines Lehrers, der gerade einen Schüler dabei erwischt hatte, wie er das Lehrbuch mit obszönem Gekritzel schmückte.

»Sie können da nicht reingehen, junge Dame!«

»Ach, nein?«

Glenn Davidsen saß hinter einem massiven Schreibtisch im Licht des großen Fensters, das zur Rückseite des Verwaltungsgebäudes hinausging. Er trug eine Lesebrille und hatte sich in einen großen Papierstapel vertieft, als sie eintrat. Er schaute auf.

Wie er so dasaß, war es kaum möglich, ihn als etwas anderes als einen ganz gewöhnlichen, langweiligen Betriebsleiter mittleren Alters zu sehen.

Aber Carina wusste es besser.

»Herr Davidsen, es tut mir so leid, aber sie ist einfach direkt hineingestürmt!«, sagte Frau Fretheim. »Ich werde den Wachmann kontaktieren und nachhören, wie sie hineingekommen ist…«

»Schon gut, Anne-Lise«, sagte Glenn, ohne den Blick von Carina zu nehmen. »Frau Johnson kommt ungelegen, aber nicht unerwartet. Geben Sie uns bitte fünf Minuten, dann können Sie den Wachmann herbeirufen.«

Anne-Lise Fretheim schielte erstaunt auf Carina, als ob der Name ein Puzzleteilchen wäre, dessen Fehlen sie bis dahin gar nicht hatte bemerkt hatte.

»Frau Johnson…«

Carina zwinkerte ihr zu.

»Grüß Guri von mir. Und du hast gehört, was er gesagt hat: Gib uns fünf Minuten.«

Die Sekretärin wartete auf eine weitere Bestätigung. Glenn nickte ihr zu. Ungeachtet dessen lag immer noch ein Hauch von Widerwille auf ihrem Gesicht, als sie das Büro verließ und die Tür hinter sich schloss.

Carina konnte sehen, wie es hektisch hinter Glenn Davidsens Augen arbeitete. Das verdarb den Eindruck von stoischer Ruhe, die auszustrahlen er bemüht war. Sie stellte sich vor, wie sein Raubtiergehirn eine Reihe von Szenarien durchspielte, um die Kontrolle über die Situation zu erlangen.

Derselbe kranke Verstand, der Freude daran gefunden hatte, neue Formen von Quälereien an ihr zu auszuprobieren.

Sie bemerkte ein körperliches Unbehagen, wieder im selben Zimmer zu sein wie er. Nur der Kombination aus Entschlossenheit und Adrenalin hatte sie es zu verdanken, dass dieses Gefühl sie nicht überwältigte. Sie erinnerte sich daran, dass sie nicht länger dasselbe naive und hilflose Mädchen war. Er hatte keine Macht mehr über sie. Wenn es nach ihr ginge, würde er nie wieder jemanden verletzen.

»Du hättest niemals hierherkommen sollen«, sagte er. »Wenn du glaubst, dass ich aus einem seriösen Arbeitsplatz einen Schauplatz für deine kindlichen Anwandlungen machen lasse, dann hast du dich getäuscht. Du hast fünf Minuten Zeit, um zu sagen, was du willst. Danach lasse ich den Sicherheitsdienst kommen und dich aus diesem Gebäude zerren. Und wenn wir uns das nächste Mal sehen, wird es zu meinen Bedingungen geschehen.«

Carina verzichtete darauf, ihm zu erklären, dass der Sicherheitsdienst vorerst weder sie noch sonst jemanden aus dem Gebäude zerren würde. Sie öffnete ihre Jacke und offenbarte die Pistole, die in ihrem Hosenbund steckte.

»Fünf Minuten? Du kannst schon in einer tot sein.«

»Hast du vor, kaltblütig auf einen unbewaffneten Mann zu schießen? Mit all den Zeugen da draußen?«

»Das ist Plan B.«

»Aha. Und was ist Plan A, wenn ich fragen darf?«

»Du und ich werden eine kleine Spazierfahrt unternehmen.«

»Wohin?«

»Zu dem Ort, den du *die Farm* nennst. Da hat alles angefangen, und da wird alles enden. Denn bei einer Sache hast du recht: Dieser Ort eignet sich nicht sehr gut für das, was du und auch ich gerade im Kopf haben.«

Wie erwartet widersprach er ihr in diesem Punkt nicht.

»Ich vermute, dass es sofort passieren soll?«, fragte er.

»Weshalb warten?«

»Wir haben in einer Stunde eine äußerst wichtige Vorstandssitzung.«

»Die wird wohl ohne dich auskommen müssen.«

»Und wenn ich mich weigere?«

»Dann schreiten wir zu Plan B.«

In einer fließenden Bewegung zückte Carina die Pistole, entsicherte sie und richtete sie auf seinen Kopf.

»Wenn du glaubst, dass ich zögern werde, dieses Büro mit deiner Hirnmasse zu dekorieren, dann irrst du dich wie nie zuvor in deinem wertlosen Leben.«

Seine Augen verengten sich. Carina glaubte den Sturm zu ahnen, der sich unter seiner ruhigen Oberfläche zusammenbraute.

»Nein, ich hege keine Zweifel, dass du eine entschlossene junge Frau bist«, sagte er. »Ich könnte dich direkt bewundern, wenn du nur meinem Sohn nichts angetan hättest. Aber ich werde dafür sorgen, dass du das bereust. Auch wenn es das Letzte ist, was ich tun werde. Wenn ich du wäre, würde ich nach Plan B vorgehen. Denn das ist deine einzige Chance zu überleben.«

»Das werden wir noch sehen.«

Er nickte nachdenklich.

»Ganz bestimmt.«

KAPITEL 53

»Wolltest du gerade andeuten, dass *Glenn Davidsen* ...«, sagte Sara Bolstad.

»Ich will gar nichts andeuten, ich sage es geradeheraus«, erwiderte Harinder. »Glenn Davidsen ist unser Mann.«

Glenn verfügte über Ressourcen. Schon zu Schulzeiten war er mit Kalle Ramsberg und Lars Müller befreundet gewesen. Trotz aller Verschiedenheiten hatten die drei Männer einander im Laufe der Jahre starke und gegenseitige Loyalität erwiesen. Und Glenn log, was seine Aktivitäten an dem Abend von Carina Johnsons Verschwinden betraf. Nicht nur, um seinen Sohn zu beschützen, sondern auch um sich selbst ein absolut wasserdichtes Alibi zu verschaffen.

Harinder dachte daran, was Lennart ihm vor vielen Jahren einmal gesagt hatte. Ihm zufolge war Glenn ein Paradebeispiel dafür, wie viel schiefgehen konnte, wenn man früh im Leben lernte, dass die Tatsache, für eine böse Tat erwischt zu werden, schlimmer war als die Handlung selbst. Wurde man geschnappt, riskierte man nicht nur, dass Schande über einen selbst kam, sondern auch über die ganze Familie. Die Ohrfeigen, die er zu Hause bekam, konnten ihn nicht besonders schrecken, wenn er gleichzeitig Zeuge wurde, wie ein Scheckheft selbst die schwierigsten Probleme aus der Welt schaffen konnte.

»Hast du Beweise ...?«, fragte der Polizeijurist.

»Beweise kommen später. Momentan sind andere Dinge wichtiger«, sagte Harinder. »Carina Johnson ist immer noch auf freiem Fuß. Sie hat drei Leben auf dem Gewissen. Falls ich recht habe, was Glenn betrifft, dann kann unser Fabrikdirektor schon bald Nummer vier sein. So, wie sich die Sache entwickelt hat, ist etwas anderes eigentlich undenkbar. Zuerst müssen wir jetzt Carina finden und aufhalten, ehe sie noch weitere Morde begeht.«

Er warf einen raschen Blick auf Rachel, die angesichts seiner Worte so niedergeschlagen wirkte, dass sie es kaum mehr schaffte, aufrecht auf dem Stuhl zu sitzen. Harinder konnte sie verstehen.

Die Besprechung wurde von einem Polizeibeamten unterbrochen.

»Tut mir leid, aber da kam gerade ein Anruf von der Papierfabrik. Die sagen, eine Frau hätte sich Zugang zur Fabrik verschafft, einen Wachmann zusammengeschlagen und die Rezeptionistin mit einer Waffe bedroht.«

Harinder bat Per, zwei Streifenwagen zu beschaffen, die sofort mit ihm zur Fabrik fahren könnten. Dem Polizeibeamten, der die Nachricht weitergegeben hatte, wurde aufgetragen die Bereitschaftstruppe zu kontaktieren und mitzuteilen, dass sich eine mögliche Geiselnahme abspielte.

»Nein, du bleibst hier«, sagte Harinder, als er sah, dass Rachel ihm folgen wollte.

»Kommt nicht infrage!«

»Tut mir leid, Rachel. Sie ist instabil, und du kannst sie womöglich in eine falsche Richtung drängen, auch wenn das gar nicht beabsichtigt ist. In dieser Situation brauchen wir Leute mit klarem Kopf. Das Ganze liegt in meiner Verantwortung, und ich entscheide. Du bleibst hier.«

»Soll ich hier etwa nur rumsitzen und abwarten?«

»Nein, du rufst Edvardsen an und erklärst ihm die Situation. Und vielleicht kannst du ja irgendwas tun, was bei der Identifizierung der anderen Mädchen helfen könnte. Du bist jetzt in Edvardsens Team, nicht mehr in meinem. Es tut mir wirklich leid, aber es geht nicht anders.«

Rachel nickte. Er konnte ihr ansehen, dass ihr die Entwicklung nicht gefiel. Dass sie sich vermutlich wie ein Kind fühlte, das das Spiel verloren hatte und einen Trostpreis bekam. Doch immer noch war es besser, in die B-Mannschaft versetzt zu werden, als auf der Zuschauertribüne zu landen.

KAPITEL 54

Carina ließ sich auf die ledernen Rücksitze des Jaguar sinken. Die Pistole in ihrer Hand war einsatzbereit, falls dem Mann auf dem Fahrersitz etwas Dummes einfallen sollte.

Sie hatten das Fabrikgebäude in aller Ruhe verlassen. Auf dem Weg aus Glenns Büro hatte sie die Waffe in der Jackentasche verborgen, um keine Panik bei den Angestellten zu verursachen. Glenn hatte seine Sekretärin kurz und präzise darüber informiert, dass er etwas Wichtiges zu erledigen habe und es leider nicht zur Vorstandssitzung schaffen werde. Die vielen fragenden Blicke, während er und Carina zum Parkplatz hinüberliefen, hatte er schlichtweg ignoriert.

Vorläufig lief alles nach Plan. Carina hatte die Kontrolle über die Situation. Gleichwohl war sie nervös. Sie konnte sehen, wie er sie im Rückspiegel betrachtete, und wusste, dass sie niemals vergessen dürfte, wer er war, nicht einmal für den Bruchteil einer Sekunde. Garantiert überlegte er schon, wie er die Situation zu seinem Vorteil wenden könnte. Sie musste nur etwas nachlässig sein oder einen kleinen Fehler machen. Beide wussten es genau. Und sie wusste, dass er sich allein aus diesem Grund so umgänglich gezeigt hatte, als sie sein Büro verließen.

»Kann ich dich mal was fragen?«, sagte sie.

»Wenn du während der Fahrt unterhalten werden möchtest, kann ich gern das Radio einschalten.«

»Mich interessiert nur, wie ein Typ wie du eigentlich tickt«, sagte sie. »Ramsberg ist ja leicht zu durchschauen gewesen. Ein klassischer Frauenhasser mit sexuellen Bedürfnissen, die er nur in Situationen ausleben konnte, in denen er die absolute Kontrolle besaß. Aber du? Du bist reich, mächtig, gut aussehend. An eine Frau heranzukommen, ist für dich wohl nie ein Problem gewesen?«

»Und?«

»Das Problem ist vermutlich, dass du sie nicht quälen kannst, ohne eine gewisse Aufmerksamkeit auf dich zu ziehen. Und du *liebst* es, sie zu quälen, nicht wahr? Du benutzt Frauen, weil es dir Spaß macht, aber die *echte* Befriedigung erreichst du erst, wenn du anderen Schmerzen zufügst.«

»Du klingst, als hättest du ein paar Bücher zum Thema Küchenpsychologie dabei.«

»Es geht um deine Mutter, stimmt's? Bei solchen Irren wie dir geht es letztlich immer um Mama. Etwas ist passiert, als du klein warst. Sie hat etwas getan, das für dich ein unverzeihlicher Verrat gewesen ist. Dadurch ist ein Hohlraum in dir entstanden, den du nie wieder füllen konntest, und dafür willst du sie bestrafen. Aber das kannst du nicht, und deshalb musst du mit anderen Vorlieb nehmen. Ich und die anderen Mädchen sind nur Stellvertreterinnen. Also, was ist passiert, Glenn? Was hat deine Mutter getan, um so etwas zu verdienen?«

»Ganz gewiss habe ich nicht die Absicht, mit dir über meine Mutter zu reden!«

Carina wusste, dass sie einen Nerv getroffen hatte.

»Du musst begreifen, dass das für mich zuallererst ein Geschäft ist«, sagte er. »Meine Familie besitzt die Fabrik und viele andere Immobilien, und überall gehen die Erfolgskurven nach unten. Außerdem gehört nichts davon mir persönlich. Ich verwalte das alles nur und versuche, es für die nächste Generation am Leben zu erhalten. Ursprünglich für Axel. Also habe ich parallel meine eigene kleine Geschäftsbasis aufgebaut, die niemanden etwas angeht.«

»Alles nur Geschäfte? Das kaufe ich dir nicht ab«, sagte Carina.

»Doch ja, ich habe auch reichlich Vergnügen daraus gezogen, aber am meisten befriedigt es mich zu wissen, dass ich ein gutes und gefragtes Produkt liefere. Du ahnst ja nicht, was manche Leute zu zahlen bereit sind für frisches Material, das ganz anders ist als dieser vorhersehbare und künstliche Scheißdreck, der da draußen floriert. Bei uns bekommen sie nämlich die echte Ware.«

»Hast du noch nie gehört, dass man Geschäfte und Vergnügen getrennt halten sollte?«

»Ha! Jetzt klingst du wie mein Vater!«, sagte Glenn. »Aber ihr irrt euch. Vermische Geschäfte und Vergnügen ruhig so oft du kannst, sage ich, aber verliere nicht aus dem Blick, was das Wichtigste ist.«

»Und was sind wir? Objekte, die ihr ausnutzen könnt, wie es euch gefällt, und die dann entsorgt werden? Ich weiß, dass vor mir schon viele in dem Keller waren – du hast ja sogar damit angegeben – und dabei hatten nicht alle so viel Glück wie ich. Ist überhaupt eines der Mädchen lebendig davongekommen? Von wie vielen reden wir überhaupt?«

Er musterte sie lange im Rückspiegel.

»Du meinst wohl, du hast Anspruch auf eine Antwort?«, fragte er.

»Nein, ich bin bloß neugierig.«

»Das ist deine erste Lüge heute«, sagte er. Er hatte recht. »Aber was soll's, ich werde dir deine Frage beantworten. Glaubst du wirklich, dass wir jahrelang so ein Geschäft betreiben konnten, wenn wir die Mädchen getötet hätten? Dann jedenfalls wärst du hier die Irre.«

Glenn erklärte, dass es sogar in einem Nischenmarkt wie ihrem leicht war, an Mädchen heranzukommen. Kontaktpersonen wie Michail Sorokin sorgten für den gleichmäßigen Zustrom von Frauen für ihre Produktionen. Inwieweit sie freiwillig kamen, konnte sicher erörtert werden, aber die meisten gehörten zur Branche. Hätten sie nicht an ihren Produktionen mitgewirkt, wären sie eben woanders bei etwas Ähnlichem dabei gewesen. Das ganze Prozedere war ohnehin davon abhängig, dass die Ware in halbwegs brauchbarem Zustand zurückgegeben wurde. Immerhin waren sie Geld wert.

Vor einigen Jahren hatte es einen Unfall gegeben, ein Experiment, das zu weit gegangen war. Das Mädchen musste getötet werden. Das war natürlich unangenehm. Der Lieferant hatte allerdings die Entschuldigung sofort angenommen, nachdem ihm eine Kompensation für die entgangenen Einnahmen gezahlt worden war.

»Eine Hure weniger auf der Welt, darüber regt sich niemand auf«, sagte Glenn. »Ist ja auch nur zweimal vorgekommen. Aber je härter die Filme waren, desto begeisterter reagierten die Kunden.«

»Du bist widerwärtig.«

»Schade, dass wir *deinen* nicht verkaufen konnten. Wäre

garantiert gut angekommen. Aber leider hat dein Gesicht ein paar Zeitungsseiten zu viel geschmückt, als dass sich das lohnen würde. Aber dafür dürfen wir uns mit den Erinnerungen trösten, nicht wahr?«

Carina wusste, dass er sie provozieren wollte und darauf hoffte, dass ihre Konzentration nachließ. Und sein Versuch war erfolgreich. Sie war abgelenkt und hatte es verpasst, ihn durch die Strandgate zu beordern, als sie den nördlichen Teil der Stadt passierten. Stattdessen nahm er Storgate. Die führte zwar auf direkter Linie nach Norden, lag aber ungeschützter da, was durch die heulenden Martinshörner unterstrichen wurde, die sich aus der Ferne näherten.

Kurz darauf kamen ihnen zwei Streifenwagen und ein Zivilfahrzeug mit blinkenden Blaulichtern in hohem Tempo entgegen. Carina hielt den Atem an, während sie an ihnen vorbeisausten. Sie versuchte herauszuhören, ob sie womöglich das Tempo drosselten. Vermutlich waren sie auf dem Weg zur Fabrik, konnten aber schnell eine andere Richtung einschlagen, falls sie sie auf dem Rücksitz des Jaguar entdeckten. Dieser blöde Bulle würde noch alles verderben. Sie spähte aus dem Rückfenster und stellte erleichtert fest, dass die Fahrzeuge mit unverminderter Geschwindigkeit weiterfuhren.

»Wohl keine Anhängerin vom Freund und Helfer Polizei?«, fragte Glenn Davidsen. »Du benimmst dich, als hättest du die Kontrolle, aber eigentlich bist du nur ein verzweifeltes Mädchen, dem langsam die Wahlmöglichkeiten ausgehen. Du bist es nämlich, die von der Polizei gesucht wird, nicht ich.«

»Wie kannst du dir so sicher sein? Wie ich gehört habe, hat Ramsberg Beweise hinterlassen.«

»Nichts, was sich zu mir zurückverfolgen ließe, das kann ich dir versprechen«, sagte Glenn. »Im Gegensatz zu dir bin ich nämlich schlau. Ich denke nach. *Plane* die Dinge. Du reagierst nur und schlägst um dich wie ein primitives Tier. So, wie du es bei meinem Sohn getan hast.«

Wieder hörte sie den unterdrückten Zorn in seiner Stimme.

»Axel war ein Schwein«, sagte sie. »Was passiert ist, war ganz allein seine Schuld. Aber sag mal, was für eine Hoffnung bestand eigentlich für ihn mit dir als Rollenmodell? Er hat etwas Grausames getan, und deine Antwort war, *mich* dafür zu bestrafen! Als ob das Problem verschwunden wäre, wenn ihr mich zum Schweigen bringt. Welche Strafe bekam Axel, wenn ich fragen darf? Hausarrest? Taschengeldkürzung? Das kann jedenfalls nicht viel geholfen haben, denn zwei Jahre später war er abermals voll aktiv. Derselbe Ort, derselbe schicke Sportwagen, bloß dieses Mal ein anderes Mädchen. 20 Jahre alt und schon ein Serienvergewaltiger. Du musst ja wirklich stolz sein.«

Im Rückspiegel konnte sie sehen, wie sein Gesicht erstarrte.

»Glaub ja nicht, dass deshalb irgendwas vergeben ist«, sagte er.

»Ich will deine Vergebung nicht!«

Mit dem Pistolengriff versetzte sie ihm einen Schlag auf das Ohr. Er zuckte zusammen. Musste sich anstrengen, das Lenkrad gerade zu halten und mit dem Jaguar nicht ein parkendes Fahrzeug am Straßenrand zu rammen.

KAPITEL 55

»Verdammt!«

Der Ausruf kam vom Beifahrersitz. Per drehte sich um und schaute aus dem Heckfenster. Aufgrund des Regens herrschte schlechte Sicht.

»Was ist los?«, fragte Harinder.

»Wir sind gerade an einem Wagen vorbeigefahren, der ins Zentrum fährt. Ein weinroter Jaguar. Glenn Davidsen fährt so einen Wagen. Jemand anderes wird es kaum gewesen sein.«

»Hast du ihn erkannt?«

»Nein, wir sind zu schnell gefahren. Aber da waren zwei Personen im Wagen, eine vorn und eine hinten.«

»Glenn und Carina«, sagte Harinder. »Anscheinend hatte sie andere Pläne, als ihn an Ort und Stelle umzulegen. Es wäre vielleicht auch etwas übertrieben, das an seinem Arbeitsplatz zu tun.«

»Ich weiß nicht. Eine ganze Kirche abzufackeln war auch etwas übertrieben.«

»Da hast du auch wieder recht.«

Harinder bat Per die Zentrale anzurufen und zu überprüfen, ob es Neuigkeiten aus der Fabrik gab. Hatte vielleicht jemand einen Schuss abgegeben? Die Antwort war negativ.

Harinder bremste ab. Er warf einen Blick auf den Gegenverkehr und legte ein abruptes Wendemanöver hin, das beinahe im Straßengraben geendet hätte, ehe er den Wagen auf die andere Fahrbahn lenkte, die sie zurück in die Stadt führte.

»Gib den anderen Bescheid«, sagte er. »Sag, dass wir gewendet haben, um ein verdächtiges Fahrzeug zu überprüfen. Die anderen sollen weiter zur Fabrik fahren, um die dortige Situation zu klären. Sobald sie dort ankommen, will ich einen Bericht.«

Per setzte sich über Funk mit den anderen in Verbindung. Falls es wirklich Glenn und Carina waren, hatten sie einen Vorsprung von ein paar Minuten. Harinder schaltete das Blaulicht ab, um die Verfolgten nicht zu warnen. Per recherchierte das Kennzeichen von Glenns Wagen, um es mit dem gesuchten Fahrzeug abgleichen zu können.

Als sie zur Brugate kamen, mussten sie entscheiden, ob sie hinauf nach Eldoråsen oder weiter über die Brücke fahren sollten. Harinder hielt Ausschau nach Reifenspuren, die verraten könnten, welche Richtung der Jaguar eingeschlagen hatte, doch der heftige Regen hatte die letzten Schneereste von der Straße gespült.

»Fahr geradeaus«, sagte Per, als ob er die Unentschlossenheit des Kommissars gespürt hätte. »Ich glaube, die haben die Stadt verlassen.«

Er schien sich seiner Sache so sicher, dass Harinder in Richtung Stadtgrenze weiterfuhr.

»Und wieso?«, fragte er schließlich.

»Ich glaube, ich weiß, wohin die wollen. Als Carina damals verschwand, wurde das letzte Signal ihres Handys in der Nähe des Ljussjö in Värmland registriert. In dieser Gegend wurde auch die Leiche von Anna Lewtschenkowa gefunden. Ich glaube, dass sich das Filmstudio in einem Haus nahe dem See befinden muss. Und da wollen die vermutlich hin.«

»Um genau an demselben Ort abzurechnen, wo sie missbraucht und vergewaltigt wurde.«

»Genau. Wahrscheinlich derselbe Grund, aus dem sie Ramsberg in der Kirche zur Rede gestellt und getötet hat. Dorthin ist sie gegangen, als sie Hilfe und Schutz brauchte. Und genau dort hat er sie im Stich gelassen und verraten.«

»Du hättest Ermittler werden sollen, Per«, sagte Harinder. »Wenn wir mit diesem Fall durch sind, möchte ich, dass wir uns mal über deine Zukunft unterhalten. An diesem Ort ist nicht viel zu holen, glaub mir.«

Per nickte.

»Vor zwei Wochen hätte ich noch einen Grund gefunden, um dir zu widersprechen«, sagte er.

Harinder verstand das. Pers Heimatstadt würde niemals mehr dieselbe sein. Einige Geschehnisse waren unwiderruflich, einige Entdeckungen zu gravierend, um unter den Teppich gekehrt zu werden.

Nachdem sie die Stadtgrenze hinter sich gelassen hatten, erhöhte Harinder das Tempo. Die Straße war feucht und schwierig zu befahren. Sie kamen am Motel und am Gasthaus vorbei und landeten hinter einem Lastwagen, der 50 Stundenkilometer fuhr, exakt die erlaubte Höchstgeschwindigkeit. Auf einem längeren geraden Streckenabschnitt wechselte Harinder die Spur und zog an dem LKW vorbei. Dort, wo ihm die Straße übersichtlich erschien, drückte er das Gaspedal durch und erhöhte auf 90 Kilometer pro Stunde. Er hoffte, dass sich der Jaguar an das Tempolimit hielt, um keine Aufmerksamkeit patrouillierender Streifenwagen auf sich zu ziehen. Der Ljussjö befand sich im Nachbarland, und die Grenze war nur wenige Kilometer entfernt. Wenn Glenn und Carina die Landesgrenze überquerten, durften sie ihnen streng genommen nicht weiter folgen.

Dina Martinsen meldete sich über Funk.

»Wir sind an der Fabrik«, sagte sie. »Die Verdächtige ist nicht mehr hier. Nach Zeugenaussagen hat sie das Gelände zusammen mit Glenn Davidsen verlassen. Der Wachmann, den sie niedergeschlagen hat, ist wieder zu sich gekommen. Er sagt, die Verdächtige sei mit einer Pistole bewaffnet gewesen. Möglicherweise hat sie Davidsen mit vorgehaltener Waffe dazu gezwungen, sie zu begleiten. Offenbar ist für heute eine wichtige Vorstandssitzung anberaumt, weswegen das Ganze ziemliche Unruhe verursacht hat.«

»Verstanden«, sagte Per.

Sie gaben eine Fahndung nach Glenns Wagen heraus, mit dem Zusatz, dass die Verdächtige bewaffnet war und als gefährlich galt. Im Idealfall wären die Grenzübergänge bewacht gewesen, doch Harinder wusste, dass die Erfüllung seines Wunsches utopisch war. Im Regierungsbezirk Hedmark gab es die meisten unbewachten Grenzübergänge des Landes. Insgesamt 37. An einer 35 Kilometer langen Grenze.

Per schüttelte den Kopf.

»Sie macht es sich selbst nicht gerade leichter«, sagte er. »Einmal habe ich Jenni und Frank versprochen, alles Mögliche zu tun, um sie zu finden und sicher nach Hause zu bringen…«

»Kann sein, dass du dieses Versprechen brechen musst«, sagte Harinder.

KAPITEL 56

Im Rückspiegel fing Glenn Davidsen einen Punkt auf, der schnell immer größer wurde.

»Wie es im Film so schön heißt: Wir haben Gesellschaft.«

Carina drehte sich um und spähte aus dem Heckfenster. Sie sah einen Ford, der mit einem magnetischen Blaulicht auf dem Dach rasch näher kam. Er lag weniger als hundert Meter hinter ihnen. Dass der Wagen auf der Jagd nach ihnen war, wurde spätestens dann klar, als das Blaulicht zu blinken begann.

»Das ist nicht irgendein Polizeifahrzeug. Es gehört Kommissar Singh«, sagte Glenn. »Dann hat er uns also gesehen, als wir vorhin aneinander vorbeigefahren sind.«

»Du hättest die Strandgate nehmen sollen...«

»Hätte ich, wenn du mir Bescheid gegeben hättest.«

Es ärgerte Carina, dass er recht hatte.

»Wie weit ist es noch zur Grenze?«

»Knapp 20 Kilometer.«

»Dann gib mal ordentlich Gas. Über die Grenze hinweg können sie uns nicht verfolgen. Dort drüben haben die nichts zu melden.«

»Eine richtige Verfolgungsjagd. Wie spannend. Du solltest dich anschnallen.«

Carina ignorierte Glenns Rat. Sicherheitsgurte gaben ihr das klaustrophobische Gefühl, gefesselt und festgezurrt zu sein. Ein Gefühl, das sie auf der Farm ausreichend kennengelernt hatte.

Glenn erhöhte das Tempo. Der XF konnte eine Geschwindigkeit von bis zu 270 km/h erreichen. Nachdem er der Hauptstraße nach Süden gefolgt war, hatte er einen Abzweig nach Osten genommen und eine kleinere Straße gewählt, die zu einem der abgelegenen Grenzübergänge führte. Tauchten hier Zöllner auf, dann allenfalls bei der Einreise von Schweden nach Norwegen.

Die Straße führte durch eine landwirtschaftlich geprägte Gegend. Ein paar hundert Meter vor ihnen tauchte ein kleines Dorf mit zwei Bauernhöfen auf, ehe der Wald wieder übernahm und die Straße auf der restlichen Strecke zum Grenzübergang flankierte. Es herrschte nur mäßiger Verkehr, dennoch musste Glenn an einer Stelle auf die andere Spur wechseln, um einen Wagen zu überholen, der sich brav an die Geschwindigkeitsbegrenzung hielt.

Als der Jaguar vor ihnen schneller fuhr, passte sich Harinder der Geschwindigkeit an, doch für allzu hohes Tempo war die Straße nicht geeignet. Kornfelder rechts und links erschwerten die Übersicht über die vielen Seitenwege, die von den Feldern zur Straße führten. Unverhofft konnte ein Auto oder Traktor auftauchen, weil der Fahrer die Geschwindigkeit der vorbeifahrenden Fahrzeuge unmöglich einschätzen konnte.

Harinder bat Per, eine Meldung über die aktuelle Position des verfolgten Wagens über Funk durchzugeben. Er hoffte, dass irgendwo Streifenwagen in der Nähe unterwegs waren und dem Jaguar den Weg abschneiden konnten. Er glaubte nicht recht daran, dass es ihnen gelingen würde, Glenns Wagen noch vor der Landesgrenze einzuholen. Der Jaguar hatte schlichtweg zu viele Pferdestärken im Vergleich mit Harinders Ford.

Glenn passierte den nördlichen Teil des Dorfes ohne Probleme. Ein Fußgänger wich erschrocken zurück, als er erkannte, dass das heraneilende Fahrzeug nicht abbremsen würde. Glenn hatte Carinas Warnungen vor Fußgängern ignoriert. Sie hatte ihm schließlich befohlen, das Land so schnell wie möglich zu verlassen, und nicht auf irgendwelche Dorfbewohner Rücksicht zu nehmen, die dumm genug waren, mitten auf der Straße herumzulaufen. Glenn fragte sich, wie sie wohl reagiert hätte, wenn er den Mann überfahren hätte. Würde sie sich mitschuldig fühlen?

Ein Stück weiter vorn entdeckte er einen blauen Opel, der sich anschickte von einem Seitenweg auf die Hauptstraße abzubiegen. Glenn hatte genügend Zeit, entsprechend zu reagieren. Er wollte gerade die Spur wechseln, als er den entgegenkommenden Lastwagen sah, der etwa hundert Meter entfernt war. Eine rasche Einschätzung führte zu dem Ergebnis, dass der Abstand nicht groß genug war, jedenfalls nicht bei dem Tempo. Er konnte nicht gleichzeitig dem Lastwagen und dem Opel ausweichen, ohne zuvor hart abzubremsen.

Der Wagen erzitterte, als Glenn das Bremspedal durchtrat. Die Reifen reagierten auf die nasse Fahrbahn. Der Lastwagen sauste an ihnen vorbei, doch das größte Problem war jetzt der Opel, der fast die ganze Straßenbreite einnahm. Der Wagen schwankte umständlich auf die Gegenfahrbahn hinüber. Glenn begriff, dass sie zusammenstoßen würden, sofern er nicht etwas dagegen unternahm.

Er riss das Lenkrad herum und wollte um den Opel herumfahren, selbst auf die Gefahr hin, auf dem Acker zu landen. Die Reifen rutschten mehr, als dass sie griffen. Ein kräftiger Ruck ging durch den Wagen. Carina wurde auf dem Rücksitz zur Seite geworfen. Glenn verlor die Kontrolle. Der Jaguar kam ins Schleudern. Sie wichen dem entgegenkommenden Fahrzeug aus, rammten jedoch ein Briefkastengestell und verloren die Balance, als zwei der Reifen den Kontakt mit dem Asphalt verloren.

Als Glenn versuchte, das Lenkrad in die entgegengesetzte Richtung zu drehen, um wieder Bodenkontakt zu gewinnen, verschlimmerte er nur die Situation. Der Wagen kippte um und landete am Rand eines Kornfelds auf dem Dach.

KAPITEL 57

Harinder fuhr an den Straßenrand, während Per zum Funkgerät griff und die Zentrale bat, einen Rettungswagen zu schicken. Der Fahrer des Opels hatte auf der anderen Straßenseite angehalten und stieg gerade aus dem Wagen. Harinder forderte ihn auf, bei seinem Fahrzeug zu bleiben. Als er und Per sich Glenns Wagen näherten, hatten beide ihre Dienstwaffe gezückt.

Ein dumpfes Geräusch war vom Jaguar zu hören. Zwei schwarze Stiefel traten das hintere Seitenfenster ein. Carina Johnson kämpfte sich aus dem umgestürzten Wagen und kroch von ihm weg. Aus einer Wunde an der Stirn tropfte Blut. Davon abgesehen wirkte sie eher entrüstet als mitgenommen.

»Sieh mal nach Glenn!«, sagte Harinder zu Per, während er die Waffe auf Carina richtete und sich ihr näherte.

»Carina, halt deine Hände so, dass ich sie sehen kann!«

Sie sah ihn mit einem Blick an, den Harinder nicht anders als feindselig einordnen konnte. Doch sie blieb auf den Knien und hob die Hände in die Höhe. Harinder trat hinter sie, zog ihr die Arme auf den Rücken und legte ihr Handschellen an.

»Bist du verletzt?«

Sie schüttelte den Kopf.

»Ein Rettungswagen ist unterwegs, jemand wird sich deine Kopfwunde ansehen«, sagte er. »Es hätte wirklich schlimmer kommen können. Du hast Glück gehabt.«

»Ja, Carina die Glückliche, das bin ich...«

Per beugte sich zur Fahrerseite hinunter. Glenn hing kopfüber im Wagen, nur gehalten durch den Sicherheitsgurt. Sein Kopf wurde gegen den Airbag gepresst.

»Glenn? Sind Sie verletzt?«, fragte er.

»Ist schon gut, Per ... Ich muss nur irgendwie loskommen.«

»Brauchen Sie Hilfe?«

»Danke, aber ich glaube, ich schaffe das schon. Nur einen Augenblick...«

Glenn bekam den Gurt geöffnet. Er streckte die Hände zum Dach hin aus, um nicht auf dem Kopf zu landen, wenn der Körper sich der Schwerkraft ergab. Mit den Beinen zu Pers Seite gedreht, fiel er auf den Bauch. Die Tür war verklemmt, und genau wie Carina zuvor, trat er das Fenster ein.

Harinder tastete Carina ab. Laut der Hinweise, die von der Fabrik eingegangen waren, hatte sie eine Waffe dabei, aber Harinder konnte nichts bei ihr finden.

»Wo ist deine Pistole?«

»Ich muss sie verloren haben. Aber sieh mal in der Innentasche nach.«

Es war fast seltsam, sie mit ihrem Heimatakzent sprechen zu hören. Harinder dachte daran, wie überzeugend sie ihre Rolle als schwedische Polizistin gespielt hatte. Er schob die Hand in ihrer Jacke. Ein glänzender, länglicher Gegenstand, den Harinder als digitales Aufnahmegerät identifizierte, lag in der Innentasche. Eine kleine grüne Lampe leuchtete.

Carina sah ihn vorwurfsvoll an.

»Ich habe ihn auf Band. Er hat die Beteiligung an mindestens drei Morden gestanden, plus den Mordversuch an mir. Das sollte ausreichen, um ihn einzubuchten. Ich hätte noch mehr aus ihm herauskriegen können, wenn ihr euch nicht eingemischt hättet. Er hätte mir die Namen der Opfer nennen können, wo sie vielleicht begraben liegen. Ich hätte ihren Familien eine Antwort geben können.«

Harinder starrte auf das Aufnahmegerät. Damit hätte er nicht gerechnet.

»Du wolltest ihn also gar nicht umbringen ...«

»Glaubst du wirklich, ich hätte all die Mühen auf mich genommen nur für das?«, fragte sie. »Hätte ich es gewollt, dann wäre das schon vor langer Zeit passiert.«

Harinder sah zu dem Jaguar hinüber. Mit Carina in Gewahrsam ging er hinüber zur anderen Seite des Wagens, um seinem Kollegen zu helfen. Per wartete darauf, dass Glenn sich durch das Autofenster quetschen würde.

Seine Beine ragten aus der zerbrochenen Scheibe. Glenn streckte eine Hand durch dasselbe Fenster und bat um Hilfe. Per beugte sich vor, ergriff Glenns Hand und zog ihn aus dem Wagen.

Harinder sah, wie Glenn plötzlich die linke Hand hob. Pers Gesicht war voller Erstaunen, als ihm bewusst wurde, dass er in die Mündung einer Pistole blickte. Das Nächste, was Harinder mitbekam, war eine Explosion aus Blut und Knochen, als Glenn Per Lyngstad durch das Auge schoss und dabei seinen halben Kopf wegblies.

Harinder wusste, dass Per tot war, noch ehe sein Körper den Boden berührte. Doch der Schock hinderte ihn nicht daran, etwas zu tun. Das Basistraining an der Waffe lag tief eingebrannt in seinem Gehirn. Vielleicht ein wenig zu tief, was möglicherweise der Grund dafür war, dass er sein Ziel verfehlte, als er seine Waffe auf Glenn richtete und den Abzug betätigte.

Der erste Schuss ging direkt über seinen Kopf hinweg. Der zweite streifte Glenns Schulter, als er versuchte, sich herumzurollen und hinter dem Wagen zu verschanzen. Er stieß ein lautes Stöhnen aus, allerdings wusste Harinder, dass er ihm nicht viel mehr als eine Schramme beigebracht haben konnte. Glenn kam ihm zuvor, als er den dritten Schuss abfeuern wollte. Um nicht getroffen zu werden, musste sich Harinder zu Boden werfen.

Als er wieder aufblickte, war Glenn verschwunden.

Harinder blieb auf der Seite des umgestürzten Wagens und bewegte sich vorsichtig näher heran. Er vermied, den Blick auf Per und das ganze Blut zu richten, an dem er vorbeikriechen musste. Stattdessen hob er den Kopf, um die Situation hinter dem Wagen zu überprüfen. Der Fahrer des blauen Opel befand sich immer noch in der Nähe. Auf der anderen Seite saß die mit Handschellen gefesselte Carina. Zwei Zivilpersonen im Schussfeld.

Harinder überlegte, wie er so schnell die Kontrolle hatte verlieren können.

Plötzlich sah er Glenn wieder, der jetzt neben dem Opel stand. Er hatte sich direkt hinter den Fahrer gestellt und hielt ihm die Pistole an die Schläfe. Dicke Schweißtropfen rannen über das Gesicht des nicht mehr ganz jungen Mannes.

»Harinder! Wenn du keinen toten Zivilisten auf dem Gewissen haben willst, solltest du aus deinem Versteck kommen und die Waffe weglegen. Ich zähle bis fünf, dann erschieße ich ihn! Eins...«

»Es wäre am klügsten, wenn du dich ergibst, Glenn«, rief Harinder. »Verstärkung ist schon auf dem Weg. Du hast keine andere Wahl.«

»Zwei.«

»Verdammt, Glenn! Glaubst du wirklich, dass du damit durchkommst?«

»Drei.«

Harinder holte tief Luft. Bluffte er? Wenn Glenn die Geisel erschoss, würde er allerdings auch seine Deckung aufgeben. Dann könnte Harinder ihn einfach erschießen. Diese Schlussfolgerung wäre unanfechtbar gewesen, sofern es sich bei Glenn Davidsen nicht um einen rücksichtslosen Mann unter Druck gehandelt hätte. Er hatte gerade einen Polizeibeamten ermordet. Es war schlichtweg unmöglich, sein weiteres Vorgehen vorherzusagen.

Und somit hatte Harinder keine andere Wahl.

»Vier.«

»In Ordnung!«

Harinder kam hinter dem Wagen hervor. Er hielt die Waffe so, dass Glenn sie sehen konnte. Dann beugte er sich behutsam vor und legte die Pistole auf den Boden.

Glenn nickte zufrieden.

»Kick sie von dir weg.«

Harinder tat, wie ihm geheißen, und versuchte gleichzeitig, der Geisel einen beruhigenden Blick zuzuwerfen. Dann sah er kurz zu Carina, die hinter Harinders Ford in Deckung gegangen war und sich nicht verteidigen konnte.

Harinder konnte nur raten, was sich wohl in ihrem Kopf abspielte.

Er versuchte Glenns Blick aufzufangen, der jetzt einen Schritt von der Geisel zurückgetreten war.

»Wir wissen, was du getan hast, Glenn. Es ist vorbei. Du hast nur noch die Chance, dich zu ergeben und so deine Lage zu verbessern.«

»Mich ergeben? Wie langweilig und kleinbürgerlich. Es ist erst vorbei, wenn ich es sage!« Er warf einen Blick auf Carina. »Ich hab ja gesagt, dass du dich besser an Plan B halten solltest. Hast du wirklich gedacht, dass das hier anders endet?«

Carina Johnson hob den Kopf und erwiderte seinen Blick. Ihre Augen waren voller Zorn.

»Das werden wir sehen.«

Glenn musste schmunzeln.

»Ja, dann klären wir das jetzt.«

Glenn trat der Geisel in die Kniekehle und stieß sie nach vorn, so dass der Mann mit dem Gesicht auf den Asphalt stürzte.

Dann richtete er die Pistole auf Harinder und drückte ab.

KAPITEL 58

Ein Streifenwagen vom nächstgelegenen Lensmannbüro traf zuerst ein. Die zwei Beamten waren in der Gegend gewesen und hatten beschlossen, der hereingekommenen Funkmeldung auf den Grund zu gehen. Eine Weile waren sie der Straße gefolgt, ohne eine Spur von dem weinroten Jaguar zu entdecken, bis er dann direkt vor ihnen auftauchte, umgestürzt am Rande eines Kornfelds liegend. Die beiden Polizisten gaben einen Lagebricht über Funk durch, derweil im Hintergrund das Martinshorn eines Rettungswagens zu hören war:

»Wir haben hier einen auf dem Dach liegenden Wagen und ein ziviles Polizeifahrzeug am Straßenrand. Zwei Personen vor Ort, beide waren bei unserer Ankunft bereits tot. Sichtbare Schusswunden. Eine ziemliche Sauerei. Dem einen wurde auf kurze Distanz ins Gesicht geschossen. Der andere hat eine Kugel im Kopf. Sieht nach einer regelrechten Hinrichtung aus. Es gibt noch weitere Blutspuren, die eventuell von anderen Personen stammen können, aber keine weiteren Leichen.« Der Beamte vom Lensmannbüro ließ ein tiefes Seufzen hören. »Nein, das hier sieht wirklich schlimm aus.«

Die Meldung erreichte die Polizeistation Elvestad. Rachel Hauge versuchte sich vorzustellen, was geschehen sein mochte. Ohne zu wissen, um wen es sich bei den beiden Toten handelte, war das nicht so einfach.

Die letzte von Harinder stammende Meldung war die Anforderung eines Rettungswagens gewesen. Das Auto, das sie verfolgt hatten, war von der Straße abgekommen und hatte sich überschlagen. Danach hatte längere Funkstille geherrscht, bis die beiden Kollegen vom Lensmannbüro sich gemeldet hatten.

Rachel rief Harinder auf dem Handy an. Sie hörte es am anderen Ende der Leitung lange klingeln und fürchtete schon das Schlimmste, ehe schließlich abgenommen wurde. Allerdings blieb die Erleichterung von kurzer Dauer. Die Stimme, die sie vernahm, gehörte zu einem Mann mit markantem Østerdal-Akzent.

»Wer ist da, bitte?«, fragte er.

»Hier ist Rachel Hauge von der Kriminalpolizei. Ich rufe von der Polizeistation in Elvestad an. Sie benutzen das Mobiltelefon von Kommissar Harinder Singh. Würden Sie sich bitte identifizieren?«

»Oh.« Er zögerte. »Hier ist Øien vom Lensmannbüro. Ich bin am Unfallort. Das Handy lag neben einer der Leichen auf dem Boden. Ich wollte nur wissen, wer anruft, und bin deshalb drangegangen.«

»In Ordnung ...« Rachel schluckte. Versuchte, das lähmende Gefühl der Angst auf Abstand zu halten. »Haben Sie eine Möglichkeit, die beiden Toten zu identifizieren?«

»Wir können es versuchen. Uns wurde aber gesagt, dass wir den Tatort nicht verunreinigen dürfen.«

»Verstehe, aber es ist wichtig. Gehen Sie einfach sehr vorsichtig vor.«

»Verstanden. Wir melden uns wieder über Funk, wenn wir etwas herausgefunden haben.«

»Gut, in Ordnung.«

Ihre Hand zitterte, als sie den Hörer auflegte. Sie registrierte die Blicke des Diensthabenden, der übrigen Polizeibeamten sowie von Sara Bolstad und begriff, dass es der falsche Zeitpunkt für Gefühlsausbrüche war. Ein Kommissar von der Kripo und ein Beamter der lokalen Polizeistation waren in eine bislang ungeklärte Situation involviert. Besonders Letzterer war ein beliebter Mitarbeiter im Hause. Im besten Fall waren beiden inzwischen außer Reichweite, und im schlimmsten waren sie beide tot. Rachel repräsentierte taktische Spitzenkompetenz. Die Anwesenden sahen für Instruktionen daher zu ihr.

»Wir müssen der Kripo mitteilen, dass wir Verstärkung brauchen«, sagte sie.

Gerade als Rachel Kommissar Edvardsen in Oslo anrufen wollte, kam ein Streifenwagen der Elvestad-Polizei am Tatort an. Dina Martinsen und Anders Sæther waren zusammen unterwegs. Für gewöhnlich fuhr Dina mit Per auf Streife, doch der Kollege hatte inzwischen eine wichtige Rolle in der Ermittlung übernommen. Nicht verwunderlich, dachte sie. Er war ein routinierter und fähiger Polizist, der nach ihrem Beginn an der Polizeistation Elvestad in so mancher Hinsicht als ihr Mentor fungiert hatte. Ihre erste feste Anstellung. Ursprünglich hatte sie gedacht, das kürzere Streichholz gezogen zu haben, als sie in dieser Gegend gelandet war. Der Ort jedoch hatte sie positiv überrascht. Die Kollegen und Kolleginnen waren nett und tüchtig.

Sie war schon darauf vorbereitet, dass das, was sie zu sehen bekämen, ziemlich schrecklich war. Die erste Leiche lag direkt am Straßenrand. Sæther und Dina sprachen kurz mit dem Mann vom Lensmannbüro. Die Kollegen hatten ein großes Gebiet an der Straße abgesperrt, um zu verhindern, dass jemand den Tatort verunreinigte. Was bedeutete, dass der gesamte Durchgangsverkehr bis auf Weiteres blockiert war.

Martinsen entdeckte eine schwarze Polizeimütze, die allein mitten auf der feuchten Fahrbahn lag. Sobald sie sie gesehen hatte, hörte sie nicht mehr, was um sie herum gesprochen wurde. Øien vom Lensmannbüro sagte etwas, während er auf die Leiche zeigte, die gleich in der Nähe ihres Standorts lag, und wiederholte dann, dass eine Art Hinrichtung stattgefunden haben musste. Doch alles, was Dina Martinsen wahrnahm, war nur die schwarze Mütze. Die wirkte wie ein Magnet, der sie von allem anderen wegzog.

Sie ging in die Hocke, hob die Mütze auf und registrierte die dunkelroten Blutstropfen an der Unterseite des Schirms. Dann richtete sie den Blick auf den Straßenrand, wo die andere Leiche lag, halb verdeckt von dem umgestürzten Jaguar. Es kam ihr vor, als starre er sie mit dem verbliebenen Auge an. In der nächsten Sekunde zerrissen ihre Schreie die Stille des Tatorts.

KAPITEL 59

Nachdem ihn die Kugel getroffen hatte, blieb er auf dem Boden liegen und rang um Atem, während die erste schwere Welle von Schmerzsignalen durch sein Nervensystem rollte.

Es war so schnell gegangen. Er hatte gerade über seinen nächsten Schritt nachgedacht, als er den Knall der Pistole hörte. Dann spürte er einen scharfen, durchdringenden Schmerz, der anders war als alles, was er je erlebt hatte, und vernahm das ekelerregende Geräusch eines brechenden Knochens. Sein Körper verarbeitete die Belastung auf die einzige Weise, die er zur Verfügung hatte. Harinder geriet in einen Schockzustand.

Doch es waren nicht die Schmerzen, die ihn am meisten bekümmerten. Der Schuss war in sein Knie gegangen. Auch wenn das an sich nicht lebensbedrohend war, wusste er, dass es einer der schlechtesten Orte für eine Schusswunde war. Das Knie war ein Mittelpunkt, an dem Knochen und Sehnen zusammentrafen. Abhängig von der exakten Position der Kugel, konnte die Verletzung eine lebenslange Behinderung bedeuten. Eine Entzündung infolge der Verletzung konnte ihn womöglich das ganze Bein kosten. Die größte Gefahr war jedoch die Blutung. Wenn die nicht gestoppt werden könnte, würde sie ihn massiv schwächen und am Ende umbringen.

Glenn Davidsen stand über ihm und wedelte mit der Pistole herum, die er eben benutzt hatte, um Harinders Knie zu ruinieren.

»Tut mir leid, Harinder«, sagte er. »Aber ich weiß, dass du mir sonst jede erdenkliche Schwierigkeit bereiten wirst. Das wusste ich schon in dem Moment, als ich dich nach all den Jahren wiedersah. Du bist ein zäher kleiner Teufel, der seinen Platz nicht kennt. Mit dir hat es schon immer Probleme gegeben. Ich sollte dich eigentlich auf der Stelle umbringen.«

»Worauf wartest du dann?«

Glenn sah aus, als ob er nachdächte.

»Gut möglich, dass ich dich noch lebend brauche.«

Er schwang den Arm und traf Harinder mit dem Pistolenschaft gleich oberhalb der Schläfe.

Der Schlag knockte Harinder aus.

Er wusste, wo er sich befand, als er wieder zu sich kam. Der Keller war anhand der Filme leicht wiederzuerkennen. Er lag ausgestreckt auf derselben Metallbank, die in allen acht Videos im Hintergrund gestanden hatte. Arme und Beine mit Riemen gefesselt. Er sah Ketten und Haken, die an einem Ring von der Decke hingen. Den Schrank mit den verschiedenen Gerätschaften und ihrem Versprechen von Schmerzen. Harinder fand, dass die Filme dem Schrecken des Raumes nicht ausreichend Rechnung getragen hatten. Sie konnten nicht den eiskalten Luftzug wiedergeben oder den seltsamen Gestank nach Schweiß und Desinfektionsmittel. Am schlimmsten jedoch war die Empfindung puren

Grauens angesichts der Tatsache, hilflos und gefesselt auf einer Bank zu liegen und nichts anderes tun zu können als abzuwarten.

Sein schmerzendes Bein ließ ihn erst recht nicht zur Ruhe kommen. Der Bereich um das Knie war zu einem kleinen Ball angeschwollen. Das Hosenbein war bis zu den Schuhen dunkelrot eingefärbt, der Stoff hatte sich um die Wunde herum festgeklebt. Die Blutung schien aufgehört zu haben, doch er hatte eine Menge Blut verloren und fühlte sich schwach.

Den stärksten Eindruck hinterließ trotz alledem der Anblick von Carina Johnson auf einer Plastikunterlage. Ihre Füße waren an einen Eisenring am Boden festgemacht, die Arme hinter dem Rücken verschränkt und mit einer Kette verbunden, die von der Decke herabhing. Trotz der niedrigen Temperaturen in dem Keller hatten sich Schweißtropfen auf ihrer Stirn gebildet. Die Augen waren offen, starrten aber mit leerem Blick ins Nichts, als ob sich ihr Bewusstsein an einem völlig anderen Ort befand. Harinder machte es ihr nicht zum Vorwurf. Er konnte sich kaum vorstellen, wie es sich für sie anfühlen mochte. Abgesehen davon, dass sie vollständig bekleidet war, waren die Bedingungen exakt dieselben wie bei ihrem letzten Aufenthalt in diesem Keller. Sie war aus der Hölle entkommen, nur um wieder in sie zurückgeschleppt zu werden.

Und ich bin schuld an allem, dachte er.

Anstatt Per Rückendeckung zu geben, hatte er entschieden, Carina in Gewahrsam zu nehmen. In seinen Augen war schließlich sie die primäre Bedrohung gewesen. Die nächste grobe Fehleinschätzung war die Annahme, dass Glenn sich wie ein Davidsen verhalten würde, wenn sie ihn erst einmal aus dem Wagen befreit hätten. Er gehörte zu einer der privilegiertesten Familien der Region. Solch ein Mann gestand unter keinen Umständen seine Schuld ein. Selbst wenn er verhaftet werden würde, hatte er ein Heer von Anwälten zur Verfügung, die ihn mit Zähnen und Klauen vor jeder Anklage beschützen würden.

Der Fall war bei Weitem nicht so eindeutig, als dass er verurteilt werden würde.

Glenn wusste das natürlich. Er war ein intelligenter und berechnender Mann. Weswegen hatte er also ganz entgegen Harinders Erwartungen und seine eigenen Interessen gehandelt? Hatte er Carina gehört, als sie von dem Aufnahmegerät gesprochen hatte, das während der ganzen Fahrt angeschaltet gewesen war? In seinen Augen könnte dies das Spiel schlagartig verändert haben, und womöglich hatte er sich gezwungen gefühlt, eine drastische Entscheidung zu treffen.

»Carina…«

Keine Reaktion.

»Carina!«

Sie blinzelte und bewegte den Kopf. Dann blickte sie zu der Bank hinauf, auf der Harinder lag. Er musste den Nacken durchstrecken, um sie richtig sehen zu können.

»Geht es dir gut?«, fragte er.

»Hab mich nie besser gefühlt.«

Galgenhumor. Harinder verbuchte es als positives Zeichen. Noch vor wenigen Augenblicken hatte sie beinahe wie im Wachkoma gewirkt.

»Was ist mit dir?«, fragte sie. »Das Bein sieht grauenhaft aus.«

»Ich werd's überleben…«

»Unglückliche Wortwahl. Wir werden hier unten ster-ben. Das ist dir doch wohl klar?«

»Sie suchen nach uns. Nicht nur meine Leute, sondern mit Sicherheit auch die schwedische Polizei. Wir hatten schon herausgefunden, dass dieser Ort irgendwo in der Nähe des Ljussjö liegt. Sie wissen, wo sie mit der Suche an-fangen sollen.«

»Diese Hoffnung wird er dir als Erstes nehmen. Warte nur ab.«

»Ich will diesen düsteren Gedanken gar nicht nach-gehen.«

»Was du willst, ist irrelevant«, sagte Carina. »Glaubst du etwa, ich habe das alles gewollt? Er hat gesagt, ich solle mich in den Kofferraum legen. Natürlich habe ich mich ge-weigert. Ich hätte es vorgezogen, wenn er mich gleich er-schossen hätte. Glaub mir, ich habe wirklich keine Angst vor dem Sterben. Doch stattdessen drohte er damit, dich und den anderen Typen umzubringen, wenn ich nicht ge-nau täte, was er wollte. Sobald er dich dann neben mich in den Kofferraum gelegt hatte, muss er beschlossen haben, dass er nur einen von euch brauchte. Ich habe gehört, wie er den anderen erschossen hat. Was immer du also glaubst, von ihm zu wissen, vergiss es einfach. Du hast absolut keine Ahnung, wer er ist und wozu er imstande ist.«

Harinder hörte ihr zu. Keine Quelle war zuverlässiger, wenn es drum ging zu erklären, wozu Glenn Davidsen im-stande war. Aber er war nicht bereit, die Hoffnung aufzuge-ben. So etwas lag nicht in seiner Natur.

KAPITEL 60

Rachel fuhr zum Tatort, wo sie sich mit Kommissar Edvardsen treffen sollte. In Harinders Abwesenheit war er nun für den Fall zuständig.

Die Identität der beiden Toten war inzwischen offiziell geklärt. Per Lyngstad war von seinen beiden Kollegen identifiziert worden. Dina Martinsen befand sich im Schockzustand. Das andere Opfer hatten sie anhand eines Ausweises identifiziert, der sich in seiner Geldbörse befand. Der Name des Mannes war Inge Haugerud, ein 56-jähriger Vertreter für Landwirtschaftsgeräte. Vorläufig war unklar, wie er in die Situation hineingeraten war, die zu der Schusswunde an seinem Schädel geführt hatte. Die Polizeibeamten wussten, dass er einen himmelblauen Opel Astra fuhr, der aber nirgendwo zu sehen war.

Von den drei anderen, die sich am Tatort befunden hatten, gab es keine Spur, weder von Harinder Singh noch Glenn Davidsen oder Carina Johnson. Sie hatten große Mengen Blut gefunden, die anscheinend anderen Personen als den beiden Mordopfern zuzuordnen waren. Auf dem Boden war außerdem eine Pistole aufgetaucht, die dem Kommissar gehörte.

Edvarsen war mit einer größeren Mannschaft unterwegs

von Oslo. In der Zwischenzeit musste Rachel die Leitung übernehmen. Als Erstes gab sie eine Fahndung nach Inge Haugeruds Opel heraus. Rachel vermutete, dass Glenn den Wagen nach der Ermordung von Lyngstad und Haugerud zur Flucht benutzt hatte. Das gefundene Blut deutete außerdem darauf hin, dass er entweder Harinder oder Carina verletzt hatte. Wahrscheinlich hatte er sie beide als Geiseln genommen.

»Wieso verdächtigen wir Davidsen und nicht Carina Johnson?«, wollte Edvardsen wissen, als er mit Rachel telefonierte. »Sie wird doch auch verdächtigt, drei Morde begangen zu haben. Sie hat sich mit einer Waffe Zugang zur Fabrik erzwungen, dann einen Wachmann zusammengeschlagen und schließlich den Direktor entführt. Sie hat doch diese ganze Show angefangen.«

»Ich weiß, aber das hier hätte sie dennoch nicht getan. Sie würde keine unschuldigen Zivilisten töten«, sagte Rachel.

»Aber Glenn Davidsen würde das tun?«

»Der Mann ist ein Sadist und ein mutmaßlicher Mörder. Er ist mitverantwortlich für all diese Mädchen, die du und die anderen identifiziert haben.«

»Das behauptest du, ja. Ich selbst bin aber überhaupt nicht so weit, diese Schlussfolgerung zu ziehen«, sagte Edvardsen. »Deine Argumente sind überzeugend, aber du kannst sie nicht mit Fakten und Beweisen untermauern.«

»Vielleicht noch nicht...«

»Wir leben in der Gegenwart, Hauge. Das wahrscheinlichste Szenario ist, dass Carina Johnson die Kontrolle über eine Situation verloren hat, die von ihr selbst erschaffen wurde, und somit jetzt aus reiner Verzweiflung agiert.

Mord und Geiselnahme sind deutliche Anzeichen für die Verhaltensweise einer verzweifelten Seele.«

»Nicht der Mord an Haugerud. Er wurde kaltblütig hingerichtet. Wozu? Weil er ein Zeuge war. Ich nenne das eine ziemlich rationale und berechnende Handlung.«

Rachel glaubte, Edvardsen grinsen zu hören.

»Sogar verzweifelte Menschen sind zu pragmatischen Handlungen in der Lage«, sagte er. »Du bist eine vielversprechende Ermittlerin, Hauge, aber ich beschäftige mich schon seit 30 Jahren mit solchen Fällen. In den meisten sind die Dinge genauso unkompliziert, wie sie aussehen. Carina Johnson hat das alles in Gang gesetzt. Sie ist mit einem Plan zur Fabrik gekommen, und dieser ganze Mist passiert jetzt, weil Singh ihren Plan durchkreuzte. So einfach ist das.«

Rachel musste sich auf die Unterlippe beißen, um nicht das Erstbeste auszusprechen, das ihr in den Sinn kam. Harinder konnte auch arrogant sein, aber niemals herablassend. Ihrer Ansicht nach war Edvardsens Analyse von Carina grundsätzlich falsch. Eine verletzte und verzweifelte Seele, diese Beschreibung für ihren Zustand traf vielleicht zu. Rachel konnte sich vorstellen, dass Carina sich in eine Ecke gedrängt fühlte, gejagt von Institutionen und von Menschen, die ihr ganz offen Schaden zufügen wollten. Doch zuallererst war sie auf Gerechtigkeit aus, selbst wenn sie diesen Begriff zweifellos sehr weitreichend definierte. Einen Polizisten zu töten und einen unschuldigen Zivilisten hinzurichten, würde jeder Art von Gerechtigkeitssinn widersprechen. Es würde sie in das verwandeln, was sie am meisten hasste.

Rachel wünschte, dass sie Edvardsen ihre Sichtweise vermitteln könnte, ohne dabei Informationen preiszugeben,

die sie schnurstracks zurück an den Spielfeldrand beför-
dern würden. Carinas und Harinders Leben standen auf
dem Spiel. Rachel wollte sie beide nicht einem Mann wie
Kommissar Edvardsen überlassen.

Lieber wollte sie zu einem späteren Zeitpunkt für alle
Lügen geradestehen.

»Wer auch immer von uns recht hat, so glaube ich, dass
beide zum gleichen Ort unterwegs sind. Der Wagen hatte
schon vor dem Unfall Kurs auf Schweden gesetzt, und vermutlich folgen sie diesem Kurs auch weiter. Und in diesem Fall sind sie unterwegs zu einem Ort in der Nähe des
Ljussjö. Der Ort, an dem sie gefangen gehalten wurde, hat
für Carina Johnson sowie auch für Glenn Davidsen dieselbe
große Bedeutung. Am ehesten finden wir sie, wenn wir
diesen Ort finden.«

»Das ist eine Argumentation, der ich folgen kann«, sagte
Edvardsen.

»Können wir einen Hubschrauber bekommen, um die
Gegend abzusuchen?«, fragte sie.

»Ich rede mal mit unseren schwedischen Kollegen.«

KAPITEL 61

Glenn Davidsen schloss den Kellerraum auf. Er hatte ein Silbertablett mit einigen Gerätschaften, ein kleines Handtuch und eine Schüssel Wasser dabei. Er trat an die Bank, auf der Harinder lag, und stellte das Tablett zwischen seinen Füßen ab. Harinders Gesicht war kreidebleich. Seine Augen waren nur teilweise geöffnet. Glenn spritzte ihm etwas Wasser ins Gesicht, das seine Wirkung nicht verfehlte.

»Immer noch unter uns?«

Die Männer in den Filmen aus dem Keller hatten Overalls, Schirmmützen und dunkle Brillen getragen, die ihre Gesichter fremd und unleserlich machten. Sämtlichen ihrer erschreckenden Taten haftete etwas Kaltes und Klinisches an. Harinder bemerkte dies im Kontrast zu dem Mann, der nun mit zerzaustem Haar und Schweißtropfen auf der Stirn vor ihm stand. Die Säume seines verdreckten Anzugs wiesen Risse auf. Glenn und seine Kumpel hatten stets die Kontrolle über alles gehabt, was hier unten vorgegangen war. Jetzt war er gezwungen zu improvisieren. Seine Mithelfer waren nicht mehr da.

»Du blutest immer noch. Wenn ich deine Wunde nicht verbinde, wirst du noch verbluten«, sagte Glenn. »Ich sollte sie vielleicht auch reinigen, ehe es zu einer Blutvergiftung kommt. Es wäre doch schade, wenn du stirbst, bevor der Spaß überhaupt angefangen hat.«

Harinder wusste genau, dass er Glenns Version von Spaß keineswegs schätzen würde. *Lenk ihn durch eine Unterhaltung ab,* sagte eine Stimme in seinem Kopf.

»Ich hätte allerdings einen Arzt vorgezogen...«

»Glaub mir, mit der menschlichen Anatomie kenne ich mich genauso gut aus wie irgendein Arzt.«

»Aha? Damit du die Leute mit mehr Effizienz foltern kannst?«

Glenn blickte Harinder mit verspieltem Lächeln an, als hätte er seinen Verzögerungsversuch durchschaut.

»Es ist noch immer nicht zu spät, Glenn ... Ich weiß nicht, was du zu erreichen hoffst, aber es wird nicht funktionieren. Am schlausten wäre es, wenn du uns freilässt und dich ergibst.

»Glaubst du, ich habe Lust, den Rest meines Lebens hinter Schloss und Riegel zu verbringen?«, fragte Glenn. »Nein, so schlimm ist die Situation für mich gar nicht. Ich glaube nämlich, dass du mehr weißt, als du beweisen kannst. Und ohne Zeugenaussage von dir oder der kleinen Johnson wüsste ich nicht, was irgendwer gegen mich vorbringen sollte. Ich habe die Aufnahme gefunden, die sie im Auto gemacht hat. Und euch beide habe ich genau da, wo ich euch haben möchte.«

Er drehte sich zu Carina hin. Trat ihr in die Seite und packte ihren kurzen Haarschopf.

»Hörst du, Carina? Es hat fast zwei Jahre gedauert, aber jetzt bist du wieder mein!« Ein paar Speicheltropfen spritzten aus seinem Mund. »Alles, was du getan hast, war vergebens. Niemand wird jemals hören, was du zu erzählen hast. Wenn ich mit dir fertig bin, wirst du nur noch aus kleinen Stückchen bestehen, die in einem Sack begraben liegen, den niemand finden wird.«

»Du irrst dich«, sagte Harinder, um die Aufmerksamkeit von Carina weg und wieder auf sich zu lenken. »Auch andere wissen etwas. Es gibt jede Menge Beweise ...«

»Ach, du bluffst!«, sagte Glenn. »Ihr wart auf der Jagd nach *ihr*, nicht nach mir! Sie hat Axel getötet, und außer ihr kann ja wohl niemand sonst Lars zerhackt haben? Und ihr habt sie ganz sicher auch wegen des Mordes an Kalle gesucht. Außerdem hat sie mich vor unzähligen Zeugen aus meinem Büro entführt. Wen werden deine Kollegen dann wohl für den Mord an Lyngstad und den anderen Zeugen verantwortlich machen, was meinst du? Oder für *dein* erbärmliches Schicksal, wenn die Zeit kommt? Es war *ihre* Pistole, die ich benutzt habe. Wenn sie sie nicht finden, werden sie davon ausgehen, dass sie abermals untergetaucht ist. Sie werden sie überall suchen, doch leider ohne Erfolg. Und ich? Nach ein paar Tagen werde ich völlig mitgenommen, verletzt und unterernährt aus dem Wald stolpern. Ein glücklicher Überlebender der Vendetta einer gestörten Serienmörderin.«

Sein Plan war der pure Irrsinn. Was Harinder am meisten erschreckte, war die reale Chance, dass er aufging. Denn in einem hatte Glenn recht: Es mangelte an handfesten Beweisen. Eine Anklage gegen Glenn war völlig abhängig davon, dass Carina gegen ihn aussagte und dass Harinder ihre Zeugenaussage untermauerte. Und selbst dann stießen sie auf ein Problem: Carina hatte trotz allem drei Menschen umgebracht.

Oder vielleicht doch nicht? Etwas, das Glenn gesagt hatte, ließ Harinder stutzig werden.

»Was meinst du damit, wir hätten sie ganz sicher wegen des Mordes an Kalle gesucht?«

Glenn gab keine Antwort. Er zog Harinder Schuhe und Socken aus und warf sie auf den Boden. Dann nahm er eine lange Schere und fing an, sein Hosenbein aufzuschneiden. Er führte die Schere an seinem Bein entlang, vorbei am Oberschenkel und bis hinauf zum Gürtel. Als er den Teil der Hose abriss, der an der Wunde geklebt hatte, tat es so weh, dass Harinder heftig zusammenzuckte.

Dennoch versuchte er klar zu denken. Versuchte das zu sehen, was Glenn Davidsen offenbar unter großen Anstrengungen probiert hatte, die Ermittler nicht sehen zu lassen.

»*Du* warst es, der Kalle umgebracht hat...«

Glenn stritt es weder ab noch bestätigte er es, aber Harinder wusste einfach, dass er recht hatte.

Der Mord an dem Pastor unterschied sich von den anderen, und das nicht nur, weil er überaus sadistisch wirkte. An den Tatorten, an denen Axel Davidsen und Lars Müller gefunden worden waren, hatte es deutliche Anzeichen eines Kampfs gegeben. Ramsberg hingegen konnte sich gar nicht großartig zur Wehr gesetzt haben. Nicht mit einer Kugel im Knie. Und dieses kleine Detail war eben nicht zufällig.

Natürlich waren sie gezwungen gewesen, die ersten beiden Morde im Zusammenhang zu betrachten. Doch hatte nichts Konkretes auf ein und dieselbe Tatperson hingewiesen, ehe sie Thea Krogs Aussage mit den gefundenen Motorradspuren in Verbindung bringen konnten.

Am Tag vor dem Kirchenbrand hatte die Polizei um Hinweise aus der Bevölkerung gebeten und wollte unter anderem wissen, ob jemand in jener Nacht nahe der Brugate ein Motorrad gesehen hatte. Der Hintergrund waren die Reifenspuren, von denen die Familie Davidsen bereits vor Beginn der Suchmeldung gewusst haben musste.

Harinder fluchte in sich hinein. Natürlich war Glenn durchtrieben genug, ein paar zusätzliche Brotkrümel auszustreuen, um die Ermittler auf die falsche Fährte zu locken. Rachel hatte gesagt, dass es so aussähe, als hätte der Motorradfahrer genau gewusst, wo im Stadtzentrum sich die verschiedenen Überwachungskameras befanden. Und sie hatte recht gehabt. Er hätte sie vermutlich auch alle umgehen können, wenn er es gewollt hätte.

»Das wird jetzt etwas brennen«, sagte Glenn.

Er reinigte das verletzte Knie mit Wasser aus der Schüssel und tupfte mit einem Wattebausch ein antiseptisches Mittel auf den Bereich um die Wunde. Das Antiseptikum fühlte sich an, als stünde das ganze Bein in Flammen. Harinder bis die Zähne zusammen, um nicht laut zu schreien.

»Tut mir leid, aber ich brauche die Kugel«, sagte Glenn. »Außerdem finde ich, dass du die Schmerzen verdienst, weil du ständig deine Nase in Dinge steckst, die dich nichts angehen.«

»Du willst nicht, dass herauskommt, dass du mich auf dieselbe Weise bewegungsunfähig gemacht hast wie Kalle ...«

Jetzt biss Glenn an. Er nickte.

»Ich verstehe nicht, wieso ...«, sagte Harinder. »Ihr wart doch Freunde. Partner.«

»Betrachte es als nötigen Frühjahrsputz«, sagte Glenn. »Kalle und ich waren lange Jahre ein gutes Team, aber nichts währt ewig. Nach der Blamage mit Carina hier wusste ich, dass das Kapitel beendet war. Wir konnten nicht einfach wie bisher weitermachen, nicht mit ihr als latente Bedrohung. Pass dich an oder stirb: Das ist die brutale Wirklichkeit, in der wir leben.«

»Und Kalle konnte sich nicht anpassen?«

»Er hat immer mehr den Kontakt zur Realität verloren«, sagte Glenn. »Er konnte sich nicht damit abfinden, dass unvorhersehbare Dinge eben manchmal geschehen. In seinen Augen war das immer gleich der nahende Untergang.«

In den letzten zwei Jahren hatte er auf diesen Untergang gewartet. Er wurde immer paranoider. Als Axel umgebracht wurde, war Kalle sofort davon überzeugt, dass es nur ein weiteres Zeichen sei. Der Mann löste sich gleichsam auf. Auch Müller bemerkte es. Sie beide fürchteten, dass er etwas unternehmen würde, wodurch die Polizei auf ihn aufmerksam werden könnte.

»Ich habe entschieden, es nicht darauf ankommen zu lassen.«

Harinder war klar, dass er sich in der Gesellschaft eines Mannes befand, der keinerlei Art von Mitgefühl kannte. Er fragte sich, ob die Verbitterung, die Glenn wegen der Ermordung seines Sohnes gezeigt hatte, eher gespielt als echt gewesen war.

»Du glaubst, dass ich völlig gefühllos bin«, sagte Glenn. »Aber du ahnst nicht, wie viel Zeit und Mühe ich darauf verwendet habe, Kalles innere Dämonen in Schach zu halten. Schon seit unserer Kindheit. Er konnte sich total auf bestimmte Frauen fixieren. In einem Augenblick waren sie unschuldige Engel, die auf ein Podest gehörten. Dann sagten sie irgendetwas, das seine Haltung völlig veränderte. Plötzlich waren sie die Huren Satans und Schlimmeres. Und dann ... konnte er mitunter unberechenbar werden.«

»War es so auch bei Martine?«

Glenn sah ihn lange an, ehe er antwortete.

»In etwa. Ich habe ihn auch angefeuert, weil ich sehen wollte, wie weit er tatsächlich gehen würde«, sagte er. »Sehr weit, wie sich zeigte. Zuletzt musste ich eingreifen, um Schlimmeres zu verhindern. Ich meine, ich konnte Martine gut leiden. Ich wollte sie und Onkel Lennart nur etwas demütigen, weil sie mit den riesigen Wäldern dasaßen und nicht mit uns teilen wollten.«

»Du Drecksack. Wenn du meine Fesseln löst, werde ich dir zeigen, wer ein bisschen gedemütigt werden sollte.«

Glenn gluckste nur.

»Jetzt bleib endlich still liegen.«

Nachdem er die Wunde gereinigt hatte, nahm Glenn eine Pinzette hervor und begann nach der Kugel zu wühlen, die Teile des Knies zerstört hatte und immer noch fest im Knorpel steckte. Es war eine Operation, die, hätte sie in einem Krankenhaus stattgefunden, unter Vollnarkose durchgeführt worden wäre. Harinder bekam keine Narkose. Er konnte den ersten Schmerzensschrei nicht zurückhalten, als Glenn mit der Pinzette in der Eintrittswunde herumstocherte. Dann ertönten die Schreie ununterbrochen weiter, bis die Kugel aus der Wunde entfernt war und Harinder endlich das Bewusstsein verlor.

Glenn reinigte die Wunde erneut und verarztete das Knie mit einer Gazebinde, um die Blutung zu stoppen.

»Glaub ja nicht, dass ich dich vergesse, Carina«, sagte er im Hinausgehen. »Trotz allem bist du mein Ehrengast, und ich bin so froh, dich wieder da zu haben, wo du hingehörst. Ich werde das zu einem unvergesslichen Ereignis für uns alle machen. Sag mir, bist du auch so gespannt wie ich?«

KAPITEL 62

Im schwedischen Luftraum bewegte sich ein Hubschrauber auf einen Binnensee zu, der 63 Kilometer von der Landesgrenze entfernt lag. Der See hatte einen Umfang von
19 Kilometern und war überwiegend von Wald umgeben.
Die Gegend war beliebt bei Jägern, Anglern und anderen
Freizeitsportlern. Im Winter und im Sommer. In der Nähe
des Sees gab es mehr Ferienhäuser als feste Wohnsitze. Ein
ziemlich großer Heuhaufen, in dem sie nun nach der Nadel suchen mussten. Polizeieinheiten von beiden Seiten der
Grenze waren abkommandiert worden, um bei der Suche
nach dem himmelblauen Opel zu helfen. Kommissar Edvardsen tauchte am Tatort auf. Rachel führte ihn herum.
Ivan Moreno und sein Team von der Kriminaltechnik waren ebenfalls vor Ort. Sie hatten ein Zelt aufgebaut, um
die Toten vor dem anscheinend unaufhaltbaren Regen zu
beschützen. Obwohl sie einen Regenmantel trug, war Rachel völlig durchnässt. Aber das machte ihr nichts aus. Zwei
Menschen, die sie gernhatte, waren verschwunden, einer
davon wahrscheinlich verletzt. Rachel wusste, wie sehr es
eilte, sie zu finden.

Den beiden Mordopfern war aus kurzer Distanz in den
Kopf geschossen worden. Der Tod war unmittelbar einge-

treten. Edvardsen wollte mit Moreno und den anderen Technikern nicht lange über die technischen Einzelheiten diskutieren. Viel lieber wollte er sich auf die Suche konzentrieren. Rachel und er setzten sich in den zivilen Dienstwagen, den er für die die Reise nach Schweden requiriert hatte. Dann rief er eine Karte des Distrikts um den Ljussjö auf seinem Tablet auf.

Rachel schlug vor, die Reichweite des Signalmastes zu eruieren, der Carina Johnsons Handy am Abend ihrer Entführung registriert hatte. Danach wollte sie den Ort markieren, an dem die sterblichen Überreste von Anna Lewtschenkowa aufgetaucht waren. Befand sich das provisorische Grab in dem Bereich, den der Signalmast abdeckte, konnten sie sich bei der Suche primär auf diese Gegend konzentrieren.

»Außerdem glaube ich, dass wir alles vergessen können, was direkt am See liegt«, sagte sie. »Hier gibt es zu viele Häuser und zu viel Verkehr. Sie brauchen einen abgelegenen Ort, an dem sie ungestört kommen und gehen können, ohne dass Nachbarn oder Touristen etwas davon mitbekommen, wenn sie Leute hinein- oder herausschleusen. Laut Frank Johnson war Carina aus dem Keller getragen und auf den Boden gelegt worden, ehe das Grab ausgehoben war. So konnte sie auch fliehen. Sie müssen also ziemlich sicher gewesen sein, dass niemand auf sie stoßen würde, während sie mit dem Begräbnis beschäftigt waren.«

»Aber Lewtschenkowa wurde von einem Spaziergänger gefunden«, wandte Edvardsen ein.

»Stimmt. Aber welcher Ort ist schon vollkommen einsam und verlassen?«

»Du sagst also, dass sie Carina Johnson in der Nähe des

Ortes begraben wollten, wo das Verbrechen stattgefunden hat. Und dass wir somit nach einem großen Besitz suchen müssen.«

Rachel nickte. Harinder hatte Edvardsen als trockenen Buchhalter beschrieben. Als einen Mann mit wenig Sinn für Spekulationen, solange sie nicht von klaren Fakten untermauert wurden. Und mit ebenso wenig Sinn für Details, die nicht logisch eingeordnet werden konnten. Rachel musste feststellen, dass er auch äußerlich dem Stereotyp eines Buchhalters entsprach: Mantel, grauer Anzug, Stahlbrille sowie dünnes graues Haar.

Ungeachtet dessen war er ein sehr effektiver Mann, wenn er erst davon überzeugt war, dass sie es mit Fakten zu tun hatten. Nach zwei Telefonaten mit norwegischen und schwedischen Behörden dauerte es kaum zehn Minuten, bis er eine digitale Karte der zuständigen Telefongesellschaft herunterladen konnte, auf der die genaue Reichweite des Signalmastes auf der östlichen Seite des Sees angegeben wurde. Der Bereich umfasste einen Umkreis von 40 Kilometern um den Mast. Ein Großteil des entsprechenden Gebietes befand sich ein ganzes Stück vom See entfernt und berührte sogar die Landesgrenze.

Als sie den Fundort der Leiche von Anna Lewtschenkowa auf der Karte markierten, sahen sie, dass sich der Ort innerhalb der Reichweite des Mastes befand.

Sie gaben ihre Erkenntnisse an die Hubschraubermannschaft weiter, die am See nach himmelblauen Fahrzeugen suchte. Noch immer handelte es sich um einen Heuhaufen, aber der war bedeutend kleiner geworden.

KAPITEL 63

Carina Johnson wusste eine Menge über Angst.

Im Laufe der letzten zwei Jahre hatte sie mit verschiedenen Varianten dieses Gefühls Bekanntschaft geschlossen. Es konnte von einer akuten Situation ausgelöst werden, die sie als unbehaglich oder bedrohlich empfand, und wurde gern von Schweißausbrüchen, Übelkeit oder Kurzatmigkeit begleitet. Oder es konnte auftreten, nachdem ein scheinbar völlig willkürlicher Gedankengang die Schleusen geöffnet und ihren düstersten Befürchtungen freies Spiel gewährt hatte. Es konnte schnell vorbeigehen oder sie nachts lange wachhalten, wenn sie Gedanken nachhing, die ihrer Furcht nur noch mehr Nahrung boten.

Carina wusste, dass die Angst aus diesem Keller stammte. Eine Mahnung daran, dass sie zwar versuchen könnte zu fliehen, doch niemals den Grausamkeiten entkommen würde, die sich hier vollzogen hatten. Alles, was es zuvor gegeben hatte, war in gewisser Weise fern und undeutlich geworden. Die Schule und ihre Angst vor dem Versagen. Glaube und Zweifel. Unkontrolliert fließende Hormone. All das erschien ihr wie aus einem anderen Leben. Dem Leben eines jungen und einfältigen Mädchens, das es nicht mehr gab. Weggewischt mit dem Augenblick, in dem sie in diesem Keller zum ersten Mal wach geworden war. Nackt und frierend, mit gefesselten Armen und Beinen und einem Gummiball, der in ihren Mund gepresst worden war. Ohne eine andere Möglichkeit als auf die Hölle zu warten, die da kommen sollte.

Die Angst konnte sie vollständig lähmen. Mehrmals hatte sie zitternd auf dem Fußboden gelegen und verzweifelt versucht, sich zusammenzunehmen. Das Gefühl von Hilflosigkeit und Schwäche verstärkte nur die Gedanken, die den Anfall ursprünglich ausgelöst hatten. Sie brauchte sich auch keiner tiefgehenden Analyse zu unterziehen, um etwas über die primäre Quelle der Angst sagen zu können: der Furcht davor, abermals als Opfer zu enden.

Also unternahm sie etwas dagegen. Verbrachte jeden Tag ein paar Stunden mit Krafttraining, lernte Kampfsportarten und den Umgang mit der Waffe. Anstatt sich zurückzuziehen, wenn sie etwas Bedrohliches erlebte, gewöhnte sie sich an, darauf zu reagieren. Anstatt zu versuchen, alles Schreckliche zu verdrängen, übte sie, sich bewusst daran zu erinnern. Als die Tinte des Tätowierers Wunden und Narben überdeckte, trug die Nadel dazu bei, sie mit den Schmerzen vertraut zu machen.

Von Anbeginn war ihr klar gewesen, dass alle Wege zurück in diesen Keller führten. Es war ein notwendiger Schritt im Prozess der Konfrontation mit ihren Dämonen und bei der Entlarvung der Männer, die sie entführt hatten. Nur auf diese Weise könnte sie dafür sorgen, dass sie nie wieder andere Menschen verletzten. Allerdings hatte sie geglaubt, die Bedingungen diktieren zu können, unter denen sie hierher zurückkehrte. Dass sie entscheiden könnte, wann es so weit war.

Als Glenn Davidsen sie in den Keller geschleppt und Fesseln an ihre Hände und Füße gelegt hatte, war es ihr vorgekommen, als hätte sie hoch gewettet und verloren. Sie hatte versagt, als es darauf angekommen war. Die ganze Arbeit, die sie investiert, und all die Leiden, die sie durchlebt hatte, waren vergebens. Die Niederlage nahm ihr den Atem. Sie krümmte sich auf dem Boden zusammen und wartete wie ein verletzter Hund auf den Gnadenschuss.

Es hätte schnell zu Ende sein können. Aber sie war eine andere Person als die, die zuletzt hier gefangen gehalten wurde. Auch als die Angst sie scheinbar lähmte, schien es, als ob ein Teil ihres Bewusstseins die Mechanismen wiedererkannte. Die Mechanismen, die die Sperren aufheben konnten, welche sie daran hinderten, rational zu denken und zu handeln.

Sie dachte darüber nach, wie bewusst er Furcht als Waffe einsetzte. Die Geschichten, mit denen er sie beim letzten Mal so gern »unterhalten« hatte, Details über Handlungen, die er an anderen anstelle von ihr ausgeübt hatte. Alles, um die grausigen Erwartungen des Bevorstehenden noch weiter auszubauen. Er kultivierte diese Angst. Er benutzte sie, um seine Opfer genauso einzuschüchtern, wie er die Ketten benutzte, um sie festzubinden. Er brachte sie dazu, jede Hoffnung auf einen anderen Ausgang fahren zu lassen, was zur Folge hatte, dass sie auch aufhörten, dafür zu kämpfen. Körperlich und seelisch.

Erst jetzt begriff Carina, wie effektiv er die Waffe eingesetzt hatte. Die Angst, die sie in sich trug, war dieselbe, die er in jenem Sommer in ihren Kopf eingepflanzt hatte. Nicht durch seine Handlungen, sondern durch seine Verheißungen auf all das, was sie noch erleben würde.

Carina rappelte sich halbwegs auf. Die Fesseln schränkten ihre Bewegungen ein. Sie beugte sich so weit wie möglich vor, hob die Beine nach hinten an und versuchte herauszufinden, wie weit sie trotz der Fesseln kommen könnte. Nicht mehr als ein paar Zentimeter. Dann fing sie an, kräftig an den Arm- und Fußfesseln zu ziehen, weil sie wissen wollte, wie stabil sie eigentlich waren. Sie waren vermutlich installiert worden, um einen erwachsenen Menschen festzuhalten, aber wo war die Belastungsgrenze? Die Mädchen, die sie hier gefangen gehalten hatten, waren weder groß noch stark.

Das war auch sie nicht gewesen.

»Was tust du da?«

Singh war wieder zu sich gekommen. Carina war nicht überrascht, dass er während der primitiven Knieoperation in Ohnmacht gefallen war. Was sie erstaunte, war, dass die Ohnmacht so lange angedauert hatte. Oder dass das Ungeheuer ihn nicht sofort wieder geweckt hatte. Sie erinnerte sich, wie ihr selbst bei zwei Gelegenheiten ein Eimer Wasser ins Gesicht geschüttet worden war, nachdem sie das Bewusstsein verloren hatte.

»Ich meditiere.«

»Aha, du bist wohl eine von der harten Sorte, oder wie?«

»Im Gegenteil, ich habe eine Scheißangst. Er wird bald zurückkommen. Bis dahin wollte ich rausfinden, wie viel diese Fesseln eigentlich aushalten. Nur für den Fall.«

»Für welchen Fall?«

»Denk doch mal nach. Wir sind zu zweit, er allein. Normalerweise ist es umgekehrt. Ich frage mich, ob er das berücksichtigt hat und ob ihm klar ist, dass der Raum nicht dafür gebaut wurde. Wenn er mit dir beschäftigt ist, muss er mir den Rücken zukehren. Wenn ich mir nur etwas mehr Bewegungsraum verschaffen könnte, und falls er dann nahe genug herankommt...«

Singh nickte. Er hatte begriffen, worauf sie hinauswollte. Er selbst konnte sich fast gar nicht bewegen. Die Riemen hielten seine Hände und Füße solide an die Bank gefesselt. Außerdem war eines seiner Beine völlig unbrauchbar. Abgesehen von der schmerzenden Partie um sein Knie, hatte er auch fast kein Gefühl in den Knöcheln und Füßen.

»Ich muss mich wohl bei dir entschuldigen...«, sagte er. »Ich war davon überzeugt, dass du Ramsberg umgebracht hast. Sobald wir wussten, wer du bist, war es unmöglich, deine Motive nicht zu erkennen.«

»Spar dir deine Entschuldigungen. Ich finde, dass er billig davongekommen ist. Ich hätte das genauso gut sein können.« Carina zerrte immer noch an den Ketten. Sie war unsicher, ob das Ganze überhaupt etwas brachte. »Aber ich bin nicht deswegen nach Staden gekommen. Ich wollte Gerechtigkeit, ja, aber keine *billige* Gerechtigkeit. Ich wollte, dass sie als die Monster enttarnt würden, die sie sind. Bestraft und öffentlich gedemütigt.«

»Und was war mit Axel?«, fragte Harinder. »Was ist da passiert?«

Sie zögerte, ehe sie etwas sagte.

»Unglückliche Umstände.«

Sonntag, 25. März

Das Telefongespräch mit Vegar hatte Frank Johnson beunruhigt. Der Junge war für gewöhnlich ein ruhiger Typ, aber wenn er erst einmal richtig provoziert wurde, konnte sein Temperament durchaus mit ihm durchgehen. Dieses Mal war es Axel Davidsen, der seinen Zornesausbruch ausgelöst hatte. Frank hatte vergeblich versucht, den Jungen zur Ruhe zu bringen.

Er erhob sich vom Sofa und zog sich an. Er schlief im Büro des Ladens anstatt zu Hause in dem großen leeren Schlafzimmer. Nachdem das Ladenlokal in der Storgate zu teuer geworden war, waren sie in das kleine Einkaufszentrum an der Nationalstraße 3 umgezogen. Oder anders ausgedrückt: nachdem sie es mit dem Hausbesitzer Glenn Davidsen nicht mehr ausgehalten hatten. Die neuen Räume waren viel beengter, lagen dafür aber näher am Krankenhaus in Elverum. Und in letzter Zeit hatte er dort viele Stunden verbracht.

Das Schlimmste war, dass Vegar wahrscheinlich recht hatte, was Axel und Carina anging.

Noch immer gab es viele Details, die Frank nicht kannte. Carina hatte zum Beispiel sehr genau darauf geachtet, keine Namen zu nennen, weil sie unnötige Komplikationen für den Job fürchtete, den sie vor sich sah. Jedenfalls hatte sie das gesagt. Aber er konnte zwei und zwei zusammenzählen. Frank hatte mehr oder weniger schon herausgefunden, wer seine Tochter an dem Abend ihres Verschwindens aufgelesen hatte. Die Liste mit möglichen Kandidaten war nicht sehr lang.

Frank erinnerte sich an die letzte Begegnung mit dem geschniegelten Davidsen-Jungen in der Stadt. Er hätte ihn gern mit Ketten an seine Harley-Davidsen-Maschine gefesselt und durch die ganze Stadt gezerrt. Aber er hatte sich besonnen.

Carina hatte ihm versichert, dass alle ihr Fett abbekämen, wenn die Zeit erst mal reif war.

Vegar würde kaum die gleiche Beherrschung aufbringen, und Frank konnte es im Grunde verstehen. Im Laufe der letzten zwei Jahre hatte der Junge viel Frustrationen und Wut in sich aufgestaut. Vieles war dem Umstand geschuldet, dass er nicht wusste, was in jenem Sommer eigentlich geschehen war. Frank hatte nur erzählt, dass er von Carina gehört hatte, dass es ihr den Umständen entsprechend gut ging, dass sie aber gezwungen war, Staden in aller Eile zu verlassen.

»Sie würde es schätzen, wenn du es niemand anderem erzählst«, hatte er gesagt.

Angesichts der Tatsache, dass Vegar und Axel einst enge Freunde gewesen waren, war Frank froh, dass Vegar der Aufforderung nachgekommen war.

»Kommt sie wieder zurück?«, hatte Vegar gefragt.

»Eines Tages vielleicht«, war die einzige Antwort, die Frank geben konnte.

Er schwang sich auf sein Motorrad und fuhr zurück in die Stadt. Vegar hatte von einer Party bei Tore André Bjølset gesprochen, also war er offenbar dahin unterwegs. Frank hoffte, ihn rechtzeitig zu finden. Er hatte gerade die Stadtgrenze überquert, als er den Audi am Ende der Brugate entdeckte.

Der Wagen war leicht wiederzuerkennen, und Frank war überrascht, ihn dort stehen zu sehen. Er erinnerte sich an etwas, das Carina erzählt hatte, eines der wenigen Details, die zu nennen sie bereit gewesen war.

»Es passierte unten an der Brugate...«

Frank erlitt gleichsam einen Schock, als er plötzlich eine

Frau in einem gelben Kleid aus dem Auto fallen und die Böschung zur Unterseite der Brücke herunterrollen sah. Er wusste nicht, wer sie war, aber das spielte keine Rolle. Es hätte sich genauso gut um eine anschauliche Rekonstruktion der Geschehnisse an dem Abend handeln können, als seine Tochter verschwand.

Als Frank sah, wie Axel der jungen Frau nachjagte, während er seinen Hosenschlitz schloss, wusste er, dass er eingreifen musste. Das hätte er ohnehin getan, aber etwas an der ganzen Situation ließ ihn völlig die Fassung verlieren.

An die folgende Konfrontation konnte er sich kaum mehr erinnern. Die arme junge Frau lief weg, und nach einem kleinen Wortgefecht hatte er Axel einen Schlag verpasst. Der Grünschnabel fauchte ihn wütend an und zog ein Springmesser aus der Jackentasche. Wäre Axel nicht so voll gewesen, hätte das Messer womöglich getroffen, als er den Arm in Richtung Franks Brust vorschnellen ließ. Danach gab es große Lücken in Franks Erinnerung.

Er konnte sich nicht erinnern, wie er Axel überwältigt hatte oder wie das Messer in seinen eigenen Händen gelandet war. Ebenso wenig wusste er, wie er das Messer in Axels Bauch gerammt und immer weiter auf den Vergewaltiger seiner Tochter eingestochen hatte, bis Axel schließlich verblutet war. Allerdings wusste er, dass es genauso passiert war. Denn woran er sich als Nächstes erinnerte, war der Moment, in dem er mit dem blutigen Messer in der Hand neben der Leiche Axels stand.

Carina erinnerte sich an das Gefühl von Furcht und Schuld, als ihr Vater ihr schließlich gestand, was sich in jener Nacht unter der Brücke zugetragen hatte. Das Letzte, was sie gewollt hatte, war, dass er oder jemand anderes ihretwillen zum Mörder wurde.

»Zu seiner Verteidigung muss man sagen, dass er einer misshandelten jungen Frau zu Hilfe kam«, sagte Carina. »Das macht ihn in meinen Augen zu einem Helden. Hätte Axel mich mit einem Messer bedroht, wäre er ebenso gestorben. Das kann ich dir garantieren. Er war ein Schwein und hat genau das bekommen, was er verdiente.«

»Ich habe ein bisschen Schwierigkeiten mit dieser alttestamentarischen Sichtweise«, sagte Harinder.

»Ein paar Tage hier unten, und du würdest es anders sehen«, sagte sie. »Wie habt ihr übrigens entdeckt, wer ich war?«

»Die echte Lisa Toivonen tauchte auf.«

»Verstehe«, sagte sie und grinste. »Ich hatte damit gerechnet, dass so etwas passieren kann. Ist sie sauer?«

»Was glaubst du?«, sagte er. »Du hast sie ausgenutzt und ihre Identität gestohlen.«

Carina nickte. Sie war nicht gerade stolz auf ihre Handlungsweise, aber in ihren Augen hatte der Zweck die Mittel geheiligt. Es war deutlich, dass etwas, das sich in ihrem Inneren befand, bevor all das passiert war, nun nicht mehr da war. Sie erinnerte sich an ihre Reaktion, als sie hörte, dass Ramsberg in seiner eigenen Kirche gegrillt worden war.

Sie hatte sich betrogen gefühlt.

KAPITEL 64

Harinder hörte erneut Schritte von der Treppe draußen. Aus dem Augenwinkel sah er, dass Carina wieder reglos am Boden kauerte. Sie hatte lange an den Ketten und Fesseln gezerrt, ohne dass sie dem Druck nachgegeben hatten. Das Ganze wirkte sinnlos.

Ehe er den Schlüssel im Schloss hörte, fiel sein Blick auf den glänzenden Gegenstand, der seinen rot-grauen Schlips zusammenhielt. Die Krawattennadel. Ein Geschenk von Savi, das er aus rein sentimentalen Gründen trug.

Harinder konnte seine Arme kaum bewegen, doch dafür den Kopf. Er beugte sich vor, rammte seine Zähne in den Schlips und zog ihn zu sich heran. Dann rüttelte er so lange daran herum, bis sich die Krawattennadel löste. Vorsichtig drehte er den Oberkörper zur Seite, so dass die Nadel neben seinen Händen auf die Bank hinuntergleiten konnte. Sie landete genau außerhalb der Reichweite seiner Fingerspitzen.

Er streckte die Hand so weit aus, dass ihm der Lederriemen in die Haut schnitt. Doch es reichte nicht. Er musste sein Bein benutzen, um die Nadel zu seiner Hand hinaufzuschieben. Es ließ sich gerade noch bewegen, dennoch tat die geringste Regung schrecklich weh. Er biss die Zähne zusammen, um nicht aufzuschreien. Dann spürte er die kleine Nadel an seinem Bein und schaffte es, sie so weit hinaufzubewegen, dass er sie mit Mittel- und Ringfinger berühren konnte.

»Lenk ihn ab, wenn du die Möglichkeit hast«, sagte Harinder, ehe Glenn den Raum betrat. Er konnte gerade noch die Hand um die Krawattennadel schließen.

Glenn Davidsen ließ den Blick zwischen den beiden hin und her wandern. Er wirkte ruhig und zufrieden, als ob es nicht eine einzige dunkle Wolke am Himmel gäbe. Er hatte das zerrissene Sakko abgelegt und sich nach dem Eingriff an Harinders Knie das Blut von den Händen gewaschen.

»Gib dir keine Mühe mit den Fesseln«, sagte er zu Carina. »Die sind darauf ausgelegt, dem Druck eines erwachsenen Mannes von 200 Kilo zu widerstehen. Und *so* kräftig bist du seit dem letzten Mal nicht geworden.«

Er stellte sich neben die Bank und drehte eine Kurbel an der Unterseite. Die Bank wurde langsam angehoben, so dass Harinder schließlich aufrecht stand und nur noch von den Hand- und Fußfesseln festgehalten wurde. Durch die veränderte Position wurde zusätzlicher Druck auf das verletzte Bein ausgeübt, was Harinder zu einem lauten Stöhnen veranlasste.

Glenn stellte sich vor ihn und sah ihn an. Mit den Fingerspitzen strich er über seine Wange.

»Bereit für die Hauptvorstellung?«, fragte er. »Ich möchte, dass du alles genau mitbekommst.«

Harinder spuckte ihm ins Gesicht.

Glenn wischte den Speichel weg, ohne mit der Wimper zu zucken. Dann schlug er ihm zweimal mit der Faust ins

Gesicht. Harinder musste sich anstrengen, um die Krawattennadel nicht fallen zu lassen.

Glenn trat an den Schrank mit den Folterwerkzeugen und betrachtete sie ausgiebig. Seine Hand strich liebevoll über eine der kleineren Peitschen. Harinder vermutete, dass die Größe der Peitsche in keinem proportionalen Verhältnis zu den Schmerzen stand, die sie verursachen konnte.

Glenn baute sich vor Carina auf, hielt aber gleichzeitig einen sicheren Abstand ein.

»Wollen wir da weitermachen, wo wir zuletzt aufgehört haben?«, fragte er. »Als leichte Aufwärmübung?«

Die Peitsche blieb regungslos in der Luft hängen, während Glenn sich von Carinas Gelächter ablenken ließ. Offenbar hatte er eine andere Reaktion erwartet.

»Worüber lachst du?«

»*Leichte Aufwärmübung?* Im Ernst? Das Ding da wird mich ja nicht einmal kitzeln. Du verschwendest Zeit, die du nicht hast, Glenn. Was ist, wenn die Polizei durch diese Tür kommt, ehe du fertig bist? Du hast doch wohl verstanden, dass da draußen gerade eine Menschenjagd vonstatten geht? Wenn die hierherkommen, ist es aus und vorbei mit dir.«

»Die werden diesen Ort so schnell nicht finden. Harinder blufft nur. Und wenn da wirklich eine Menschenjagd stattfindet, dann suchen sie wohl eher nach dir.«

»Wow, du bist ja ein richtiges Genie. Ich sollte mich in Ehrfurcht verbeugen«, sagte Carina. »Da du und ich uns am selben Ort befinden, kann man wohl schwer sagen, nach wem sie suchen.«

Harinder sah ihm an, dass er zögerte; als ob Glenn ihre Worte nicht gänzlich als Unsinn abtun konnte. Sein Gesicht verhärtete sich. Er rümpfte die Nase.

Gut, dachte Harinder, *lenk ihn schön ab.*

Er fummelte mit der Krawattennadel herum und versuchte den Lederriemen zu lösen, der seine rechte Hand festhielt. Es war schwierig, die Kontrolle über seine Feinmotorik zu erlangen, nachdem er so geschwächt war und über so wenig Bewegungsspielraum verfügte. Irgendwie musste er die Nadel unter die Schnalle bekommen, die den Riemen hielt, und sie dann ein Stückchen lösen. Nur so viel, um das Handgelenk besser bewegen zu können. Dann würde es vermutlich einfacher, den ganzen Riemen aufzubekommen.

»Ich dachte, du hättest inzwischen gelernt, mich mit etwas mehr Respekt zu behandeln«, sagte Glenn.

»Wieso? Du bist bloß ein kleiner impotenter Mann. Du kannst uns verletzten, uns foltern und uns umbringen, aber wenn wir tot sind, bist du immer noch ein kleiner impotenter Mann«, sagte Carina. »Und das Schlimmste ist, dass ich glaube, du bist dir dessen durchaus bewusst. Deshalb tust du das alles. Nur auf diese Weise kannst du dich groß fühlen. Denn selbst mit deinem Familiennamen und deinem pompösen Titel haben dich deine Angehörigen stets klein und unbedeutend fühlen lassen.«

»Jetzt sei vorsichtig…«

»Glaubst du, ich lüge etwa? Was glaubst du, wen Müller angerufen hat, als er herausfand, dass ich zurück war? Und wer hat ihn wohl losgeschickt, um sich um mich zu kümmern? Du jedenfalls nicht. Nein, als ihm klar wurde, wie ernst die Lage ist, hat er deinen Papa angerufen. Gleich zum Chef. Du bist der schlechte Witz der Familie, Glenn. Niemand respektiert dich, am wenigsten dein Vater. Und deshalb trifft er auch weiterhin die wichtigen Entscheidungen. Er hält dich für eine Null. Und weißt du was? Das hat Axel auch getan.«

Seine Reaktion verriet, dass sie mehr als nur einen wunden Punkt getroffen hatte. Glenn starrte sie mit wildem Blick und rot angelaufenem Gesicht an.

»Jetzt hältst du die Fresse, du verdammte Fotze!«

Die Worte schossen aus ihm heraus, während er gleichzeitig wütend die Peitsche schwang. Carina konnte dem Schlag gerade noch ausweichen. Die Fesseln würden vermutlich dafür sorgen, dass sie beim nächsten Mal weniger Glück hatte. Doch da er sie verfehlt hatte, trat er einen Schritt näher, ehe er die Peitsche erneut schwang. Sie nahm den Schlag hin. Die Peitsche riss ein Hosenbein auf und hinterließ einen brennenden Schmerz auf dem Oberschenkel, aber dadurch geriet Glenn in Carinas Reichweite. Als sie sich auf den Rücken warf, trat sie gleichzeitig mit beiden Füßen zu und landete einen harten Treffer auf seinem Schienbein.

Zum ersten Mal in der langen und düsteren Geschichte des Kellers war es Glenn Davidsen, der vor Schmerz aufschrie.

Er zog das Bein zu sich heran und schwankte. Ehe er das Gleichgewicht wiederfinden konnte, nahm sich Carina sein anderes Bein vor. Sie konnte die Fußspitze hinter seinem Knöchel platzieren und zog mit aller Kraft. Glenn fiel hart auf den Betonboden. Eine seiner Hände wurde aufgeschürft, als er versuchte sich abzustützen.

Glenn aalte sich schnell von ihr weg, als ob er eine baldige Fortsetzung des Angriffs fürchtete. Schwer atmend rappelte er sich wieder auf die Beine, noch immer darum bemüht, ihr nicht zu nahe zu kommen. Die Peitsche blieb auf dem Boden liegen. Der Schweiß tropfte von Glenns Stirn und lief die roten Wangen herab. Glenn war viel zu sehr damit beschäftigt, die Beherrschung zurückzugewinnen und stieß dabei beinahe mit der Bank zusammen, an die Harinder gefesselt war.

Während Carina Glenns Aufmerksamkeit gefangen hielt, war es Harinder tatsächlich gelungen, seine rechte Hand freizubekommen. Als Glenn einen Schritt zurücktrat, um Carina auszuweichen, stach Harinder das spitze Ende der großen Krawattennadel tief unter sein Schulterblatt. Er hatte gehört, dass es an dieser Stelle ein Nervenbündel gab, dass enorme Schmerzen verursachte, wenn es verletzt wurde.

Wenn er nach dem lauten Gebrüll urteilen sollte, das plötzlich den Raum füllte, entsprachen seine Informationen der Wahrheit.

Glenn taumelte. Fieberhaft versuchte er mit beiden Händen die Nadel aus dem Schulterblatt zu entfernen, doch nur, um festzustellen, dass sie außerhalb seiner Reichweite lag. Ein Blick voller Verwirrung und Wut lag in Glenns Augen.

Harinder löste den Riemen an seinem verletzten Bein und befreite dann seine andere Hand. Er brauchte etwas, woran er sich festhalten und was sein Gewicht vom rechten Bein fortlenken könnte. Bereits die geringste Bewegung ließ ihm die Tränen in die Augen schießen. Ungeachtet dessen drehte er sich dennoch so weit wie möglich herum und schlug Glenn mit der Faust ins Gesicht.

Er hatte noch genügend Kraft in seinen Armen, dass Glenn direkt wieder zu Boden ging.

Als er abermals den Betonboden traf, war er Carina so nahe gekommen, dass sie seinen Kopf mit einer Art Scherenschlag zwischen ihren Beinen einklemmen konnte. Er versuchte sie daran zu hindern, den Druck zu verstärken, wand sich hin und her, fuchtelte mit den Armen und trat um sich. Aber Carina hatte ihn da, wo sie ihn haben wollte. Sie drückte immer stärker zu, woraufhin verzweifelte und halb erstickte Rufe aus seinem Mund ertönten.

Harinder konnte die Entschiedenheit und die Wut in ihren Augen sehen. Wenn sie nur hart genug zudrückte, wäre sie imstande, dem Mann das Genick zu brechen.

Harinder löste die beiden letzten Riemen und sank behutsam mit dem Rücken an der Stahlbank auf den Boden herunter. Auch wenn sein anderes Bein das Körpergewicht tragen könnte, wäre er zu schwach, um selbständig zu stehen. Die letzten Kräfte würden ihn bald verlassen. Er wollte am liebsten die Augen schließen und tief in das Unbekannte auf der anderen Seite hineingleiten. Aber das durfte er nicht.

»Carina, nicht …«, sagte Harinder. »Es ist vorbei. Er ist erledigt. Du brauchst nicht …«

Glenn Davidsen wehrte sich immer noch, als sie plötzlich einen Heidenlärm aus der Etage über ihnen durch den schallisolierten Keller tönen hörten. Das Geräusch stammte vermutlich von einer gesprengten Tür. Gleich darauf vernahmen sie laute Schritte, die sich im Haus verbreiteten.

Die Kavallerie war eingetroffen.

Glenns Leben schien sich dem Ende zu nähern. Seine Arme hingen schlaff an den Seiten herab. Die stöhnenden, gurgelnden Laute wurden schwächer. Sein Gesicht lief langsam blau an.

»Es ist vorbei, Carina«, wiederholte Harinder. »Lass ihn los.«

Sie schien überhaupt nicht zu hören, dass er etwas sagte. Nach einer Weile löste sie sich schließlich von ihm. Noch war etwas Luft in Glenns Lungen übrig. Er rollte schlaff auf die Seite. Sie verpasste ihm einen letzten Tritt. Als sie Harinder ansah, lag Trotz in ihrem Blick.

»Er hat mir schon genug angetan, da muss er mich nicht auch noch aus dem Grab verfolgen«, sagte sie. »Ich hoffe nur, dass wir das nicht bereuen. Er ist ein zäher und aalglatter Teufel.«

KAPITEL 65

Carina durchsuchte Glenns Taschen, um die Schlüssel für die Handschellen zu finden. Die Stimmen von oben waren deutlicher geworden. Sie hörte, dass die nach unten führende Tür geöffnet wurde. Schnelle rhythmische Schritte, die die Treppe hinuntereilten.

Sie fand die Schlüssel, und als sie die eisernen Fesseln öffnete, konnte sie buchstäblich den Geschmack der Freiheit wahrnehmen. Als sie dem Keller beim letzten Mal entkommen war, hatte sie sich nie ganz davon frei machen können. Der Raum hatte sie verfolgt, egal wie viele Kilometer sie zurücklegte, entweder zu Fuß oder am Steuer eines Fahrzeugs. Durch unheilvolle Landschaften in unruhigen Träumen und in wachen, von kaltem Schweiß durchtränkten Stunden der Angst. Dieses Mal würde es anders sein. Dieses Mal würde sie die Türschwelle übertreten, ohne einen Teil von sich selbst dort drinnen zurückzulassen.

Sie trat zu Harinder, der in schlechter Verfassung war. Seine Haut war bleich, er schwitzte und zitterte wie im Fieber. Carina ging neben ihm in die Hocke und drückte seine Hand. Kaum merkbar erwiderte er die Geste.

»Du musst noch etwas aushalten«, sagte sie. »Komm ja nicht auf dumme Gedanken.«

Er nickte und unternahm einen wenig überzeugenden Versuch, sie beruhigend anzulächeln.

Jäh wurde die Tür eingeschlagen. Vier Beamte von der Bereitschaftstruppe kamen in den Keller gestürzt. Alle waren schwer bewaffnet und trugen Kampfuniform mit Helm und Schutzweste. Carina wusste, dass sie den Raum sichern und eventuelle Bedrohungen neutralisieren sollten.

Die Polizisten brüllten Kommandos, die alle auf Carina gemünzt waren. Vier Gewehrmündungen zeigten in ihre Richtung. Ihr wurde befohlen, sich von Kommissar Singh zu entfernen, die Hände hinter den Kopf zu legen und sich auf den Boden zu legen. Die Männer umzingelten sie und wiederholten die Befehle. Laute, aggressive Stimmen, die die schwachen Proteste des halb bewusstlosen Polizisten auf dem Boden übertönten.

Carina hob die Hände und wollte aufstehen. Sie wollte erklären, dass nicht *sie* die Bedrohung darstellte. Dass die tatsächliche Gefahr bereits beseitigt war. Aber anscheinend hatte sie sich zu schnell bewegt, denn der erste Schuss fiel, ehe sie das Wort aussprechen konnte, das ihr auf der Zunge lag. Sie verspürte einen scharfen Schmerz in der Brust und hatte gleichzeitig den Eindruck, dass ihr sämtliche Luft aus der Lunge gesaugt wurde. Sie hörte den Kommissar aus vollem Hals schreien, doch da war schon der nächste Schuss gefallen.

Sie brach auf dem Betonboden zusammen. Das Blut strömte aus den Wunden in ihrer Brust, und sie nahm einen metallischen Geschmack im Mund wahr. Plötzlich schnitt eine weitere Stimme durch das herrschende Chaos. Ein lautes, verzweifeltes und herzzerreißendes Echo dessen, was Harinder in dem Versuch, die Situation unter Kontrolle zu bringen, bereits geäußert hatte. Carina sah eine rothaarige Gestalt, die sich an der Bereitschaftstruppe vorbeidrängte. Sie stieß einen Kollegen zur Seite und fiel neben ihr auf die Knie.

Vergeblich versuchte Rachel die Blutungen zu stoppen, während sie lauthals nach ärztlicher Hilfe verlangte. Carina konnte sie nur ansehen, außerstande zu erklären, dass es ohnehin sinnlos war. Der Funke in ihren Augen schien zu erlöschen. Blut kam aus ihrem Mund.

Carina Johnson nahm Rachels Hand und brachte ein schwaches Lächeln zustande, ehe sie aufhörte zu atmen.

EPILOG

September

Harinder Singh war zurück in Staden.

In seinem neuen Nissan Qashqai mit Automatikgetriebe überquerte er die grüne Stahlbrücke. Mit der Knieschiene war es leichter für ihn, so einen Wagen zu fahren.

Er hatte zwei lange und komplizierte Knieoperationen sowie vier Monate mit Nachbehandlung und Reha durchmachen müssen, ehe er wieder in der Lage war, sich wie ein normaler Mensch zu bewegen. Jedenfalls einigermaßen normal. Die Chirurgen hatten sein Knie mit Schrauben und Stahlplatten wie ein Puzzle wieder zusammengesetzt. Nach einem zähen und schmerzhaften Kampf war er nun teilweise wieder arbeitsfähig.

Nicht einen Tag zu früh. Harinder war schon kurz davor gewesen, die Wände hochzugehen.

Es war ein schöner warmer Septembertag mit vereinzelten Wolken. Die kleine Stadt wirkte überaus einladend. Nur die Ruinen der alten Kirche bildeten die einzig sichtbare Spur jenes Erdbebens, das vor einigen Monaten alle Schichten der städtischen Gemeinschaft durcheinandergerüttelt hatte. Es gab Pläne zum Bau einer neuen Kirche. Man war sich einig, keine Kopie der alten zu wollen, sondern ein neues und in die Zukunft gerichtetes Gebäude.

Die Frage war allerdings, ob diese Maßnahme ausreichen würde, um die Flecken wegzuwischen, die Karl Erik Ramsberg auf der Institution und auf der Gemeinde hinterlassen hatte.

Die Einwohner versuchten zu etwas zurückzukehren, das einem normalen Alltag glich. Nicht alle glaubten, dass dies möglich wäre. Einige wollten erst gar nicht den Versuch unternehmen. Sie packten ihre Sachen, verkauften ihre Häuser zu Spottpreisen und zogen an Orte, die weniger berüchtigt waren und nicht mit systematischer Bosheit assoziiert wurden.

Sie nannten ihn »Pastor Tod«. Ein unpräziser und marktschreierischer Name, den die Presse vom ersten Tag an verwendet hatte, als sie gleich einem Schwarm hungriger Heuschrecken die unvorbereitete Stadt heimgesucht hatte.

Der Pfarrhof stand leer, nachdem die Familie Ramsberg die Stadt verlassen hatte. Der Druck der Medien war ihnen zu viel geworden und hatte sie in zwei Teile gespalten. Harinder hatte Kontakt mit Emma Ramsberg, die nun bei ihrem Bruder Mathias in Oslo lebte, wo sie auch ihren Schulabschluss machen wollte. Ihrer Aussage nach war der Kontakt zur Mutter Alice und zu ihrem Bruder Johannes nur minimal. Sie meinte, die beiden seien zu sehr damit beschäftigt, die Taten des Pastors zu rationalisieren und zu beschönigen, anstatt sich ausgiebig mit den schlimmen Dingen auseinanderzusetzen, die der Vater ihnen und anderen angetan hatte. Alice Ramsberg hatte sich bei einer Schwester in Telemark verschanzt, die ebenfalls mit einem Pastor verheiratet war, während Johannes sein Theologiestudium abgebrochen hatte, um ein Jahr lang als Missionar in Tansania zu arbeiten.

Obwohl Glenn Davidsen nicht so einen klingenden Beinamen wie sein Kumpel erhalten hatte, wurde er doch nicht sanfter behandelt. Seine ganze Familie und alle geschäftlichen Aktivitäten wurden unter die Lupe genommen. Viele fragten sich, wie es passieren konnte, dass seine Familie nicht mitbekommen hatte, was er da trieb.

Die Polizei benötigte mehrere Wochen, um die abseitsliegende Villa am Ljussjö nach Beweismitteln zu durchsuchen. Sie fanden Carinas Aufnahmegerät mit Glenns Aussage, aber aufgrund der Umstände, unter denen das Geständnis zustande gekommen war, war die Aufnahme als Beweis in einem Strafprozess wertlos. Das Rechtssystem schätzte keine Geständnisse, die dem gezückten Lauf einer Pistole geschuldet waren.

Die Medien gelangten gleichwohl an die Aufnahme und schlachteten sie gnadenlos aus.

Glenn Davidsen saß in Untersuchungshaft und durfte weder Briefe noch Besucher empfangen. Der erste Prozesstag sollte in zwei Monaten beginnen. Die umfangreiche Liste der Anklagepunkte bestand unter anderem aus vorsätzlichem Mord, Beihilfe zum Mord, Vergewaltigung, schwerer Körperverletzung, Freiheitsberaubung und Menschenhandel. Außerdem wurde ihm die Ermordung des Polizisten Per Lyngstad sowie des Vertreters Inge Haugerud angelastet, darüber hinaus der Mord an den nachweislich toten Frauen aus den Filmen. Und schließlich Karl Erik Ramsbergs Ermordung. Nicht einmal seinen alten Freund und Partner »Pastor Tod« hatte er verschont.

Glenn stritt die Vorwürfe konsequent ab. Seiner Aussage nach waren es Ramsberg und Müller, die hinter der Grenze ihren Geschäften nachgegangen waren. Ramsberg,

Lyngstad und Haugerud seien allesamt von Carina Johnson getötet worden. Er selbst sei ein hilfloser Zeuge gewesen, als sie sie kaltblütig hingerichtet habe. Als Erstes habe sie auf Kommissar Singh geschossen, der laut Glenn bewusstlos gewesen sei, als sie die beiden anderen erschossen habe. Wie der Polizeibeamte behaupten konnte, dass Glenn geschossen hätte, könne er daher nicht begreifen. War der gute Kommissar vielleicht nur verwirrt gewesen? Oder gab es andere Motive, aus denen er Glenn beschuldigte?

So lächerlich es auch klingen mochte, war dies der alternative Handlungsverlauf, den Glenn dem Gericht schließlich präsentierte. Die Verteidigung orientierte sich ebenfalls an dieser Alternative, weil sie hoffte, dadurch Zweifel zu wecken.

Carina Johnson konnte den tatsächlichen Handlungsverlauf leider nicht darlegen. Ebenso wenig konnte sie sich gegen die haltlosen Anschuldigungen wehren. Sie zu verteidigen war somit Harinders Aufgabe. Er würde dem Gericht die Botschaft einhämmern, sobald er als Zeuge an die Reihe käme. Sie mussten gewinnen. In erster Linie ihretwegen.

Ganz unabhängig von dem zukünftigen Prozess hatte die Inhaftierung des Fabrikdirektors bereits große Konsequenzen für den Rest der Familie in der Parkallé mit sich gebracht. Ganz zu schweigen von Staden. Da Glenn das Gesicht des Betriebs nach außen dargestellt hatte, litt die Papierfabrik auf schlimmste Weise. Sein Gesicht erschien in Nachrichtensendungen auch über die Grenzen Norwegens hinweg. Die Polizei führte sich auf, wie sie wollte, kramte in der Korrespondenz der Familie herum und fror alle ökonomischen Mittel ein, die mit Glenn in Verbindung gebracht werden konnten.

Der Patriarch Georg hatte eine schwere Aufgabe, als er das Feuer löschen wollte. Er musste sich selbst und den Betrieb von dem Skandal distanzieren, was allerdings schwierig war, da gleichzeitig seine eigene Rolle in dem Ganzen hinterfragt wurde. Es ging um weitaus mehr als die schrecklichen Übergriffe. Es ging um die Entführung von Thea Krog und das Schicksal eines weiteren Schlüsselzeugen, dem verschwundenen Geir Holst. Außerdem war da noch der versuchte Auftragsmord an Carina Johnson. Der größte Kampf, den Georg Davidsen bestritt, galt dem Versuch, nicht neben seinem Sohn im Gefängnis zu landen.

Der Stützpfeiler der Stadt steuerte auf seinen eigenen Untergang zu, und wie es schien, war Georg Davidsen machtlos, als sein Lebenswerk wie ein Kartenhaus einstürzte. Wenn nicht auch ganz normale Fabrikarbeiter mit in den Untergang gerissen worden wären, hätte Harinder sich vor Schadenfreude die Hände gerieben.

In einem anderen Prozess, der bereits stattgefunden hatte, war Frank Johnson wegen fahrlässiger Tötung zu acht Jahren Gefängnis verurteilt worden. Er hatte ein volles Geständnis abgelegt, nachdem man ihn mit der Anklage konfrontiert hatte. Aufgrund von Zeugenaussagen, unter anderem von Thea Krog, entging er einer höheren Strafe.

Axels Familie nannte das Urteil einen Witz, allerdings waren die Taten des verstorbenen Erben neben den extremen Ausschweifungen seines Vaters schon lange Futter für die Boulevardpresse. Mit viel Sympathie konnte die Familie also nicht rechnen.

Thea Krog hatte einen längeren Aufenthalt in einer Entzugsklinik beendet. Sie litt noch an Alpträumen von der Entführung, war aber drogenfrei und motiviert, in ihrem

Leben weiterzukommen. Sie hatte ihr Studium wieder aufgenommen, nicht in Oslo, aber in Lillehammer. Der Großstadt wollte sie lieber aus dem Weg gehen.

Harinder fuhr hinauf nach Eldoråsen. Kam an dem Verlustprojekt vorbei, das aus sechs neuen Wohnungen mit »Panorablick« auf Elvestad und die Glomma bestanden hatte. Vermutlich hatte es für die Käufer des einen Hauses keiner Mühen bedurft, den Vertrag annullieren zu lassen, als bekannt wurde, dass der Keller vor Fertigstellung Tatort für eine Entführung und eine Schießerei gewesen war.

Das weiße Haus oben auf dem Hügel war ein weitaus angenehmerer Anblick. Das Haus sah besser aus als bei Harinders letztem Besuch. Die Fassade hatte die notwendig gewordene Renovierung bekommen. Fenster und Dachziegel waren ausgetauscht worden. Harinder deutete es als Zeichen dafür, dass der Besitzer zukünftig mehr Zeit dort verbringen wollte.

Wahrscheinlich hatte auch der Niedergang der Familie seines Bruders etwas damit zu tun, dachte Harinder.

Er parkte neben einem roten Pick-up vor dem Haus. Ein Rottweiler stand angeleint an der Treppe. Er kläffte den vermeintlichen Eindringling böse an. Harinder brauchte etwas Zeit, um aus dem Wagen zu klettern. Er konnte schwören, eine Art Mitleid im Blick des Hundes zu sehen, als er versuchte auf die Beine zu kommen, ohne dabei zu viel Gewicht auf das rechte Knie zu legen. Die Krücken ließ er im Wagen liegen. Seine Physiotherapeutin hatte gesagt, dass er sich daran gewöhnen müsse, ohne sie zu gehen. Außerdem hatte er zwei Blumensträuße dabei, die er mit Krücken nicht in der Hand halten konnte.

Lennart Davidsen trat auf die Treppe hinaus. Als er vor ein paar Monaten im Krankenhaus aufgetaucht war, hatte Harinder ihn seit 20 Jahren nicht mehr gesehen. Mit seinen 69 Jahren war Lennart ein stattlicher Mann. Groß und rank, mit dichtem weißen Haar, das ihm bis zu den Schultern reichte. Sein üppiger Bart war sehr gepflegt.

Der Hund fing wieder an zu heulen, als Harinder auf das Haus zutrat. Ein kurzer Blick des Hausherrn ließ ihn sofort verstummen. Er sah Harinder an und ließ den Blick eine Weile auf ihm ruhen. Harinder hatte fast vergessen, wie streng diese Augen wirken konnten. Aber er hatte auch die Wärme und Fürsorge für andere gespürt, die sich mitunter hinter ihnen verbargen.

»Harinder.«

»Lennart...«

Gemeinsam gingen sie zur Rückseite des Hauses. Betraten einen Weg, der vom Garten wegführte und sie an Bäumen vorbei zu einem offenen Platz lenkte, wo sich vier Gräber in einem abgetrennten Bereich befanden. Ein kleiner privater Friedhof. In dem das Gras frisch gemäht und die Büsche hübsch beschnitten waren. Zwei der Gräber waren neu. Sie waren am selben Tag angelegt worden.

Jenni Johnson und ihre jüngere Tochter. Carina. Die Familie hatte sich gedacht, dass die beiden die Ewigkeit lieber in der Nähe von Freunden verbringen wollten, anstatt auf einem Friedhof, wo sie von Feinden und bösen Erinnerungen umgeben waren. Lennart war nur froh, ihnen dabei helfen zu können.

»Sie hat Zuflucht bei dir gesucht«, sagte Harinder. »Sie war auf der Flucht. Allein. Verletzt. Verängstigt. Sie wusste nicht, wem sie vertrauen konnte. Wagte nicht mal, die eigene Familie zu verständigen. Aber am Ende hat sie Kontakt zu dir aufgenommen.«

Lennart nickte.

»Ich kannte sie, seit sie ein kleines Mädchen war«, sagte er. »Ihr Großvater hat für mich gearbeitet. Er war einer meiner engsten Freunde. Ein loyaler und hart arbeitender Mann, der keine Angst davor hatte, die Wahrheit auszusprechen, wenn es nötig war. Als sie klein war, hat er sie manchmal mit hierhergebracht. Er hatte mehrere Enkelkinder, aber sie war sein Augenstern. Ich habe verstanden, weswegen. Sie war sanft und zutraulich, interessiert und neugierig. Solche Kinder verbreiten Freude, selbst bei denen, die glauben, so etwas nicht mehr fühlen zu können. Sie erinnerte mich an...«

»Sie hat dich an Martine erinnert.«

Ein knappes Nicken begleitete eine einzelne Träne, die seinen strengen Augen entschlüpfte.

Die beiden anderen Gräber gehörten Lennarts Frau und Tochter. Vibeke und Martine Davidsen. Schon 13 Jahre war es her, dass Martine gestorben war. Nur 27 Jahre alt.

Martine hatte versucht, Ordnung in ihr Leben zu bringen, erzählte Lennart. Sie hatte versucht weiterzukommen. Hatte Soziologie studiert und neue Freunde gefunden. Aber der Schmerz ließ sich nicht vertreiben. Sie verwickelte sich in eine ungesunde Beziehung und suchte den Rausch. Am Ende beschloss sie, den Schmerz auf ihre eigene Art zu beenden.

Noch ein Fall in einer allzu langen Reihe von Opfern.

Harinder legte einen Blumenstrauß auf Martines Grab und den anderen auf das Grab von Carina Johnson.

Dann gingen sie zurück zum Haus und setzten sich in

den Garten, wo Lennart selbst gemachten Cider und Krabbensandwiches servierte.

»Wie geht's denn deiner Kollegin?«, fragte Lennart.

»Rachel?«

»Ja.«

»Es geht ihr gut«, sagte Harinder.

Jedenfalls viel besser als nach der Episode am Ljussjö. Die Anklage gegen die beiden Polizisten, die die tödlichen Schüsse abgegeben hatten, war fallengelassen worden. Die Innenrevision meinte, sie könnten für die Ereignisse nicht verantwortlich gemacht werden. Carina Johnson hatte als primäre Bedrohung gegolten. Die Szene, die sich der Bereitschaftstruppe im Keller dargestellt hatte, schien das ursprüngliche Bedrohungsszenario zu bestätigen. Ihre Bewegungen waren als aggressiv eingestuft worden.

Rachel war so empört über die Einstellung des Verfahrens, dass sie vor lauter Protest kündigte, doch Harinder und Abteilungsleiter Musæus hatten sie nach vielen Anstrengungen auf andere Gedanken gebracht. Harinder war erleichtert. Auf eine Kollegin wie sie konnten sie einfach nicht verzichten. Gleichwohl verstand er ihre Reaktion.

Er selbst konzentrierte sich auf die Heilung seines Knies, damit er bald wieder Vollzeit arbeiten könnte. Sein Chef versicherte ihm, dass schon genügend Fälle warteten. Er war jedenfalls bereit.

Ein Gedanke, den es festzuhalten galt, fand Harinder. Mit den frischen Krabben, dem spritzigen Cider und in der Gesellschaft eines guten alten Freundes konnte er sich eigentlich kaum beklagen.

Auch wenn er sich in Staden befand.